Heibonsha Library

無《ム》情《ジョン》

무정

平凡社ライブラリー

Heibonsha Library

無情《ムジョン》

무정

李光洙《イーグァンス》著
波田野節子訳

平凡社

本著作は二〇〇五年一一月、〈朝鮮近代文学選集〉の1として平凡社より刊行されたものです。

目次

1

京城学校の英語教師李亨植《イーヒョンシク》は午後二時に四年生の英語の時間を終え、降りそそぐ六月の陽ざしに汗を流しながら、安洞《アンドン》〔ソウルの北部にある現在の安国洞。洞は行政区画〕にある金《キム》長老〔長老は教会の役職名〕の屋敷に向かっている。金長老の娘善馨《ソニョン》が来年米国に留学することになり、英語の準備のために毎日一時間の家庭教師を頼まれて、今日の午後三時から授業を始めることになっているのだ。

まだ独身の李亨植《イーヒョンシク》は親戚以外の女性と近しくしたことがない。純真な青年にはよくあることだが、若い女性と向きあうと含羞《はにか》んで顔が火照《ほて》り、思わずうつむいてしまう。男としてこれでは情けないかも知れないが、女と見ればあらゆる口実を設けて近づき、一言でも口をきこうとする軽薄なやからよりはましであろう。

亨植《ヒョンシク》はあれやこれやと考える。まず、初対面の挨拶はどんなふうにやったものだろうか。男同士で普通やるように、「はじめまして。李亨植です」、こんな具合にやろうか。しかし短いあいだとはいえ僕は教える身、あちらは学ぶ身だ。それならやはり、なんらかの違いはつけるべきだろう。あちらが先に挨拶したら、そのあとで僕が挨拶をするというのが順当ではないか。それはそうと、教え方はいったいどうしたものか。昨日金長老に頼まれて以来ずっと考えているのだが、ちっともよい考えが浮かばない。机をはさんで、向きあって教えようか。そしたらお互いの息と息がぶつかるだろうな。もしかしたら、あちらのヒサシガミ〔傍点付きカタカナは、ハングル表記された外国語であることを表わす。庇髪《ひさしがみ》は明治末から大正時代にかけて女学生の間で流行した髪形〕が僕の額に触れるかも知れない。机の下で膝と膝が触れたりしたらどうしよう。

ここまで考えた亭植は顔を赤らめてフッと笑った。いけない、いけない。そんなことをしていて、万が一、心の罪でも犯すことになったら大変だ。そうだ！　できるだけ机から離れて坐って、もしあちらの膝が僕に触れたら、驚いて膝をどけることにしよう。それにしても、僕の口が臭ったりしたら女性に対して失礼だ。昼飯からあと煙草はまだ吸っていないが、と手で口をおおってふうっと息を吹きかけてみる。その息が手のひらに当たって鼻に入れば、臭いがあるかどうか試せるからだ。

なんてこった！　いったい僕は何を考えているのだ。僕はこんなに気が弱かったのか。そう思いながら亭植は両こぶしを握りしめ、全身に力をこめて弱気をふりはらおうとした。しかし、胸中には不思議な炎がめらめらと燃えあがる。このとき、

「ミスター李、どちらにお出かけかね」

という声に、亭植は驚いて顔をあげた。仲間うちでは快活なことで有名な申友善《シンウソン》が、カンナ帽〔鉋屑で編んだ帽子〕を後ろ頭に小粋にかぶり、風を切って歩いてくる。心のなかを見すかされたようで、また両頰がカァッとするのを抑えつけ、亭植はわざと快活そうに笑いながら、

「やあ、久しぶりだな」

と、握手しながら手を大きくふった。

「なにが久しぶりだよ。ついこの前、友達づきあいしようと約束したじゃないか」

亭植はちょっと照れくさくなって横を向き、

「そういう言葉に、まだ慣れないもので……」

と、言葉を濁す。

「いったい、どこに行くのかね。急ぎでなければ、昼飯でも食おうや」

「昼はもう食べた」

「それじゃ、ビールでも一杯やろう」

「僕は、酒は駄目だ」

「おいおい、男がビールの一杯も飲めなくてどうする。さあ、ぐずぐず言わずに、行った、行った」

と言って手を取り、安洞交番の前の中華料理屋に引っぱっていく。

「だめなんだ。他の日だったら、喜んでつきあうんだが」

他の日という言葉が変に聞こえやしなかったかとびくびくしながら、

「今日はちょっと用があってね」

「用って、何の用だね。なにか酒を飲めない用事でもあるっていうのか」

他の者ならこんな時は、「ちょっと急ぎの用で」と言って済ますところを、なにしろ正直で気の弱い亨植はこれっぽっちの嘘もつけない。しばらくもじもじしてから、

「三時から個人教授があるんだ」

「英語か」

「ああ」

「どこのどいつが、個人教授なんか受けるのだ」

亨植は言葉につまった。友善《ウソン》は、他人《ひと》の腹の底まで見すかすような目で、亨植の顔をじっと見つめている。亨植はまぶしそうに首を垂れた。

「ほう、何者だね、相手は。答えられずに顔を赤くするとは」

亨植はきまり悪そうに首をさすって、曖昧な笑みを浮かべ、

「女性なんだ」

「ヨオ、オメデトウ！　イイナズケがいるらしいな。うーむ、ナルホド。それなのに、俺には一言《ひとこと》もなしか。おい」

と、手をぎゅっと握る。

言葉に窮した亨植は、靴で地面を蹴りながら、

「違うよ。君は知らないだろうが、金《キム》長老という人がいてだね……」

「そうか、金長老の娘か。ああ、そうだ、たしか去年だったか、貞信女学校を優等で卒業して、来年米国に行くという、あの娘だな、ベーリグッ」

「君、なんで知っているんだ」

「それくらい、知らなくてどうする。イヤシクモ新聞記者だぜ。ところで、いつエンゲージメントしたのかね」

「違うよ。英語の準備のために、僕に毎日一時間来てくれと言うんで、今日はじめて行くとこ

ろなんだ」

「おいおい、騙しっこなしだぜ」

「まったく、もう」

「ははは、彼女は有名な美人だそうだ。君の力にゃ余るだろうが、ま、頑張ってみるんだな。じゃ、また会おうぜ」

と、カンナ帽を脱いでパタパタあおぎながら、校洞《キョドン》（現在のタプコル公園付近にあった洞）に向かって歩いていく。亨植はこれまで彼のことを放埒に過ぎるのが欠点だと思っていたが、今日は逆に、その洒脱さと快活さが羨ましく思われた。

2

美人という言葉もまんざらではなかったが、イイナズケとエンゲージメントという言葉が奇妙に嬉しく聞こえる。だが、「君の力にゃ余るだろうが」とも言っていた。たしかに、亨植《ヒョンシク》には何の力もない。黄金《かね》の時代だというのに黄金《かね》の力があるわけでもないし、知識の時代だというのに人が羨むほどの知識力があるわけでもない。イエス・キリストはずっと前から信仰しているが、もともと教会に志があるわけではないので、教会内での信用もさほど大きくない。知識や徳行などこれっぽっちもない奴らが牧師や長老の家に日参してはご機嫌を取り、そのおかげで執事や査察などの役職をえて教会の中で大きな顔をしているのを見るたびに、亨植は吐き気がする思いだった。だが実際のところ、亨植には最近のハイカラ女性の愛情を惹きつけるような力は全然ないのだ。こう考えて亨植はがっかりし、悲観的な気分になった。

そうこうするうちに、金光鉉《キムグァンヒョン》という表札がついた屋敷の門の前に着いた。二枚の衣を持つべからずというイエスの使徒とはいえ、文明開化の世となれば彼も土地を買い銀行に貯金をし、株券と大きな屋敷も買って、数十人の使用人を使っている。金長老はソウルのキリスト教会でも両班《ヤンバン》の資産家として三本の指に入る人物である。屋敷もかなり大きくて行廊《ヘンナン》〔表門の両側にある長屋風の建物で使用人たちが住む〕の長さも十間《けん》〔十八メートル〕以上もある。地位と財産に威圧されるような気がして、亨植は畏怖と反感を同時に覚えながら声を整え、

「ごめんください」

と言った。だが、その声はいかにも場違いで、初めてソウルに来た田舎者のようにおずおずとして、どことなく震えていた。

「お通しせよとのことでございます」

という女中の言葉で、あらためて胸をドキドキさせながら中門を通り、母屋の大庁《テーチョン》〔母屋にある広い板の間〕に上がる。

以前なら外来客が中門より先に入れるはずがなかったが、これだけ見ても昔の習慣は大いに改まったのである。大庁《テーチョン》は半洋風にガラス戸がつけられ、部屋の真ん中には縞模様の卓布を掛けたテーブルに赤い毛氈《ビロード》の椅子が四、五脚おかれて、北側の壁には人の背丈ほどもある本箱に、新旧の書籍が並んでいる。

金《キム》長老がにこにこしながら縁側にあらわれ、亨植が靴の紐をほどくのを待って、手を取り部屋

に導いた。亭植はもう一度うやうやしくお辞儀をしてから、勧められるまま椅子に腰をおろした。金長老は現在四十五、六歳の初老の紳士である。かつては局長〔中央の役職〕や監司〔地方行政単位である道の長官〕もつとめた両班で、十年あまり前にキリスト教会に入って、昨年長老になった。金長老は亭植に団扇を勧めながら、

「ひどい暑さだね。さ、あおぎたまえ」

「ええ、今年初めてのようですね」

と言って亭植は団扇を取り、ちょっとあおいでから机においた。長老が机の上にある呼び鈴を二、三度鳴らすと、向い部屋《コンソンバン》から、

「はーい」

と十四、五歳の可愛い女の子があらわれ、小さなお盆にガラスの鉢と銀のスプーンを載せてきて亭植の前におく。見るからに涼しげな桃の花菜《ファチェ》〔五味子《ごみし》や果実の汁に砂糖や蜂蜜を加えて季節の花や果物を浮かべた飲み物〕に氷をいくつか浮かべてある。来客用にあらかじめ作っておいたようだ。

「さあ、暑いから、これでも飲んで」

と、長老が手ずからスプーンを取って亭植に渡す。遠慮する必要もあるまいと、亭植はたてつづけに十匙あまり飲んだ。できることなら両手で持って飲み干したいところだったが、行儀が悪いと思われるのが心配で、もっと飲みたいのをこらえてスプーンを置いた。それを飲んだだけでも、かなりすっきりして汗が引き、気分が爽快になる。長老は、

「先般お話ししたとおりじゃ。娘のために一苦労お願いするよ。忙しいことは承知しているが、

頼める人間が他にいないのだ。英語のできる人間は多いが、ああいう……ええと……つまりだな……君みたいな人間は、なかなかおらんもんでね」

と、ちょっと言葉を切り、「君は信用できる男だ」というように亨植を見る。

他人が若い娘を任せるほど自分の人格を信用してくれることが、亨植にはとても嬉しくて誇らしかったが、同時に、先ほど口に手を当てて臭いの有無を試したことを思い出すと、恥ずかしくて申し訳ない気持に襲われる。だが、じつは金長老は多くの人から話を聞き、自分でも直接会ってみて、亨植の人格を完全に信用したからこそ今回の契約を結んだのである。よほどしっかりと調べたうえでなくては、米国まで送ろうという大切な娘を、たとえ毎日一時間でも若い教師に任せるはずはないのだ。長老は言葉を続けて、

「だからだね、君の力で一年の間に少しでも知識がつくよう、教えてやって欲しいのだ」

「私の浅学なことが心苦しいです」

「とんでもない。英語にとどまらぬ君の学識については、私も聞いておる」

と言ってまた呼び鈴を鳴らすと、さっきの女の子があらわれる。

「器をさげて、家内に娘を連れてくるよう言いなさい」

「かしこまりました」

とお盆を持って出ていったかと思うと、やがてそちらの部屋からひそやかな声が聞こえてくる。人生最初の大事件を待ち受けるかのように、亨植の手は震え、胸は躍り、両頰が火照《ほて》る。亨植は、長老の目につかぬ程度にそっと襟元と姿勢を整えて、目と顔にできるだけ大人っぽい威厳をにじ

ませようとする。

まもなく向い部屋《コンノンバン》の簾があがり、淡緑色の苧麻《からむし》の下衣《チマ》と上衣《チョゴリ》を着た四十前後の夫人が、同じ服装の女学生をうしろに従えてテーブルのわきにやってくる。亨植は半ばうつむいたままで立ちあがり、丁寧にお辞儀をした。夫人と女学生もお辞儀をして、長老が指示する椅子に腰かける。亨植も腰をおろした。

3

長老が亨植《ヒョンシク》をさして、

「この方が、私がいつも話していた李亨植さんだ。お若いが学識が深くて、文筆でも名高い方だ。このたび善馨《ソニョン》に英語を教えてくださるようお願いしたところ、忙しさもかえりみず、こうして引き受けてくださった。これから毎日いらっしゃるから、私が外に出て不在のときは、お前がよくお世話申し上げるように」

と言い、今度は亨植に向かって、

「こちらが家内、あれが娘じゃ。善馨といって、昨年貞信女学校を卒業したのだが、何も知らん娘でな」

亨植は誰にともなく頭をさげた。夫人と善馨も返礼をする。夫人は亨植に、

「うちの娘のためにご面倒をおかけして、申し訳ございません。お若いのにもうそんなにご勉強なすったなんて、本当に大したものでございますこと」

「とんでもありません」

と、亭植はちょっと頭をあげて、夫人を見るふりをしながら善馨を見た。

善馨《ソニョン》は母親の背のうしろに身を引いて、片方の耳と半身が隠れている。うつむいているので瞳は見えないが、自然のままの黒い眉が白く大きな額にくっきりと春山を描き、油も塗らぬ黒髪はいつ櫛を入れたのやら、ほつれ髪が二筋、三筋、桃の花のようにほんのり赤い両頬にかかって、風が吹くたびにゆらりゆらりと固く結んだ唇を打つ。みごろの狭い、薄手の苧麻《からむし》の上衣《チョゴリ》を通して、血色のよい美しい肌がうっすらと映っている。膝の上に置かれた両手は彫玉のようで、光に当てれば透き通りそうだ。

夫人はもと平壌の名妓で芙蓉といい、書と歌舞にひいでた美人で「平壌の春香《チュニャン》」〔春香はパンソリ『春香歌』のヒロイン〕とも呼ばれた人であった。二十年あまり前に金《キム》長老の父親が平壌で監司をしていたころ、当時二十歳《はたち》過ぎの風流男子であった読書好きの李《イー》道令〔春香の恋人。道令は未婚の男子の呼称〕……ではなく金道令の目にとまり、十数年間その側室であったが、本妻が亡くなると正室に昇格した。両班の家門で妓生《キーセン》〔朝鮮の芸妓〕の正室とはとんでもない話であるが、イエスを信仰するようになったあと妾を持ったことを悔やんだ金長老は、さりとて娘までなして十年以上ともに暮らした相手を捨てるのも人の道に反すると思って良心に大きな呵責を感じていたところ、幸か不幸か正室が亡くなったので、親戚と友人たちの再婚の勧めを断固としてはねつけて、この夫人を正室にしたのである。

夫人は四十の坂を越えて目尻に細かな皺が少々見えるが、その昔、男たちの心を奪ったあでやかさとしとやかさは今も残っている。善馨の眉と口許は母親とそっくりだから、この眉と口だけでも十分に美人で通るだろう。亨植は善馨を自分の妹だと考えた。未婚の女性を前にしたときはこう考えるのが亨植の癖で、彼は未婚の女性を妹として以外には考えることができない人間なのだ。それでいて理解できないのは、胸のなかに不思議な炎が燃えあがることである。だが、これは青年男女が接近したとき、あたかも陰と陽の電極が近づくやいなや感応して火花を飛ばすのと同様、避けられぬことであり、天が万物を下したときに定まったことなのだ。人はただ、社会秩序を維持するためにこれを道徳と修養の力で制御しているだけなのである。

亨植が黙って坐っているのを見て、長老が善馨に、

「これ、さっそく勉強を始めるがよい。おや、順愛《スネ》はどこに行ったのじゃ。あの子も一緒に習いなさい。私も暇のあるときには習うから」

「はい」

と、善馨は立ちあがって向こうの部屋に行き、ノートと鉛筆を持って出てきた。うしろから善馨と同年輩の娘がやはりノートと鉛筆を持ってあらわれ、丁寧にお辞儀をする。長老が、

「この子は順愛《スネ》といって娘の友達だが、両親も家もない気の毒な身の上なのじゃ」

と言うのを聞き、亨植は自分と妹の身の上を思い出して、あらためて順愛の顔を見た。衣装と髪型を善馨とおそろいにしていることからも二人の仲のよさは察せられるが、人の目を欺けないのは、幼時から世間の荒波に揉まれた印《しるし》が顔に刻まれていることである。その刻印は亨植が鏡で自分の顔を見ても、哀れな自分の妹を見ても、目に付くものだ。順愛を見ているうちに、これまで

の胸の高鳴りがすっかり消えてしまい、あらたに重苦しい感情が湧いた。亨植は思わず同情の溜息をもらしながら、もう一度順愛《スネ》を見た。順愛も亨植を見つめている。

長老と夫人はあちらの部屋に行き、亨植と二人の娘が向きあって腰かけた。亨植はつとめて冷静さを保ちながら、

「前に英語を習ったことはありますか」

と尋ね、ここで初めて二人の声を聞くことになった。ところが二人の娘はうつむいたまま何も答えない。亨植は呆れて坐っていたが、もう一度、

「前に少しは習いましたか」

ようやく善馨が頭をあげて、秋の湖のように澄んだ目で亨植を見つめながら、

「まったく初めてです。この順愛はちょっと知っておりますが」

「いいえ、私も初めてです」

「それではエィ、ビィ、シィ、ディもですか。それはもちろんご存知でしょう」

娘心に知らないというのは恥ずかしいのだろう。善馨は赤い頬をもっと赤くして、

「前は覚えていたけど、全部忘れました」

「それでは、エィ、ビィ、シィ、ディから始めましょうか」

「はい」

と二人は一緒に答える。

「それじゃ、そのノートと鉛筆をください。私がエィ、ビィ、シィ、ディを書いてあげますか

ら」

善馨がノートに鉛筆を挟んで、両手で亨植に渡す。亨植はノートを広げ、鉛筆の先を調べてから、はっきりとした字でa、b、c、dを書き、その下にハングルで「エィ」「ビィ」「シィ」と発音をつけて両手で善馨に返すと、今度は順愛のノートを受け取って同じことをした。

「それでは今日は文字だけ覚えることにして、明日から文を学びましょう。さあ、一度読みますよ。エィ」

だが二人の生徒は黙っている。

「私が読むとおりに、あとからついて読んでください。さあ、エィ。大きな声で。エィ」

亨植はすっかり当惑してしまった。善馨は笑いをこらえるために唇を嚙みしめ、順愛も笑うのを我慢して善馨の顔を見つめている。恥ずかしいやら腹立たしいやらで、亨植はすぐにも席を蹴って出ていきたい思いだ。このとき長老が顔を出し、

「読みなさい。困った娘たちじゃ。先生の言うとおりに読まないか」

それでようやく二人は笑うのをやめて本を見る。亨植は仕方なくもう一度、

「エィ」

「エィ」

「ビィ」

「シィ」

「シィ」

こんなふうに「ワイ」「ズィー」まで三、四回一緒に読んだあと、明日までに発音と文字を全部覚えることにして、礼をして勉強を終えた。

4

亨植《ヒョンシク》は金長老の家を出て、まっすぐ校洞の自分の下宿に帰ってきた。まるで酔っ払いのように何も考えず、どこに向かっているかも分からぬまま、一年あまり通った習慣の力だけで家に着いた。いうなれば亨植が来たのではなくて、亨植の足が亨植を引っぱって来たようなものである。

夕食の準備をしていた下宿の婆さんが下衣《チマ》で手をふきながら出てきて、

「李《イー》先生も隅に置けないね」

と妙な笑い方をした。亨植は目を丸くして、

「なにごとですか」

「いいやなに、たいして驚くことでもないがねえ」

「いったい、どうしたというのです」

と、突っ立って婆さんを見ている。亨植がしらをきって驚くのが面白くて、婆さんはけらけらと笑っていたが、

「さっき、三点〔三時の古風な言い方〕の時分に、きれいな娘さんが先生を訪ねてきなすってね。髪は女学生ふうにしていたけど、ありゃあ、どう見ても妓生《キーセン》のようじゃね。先生もあんな人とお

付き合いなさるのかねえ」

「妓生《キーセン》ですって。どんな娘さんですか」

と亨植は首を傾げながら靴紐をほどき、板間《マル》にあがって、

「僕を訪ねてくるような女性は、ソウルには一人もいませんよ。多分、なにか間違えて来たんでしょう」

「おや、知らんふりなんかして。平壌からいらした李亨植さんって、はっきりそう言ったんじゃから」

亨植はぼんやりと空を見あげて坐っていたが、

「どうにも、分かりませんね。それで、何かことづけはないのですか」

「夕方にまた来ると言って、えらく残念そうにして行きなすったじゃ」

「で、僕を知っているというのですね」

「あれまあ、知らない人を訪ねてくるわけがあるかね。さあさ、部屋に入って、夕飯でも食べながら待ちなされな。さぞ飯の味が違うことじゃろうて」

亨植の耳にはそんな言葉は入らなかった。どう考えても、亨植を訪ねてくる女性などいるはずがないのだ。そのうちに金善馨《キムソニョン》や尹順愛《ユンスネ》が亨植を訪ねてくることがあるかもしれないが、いまのところは亨植を訪ねる女性などいない。まして妓生《キーセン》らしい女性が……。お膳を前に、いくら考えても分からない。しばらくしたら来ると言っていたそうだし、そのときになれば分かるだろうと思って、亨植は夕飯を食べた。食べ終えて新聞を見ていると、門の外に訪問客があった。婆さん

が、

「ほうれ、ご覧」

と目くばせをして出ていく。

「李先生はお帰りになりましたか」

という声が聞こえ、婆さんのうしろから若い女性が入ってきた。さっきの婆さんの話どおり、苧《から》麻《むし》の下衣《チマ》と上衣《チョゴリ》に髪も女学生風に結っている。亨植も無言、女性も無言で、婆さんもわけが分からず突っ立っている。女性がちらりと亨植の方を見てから婆さんに、

「李先生はいらっしゃいますか」

「あのお方が李先生じゃが」

と、婆さんもひどく訝しげだ。

「はあ、私が李亨植《イーヒョンシク》です。どなた様でしょうか」

女性は驚いたように身体を少し震わせ、一歩あとずさりをして深々と頭をさげた。陽はすでに沈み、家々の軒先に吊るされた灯籠の明かりがちらちらと目に入る。なにか仔細《わけ》があると思った亨植は、立ちあがるとランプに火をともし、板間《マル》に毛布を敷いて、

「とにかく、こちらにお上がりください。先ほどもいらしてくださったそうですが、あいにく留守にして失礼いたしました」

女性は顔をあげた。目には涙があふれている。

「私のような女がお訪ねして、先生のご名誉にかかわりませんでしょうか」

「とんでもない。まずはお上がりください。どんなご用件でしょう……」

女性は慇懃にお辞儀をして板間《マル》に上がった。連れてきた童女も上がって坐った。亭植も坐った。婆さんは向い部屋《コンソンバン》で、明かりもつけずに煙草を吸いながら、この光景を見ている。

亭植は、ランプの明かりで青白く見える女性の顔をしばらく見ているうちに、なにか思い出すことでもあるのか、首を傾げて目を閉じた。

「私がお分かりになりませんか」

「そうですね。どこかで、お顔を拝見したような気もするのですが」

「朴応進《パクウンジン》を覚えていらっしゃいますか」

「えっ、朴応進ですって！」

亭植は目を見開いて絶句した。女性はそのまま机に突っ伏すと泣きだした。亭植の目からも大粒の涙がぽろぽろとこぼれた。亭植は悲痛な声で、

「ああ、英采《ヨンチェ》さんですね。英采さんだ。ありがとう。私のような恩知らずを、よく訪ねてきてくれました。ありがとう。ああ」

二人はしばらく言葉がなく、女性のすすり泣く声だけが響いた。連れてきた童女も主人の手に取りすがって泣いている。

5

もう十年以上も前のことである。平安南道の安州《アンジュ》という町から南に四キロあまり行った村に朴《パク》

進士〔進士は科挙の合格者のことだが、一般に学者の呼称にも用いた〕という人物がいた。四十年以上を学者として過ごし、近隣の町でその名を知らぬ者はなかった。もともと一門は数十戸をこす裕福な両班で、昔から安州一帯の有力者であったが、辛未《しんみ》の乱〔一八一一年に洪景来《ホンキョンネ》が地方差別に反抗し、中央政府を打倒しようと平安北道で起こした乱〕のさいに逆賊の嫌疑を受けて一族は惨殺され、結局この朴《パク》進士の家系だけが生き残った。今から十五、六年前、朴進士は清国地方を遊覧し、上海で出版された数十種の新書籍を買って帰った。そして西洋の事情と日本の情勢を洞察して朝鮮もこのままでは立ちゆかぬことを悟り、新たな文明運動を始めようとした。まず自宅の舎廊《サラン》〔主人の書斎で客間も兼ねる〕に若者を集めて上海から買ってきた本を読ませ、その合間に新しい思想を講じた。しかし当時の人びとは鉄道とか火輪船《かりんせん》〔蒸気船のこと〕という言葉には耳を貸さず、朴進士のことを指して狂人だと言い、舎廊に集まったソンビ〔学者〕たちも一人また一人と去ってしまった。そこで朴進士は、学びたくても学資がなくて学べない気の毒な子どもたちを一人、二人と連れてきて勉強させることを始めた。こうして三、四年たつと彼の教育を受けた学生が二、三十名にもなったが、その間、彼らの衣食と学用品はすべて朴進士が負担した。

そのころ平安道に新しい運動が起こり、各地に続々と学校が建って世を憂うる人びとが増えてきた。朴進士はただちに断髪して黒衣をまとい、息子二人にも同じようにさせた。〔髷《まげ》を結い、白衣を着るのが伝統であった朝鮮で〕断髪して黒衣を着ることは、当時としては非常な勇断であった。これは四千年のあいだ続いてきた堅固な習慣をすべて破壊し、完全に新しいものを取り入れていくという意思表示だったのである。まもなく家の横に学校を建て、ソウルに行って教師を招聘し、学校に必要な用具を買い求めてきた。かたや村の人びとを誘い、かたや子どもや青年たちに言い聞かせて、学校に勉強に来るようにさせた。一年過ぎると二、三十人の生徒が集まり、教師もさらに二人招聘した。学生は七、八歳から三十歳までだった。

こうして学校の経費を全部負担するほかに、あいかわらず十名余りの青年たちを養っていた。この李亨植《イーヒョンシク》もその一人である。そのころ両親を失ってあてどなく放浪していた亨植は、朴進士が勉強させてくれるという話を聞いて訪ねていったのだ。頭がよくて素直で才知がある亨植は、父親がむかし朴進士と同年の友人だったこともあって、朴進士から格別に可愛がられた。朴進士の息子兄弟は二人とも亨植より四、五歳上だったが学力では亨植にかなわず、とくに算術と日本語は亨植に教えてもらうほどだった。それで学校仲間たちの多くは、亨植がやがては朴先生の婿になるだろうと、冗談半分やっかみ半分でからかった。世間知らずの彼らは、朴先生といえば全国で最高の先生だと思っていたのだ。

朴進士の娘英采《ヨンチェ》はそのころ十歳だったから、いまは十九歳のはずだ。朴進士は他人の嘲《あざけ》りも意に介さず英采を学校にやり、学校から帰ったあとは『小学』〔礼儀・修身の入門書。「四書」の前に学ぶ〕、『列女伝』〔節操を守った中国の婦人の列伝〕のようなものを教えて、十二歳になった夏には『詩経』〔中国最古の詩集。五経の一つ〕も教えた。

朴進士は人となりが温厚で心が広く、謹厳でありながらも快活で、幼い者たちにとっては怖い先生であると同時に優しい友であった。彼は世のために財産を捧げ、家を捧げ、身体《からだ》と心をすべて捧げ、命までも捧げようとした。しかし村人たちは彼の誠実な努力に感謝するどころか、かえって狂人だと言って嘲笑《あざわら》った。

こうして六、七年たつうちに、もともと大して多くなかった財産を使い果たして、朝夕の食事にも事欠くようになり、学校経営の方策がつきてしまった。そこで進士は、近隣の何人かの資産家を直接訪問したり、人を送ったりして、自分の経営する学校を引き受けてくれるよう頼んだ。彼はただ世のためを思って、自分の全財産と全精力を注ぎこんだ学校を他人に受け取ってもらおうとしたのである。ところが誰一人「私が引き受けよう」と名乗りを上げるものがなく、それどころか、「食えなくなったから、あんなことをして」と嘲笑った。まだ六十にもならない朴進士はほとんど白髪になってしまった。食料が切れると舎廊《サラン》に集まっていた学生たちも四方に散り、最年長の洪《ホン》という男と最年少の亨植《ヒョンシク》だけが残った。亨植はそのとき十六歳だった。

その年の秋、四キロ余り離れた金持の屋敷に強盗が入って主人の脇腹を刀で刺し、現金五百円を略奪する事件がおきた。その強盗は朴進士の家にいる洪《ホン》だった。恩人の朴進士の困窮を見かねて、最初はちょっと脅して金を出させるつもりで行ったのだが、主人があまりにも無礼なうえに憲兵隊に訴えてやると言うから殺してきたと言って、現金五百円を前に置いた。朴進士は驚愕して、

「何ということを仕出かしたのだ。真面目に働くものに天は衣食を与えるというのに……ああ、なぜこんなことを」

と嘆き、すぐさま金を持って謝ってこいと命じた。ところが洪は途中で逮捕され、その日の朝には朴進士ら父子三人も、強盗殺人教唆および共犯容疑で逮捕された。朴進士の家に残ったのは、

二人の嫁と英采《ヨンチェ》と亨植だけだった。英采の母は英采を生んで二ヵ月足らずで世を去っていたのであである。

その後、朴進士の舎廊にいた学生たちも何人か捕まり、亨植も証拠人として呼ばれていったが二日で釈放された。
二、三ヵ月後、洪と朴進士は終身懲役、朴進士の息子たちは懲役十五年、その他の人たちも七年あるいは五年の懲役宣告を受けて平壌監獄に入った。
二人の嫁はやむなくそれぞれの実家に戻り、英采は母の実家に行き、亨植はふたたび寄辺《よるべ》を失って、寂莫たる天地を浮草のように漂流した。その後、亨植は二度か三度、平壌監獄に手紙を書いたが、手紙も戻らず返事もなかった。去年の夏休みに安州に行ってみると、朴進士の家では見知らぬ人たちが将棋を指しながら笑っていた。

こうして英采と亨植は、七年ぶりで再会したのである。

6

亨植は、稲妻がひらめくようにこれらのことを思い出して涙をぬぐい、自分の前で泣き伏している英采を見た。あのとき——十年前に、笑いながら肩にぶら下がったり手を引っぱってお兄ちゃん《オッパ》、お兄ちゃん《オッパ》と言っていた可愛らしい女の子が、もうこんな大人になった。これまで七、八年間、どんなに辛い思いをしてきたことか。男の亨植でもこの七、八年を涙と苦労のなかで過ごしてきたのに、かよわい少女の身でどれほど辛くて苦しかったことだろう。亨植はこれまでのことが知りたくなって、泣いている英釆の肩を揺する。

「泣かないでください。話を聞かせてくれませんか。さあ、身体《からだ》を起こして」

泣くなという亨植も涙がとまらないのだから、英釆が泣くのは当たり前である。

「さあ、起きてください」

「ええ。涙がとまりませんの」

「……」

「先生とお会いしておりますと、亡くなった父や兄たちに会っているような気がいたします」

と、また泣き伏す。

「亡くなった——」、それでは朴進士父子は死んだのか。家を失い、財産を失い、ついには身体《からだ》まで失ったのか。哀れな僕を救ってくれた裕福な家の娘が、あれから四、五年もたたぬうちに、やはり哀れな身の上になったのか。この世は何と無常なのだろう。若者の生命《いのち》も頼りにならぬのに、ましてや泡沫《あわ》のごとき金と地位など、どうして信じられようか。朴進士が死んだというなら、さだめし獄死であろうが、同じ獄中にいながら息子たちには会えたのだろうか。誰が死に水を取り、誰が目を閉ざしてくれたのか。孤独な遺体は筵《むしろ》に巻かれて鴉の餌になったというのか。彼が死んで、誰が悲しんでくれたのだろう。さびしく黄泉《よみ》の国に旅立つとき、いったい誰が涙を流してくれたというのか。彼は世間のためにあれほど涙したのに、その世間は彼のことを記憶するどころか、彼の血肉を苦しめ翻弄しているではないか。天に心があるというならその無情さが恨めしく、天に心がないというなら人生は信じられぬ。

「亡くなったですって。先生はお亡くなりになったのですか」

「はい、獄に入って二年で父が亡くなり、父が亡くなって半月のうちに、兄たちも二人とも亡くなりました」

「そんな……どうして」

「詳しいことは分かりません。監獄では病気で死んだと言い、ある看守の話では、最初に父が食を断って亡くなり、次に上の兄がまた食を断って亡くなり、上の兄が亡くなったその日に下の兄は首をくくって亡くなったということです」

という言葉の最後は、激しい嗚咽《おえつ》にかき消される。亨植もわれ知らず声をあげて泣いていた。

下宿の婆さんは、最初は亨植を誘惑にきた悪い女だとばかり思っていたのに、話を聞けば、もとは良家の娘さんのようだし、それに身の上があんまり気の毒である。自分の部屋で一人もらい泣きをしてから、通りに出て氷水と梨を買って帰り、英采の身体を揺する。

「ほうれ、起きて、氷水を一杯おあがり。少しはさっぱりするじゃろうて。泣いても仕方がない。みいんな八字《パルチャ》〔生まれた年月日時によって定まった運命〕だと思って、耐えるんじゃ。あたしだって、若いうちに寡婦《やもめ》にはなる、やっと大きくなった息子には先立たれる……。それでもこうやって生きているじゃないかね。両親がいないなんぞ、夫がいないのに比べりゃ、大したことじゃあない。前途洋々の若い人が、何を心配するというのかい。さあ、泣くのをやめて氷水でも飲みなさい。梨も食べて」

そう言うと、さっさと台所から錆の浮いた包丁を持ってきて、梨を剝きながら、

「ちょっと、先生ったら、まあ。慰めるどころか、自分がもっと泣いてどうするんじゃね」

「胸が張り裂けそうで、これが泣かずにいられますか。この方は私を四、五年間育ててくれた恩人のお嬢さんなのです。ところが恩人は無実の罪で獄死して、その息子さんたちもお父上のあとを追い、この世で恩人の肉親といったらこの方一人だけなのです。七、八年間も生死が分からなかったのがこうやって出会ったんですから、悲しくないわけがないでしょう」

「そりゃあ悲しいじゃろうが、泣いたって仕方ないさね」

と言って、剝いた梨を持ったまま英采を片腕で抱きおこし、

「若いときの苦労は楽の元手なんじゃ。あんまり悲しまないで、この梨でも一切れ、あがんなさい」

英采も親切な言葉に感激し、涙をふいて梨を受けとる。亨植はもう一度英采の顔を見た。こうしてみると、やはり当時の面影がある。特にその大きな目が朴進士を髣髴《ほうふつ》とさせる。英采も亨植の顔を見る。顔が前より少し面長になったようで、鼻の下に髭も生えているが、全体の感じは昔と変わらない。向きあう二人の胸中には、十年前のことが活動写真のように次から次へと浮かんでくる。楽しく暮らしていたこと、朴進士が捕縛されていくときに家の人たち全員が声を張りあげて泣いたこと、家族が一人また一人と散っていき、数十代続いてきた朴進士の家が完全に滅びてしまったこと。家を去る日に亨植が英采に向かって、

「この先、いつまた会えるか分からない。お兄ちゃん《オッパ》というお前の声も、もう二度と聞けないんだ」

と言うと、英采が、
「行っちゃだめ。私と一緒に行くの」
と言って胸にすがって泣いたことが、昨日のことのようにまざまざと目に浮かぶ。あれから英采がどう過ごしてきたのか知りたくなって、亨植は尋ねはじめる。

7

婆さんと亨植《ヒョンシク》があまり親切に勧めるので、英采《ヨンチェ》も涙をふいて身を起こし、氷水を飲んで梨を食べる。涙で赤くなった目と両頬が、いっそう痛々しく、美しく見える。亨植はすぐに善馨《ソニョン》のことを思い出した。顔立ちの美しいことと、両親から愛されたことでは二人とも変わりはないのに、現在の二人の運命はどうしてこれほど違っているのだろう。一方は両親がいて、家があり財産もあって、何の心配もなく学校に通って来年は米国まで行くというのに、一方は両親もなく兄弟もなく家もなく、どこにも頼るところがなくて、夜も昼も涙にくれている。もし善馨に英采の身の上を見せたなら、きっと自分とは別世界の人間だと思うだろう。自分は決して英采のようになるはずがない人間だし、英采は決して自分のようになれない人間だと考えるだろう。あるいは、自分は天から特別に幸福と恩恵をさずかった人間で、英采は天から特別に災いと罰を受けた人間なのだと考えることだろう。

そんなふうに考えるから、金持は貧乏人を軽蔑して冷酷に扱い、自分らとは向きあう資格もない人間とみなすようになるのだ。いわゆる「自分の金で生きていると自称する連中」は、道の端で飢えて震えている乞食を見ようものなら、犬か豚かのように賤しんで馬鹿にし、唾を吐いて足蹴にする。だが富んだ先祖を持たぬ乞食がどこにおり、乞食の先祖を持たない金持がどこにいよう。富貴《ふうき》な人びとは、自分の家は天地開闢いらい富貴であり、天地消滅のときまで富貴だという顔をしている。しかし彼らの先祖だってかつては物乞いをしながら別の金持の玄関先でその屋敷の犬と残飯を奪いあったこともあったのだし、彼らの子孫がいつかそんなことをする日が来るかも知れないのだ。七、八年まえの朴進士を見たならば、彼の娘が七、八年後にこんな身の上になるなどと、いったい誰が想像したことだろう。

みんな同じ人間なのだから、やれ金持だ、やれ貴いとか言ったところで、大した差があろうはずがない。ちっぽけな石の上に登って他人を見おろし、「ほうら、俺はお前たちより高いぞ」と言っているようなものだ。高いと言ったところでどれほど高いことか。それに自分がいま立っている石は、昨日は他の人が立っていた石であり、明日はまた他の人が立つ石なのだ。乞食に冷飯一匙を分けてやることは、どうか将来あなたの子孫が私の子孫に同じことをしてくれますようにという意味だし、その逆に、いま乞食を虐《いじ》めて馬鹿にすることは、将来あなたの子孫が私の子孫に同じことをしても構いませんということではないか。誰か知る、遠からずして英采が富貴の身となり、善馨が卑賤の身にならぬと。こんなことを考えながら、亨植は口を開き、

「お別れしてからのことを話してください」

と言った。

「先生が発たれて二、三日して、私は母の実家に行きました」

と、英采は話しはじめた。

英采の母の実家には、祖父母はすでになく、母の兄である伯父もそれより前に亡くなっていたので、伯母と、英采には従兄にあたるその息子二人、そして彼らの妻子がいるだけだった。母がおらず、また自分を一番可愛がってくれた祖父母もいないのだから、母方の実家に行ったところで、まともに面倒を見てくれる者などいなかった。

おまけに、自分の家が裕福であってこその親戚である。家に財産があり羽振りがよければ、はるか遠い親戚まで親しそうな顔をして訪ねてくるし、こちらから子供が一人で行っても大歓迎してくれるが、家が貧しくて羽振りが悪いとなると、来ていた親戚もしだいに足が遠のき、こちらが訪ねていこうものなら「また何をねだりに来たのか」と言わんばかりに顔をしかめるのが関の山だ。

「伯母は私を可愛がってくれて、髪を梳いたり食べ物をくれたりしましたが、その長男の嫁が意地悪で、なにかにつけ私を罵ってはぶつのです。それだけなら我慢もしますが、母親を真似てその子供までが私をないがしろにし、おいしい物を食べるときでも自分たちだけ食べて、私には食べろとも言いません。なかでも結婚したての十三歳の息子（私の従兄《いとこ》の子です）（当時は早婚が一般的だった）は一番ひどくて、人前でも『この女《あま》が』と言って私を罵るのです。幼な心にも『私はあんたのお父さんの従妹《いとこ》なのよ』と思うと……」

と、英采は笑みを浮かべ、

「ひどく腹立たしくて、なんて子だろうと思いました。

着物は家から三、四着持ってきましたが、朝から晩まで水を汲んで薪をくべるので、すっかり汚れてしまいます。汚れても洗ってくれる人がいませんから、自分で洗って、糊もつけず、火熨斗《ひのし》も当てずに身につけました。一番困ったのは、同じ着物をあんまり長く着ているものですから、虱が湧いて、痒くてたまらないことでした。でも人目のあるところでは思うように掻くこともできず、本当に我慢のできないときは、裏の垣根の人気のないところに行って、思いきり掻いたり虱を取ったりしました。そんなとき一度、長男の嫁に見つかってさんざん叱られ、『子どもたちに虱がうつるから納屋の隅で寝ておくれ』とまで言われました。

祭祀《チェサ》や節句でお肉やお餅が出ても、私には食べられそうもないところをちょっぴりよこし、それでいて、仕事もしないくせに食うだけは一人前だと罵るのです。

あるとき、簞笥の中に入れてあった銀の指環が一組〔朝鮮の伝統的な指環は二つで一組になっている〕紛失しました。また私が酷《ひど》い目に遭うのじゃないかしらと思いながら台所に坐っておりますと、案の定、長男の嫁がかんかんになって飛び込んできて、火掻き棒で手当たりしだいに私をつついたり殴ったりしながら、指環を出せと言うのです。そのときはさすがに腹が立って、ちょっと言い返しました。すると、『この盗賊の娘め。お前のほかに誰が盗むっていうのさ』と言ってぶつのです。私の父が盗賊をして捕まったというので、なにかにつけ盗賊の娘と言うのですけれど、それが一番胸に応えました」

「ひどい話じゃないか。なんて性悪《しょうわる》な女だ」

と、聞きながら婆さんがチッチと舌打ちをした。亨植は黙って聞いている。

英采は溜息をついて、話を続けた。

8

「そうやってぶたれているとき、隣家の女が来て、『あそこの酒幕《チュマク》〔宿屋を兼ねた居酒屋〕の酌婦が、なんだか大きな銀の指環をはめているんで、どうしたのかと思って聞いてみたら、あんたのところの若旦那がくれたって言うんだよ。お宅の若旦那、最近通いつめているらしいね』と言うのです。これで私の濡れ衣は晴れましたが、そのあとは長男の嫁とその女との大喧嘩が始まりました。『旦那もいるくせに、他家《ひとんち》の幼い者をたぶらかさないでおくれ。あんたが指環を持ち出させたんだろう。性悪女』と言えば、『自分の息子くらい、ちゃんと躾《しつ》けておきな。他人《ひと》のせいにするんじゃないよ』こんなふうに言い争うのです」

「年端もいかぬ者に教育も与えず、さっさと結婚させて悪い習慣ばかりつけさせるからだ」

と亨植は嘆息する。

「それで李先生は、嫁さんをもらわないいんじゃね」

亨植がまだ結婚していないという婆さんの言葉を聞いて、英采は驚いて亨植を見た。そして結婚しない理由を知りたい、その理由は自分と何か関わりがあるのかも知れない、と思った。むかし父が冗談に「お前、亨植の奥さんになるか」と言っていた言葉を思い出した。そのとき、幼な心にも亨植のことをとても好い人だと思い、舎廊《サラン》に来ていた何人かのうち、特に亨植になついたものだった。あれから七、八年間、漢江《ハンガン》に浮かぶ柳の葉のごとくあらゆる辛酸をなめ、天涯孤独の身で寄辺なく漂いながらも、これまで亭植のことを忘れたことはなかった。年齢を重ねるにつれて亭植の顔はいっそう懐かしく胸に浮かんでくるのだった。所在も生死も分からぬ亭植を想って、泣きながら夜を明かしたこともあった。

身売りされ、妓生《キーセン》稼業を始めてからもう六、七年になる。これまで多くの男たちから求められたが、いまだ一度も身を許していないのは、幼いときに学んだ『小学』と『列女伝』もさることながら、心のなかで亭植のことを忘れられなかったのが最大の理由であった。「お前は亭植の妻になれ」という父の言葉を成長してから思い出すにつけ、単なる一時の冗談ではなく、将来は本気でその言葉どおりにするつもりだったように思われ、この身は骨となり粉となっても、父の志にそむくまいと思った。とはいえ、亭植は生きているのか、死んでいるのか。生きていたところですでに妻を娶って一家を構え、息子や娘もあることだろうと思って絶望することもあったが、たとえそうであっても私は亭植に一生を捧げ、他の男とは一緒にならぬと、かたく心に決めた。今日たまたま亭植と会って嬉しいことは言うまでもないが、あくまで自分は独り身で生きるのだと思っていた。そこに亭植がまだ結婚していないという言葉を聞いて、驚きかつ喜んだ。だがよく考えてみれば、現在の亭植は教育界に身をおく人である。品行と名望が命なのに、妓生《キーセン》などを妻にすれば世間の評判はどうなるのかと、ふたたび絶望的な思いにとらわれる。

亭植の方はどうかといえば、これまで東京留学していたために結婚する暇などなかったとはいえ、その間に縁談がなかったわけではない。だが勉強を口実にして求婚に応じなかったのは、心のなかに英采のことがあったからである。朴進士からじかに話があったわけではないが、朴進士が格別に自分を可愛がる様子や、また他の人から伝え聞く話から、進士が自分を婿にと考えていることはうすうす気づいていた。亨植が朴進士の家を出るときに英采の手を取り、「もうお前と会えないんだ」と言ったのは、さまざまな意味で深い悲しみのこもった言葉だったのである。だが、その後、英采の消息を知る手立てがまったくなく、それに英采ももう適齢期だし、きっと今ごろは人の妻となり母となっているに違いないと思っていた。

とはいえ、恩師の意思にそむいて自己一身のために他の結婚をする気にもなれず、もしや英采の消息を聞けはしまいかと、これまで待っていたのだった。そんなところに今日たまたま出会ってみれば、どう見ても妓生である。それならすでに何人もの人間に身を汚《けが》されたに違いない。だとすれば自分の妻にできないことが恨めしいのではない、世のために苦労した恩人の娘がこのように堕落してしまったことが無念で、先ほども悲痛な声をあげて泣いたのだ。またこれまでの話を聞こうとしているのも、もしや妓生などになっておらねばという期待と、また、たとえなったとしても昔人を鑑《かがみ》として松竹のごとく変わらぬ貞節を守っていてくれたら、という期待があるからだ。いまや、英采と亨植は互いに相手の心を知りたくなったのである。

「で、それからどうなったのですか」

「その日は一日中ご飯も食べずに泣いておりましたが、どう考えてもその家にはいられないと思い、ふと、どこかに逃げようという考えが湧きました。逃げるといっても十三歳にもなった若い娘がどこに行けましょう。寧辺《ヨンビョン》に父の妹の家があると聞いておりましたが、どこかも知りませんし、その叔母もすでに亡くなったそうですから、そちらだって同じことでしょう。聞けば父と二人の兄は平壌にいるとのことですから、むしろそこを訪ねていこう、いくら監獄だって娘を一緒に居させてくれぬことはあるまいと思い、その晩平壌に逃げることに決めて、夕飯をたくさん食べて家族たちが寝入るのを待ちました」

9

「私は伯母と一緒に寝ていたのですが、なにしろ年寄りですから、寝返りをうつ音ばかりで、いくら待っても寝つく気配がありません。そのうち待ちくたびれてしまって、厠《かわや》に行くふりをして立ちあがり、着物を着ました。伯母も変に思ったのか、どうして着物を着るのかえと尋ねます。それで、大の方なのと言って、さっさと外に出ました。女の格好では一人で逃げることはできないと思い、従兄の息子の着物を失敬することにしました。本当の盗みをすることになったわけです」

と苦笑する。

「たまたま、その夜、洗濯物に火熨斗《ひのし》をあてて大庁《テーチョン》に置いたのを知っておりましたので、ぬき足さし足で大庁に行き、着物を脱いで男の着物に着替えました。ちょうど八月十三日でしたから、明るい月の光があふれて風が静かに吹いておりります。こっそりと門を出ましたが、心は不安でいっぱいです。平壌は西か東かも分からず、一文無しでどうやって行けばよいのかしらと、父母と我が身のことを思えば涙が自然とこぼれます。しかし、もうこの家にはいられないと確信しておりますから、やみくもに前に向かって歩きました。

門のところで寝ていた犬が私を見てもぞもぞと起きあがり、尻尾を振りながらついてきます。しばらく行って道の端にある大きなトネリコの木の下まで来たところで、私はしょんぼりと立ちどまりました。そこでひとしきり泣いてから傍らの犬を抱きしめ、私は遠くに行くの、もうお前とは会えないのよ、お前は一年のあいだ私の友だちだったわね、だけど私はお前を捨てて遠くに行くの、家に帰って誰かに私のことを聞かれたら、お父さんに会いに平壌へ行ったと言っておくれ、こう言って立ちあがり、また歩きはじめました。するとまあ、犬にも人情が分かるのですわね。私の着物をくわえて引っぱり、クンクン言いながら家に帰ろうという仕草をするのです。だめよ、私は帰れないの、お前はお帰りと言って手で頭を叩きました。それなのに犬は離れずについてきます。寂しい夜道の道連れになるかと思って、私も無理に追い返すことはしませんでした」

「ほうら、ごらん。犬のほうが人間よりましだよ」

と、婆さんは涙をふく。英采の方がかえって微笑みながら話を続ける。

「それにしても、どちらに行けばよいのか、道を知らなくてはお話になりません。その年の春、薪取りに行ったときに広い道を見て、この道は西に行けば義州と中国、東に行けば平壌やソウルまで行けるのだと聞いておりましたから、とにかく夢中でそちらに向かいました。人里を通るたびに犬が吠えるのですが、犬の声を聞けば嬉しい一方で怖くもあります。私についてくる犬は吠えもせず、静かに首を垂れてついてきます。

そうやってしばらく行きますと、人里で鶏が鳴くころ、あちらの方に白っぽい道が見えます。

ああ、これだわ、そう思って駆け足で街道に出ました。しばらく四方を見渡してから、おおかた月の沈む方が西だろうと考え、月を背にしながらどこまでも歩きました。

その日は朝飯も食べずに昼過ぎまで歩きましたが、お腹は減るし足も痛みますので、街道沿いのある村に入りました。どの家でも餅《トック》をつく音がし、子供たちは新しい着物に着替えて、群れながら歩きまわっています。私は、一番大きな家の舎廊《サラン》に入っていきました。舎廊では大人たちが大勢集まり、酒を飲んで談笑しています。旅の者だが腹がすいて入ってきたと言うと、餅《トック》を鉢に盛って出してくれました。なにしろ空腹なので三、四個たてつづけに食べておりますと、舎廊に坐っていた大人のなかから、髭づらであばた顔の男が近づいてきて私の頭を撫で、『どこの家の子かね。おとなしい子だ』と言いながら、名前やら家やら父の名前や年齢を尋ねます。粛川《スクチョン》に住んでいる金某だと適当に答え、安州《アンジュ》にある母の実家に行った帰りだと話したところ、私の顔色と答え方に尋常でないところがあったのか、大人たち全員が話をやめて私だけを見つめているではありませんか。胸がどきどきして顔が火照った私は、餅も食べおえずに立ちあがると、お辞儀をして門の外に飛び出しました。外に出ると悪戯《いたずら》小僧たちが集まっていて、『おめえ、どこのガキだ。どこに行くんだ』としつこく尋ねます。『僕は粛川の者だ。安州の親戚に行ってきたところだ』と答え、うつむいて逃げだしました。子供たちは、人がものを聞いているのに逃げるとはけしからんと言いがかりをつけて追いかけてきます。私のほうが年も下だし、夜通し歩いたせいで足が痛くて走れないと悟って、私は立ちどまりました。すると子供たちはぐるりと私を取り囲みました。なかで一番大きな少年が私の首に手をかけて、生ぐさい臭いをさせながら根掘り葉掘り尋ねるのです。答えても答えても、また尋ねます。他の子たちは笑ったり、つねったり、つついたりして、いくら頼んでも放してくれません。しばらく苛《いじ》められていましたが、どうにもならなくなってワーンと大声で泣きだしました。

いい具合に、そのときオッホンという大きな咳払いが聞こえ、程子冠〔儒生がかぶる馬の尾で編んだ冠〕を後ろ頭にのっけた書堂の先生のような人があらわれました。長い煙管《きせる》を振りまわしながらやって来て、『お前ら、何をしておるか！』と怒鳴りつけたので、子どもたちはわっと四方に逃げ出します。私は足の痛みも忘れて走りました。背後から子どもたちが罵ったり騒いだりする声が聞こえましたが、ふり返りませんでした。街道に出ると、どこからか犬が駆けよってきました。誰かに石を投げつけられたらしく、耳のうしろに血が滲んでいます。私は泣きながら、ふぅふぅと息を吹きかけてやりました。それからまた休み休み、ひたすら東に向かって歩きました。

身体は疲れ果て、日も暮れていきます。さっきひどい目に遭ったことを思うとぞっとして、もう村なかに入る気は起きません。だけど食事もせずに外で寝るわけにもいきません。どうしたらいいかとためらったあげく、街道沿いにある酒幕《チュマク》に入りました。その夜に遭ったひどい目のことを思い出すと、今でも歯の根が合いません」

と手をぎゅっと握って溜息をつく。

10

「一文無しでねえ」

と婆さんが心配する。

「お金があれば、あんな苦労はしませんでしたわ」

と言って、英采はまた話を続けた。

「酒幕《チュマク》に入りますと、先客が六、七人おりました。主人がアレンモク〔部屋の床でオンドルの炊き口に近い部分。暖かいので上座〕に坐っており、おまえはどこの子だと尋ねるので、旅をしている少年だが日が暮れたので一晩泊まっていきたいと言いました。では夕食がいるなと言うので、金がなくて食事はできない、宿泊だけさせてくれと頼みますと、主人は、それならあの村に行ってどこかの屋敷の舎廊《サラン》で寝るがいい、ここは客がいっぱいで寝る場所がないと言います。そのとき、客の一人で温厚そうな断髪の人が、主人に向かって、年端もいかぬ者がこの時間にどこに行けよう、私が金を出すから泊めてやって夕食と朝食は出してやれと言いました。どんなにありがたかったか知れません。おじさん、ありがとうございます！　とひれ伏して拝みたいほどでした。それから夕食を終え、客たちが話しているのを聞いているうちに、いつの間にかウンモク〔オンドルの炊き口から遠い方〕に横になって寝込んでしまいました。

眠りながら、盗賊にさらわれていく怖い夢を見て目が覚めました。耳を澄ますと、部屋の客たちが何か議論をしている様子です。一人が『いいや、男だ』と言えば、もう一人が『そんなはずはない。あの顔と声は絶対に娘だ』と言い、するともう一人が『幼い娘が男のなりをして一人で旅するはずがない』と言います。私のことを話しているのは明らかです。どうしよう、どうしたらいいかしらと歯の根も合わぬほど震えておりますと、その人たちはしばらく言い争っていましたが、やがて一人が、言い争う必要はない、確かめればいいじゃないかと言って、私がいるところにやって来ます。私は無我夢中で壁にきゅっと身体を押しつけました。しかし、大人の力にかなうはずがありません。とうとう私の正体は露見いたしました。言いつくせぬほどの恥ずかしさと悔しさで、私は声を上げてとめどなく泣きました」

「そんなひどい話があるかね。まったくとんでもない奴らだよ。夜、寝もしないで、そんなつまらない言い争いをするなんて」

と婆さんが憤慨する。

「そうやってしばらく泣いておりますと、私の身体を見た男が、さて御一同、それでは賭けのとおり、俺がこの娘をいただきますぜと言いながら、私の背中をぽんぽんと叩きます。そこで私は、平壌にいる父を訪ねていくところだと必死に訴えました。ところがその男は、お父さんのところは来月訪ねることにして、とりあえず俺の家に行こうと言いながら、首の下に腕を差し込んで私を立たせ、早く行こうと急きたてます。私は他の人たちの顔を見ました。もしや私を助けてくれる人がいないかと思って」

「先ほど食事代を出してくれた人は、どこに行ったのですか」

と、亨植がこぶしを握りしめながら尋ねた。

「それが、聞いてくださいませ。いま私を連れていこうとしている男が、まさにその人なのです。皆はその男が怖いのか、何も言わずにニヤニヤしているだけです。いくら泣いてお願いしても駄目なので、私はとうとう、助けてえと声を張りあげて泣き叫びました。私の泣き声に犬たちが騒いで吠えたてますが、そのなかには私が連れてきた犬の声もあります。そのとき男が私の口に手拭いでさるぐつわをかませたかと思うと、無理やり肩に背負って出ていきます。部屋にいる他の人たちは外も見ずに戸を閉めてしまいました」

と、ちょっと話を切る。

英采の数奇な運命を聞いた亨植は、自分が幼いころに苦労したことを思い合わせて、しばし茫然とした。英采はその悪漢に捕まって、これからどうなるのか。その悪漢は英采の可愛らしい姿に惹かれて、醜い欲望を満たそうとしているのか。それとも英采の身体を売り飛ばして酒と博打の元手にしようとしているのか。ともかく、英采の身体がその悪漢に汚《けが》されていなければいいがと、そう思った。そして、もう一度英采の顔と身体を詳しく見た。およそ女が男を知れば、顔と身体つきに変化が生じると思っているからだ。見方によってはまだ処女のようでもあり、見方によってはすでに男に身体を許したようでもある。とりわけ、そのきれいに整えた眉と額、それに身体から発する香水の匂いが、どうしても純潔な乙女のものとは思われない。

亨植は、英采に対してにわかに嫌悪を感じる。これまでこの女は、どこの誰とも知れぬ男たちに身体を許してきたのではないか。いま身の上話をしているあの口で薄汚い男どもの唇を吸い、そいつらの心をとろかす言葉を吐いてきたのではあるまいか。ここでこんな話をしながら上品ぶって涙を流しているのは、六、七年前の愛情を利用して僕をひっかけようという企みではないのか。こう思って、ふたたび善馨のことを考えた。善馨は本当に美しい娘だ。顔も美しく、心まで美しい娘だ。あの善馨とこの英采を比べたら、じつに仙女と淫売の差じゃないか。

そう思って、もう一度英采を見た。彼女の目には清らかな涙があふれ、顔には神々しいほど悲痛な表情が浮かんでいる。そのうえ何の関係もない婆さんが英采の手を握りしめて、皺だらけの両頬に嘘いつわりのない涙を流しているのを見たとき、亨植の心はまた変わった。いかん、いかん。これは罪だ。英采は僕のことを忘れずにこうやって訪ねてくれ、自分の父母兄弟に会ったように喜んで自分の身の上を話しているのに、僕がこんなけしからん事を考えるなんて、英采に対する大きな罪だ。朴先生のように高潔な方のお嬢さんで、まるで花房みたいに可愛らしかった英采が、そんなふうに身を汚すはずがない。きっとあらゆる風霜をものともせず、松のごとく青く、竹のごとく真っ直ぐな志操を守ってきたに違いないと思った。だが、この後はいったいどうなったのだろう。英采はふたたび話をはじめ、悪漢に捕まっていくところから現在までのことを話す。

11

とうとう英采はその悪漢にさらわれてしまった。悪漢の家は山の麓にある小さな家だった。見るからに怠惰な人間の住まいと分かる家である。その悪漢は、今でこそこんな悪事を働いているが、かつてはこの村で金持と呼ばれて暮らしていたこともあった。だが、もともと家の格が低くて他人から蔑視されていたところに、甲辰の年〔一九〇四年。日露戦争が始まった年〕に東学〔朝鮮土着の宗教。一八九四年に起きた東学農民戦争は日清戦争のきっかけになった〕の勢力が盛んになり、無学な農民でも断髪して宕巾《タンゴン》〔冠の一種〕さえかぶれば、虎のように恐ろしい郡守〔地方行政単位である郡の長官〕も手出しできないほどだったので、この悪漢もその勢力に惹かれてさっそく東学に入道し、先祖伝来の田畑を売りはらって東学に納め、衣食にも事欠く貧乏人になってしまった。ところが監司にもなろう、郡守や牧使〔地方行政単位である牧の長官〕にもなろうという希望は水の泡と消えて、いまや田畑一畝《うね》も持たない無一文になってしまった。修養を積んだ心正しい人間ならば、たとえ貧しくても品行が変わることはないだろう。だが、もともとが両班《ヤンパン》になりたくてにわかに東学に入った人間である。はじめのうちこそ両班と紳士の体面を保っていたが、体面を整えるに必要なトゥルマギ〔外出用の上着〕、宕巾《タンゴン》、革靴がなくなるとともに、両班と紳士の体面も消えてしまった。その悪漢は、金さえ手に入れて酒さえ飲めれば何をしても構うものかと思うようになった。そして、その村で有名な詐欺師となり、嫌われ者になったのである。酒幕《チュマク》で英采の食事代を出してやったのは、むかし紳士の体面を保っていたころの心がふと顔をのぞかせたのであり、英采が娘だと知って彼女をさらっていったのは、現在の彼の腐った心がなせるわざなのだ。

　男には息子が二人いた。上の息子はもう二十二歳なのにまだ嫁が取れず、下の息子はいま十五、六歳の少年だった。はじめ英采を背負っていこうとしたとき、男は二十《はたち》歳を越えても嫁が取れない長男に与えるつもりだった。人間らしい心を失って獣のようになった彼にも、息子を思う心はまだ残っていたのだ。ところが英采を背負って暗い晩に人気のない場所を歩いていくうちに、背中と手に感じられる英采の温かな肌が彼の肉欲を抑えがたく刺激した。歳からいえば自分の孫娘にもなろうという、わずか十三歳の英采に対して色欲を抱くというのは変に聞こえるかも知れないが、身体が頑健なところに、心から道徳と人倫が消えているので、こうなるのも不思議ではない。家に妻がいないわけではないが、年を取っているうえ、何年もの貧乏暮らしですっかり老婆になってしまい、少しも温かみがなかった。花房のような英采を手中にした獣のような男は、息子の嫁にしようという考えもどこへやら、炎のごとく燃えあがる肉欲を抑えることができなくなって、人里離れた山裾の道ばたで英采をおろした。まだ幼い英采は、男が自分に対してどんな悪意を抱いているかも知らず、ひたすら恐ろしくて、もう一度「助けてください」と両手を合わせて懇願した。だが男は耳も貸さず、狂ったように英采を地面に横たえた。

ここまでの話を聞いて、亨植は全身に鳥肌が立った。やはり英采はずっと前から処女ではなかったのだ。たとえ英采が辱めを受けなかったと言っても僕は信じないぞ、と亨植は思った。その悪漢が英采を地面に横たえた光景を想像して、亨植は英采を気の毒に思う一方で汚《けが》らわしく感じた。婆さんは、弱々しげに話す英采の唇ばかり息を呑んで見つめながら、時おり「ひどいのう、あんまりじゃ」と言っては溜息をついている。

悪漢が英采を地面に横たえたとき、なぜか英采は突然の激しい恐怖に襲われ、男の胸を思いきり蹴飛ばして、大声で泣きだした。悪漢はひっくり返った。いくら幼くてかよわい少女とはいえ、飛びかかってくる悪漢の胸を死にものぐるいで蹴飛ばしたのだからたまらない。不意に胸を蹴られた悪漢は、息がつまった。悪漢がひっくり返るのを見て、英采は素早く立ちあがると、身を起こそうとしている悪漢の顔に土と砂を撒きつけて、やみくもに逃げだした。

しばらく夢中で逃げてから、立ちどまって耳を澄ました。何も聞こえない。夜明けの風が、汗の流れる顔をかすめて吹きすぎるだけだ。だが英采の目には、あの悪漢が追いかけてくる姿が見えるように思われ、また悪漢の手には血の流れる刃がぎらりと光っているような気がしたので、きゃっと叫んでもう一度駆けだした。

どれほど走ったことだろう。ふり向くと、今まで忘れていた犬が何か白っぽいものをくわえてついてくる。英采は喜んで犬を抱いた。ところが犬は全身血だらけで、そのうえ頭を抱くと首から噴きだす血で手がぐっしょり濡れた。それに気づいた英采は、驚いて身を引いた。犬は二度、三度クンクン鳴いたきり、足をばたつかせながら倒れてしまう。英采はどうしてよいか分からずに立ちつくし、犬がくわえている白っぽいものをつまみ上げた。まだ夜明けの光はかすかだったが、それがあの悪漢の上衣《チョゴリ》の切れ端だということは分かった。長いこと闘ってとうとう悪漢に嚙みついた犬は、主人にそれを知らせようと悪漢の上衣《チョゴリ》の前裾をくわえて来たのだ。

だが犬も悪漢から蹴られ、殴られ、嚙まれて、あちこちの肉がそげて血が流れ、とくに左の肋骨が二本も折れて、肺と心臓を突き刺していた。自分の命が残りわずかなことも知らず、可哀相な主人に追いついて仇《かたき》を討ったことを知らせ、愛する主人の足元で死のうというのだ。

「私は犬の屍骸《しがい》を抱いて、しばらく泣きました」

と話す英采の目には、またもや涙があふれる。

12

亨植は英采の話を聞いていくらか安心した。ふたたび英采の顔を見ると、優しい心と愛《いと》しい思いがあらためて湧き、いままで英采の貞節を疑っていたことが申し訳なくなった。英采はどこまでも、玉のように雪のように清らかなのだと思った。むかし安州《アンジュ》にいたころの幼く愛らしい英采の姿がくっきりと亭植の前に浮かんだかと思うと、その愛らしい姿が、いま彼の前で身の上話をしている英采と一つに重なる。亭植は思った。そうだ、恩人の先生の志を継いで英采と夫婦になり、一生を楽しく暮らすのだ。すると自分と英采が夫婦になったあとの情景が目の前に浮かぶ。まず、素敵な服を着て牧師の前で誓いの言葉を述べている自分と英采の姿。僕が英采の手を握りしめて彼女の赤く上気した頬を横目でそっと見ると、英采は嬉しさと恥ずかしさで、ますます首を垂れる。その夜は同じ布団で抱きあいながら、この七、八年間の苦労話や、お互いに思い焦がれた話をするだろう。英采が嬉し涙で枕を濡らしながら積もりに積もった思いのたけを打ち明けるとき、僕が感激のあまり全身を震わせて英采を抱きしめれば、英采も僕の胸に顔をうずめて、「ああ、夢みたい」と身体を震わせることだろう。その後、僕は教師の仕事と著述で金を稼ぎ、こぎれいな家を手に入れて楽しい家庭を築く。夕餉どきに僕が仕事を終えて家に帰れば、待ち焦がれていた英采は飛び出してきて僕に抱かれ、僕たちは西洋の習慣のように抱きあってキスをする。やがて息子が生まれるだろう。英采のように目が大きく顔がふっくらとして、僕のように体格がよい息子が生まれ、その次には娘が生まれ、その次にまた息子が生まれるだろう。ああ、なんと楽しい家庭になることだろう。

だけど、もし英采がこれまで教育をまったく受けていなかったらどうしよう。僕の心と僕の思想を分かるだけの学問がなかったらどうしよう。幼いころに書物を少し読んではいたが、あれから七、八年間も勉強をしていなければ、全部忘れてしまったはずだ。ああ、もしや英采がそんなふうに無学だったらどうしよう。そんな無学な英采と、幸福な家庭を築くことができるだろうか。ああ、英采に教養がなかったらどうしよう。そう思うと、さっき考えていたことがすべて馬鹿らしく思われて、急に興が醒める。そこで亨植はもう一度英采の顔を見た。物ごしと顔の表情は、どう見ても教育のない女性ではない。とりわけ彼女の手と着ている物を見れば、これまで辛い仕事で苦労をしたようには見えない。どう見ても、英采は上流家庭で高等な教育を受けた人間のようだ。でなければ、態度があんなに落ちついているわけがないし、話し方もあれほど上品でうまいはずがない。そのうえ彼女の話に文学的色彩があるのを見れば、どうしたって高等な教育を受けているに違いない。そう思った。

もしかしたら、僕が他人の助けを受けて何とかここまで身を立てたように、彼女も誰かに助けられて裕福に暮らしながら、どこかの学校を卒業したのではなかろうか。あの金長老の家にいる尹順愛《ユンスネ》のように、貴族の屋敷か文化的な紳士の家で勉強をしていたのではないだろうか。もしや今年あたり、どこかの高等女学校を卒業しているのではないか。そうであってくれれば、どんなにいいだろう。そうだ、そうに違いないと亨植は勝手に信じ込んで喜んだ。そして亨植は、はやく英采から身の上話の続きを聞きたいと思った。英采の話は、きっと僕の想像どおりに違いない。

英采は、婆さんが心を込めて切ってくれる梨を一切れ受け取って食べながら、これまでのことを思い出して長い溜息をついた。これまで話したことも大変な苦労であったし、涙なしで語れぬ話であった。しかし、これからする話は、それよりずっと悲しいのだ。たまに一人で思い出しても身震いがするほどなのに、それを他人に話すとなると、いよいよ悲しく、また恥ずかしく感じる。

この四、五年のあいだ、英采は多くの人間と出会った。短期間ながら姉妹のように親しくした友人も多かった。たまに友人同士で集まって身の上話をするときは何でも包み隠さず話したが、いま亨植に話そうとしていることは話したことがない。そもそもこんな話をしたところで、聞く人は、それはお気の毒ねえと言うだけで、自分に深く同情してくれるわけではないことを、知っているからだ。英采はごく親しい友人にも自分の身分は話さず、幼いころ両親を失って隣人の手で育てられたとだけ話しておいた。父のことも自分の本当の身の上も、とても話せなかった。

こうして彼女は悲しい経歴を自分の胸の底に秘めていた。亨植に出会わなかったら、彼女の胸に積もりに積もった思いと凝りに凝った恨《ハン》は、おそらく死ぬまで外に出ずに終わったことであろう。世間に人は多いけれど、自分の胸の奥深く秘めた思いを聞いてくれる人間はいないものだ。これまであまりにも辛いとき、英采は、友人のなかで自分に一番同情してくれそうな人に心ゆくまで身の上話をしてみようかしらと何度か考えた。一度思う存分話してしまえば、身体が少しは軽くなるのではないかしらと思ったのだ。しかし世間で出会う人びとは、百人が百人とも彼女をもてあそび、食い物にしようとする人間ばかりだった。道で彼女を見ないふりをしてすれ違う人はもちろん、たいそう親切ぶって優しげな声で近づいてくる者も、その実は英采を愛しく思い、気の毒に思ってそうするのではなく、彼女をだまし籠絡して、自分の欲望を満たそうとしているのだった。

13

慕いつづけた亨植にようやく出会えたのだから、これまで胸に秘めていた思いをいまこそ打ち明けよう、と英采は思った。自分の思いを聞いてくれる人がまだ世間にいることを思うと、本当に嬉しかった。しかし、英采はふたたび考えた。亨植の顔を見れば、私との再会を喜び、私の身の上を不憫に思って、温かい愛情を抱いていることは分かる。でも、私が身を売って妓生となり、五、六年間つまらぬ男たちの慰みものになっていたことを知ったら、どんなに落胆して悲しむことだろう。それに亨植は品行方正な人だというから、私が賤しい妓生になったことを打ち明けたら、私を嫌いになるかも知れない。いま亨植は私のためにああして涙を流し、私に好意をもっているようだけれど、もし私が妓生になったと話したら、たちまち私のことがいやになって不快に思うのではないだろうか。そして「おまえは汚れた人間だ。僕に近づける人間じゃない」と言って、顔をしかめるのではないかしら。

こう考えると、英采はこれ以上話す勇気を失ってしまった。死んだ両親や兄たちに会ったような喜びは消えて、あらたな悲しみと恥ずかしさが湧く。ああ、やはり他人なのだ。亨植もやっぱり他人なのだ。心のなかの秘密を遠慮なく全部話すことなど、できないのだ。またもや涙があふれて、英采はうなだれた。どうして私は妓生なんかになったのかしら。なぜ他人《ひと》の家の召使にならずに、妓生になったのかしら。他人の家の召使とか、子守り女とか、お針子になっていたなら、亨植に対してこんなに恥じることも、こんなふうに心の内を話せないこともなかったのに。ああ、なぜ私は妓生になったのかしら。もちろん、英采は妓生になりたくてなったのではなかった。父と二人の兄を助けようとして妓生になったのである。

平壌監獄に着いて父親との面会を初めて許された日、父親を見た英采はかたや驚き、かたや悲しんだ。世間知らずの幼ない心にも、父親の変わり果てた姿には胸が突き刺されるようだった。小さな穴から見える父親の、皺だらけで痩せた顔。すっかり落ち窪んだ目。以前はあんなに見栄えがした白雪のような顎鬚《あごひげ》も、まったく手入れをしないのでぼうぼうに乱れている。とりわけ英采が胸を衝かれたのは、黄土色《おうどいろ》に染めた恐ろしげな衣だった。この恐ろしげな黄土色の衣をまとった人びとが、変な形の編み笠をかぶり、太い鉄鎖をジャラジャラと引きずりながら糞尿《ふんにょう》の臭いのする丸桶を担いでいく姿を、英采は監獄の門の前で見た。こんな光景が初めてだった英采は、小さいころから怖がっていたエビ〔子供をさらう鬼〕や鬼神を見たような気がしてガタガタと震えた。あの人たちも私たちと同じ人間なのかしら。きっとあの人たちは何か恐ろしい大罪を犯したに違いないと思った。脇を通るとき、その恐ろしげな人びとがいやにチラチラと自分の方を見るのが、鳥肌が立つほど怖かった。

だが世間知らずの英采は、自分の父親もあんな格好をしていようとは夢にも思わなかった。かつて屋敷の舎廊《サラン》にいたころと同じように、父は清潔なトゥルマギに清潔な足袋《ポソン》を履き、机を前に置いて本を読みながら、多くの若者を教えているのだろうと考えていた。だから、平壌に来るまで自分は死ぬほど苦労をしたけれど、父に会いさえすれば一生父のそばで身のまわりのお世話をし、着物を洗ったり、火熨斗《ひのし》をかけたり、面白かった『小学』と『列女伝』と『詩経』も昔みたいに習えると思っていた。父はいつも笑顔で眼には光があり、声はあいかわらず優しさと力にあふれているだろうと思っていた。

待合室でたっぷり二時間待たされてから看守に導かれて入っていくとき、英采は嬉しさのあまり涙がこぼれそうだった。これでもう父に会えるんだと思うと、粛川《スクチョン》の村で子供たちに苛《いじ》められたこと、その翌日酒幕《チュマク》で悪漢にさらわれてあわや大変な目に遭うところだったこと、順安《スナン》の石《ソ》安里《ガルリ》近くの金鉱夫に捕まって苦労したこともすべて忘れて、ひたすら嬉しい思いでいっぱいだった。面会所に入れば、すぐにも父が「おお、来たか」と飛びだしてきて自分を抱きしめてくれると思っていた。

ところが面会所に入ると、四方は厚い板で囲われており、長剣を吊るした看守たちが無情な目で自分を見ながら、重苦しい足音を立てて通り過ぎるだけだ。出てくると思った父の姿は見えず、真っ黒な鬚をもじゃもじゃ生やした巡査（じつは看守だったが、英采は巡査だと思った）が手に紐をつかんで立ち、英采を見ながら、「いいか、泣いてはならんぞ。泣いたら父親と会わせてやらんからな」と怒鳴ったとき、英采はすっかり失望して怖さと悲しさに震えた。やがて巡査が手にもった紐を引くと、ガタゴトという音がして、板壁にあった板切れがその紐に吊されて上がっていき、小さい四角の穴があいて、それはそれは変わり果てた父の顔が見えたのだった。肩から目のところまでが見えて、額から上は壁に隠れて見えない。父は笑いもせず、黙ったまま突っ立って英采を見つめている。その顔には昔の穏やかさがなく、目からは昔の笑みと光彩が消えていた。以前、英采を前にしたときには顔全体が笑みであふれたものなのに、いまは木で彫ったように無表情である。「あれが、私のお父様かしら」と英采は当惑しながら、しばらくその顔を見つめた。身体の血が凍りつき、手足がこわばるような気がした。しかし、その木彫のような顔の窪んだ目に涙がゆっくりと浮かぶのを見たとき、英采はようやく「これが私のお父様だわ」と言うように、

「お父様！」

と叫び、声をあげて泣いた。

「そのお姿は……」

英采は慟哭《どうこく》した。

14

こうして父に会った英采は、看守に身体を支えられて、ふたたび待合室に出てきた。今度の看守はさっき紐をつかんでいた看守と違って、たいそう親切に英采を慰めてくれた。待合室の長椅子に坐らせて、

「泣いちゃいけないよ。いくらもしないうちに、お前の父さんは出てくるからね」

と、優しく慰めてくれた。しかし、察しのよい英采にはそれが慰めの言葉に過ぎないと分かった。それで、しばらく声をあげて泣いた。看守はもてあましたように、

「泣いていないで、早く家に帰りなさい」

と言うと、自分の持ち場に行ってしまった。そのとき、毛織のトゥルマギを着て隣に坐っていた断髪の人が英采に向かって、

「お前さん、どうして泣いているのかね。ここに誰か入っているのかい」

と、ひどく親切に尋ねた。英采は、自分の父と二人の兄がこの監獄に入れられていること、実は父と兄たちには何の罪もないこと、自分は父に会おうと一人でこんな遠いところまで訪ねてきたという意味のことを話した。こう話せば、もしや自分のことを可哀そうに思って、父にちょくちょく会わせてくれたり、しばらくの間ご飯を食べさせてくれたりするのではないかと思ったのである。話を聞いたその人は、心のこもった優しい言葉で英采を慰めた。

「じつに気の毒な話だ。私の家で次の面会日まで待ちなさい。面会はひと月に一度しかさせてくれないから、私の家にいて、ひと月後にお父さんにもう一度会ってから帰るがいい」

ひと月後でなければ父に会えないという言葉を聞いて英采の心は暗くなったが、その人の親切は身にしみてありがたかった。父に会いさえすれば、あとはずっと一緒にいられると思って平壌に来たのに、いざ来てみれば、一緒どころかひと月に一度しか会うことができないという。一文無しのうえ平壌に知り合いもいない英采には、今晩の食事と宿からして心配なのだ。それに八月も二十日が過ぎたので、朝と夜には冷たい風が吹いて綿の夏袴《パジ》と麻の上衣《チョゴリ》では肌寒く、夜は掛け物なしに寝ようものなら手足が冷えて眠られなかった。昨晩も、七星門《チルソンムン》外にある家のウンモク〔オンドルの炊き口から遠い部分なので冷たい〕で寒さのために一睡もできずに夜を明かしたところ、朝から腹がシクシクと痛みはじめ、父に会う前に三度も下痢をした。何日ものつらい旅の疲れと心労、そして今日父との再会で味わった悲嘆と落胆のせいで全身から力が脱けて、もう一歩も動けそうにない。こんな時にその人が親切にも自分を受け入れてくれたので、英采は悲しいうちにも少しほっとした。とはいえ粛川の酒幕《チュマク》で断髪の男に騙されたこともあり、もしやこの人もと疑って、言葉遣いと物腰をくわしく観察した。粛川の男とは違って、この人は着ている物も立派で顔つきも上品だし、どう見ても悪人ではない。それに、もしこの人が私を騙そうとしたって、鼻に嚙みついて逃げればそれまでだ。とにかく温かいご飯が食べたい。火の通ったオンドル部屋で布団を掛けて寝たい。この人の家に行けば、きっと、おいしいご飯も出してくれるし、掛け布団もあるだろう。あんなに良い着物を着ている人なら、家だってそれなりにお金持のはずだ。そう考えた。それで英采はその人に言われるまま、ついて行った。道すがら、その人は英采の手を引いてくれながら、あれやこれやと親切に尋ねた。英采は元気のない声でそれに答えた。

その人の家は平壌の城内で南門の近くだった。疲れ果てた英采がもうこれ以上歩けないという頃になって、ようやく家に着いた。さほど大きくはないが、見るからにこざっぱりとした家だった。門には「金雲龍」という表札がかかっていた。英采は、うまい字だと思った。なかに入ると中庭《マダン》と部屋はきちんと片付けられ、若くてきれいな夫人と娘がいた。英采は心のなかで、夫人はあの人の奥さん、娘さんはあの人の妹さんだと思った。どうしてお母さんがいないのかしら。あの人のお母さんがいそうなものなのに。きっとうちのお婆さまみたいに年を取って亡くなったのね、と思った。すべてが英采の想像どおりだったので、英采はすっかり安心した。おまけに、その人に妹らしき娘がいて他には男性がいないのが、ますます気に入った。

その家の家族はみな英采を気に入ってくれた。その夜は期待どおり、久しぶりに肉の入った汁《クック》とおいしいご飯を食べた。食後その人は外出し、英采と夫人と娘は明かりをつけておしゃべりを始めた。英采を男だと思っている娘はあまり話さなかったが、夫人はいろいろと英采の身の上を尋ねた。夫人が優しく頭を撫で、手を握ってくれるのに感激した英采は、涙ながらに自分の身の上を打ち明けた。父と兄のもとに行くために男装して親戚の家から逃げ出したこと、来る途中でさまざまな目に遭ったことを詳しく話すと、娘は目を丸くし、夫人は英采を抱きしめ、背中をさすりながら泣いた。英采の話を聞き終えた夫人は下衣《チマ》の紐で涙を拭き、「どうりで、お前の顔が女の子のようだと不思議に思っていたのよ」と言いながら箪笥を開けて、仕立ててあった着物を一揃《そろ》い出してくれた。英采は二、三回遠慮したが、結局それを着た。それから三人はさらに打ち解けて、笑いながらおしゃべりをした。とりわけ、今まで知らん顔をしていた娘が急に笑顔になって英采の手を取り、親しげに話すようになった。英采は父と兄のこともしばし忘れ、なくなってしまった家に帰ったような思いがして嬉しかった。夜が更けてから主人が帰宅し、夫人に英采のことを聞いて驚いた。そして一同が笑った。こうして何日かが過ぎ、英采は早くひと月たってまた父に会い、この大恩人の話をしようと思った。

15

待つとなれば、ひと月という時間もたいそう長い。英采はしだいに父のことを考えるようになった。おそろしく痩せ衰えた父の顔と落ち窪んだ目、黄土色の囚人衣、鬚がたくさん生えたあの看守、そして腰に鉄鎖を巻いて糞桶を運んでいた人びとのことが思い出されてきた。きれいで温かな自分の着物を見るたびに、朝夕のおいしい食事を見るたびに、父の哀れな姿が目に浮かぶ。

英采はしだいに快活な表情を失い、食事もあまり食べずに、よく一人で泣くようになった。夫人と娘はあいかわらず優しく慰めてくれるが、慰められるのもつかの間で、夫人と娘がいないときに一人でいると自然に涙がこぼれおちる。

英采は考えた。なんとか父と兄を救えないものだろうか。監獄から出せないものだろうか。外に出せなくても、せめて清潔な着物を着せ、おいしい食事を取らせることだけでもできないだろうか。聞けば監獄では豆半分、米半分で炊いたご飯を食べるという。父があんなにやつれているのも、高齢なのに食べ物が満足でないためかも知れない。ものの本によれば、むかし、罪に落ちた両親を身を売って救った娘がいたという。私もそうしてみようかしら……。こう考えた英采は、ある日、主人に自分の考えを打ち明けた。主人は英采の志を褒めたたえ、

「お金さえあれば、食べ物の差し入れもできるし、もしかしたら監獄から出すこともできるかも知れないが……」

と言って、英采の顔を見た。英采は昔話のことを考えた。身売りした金で父親の罪をあがなった昔の娘の話を父から聞いたその日、まだ十歳にもならない英采は涙を流しながら私もそうしようと考えたことを思い出した。「お金さえあれば、食べ物の差し入れもできるし、もしかしたら監獄から出すこともできる」という主人の言葉を聞いて、英采は、私もそうしようかしらと思った。「もっとも、金があればの話だがね」と、主人がもう一度英采の顔を見ながら笑ったとき、英采は考えた。そうだ、この人も私にあの娘のようにしろと勧めているのだ。いま私が娘のように身を売ってお金を手に入れさえすれば、お父さまとお兄さまは監獄から出てこられる。出てくれば、

きっと私のことを褒めてくださる。世間の人たちは私を孝女だと褒めたたえてあの娘と同じように本に記録し、それをたくさんの娘たちが読んで、私みたいに涙を流して褒めたたえるだろう。だけどもし、私が身を売って父と兄を救わなかったならば、この人も世間の人たちも、みんな私を親不孝な娘だと言って嘲るだろう。それに、これまでこの家にいて分かったのだけれど、あの奥さんも以前は妓生《キーセン》だし、あの娘さんもいま妓生になる勉強をしているという。毎日遊びにくる妓生たちは顔もきれいで、いい着物を着ているし、気立てのいい人ばかり……。妓生って、みんな良い娘さんたちだわ。そのうえ彼女たちが読み書きもちゃんとできるのを見て、英采は、妓生とは学問も修めた娘のことだと思った。英采は決心して主人に言った。

「決心いたしました。私も妓生になります。私も文《ふみ》は少々習っております。そして、そのお金で父を救おうと思います」

こう言って英采は、言い知れぬ喜びと一種の誇らかさを感じた。主人は英采の背中を優しく撫《な》で、

「まことに奇特なことだ。孝女だ。それではお前さんの望みどおり、周旋してやろう」

と言った。

こうして英采は妓生になった。英采は決して妓生になりたくてなったのではない。年老いた父親を救いたい一心で、妓生になったのだ。実際には、身を売った金で父と兄を救うことができなかったばかりか、周旋してやろうと言っていたその人は、英采の身売り代金二百円を持ったまま、家も妻も放り出してどこかに逃げてしまったけれど。また、英采が父を救うために妓生になった

という話を聞いて、父は絶食自殺をしてしまったけれど。それでも英采が妓生になったのは、自分がなりたくてなったのではない。ひとえに年老いた父親と兄たちを救おうとしてのことなのだ。

とはいえ、こんな事情を誰が分かってくれよう。天と神は知っていようが、神ならぬ身の人間がこんなことを分かってくれるわけがない。いま私がこんな話をしたって、亨植は信じてくれないだろう。おまえは身持ちが悪くて娼妓の身になったくせに、今ごろになって、しだいに年を取り娼妓生活も嫌になったので僕を騙すつもりだろうと、かえって私のことを嘲笑うのではないかしら。妓生になって二、三ヵ月してから監獄に父を訪ねると、父も私が妓生になったという話を聞いて激怒し、

「なんという娘じゃ。栄《は》えある家門によくも泥を塗ってくれたな。誰に騙されて早くも身を汚《けが》したのじゃ！」

と、私の身持ちが悪くて妓生になったと思い込んで、とうとう自殺までしてしまった。父親だってこうなんですもの、亨植が私の話を信じてくれるわけがない。今朝、亨植を訪ねようと決心したとき、英采はこれまでのことを全部話すつもりだった。しかし、こう考えるとそんな決心はすっかり失せて、ただ悲しさと悔しさが胸にこみあげるばかりである。ああ、この世に私の本当の心を聞いてくれる人はいないのかしら。

こう考えて英采はふうと溜息をつき、涙をふいて亨植と婆さんを見た。亨植は優しそうな目で英采の顔を見ながら話の続きを待っており、婆さんは英采の背中をさすりながら鼻をかんでいる。

「で、その悪漢の手から逃れたあとは、どうなったのですか」

と亭植は英采に話の続きをうながす。英采は涙をふいて立ちあがり、

「後日、またお話しさせていただきます」

「そんなことをおっしゃらずに」

と亭植が引きとめるのも聞かず、

「どちらにお住まいですか」

という問にも答えず、童女を連れて出ていってしまう。亭植と婆さんは顔を見合わせて、

「いったい、どうしたんだろう」

と思った。

16

英采が話を途中でやめて突然出ていくのを見た亭植は、あっけに取られてしばらく呆然としてから帽子もかぶらず外に飛びだした。けれども夥《おびただ》しい人波のなかで英采の行方は分からなかった。亭植は、英采が飛びだしたときにすぐ後を追わなかったことを悔やんだ。しばらく通りを行ったり来たりしてから、あきらめて亭植は家に戻った。婆さんはまだ坐って涙を流している。

亭植は、机にもたれて英采のことを考えた。なぜ英采は話を打ち切って、大急ぎで帰ってしまったのだろう。なぜ途中で話すのをやめて、あんなに激しく泣いたのだろう。どうしても分からない。もしや僕は、英采に対して不満そうな態度を見せたのだろうか。いいや。英采の話を聞くとき、僕は最高の同情と真心をこめて話を聞いた。さっき英采が僕の顔をじっと見つめたとき、

涙を湛《たた》えたその清らかな目を、僕はこのうえなく愛しいと思った。英采は、僕の顔からそれを読み取ったはずだ。それならどうして話を途中でやめて、あんなに大急ぎで出ていったのだ。どうやら、どうしても僕には話せない、深い事情があるらしい。どんな事情なのだろう。僕を訪ねてくるときには、事情をすべて打ち明けようと思って来たはずなのに、なぜ話を途中でやめて大急ぎで帰ってしまったのだろう。

そうだ。さっき婆さんが、「女学生風にしとったが、ありゃあ、どう見ても妓生《キーセン》のようじゃね」と言っていたが、きっとそうなのだ。一人で平壌に来て、どこかの悪い男か女に騙されたあげく、妓生になってしまったのだ。ソウルで妓生稼業をしているうちに、風の便りで僕がここにいることを知って訪ねてきたに違いない。もしそうなら、いったいどんなつもりで訪ねてきたのだろう。幼いころ一緒に遊んだ友達の顔を一目見たくて訪ねてきたのだろうか。そして僕を見て、昔のことやら両親と兄弟のことやら思い出して、涙ながらに身の上話まで始めてしまったのだろうか。話しているうちに、妓生になったことを打ち明けたら嫌われるのではないかと怖くなり、話をやめて帰ったのではないか。

じゃあ彼女は本当に妓生になったのか。恩人の朴先生の娘が妓生になってしまったのか。世のために身も心も捧げた熱誠の人である朴先生の娘が、世間に誘惑されてついに不良どもの慰みものになってしまったのか。ひょっとして、今晩どこかの遊び人と逢引があって、約束の時間が来る前にちょっと僕を訪ねたんじゃないか。それとも逢引に行く道すがら、ちょっと僕の下宿に立ちよったのではないか。そういえば、そうかもしれない。さっき英采を追いかけて通りに出たとき、校洞《キョドン》交番の前で、背の高い男と女が腕を組んで歩いていくのが見えたが、じゃあ、あれが英采だったんだな。だったら今ごろ英采はどこかの料理屋で不良に抱かれ、一つ杯で酒を飲みながら、淫乱な歌や話で、醜い快楽に酔い痴れているのだろう。さっきここで涙を流していたあの目で男心を迷わす流し目を送り、悲しい身の上話をしていたあの口で、ぞっとするほど薄汚いことを話しているのだ。もしかしたら、今ごろはどこかの男に抱かれて醜い快楽を貪っているころかも知れない。

こう考えると、たちまち亨植の胸中は不快になった。さっき僕の前で見せていた可憐な姿は、すべて一時のうわべの姿なのだ。自分の身の上話を聞いて涙を流している僕と婆さんを見て、内心では笑いこけていたに違いない。なんて憎い女だ。ああ、英采はもう転落してしまったのだ。薄汚い娼妓になってしまったのだ。両親を失い、兄弟を失い、誘惑にはまって、ついに犬の糞のように汚い身体になってしまったのだ。朴先生の家はついに滅びてしまったのだ。

亨植は顔をあげて、虚ろな心で部屋のなかを見まわし、机の端にあった団扇で火照った顔をあおぎながら縁側に出て腰をおろした。どこからか、活動写真の音楽隊の曲が流れてくる。校洞の通りを駆けていく人力車の鈴の音が聞こえる。頭の混乱が収まらない亨植は、狭い中庭《マダン》をしばらくぶらついてから部屋に戻り、服を着たまま布団に寝転がった。亨植は静かに目を閉じた。だが、彼の目には泣いている英采の姿がはっきりと見えた。そして彼女が語った身の上話が、幻燈か活動写真のように揺らめきながら亨植のまわりに浮かびあがる。安州の朴先生の家を出てくるときの自分が英采を抱いて「もう会えないんだね」と言っている姿、母の実家を飛び出し、犬を連れて月夜に一人で逃げていく英采の姿、粛川の酒幕《チュマク》で英采が悪漢にさらわれていく様子が、揺らめきながら見える。男装をした英采が死んだ犬を抱いて、夜明けの山道にしゃがんで泣いている姿も見える。そこで活動写真がぷつんと切れてしばらく真っ暗だったが、やがて長鼓《チャンゴ》を持ち、遊び人たちの前に坐って淫らな表情で淫らな歌を唄っている英采が見える。どこかの男と枕をともにしている姿も揺らめきながら浮かびあがる。

つづいて、さっき英采を前にしながら考えた結婚生活が見える。教会での挙式、楽しい家庭、息子と娘の誕生が、まるで過去の事実を回想するように、揺らめきながら浮かびあがる。

「英采は妓生になってしまったんだ」

と、亨植は寝返りをうちながら嘆いた。こんなことは考えまいとして、亨植はぶるっと身を震わせて首をふった。そして眠気を誘うためにわざと寝息を立ててみた。だがいくらもたたぬうちに、またもや妄想が襲ってくる。悲しい身の上話をしながら涙を湛《たた》えた目で自分を見つめる英采の姿が、忽然と現われた。

17

英采の目からは涙が流れている。膝の上に弱々しく置かれた美しい指がかすかに震えている。亨植はこう考えた。英采は僕を信じ、僕に事情をすべて打ち明けて身を託すために来たのではなかろうか。たとえ身は妓生になっていたにしても、亨植がソウルにいるという話を聞いて、その辛い境遇から自分を救い出してくれるよう頼むために訪ねてきたのではないだろうか。この広い世間で亭植のほかには、話す人も頼る人も身を託す人もなく、父母を探し、兄弟を求めるように、亭植を探し求めてきたのではなかろうか。さっき「私が李亭植《イーヒョンシク》です」と言ったとき、英采がひどく驚いて一歩しりぞき、激しく涙を流したこと、身の上話をしながら何度も何度も亭植の顔を見つめていたことを考えると、きっと英采は亭植を信じ、亭植の同情を求め、亭植が抱きとめて救ってくれることを願っていたのだ。そうだ。やはり英采は僕を信じ、保護を求めるためにやって来たのだ。六、七年ものあいだ辛く冷たい世間の風にさんざん苦しめられ、自分を愛してくれるはずの僕がソウルにいることを知って、喜び勇んで訪ねてきたのだ。

そうだ、そうなのだ。僕には英采を救う義務がある。英采は僕の恩師の娘で、そのうえ恩師が僕の妻として許した女性だ。たとえ運に恵まれず、いっとき苦界に身を沈めていたとしても、僕には彼女を救い出す責任がある。僕が先に彼女を探し出せなかったことが、むしろ残念で申し訳ないくらいだ。だがこうして彼女が僕を訪ねてきたからには、もう知らぬ顔はできない。彼女を救おう。救って愛そう。最初に考えたとおり、できることなら僕の妻に迎えよう。かりに彼女がきっと婦人の美徳を備えているはずだ。それに妓生といえば人情や世間のことにも詳しいだろうし、詩や歌もうまいだろうから、文章で一生を送ろうという僕にはぴったりだ。そう思って亭植は静かに目を開いた。

ぼんやりと蚊帳《かや》を眺め、蚊帳の外でウィンウィンと唸っている蚊の音を聞きながら、もう一度目を閉じてひとり微笑んだ。何といっても先ほどの英采は美しかった。眉を描いて香水の匂いをさせているのが少し不快ではあったが、あの肌の艶と目つき、それにじっと坐っている姿は実に美しかった。おまけに話をするときにちらりと白い歯が見えるのと、溜息をつくとき一瞬身をよじってかすかに眉根を寄せるところが、たまらなく好かった。さっきは感激のあまり英采の顔と姿をくわしく見る余裕はなかったが、いまゆっくりと思い出すと、英采の一挙一動それに上衣《チョゴリ》の紐を結んだ姿までもが、たまらなく美しく見える。亨植は目を閉じて、もう一度英采の姿を思い描きながら微笑んだ。あのしとやかな姿にいたっては、長老の娘の善馨《ソニョン》だってかなわないと思った。もちろん善馨の顔と姿もしとやかだが、英采に比べれば変化に乏しく生気が少ない。善馨が安座まします仏なら、英采は雲の上で舞って歌う仙女だ。善馨の顔と姿は絵に描いたようだが、英采の顔と姿は動いているようだ。英采の顔は一瞬たりとも同じではなく、薄い霧が前をするすると通り過ぎていくように、顔と目の表情がつねに変化している。それでいて、その変わる様子が、たとえようもなく美しくてしとやかだった。その声も感情の動きにつれて、高く、低く、太く、細く変わり、まるで微妙な旋律でも聞いているようだった。亨植と婆さんをあれほど悲しませて涙を流させたのは、じつは英采の哀れな経歴よりは、その経歴を語る美しい話しぶりだったのである。

亨植は先ほど抱いた英采に対する不快な思いもすっかり忘れて、目の前に見える英采の姿にしばらく恍惚《うっとり》としていた。「亨植さん、私はこの世であなたしか頼る人がおりませんの。亨植さん、私を愛してくださいな。この孤独な身をあなたの胸に投げ出します」。そう言って、涙を湛《たた》えた目で亨植を見つめているようだ。亨植は心のなかで、「英采さん、美しい英采さん、朴先生の娘である英采さん、僕は英采さんを愛しています。こんなに愛しています」と言って、両腕を広げて抱く仕草をした。亨植の想像では、英采の温かな頬が自分の頬に触れ、吐息が自分の口に届くかに思われた。亨植の胸の動悸は激しくなり、息づかいは高まった。そうだ。英采は僕の愛する妻だ。教会で楽しく結婚式を挙げ、息子や娘を生んで楽しい家庭を築くのだ。

しかし、英采はどこにいるのだ。いま、どこにいるのだ。亨植はまたもや不快になった。英采がどこかの男に抱かれて寝ている姿が目に浮かぶ。亨植が英采の寝ている部屋に入ると、男を抱いていた英采がぱっと顔をあげ、亨植を見ながらフフフと笑う。「英采、これはいったい、どうしたことだ」と言って英采の頭を蹴とばす自分の姿を想像しながら、亨植は本当に足をあげて蚊《か》帳《や》をボンと蹴った。蚊帳を吊るした紐がぷつんと切れ、蚊帳が顔をおおう。飛びおきた亨植は蚊帳を払いのけて、煙草に火をつけた。婆さんはもう眠ったらしい。ひんやりとした風が何かの匂いをのせて、そよそよと吹いてくる。手に持った煙草が燃えつきることにも気づかず、亨植はぼんやりと中庭《マダン》を眺めていたが、ふと何か思いついたように中庭に飛びだした。校洞の通りには遅い帰路につく人の靴音が響き、よく澄んだ夏の空には星が瞬いている。空を眺めていた亨植はくるりとふり返って独りごちた。「人生って、本当におかしなものだ」

18

昨晩おそくまで寝つかれなかったせいで、亨植は翌朝八時をまわってようやく起きだした。顔を洗い、英采のことを考えながら朝飯を食べていると、亨植が教えている京城学校の生徒が二人やって来た。亭植はどの生徒に対しても親切で優しいので、彼を慕う生徒は多かった。亭植は自分の昔のことを思って気の毒な生徒には特別に同情をあらわし、薄給にもかかわらず、学費のない生徒二、三人を援助していた。しかし、亭植には才能のある生徒や真面目な生徒をとくに可愛がる癖があった。もちろん、才能があり真面目な生徒は誰だって可愛いものだが、表には出さないようにするものである。ところが情の人である亭植にはそれができず、誰かに対する自分の特別の愛情を隠すことができなかった。それで、亭植は友人から「君は贔屓《ひいき》をする癖がある」という忠告を受けた。そのとき亭植は笑いながら、「より愛すべき人間を、より愛することの何がいけないというんだ」と言った。するとその友人は、「だが教える立場にある人間は、学ぶ者を一様に愛するべきだ」と言い、これに対して亭植は、「しかし、成長したあかつきには社会に大きな利益を与えそうな者をとくに可愛がって教えることの、どこが間違っているのだ」と言い返した。

こうして同僚や生徒のあいだで亭植は贔屓《ひいき》をする人間だと言われるようになり、亭植をとりわけ憎んでいる者などは、亭植は顔立ちのよい生徒ばかり可愛がるとさえ言った。意地が悪くてよく悪さをする一部の三、四年生は、亭植は顔立ちのよい生徒ばかり可愛がって、試験の点数も甘くしたり質問にも格別親切に答えていると、亭植に可愛がられている生徒に向かって辛らつな悪口をさかんに言う。そんなとき亭植に可愛がられている生徒たちは亭植のためにいろいろと弁明するのだが、意地の悪い生徒たちはかえって彼らを鼻で笑うのだった。

いま亭植を訪ねてきた二人の生徒のうち、いかにも真面目そうな十七、八歳の生徒は亭植にとくに可愛がられている生徒の一人であり、彼と一緒に来た、背が高くて浅黒い顔をした生徒は亨植を憎んでいる生徒の一人である。亨植を慕う生徒は李熙鏡《イーヒギョン》といって、現在京城学校四年生の最優等生、もう一人の生徒は金宗烈《キムチョンニョル》といって、かろうじて落第を免れて進級している四年生である。ところがこの金宗烈は、年ばかり食って勉強はできないわりに、ものごとを計画実行する才能があり、二年生の時からクラスのことはすべて彼が取り仕切っているうえに、彼が出す意見の九割はクラス全員が賛成するのである。クラスの全生徒が必ずしも彼を尊敬し、敬愛しているわけではない。むしろ、成績が良くないこと、品行が方正でなく性格が陰険で意地も悪いことから、生徒たちの憎しみや嘲りを受けているのだが、何かをすることになると、全生徒が迷うことなく彼を信任して彼の言うとおりに動く。もちろん彼は正直者である。思うところを憚《はばか》ることなく述べ、どんなにえらい人間の前でも躊躇せずに自分の意見を発表する勇気がある。ともかく金宗烈は、一種特殊な能力をもった人間なのだ。最上級生となった現在では、四年生のみならず全校生徒のあいだに絶大な勢力をもち、入学したばかりの幼い一年生まで彼の名前を知っていて、彼を見れば敬礼する。下級生が自分に対して敬礼をしないと、ただちに威厳のある態度と声で、「君、なぜ上級生に敬礼をしないのかね」と叱る。だから下級生たちは敬礼したあと背後でアッカンベをして笑うけれども、彼の前では丁寧に敬礼をする。

　同級生に金啓道《キムケード》という、金宗烈《キムチョンニョル》と同じような生徒がいる。金啓道は金宗烈よりも少し温厚で礼儀正しいからつきあいやすいが、仕事好きで行動が大人っぽい点はそっくりだ。おまけに年齢が同じくらいで考え方がよく似ているので、金宗烈と金啓道の二人は肝胆相照らす仲である。金宗烈は、この世で心を許して天下を語るに足る人物はナポレオンと金啓道しかいないと思っている。もちろん彼は、ナポレオンの詳しい伝記一冊読んだわけではない。ただ西洋史で聞きかじった材料で直観的にナポレオンはこんな人間だろうと決めてかかり、自分の唯一崇拝する人物にしたのである。友人と話をするときもナポレオン、同窓会で演説するときもナポレオン、何につけてもナポレオンを引用するので、生徒たちは彼にナポレオンというあだ名をつけ、顔が黒いことから「黒い」という形容詞をつけて「黒いナポレオン」と呼ぶようになり、利口な生徒（李熙鏡もそうだ）は発音の便宜上「黒ナポ」と呼んでいた。しかし彼はナポレオンがフランス皇帝であることは知っていても、もとは地中海にあるコルシカ島の人間であることは知らない。ワーテルローで英国の将軍ウェリントンに敗れて、大西洋にあるセントヘレナという孤島で死んだという話を歴史教師に聞いたけれども、「ワーテルロー」とか「セントヘレナ」など覚えにくい単語は全部忘れてしまい、ただナポレオンは敗れて大西洋のどこかで死んだとだけ記憶している。それでいて、ナポレオンは彼が唯一崇拝する人物なのだ。いうなれば金宗烈のナポレオンは、コルシカで生まれてフランスで皇帝になったナポレオンではなく、神が自分の姿に似せてアダムを創ったという伝説と同様、金宗烈が自分の姿に似せて作ったナポレオンなのである。このナポレオン崇拝者は、亨植に挨拶をしてから厳めしく正座し、「僕たちが先生にお目にかかりに来たわけは、……」と話しはじめる。

19

亨植は煙草をくわえて、金宗烈《キムチョンニョル》、李熙鏡《イーヒギョン》二人の生徒と笑顔で向きあっている。二人が何の用事で訪ねてきたのかは知らないが、金宗烈と李熙鏡の二人が一緒に来たところを見れば、学校全体に関わるか、でなければ四年生全体に関わることにきまっている。学校全体か四年生全体に関わることは、つねにこの二人が代表になることになっているからだ。本来の格式からいえば最高学年の級長たる李熙鏡が代表になるのが当然なのだが、李熙鏡は年が若いうえ金宗烈のようにことを好まず、また上手に処理する手腕もないので、つねに金宗烈に制御されている。李熙鏡が行くべきところに、金宗烈はまるで若い者を一人で送り出すのが心配だというように同行し、李熙鏡が二、三言話すか話さぬうちに横から話を引き取ってしまう。かえって李熙鏡の方がついて来た人間みたいに一歩下がり、にこやかに笑っているだけである。最初のうちは李熙鏡もこんなふうに金宗烈に権利を侵されると、自分の人格が無視されるような気がして不快だったが、慣れるにつれ、金宗烈が自分のすべき仕事を引き受けてくれることをむしろ幸いだと思うようになった。勉強が忙しいときや仕事をしたくないときは、自分の方から金宗烈を訪ねて自分がすべき仕事を頼んだりすることもある。すると金宗烈は即座に引き受け、自分の仕事もそっちのけにして働いてくれる。そのたびに李熙鏡はひそかに笑うのだった。

　今回の訪問も、おそらく名義上は李熙鏡が代表で金宗烈は付き添いだと亨植は思った。そして肝心の代表者はにこにこしているだけで、付き添いの金宗烈が口を開いて「僕たちが本日先生を訪ねたのは」と言うのが片腹痛くて、心のなかで笑った。金宗烈のような人間も社会で使い道は多い、と思った。ああいう連中は才能はないが、とにかく何でもやりたがる性分だから、うまく利用すればいろいろと仕事をするのに便利なのだ。金宗烈のような人間は、小事を任せるときも大事のごとく話し、ちっぽけな成功を収めたら大成功、それも社会に大きな利益をあたえる大成功のごとく話して、「君でなくてはこの仕事はできん」と持ちあげてやりさえすれば、火も水も厭わず、どんな仕事だって引き受けるだろう。いま宗烈は熙鏡が幼稚で分別がないと思っているが、遠からずして熙鏡が彼を使う人間となり、世間で彼より敬われることになるだろう。金宗烈はそれを知らない、知らないことが金宗烈にとっては幸福なのだと亨植は考えた。

いったい生徒たちは何を話しあって金宗烈を代表に立ててきたのかと思いながら、亨植はしごく丁寧に、

「何が起きたのですか」

「はい。学校に重大事件が発生しました」

こんなふうに金宗烈は小さなことにも法律用語や政治用語を好み、他のことは覚える才能がないくせに――たとえば自分の唯一の崇拝人物であるナポレオンの名前がボナパルトであることさえ覚えられないくせに――法律用語と政治用語はみごとに覚えるのだ。一度聞いたら、必ず実地に応用する。たまには誤って応用することもあるが、十に四つか五つは正しく応用する。今回亨植に言った「重大事件が発生しました」などは、正しく応用した例である。亨植は、

「ほう、どんな重大事件かね」

「僕たちは、三、四年生合同で同盟退学をするつもりです。生徒に対する学校の処分権利を不満として、このように同盟を締結いたしました」

と同盟退学請願書を取り出す。金宗烈《キムチョンニョル》は二つの単語を誤用している。「処分権利」の「権利」は余計だし、「同盟を締結」するの「締結」は大袈裟すぎる、と亨植は思った。だが、ひと抱えもある退学請願書に二百名余りが署名捺印しているのを見て、亨植は驚いた。果たして「重大事件」であり、みごとに「同盟を締結」したものである。退学請願書を亨植に渡した金宗烈は、亨植のそばに来て請願書を朗読するつもりらしい。金宗烈の無作法を不快に感じた亨植は、退学請願書を机にのせて、ひとりで黙読した。机に近づこうとする金宗烈の腕を李熙鏡《イーヒギョン》が笑いながら引っぱり、そのまま坐っていろと合図した。だが金宗烈はその意味に気づかず、「何だ」と李熙鏡を睨んだ。李熙鏡は顔を赤らめて横を向き、ハンカチで鼻をかむふりをして笑った。とうとう金宗烈は机の反対側まで行って亨植と向きあった。亨植はもう一度身体の向きを変えようと思ったが、さすがにそれはできず、請願書を返しながら、

「宗烈君、しかし、これはいけないことだ。理由の如何を問わず、学校に対する生徒の『ストライキ』はよくないことだ」

と言った。

金宗烈は、「ストライキ」という言葉の意味はよく分からないが、野球に「ストライク」という言葉があるところから見て、おそらく学校を攻撃する意味だろうと思った。それで請願書をもち、重々しい声で、

「いいえ。我が母校当局は腐敗の極みに達しております。この時に当たって、我ら勇敢な青年たちが一大革命を起こさねば、むしろ母校は滅亡するでありましょう」

と、決心の固さを言葉にあらわす。亨植はあきらめて李熙鏡をふり返り、

「李熙鏡君も同じ意見なのかい」

「はい。昨日の放課後、三、四年生が集まって、そう決めました」

「で、証拠は確実なのかね」

金宗烈が声を高めて、

「確実です。何名かの生徒が目撃しています」

と、こぶしを振りまわしながら言う。

「証拠は確かです。このまま見過ごすわけには行きません」

20

退学請願の理由は以下のようであった。京城学校の学監であり地理歴史の担任たる裵明植《ペミョンシク》は酒を飲んで花柳界に通っているので、青年を教育する学監や教師たる資格がない。のみならず、いつも生徒全体の意向を無視して学課の配分その他すべてを任意にとりおこない、生徒の賞罰と退学がつねに公平でなく恣意的である。

学監の裵明植《ペミョンシク》は、二、三年前に東京高等師範学校の地理歴史科専科を卒業して帰国し、京城学校の校主金男爵に請われて、一躍京城学校の学監という重要な地位を得た。京城学校の十名あ

まりの教師全員が、法律上は中等学校の教員資格がないなか、自分は堂々と東京高等師範学校を卒業しているというわけで、学事に関する事務をすべて自分の意のままにしていた。彼の主張するところによれば、東京高等師範学校は世界で最高の学校であり、その学校の卒業生たる自分は朝鮮で最高の教育家である。教育に関しては知らぬことがなく、自分がやることは何でも教育学の原理と朝鮮の時勢に合致したことなのだった。だが、わきから見ている分には、高等師範を卒業していない他の教師たちと比べて、とくに優秀なようには見えなかった。彼は就任するとすぐに学課の変更を主張し、地理と歴史は全学問が集まるところだといって時間数を倍に増やし、数学と博物学は中等教育にさほど必要ではないといって二、三割へらした。彼は歴史地理中心教育論者を自称し、生徒に向かっては、歴史と地理が全科目でもっとも必要かつ貴重な科目であり、したがって歴史と地理を教える教師がもっとも重要で実力のある教師なのだと言った。そのとき他の教師たちは、総督府の高等普通教育令と日本の中学校の制度を根拠にして裵《ペ》学監の主張に反対した。裵学監は笑いながら、

「皆さんは教育の原理をご存知ないから」

と、自分の学説が正しいことを主張した。

「しかし、日本の各中学校ではこのように科目を配分していますが」

と誰かが反対すると、

「ほう、日本に大教育家がおりますかな。実のところ、日本の教育はきわめて不完全なのですよ」

と、出藍の誉れという言葉のごとく、自分は日本で学んできたが、日本のあらゆる一流教育家よりも優れた新学説と新教育の理想を持っているのだと言った。褒学監が改定した学課配分は学務局で不認可となり、結局は前と同じようにすることになったので、多くの教師たちは褒学監のことを笑った。そして自分たちの勝利を喜んだ。しかし褒学監は、世間がまだ幼稚だから自分の最高に進歩した学説が実行されないのだと言って、ひどく憤慨した。かつて亨植は、からかい半分で褒学監に尋ねてみた。

「先生の新学説は、誰の学説を根拠にしたものですか。ペスタロッチですか。エレン・ケイですか」

褒学監は、ペスタロッチが何者でエレン・ケイが何者なのか、どこかで聞いたことがあるような気はしたが、すぐには思い出せなかった。しかし朝鮮一流の教育家が、三流、四流の教育家が知っている名前を知らないというのも恥である。そこで褒学監はカラカラと笑って、

「ええ、私も『ペストル』と『エルンコ』の学説は読みました。しかし、あれは皆ジ、、、ダイオクレいですな」

と言った。「ペスタロッチ」と「エレン・ケイ」という名前を忘れて「ペストル」と「エルンコ」と発音するほど無教養なくせに、彼らの学説を全部読んだと言う褒学監の心根を、亨植はむしろ哀れに思った。そして、臆することなく「しかし、あれは皆ジ、、、ダイオクレですな」と言う勇気はなるほど賞賛に値すると、亨植はひとり笑ったものであった。実際のところ、褒学監は自分では新学説、新学説と言っているくせに、そもそも学説とは何であるかもよく分かっていないようで

ある。高等師範に通っていた時分に彼がどれほど猛烈に勉強したかは知らないが、他人が四年で卒業するところを五年で卒業したというから、その間に猛勉強をして、教育に関する諸子百家の書すべてに目を通したのかも知れない。しかし朝鮮に帰ってからは、その日その日の新聞の三面記事も読んだり読まなかったりで、読書をしている姿は見られないし、読書をしているという噂も聞いたことはなかった。以前、一緒に京城学校で教師をしているある人物が亨植に向かって、

「裵《ペ》学監は白紙ですな」

「白紙とは、どういう意味ですか」

「何も書かれていない、つまり教養がないってことですよ」

亨植はカラカラと笑って、

「先生は、分かっておられませんな。裵学監は白紙でなくて黒紙です。黒い紙ですよ」

「それはまた、どうして」

「白紙でしたら、いまは書かれていなくても、これから書くことができるじゃありませんか。ところが、黒紙にはこれから書くこともできやしません」

そう言って、二人で笑ったことがあった。

裵学監はまた規則が好きで、「規則的」と「きびしく」が裵学監のお気に入りの言葉だった。就任後まもなく、みずから規則を改定した。改定ではなく、以前あった規則は教育の原理に合わないといって廃止し、自分の新学説を基礎にして全部で二百条以上に達する堂々たる大規則を制定したのである。ある日、職員会議に教員一同を招集し、自分で新規則の各条項を朗読して、規

則の精神をひとつひとつ説明した。午後一時に始まった会議は、四時をまわっても終わらなかった。裵学監の額と鼻に汗が流れ、喉が嗄《か》れた。職員一同は尻が痛いやら腰が痛いやらで、ひっきりなしに尻を揺すった。ある職員は首を深く垂れて鼾をかき、学監の一喝で深い夢を破られた。ある職員は戸をバーンと閉めて便所に行ったきり、ふたたび戻らなかった。そのとき亨植は我慢できず、

「それでは学校の規則ではなくて、一国の法律です」

と、条項が多過ぎることを攻撃した。席にいた五、六人の（便所に行かずに残った）教員は、一斉に亨植の言葉に賛意を表した。しかし、学監の職権でこの規則は確定した。裵学監と一般職員、それに生徒との葛藤が深刻になったのは、この時からである。

21

亨植は激している金宗烈《キムチョンニョル》に向かって、

「だが我慢しなくては」

「いいえ、もう三年間も我慢しました」

と、なんとしても裵《ペ》学監を排斥するつもりである。金宗烈は言葉を続けた。

「かくして二百余名の勇敢な青年が同盟を締結したのでありますから、いまや一歩たりとも譲歩することはできません」

「しかし、校主が認めなくては仕方ないじゃないか」

「校主」という言葉を聞いて、金宗烈《キムチョンニョル》はいくらか意気阻喪した。しばらく首をひねっていたが、

「だからこそ退学するのです。学校は、京城学校だけではありません」

「しかしね、いくら我慢できんと言っても、同盟退学とは穏やかじゃない。第一、母校を離れるのはいやだろう」

「これが母校といえますか。以前、朴《パク》先生が校長で、尹《ユン》先生が学監だったころは母校でしたけれど……。もう学校に愛想がつきました。校長先生という方はなんにも分かっちゃいないし、学監という奴は妓生房ばかり通っているし……」

と、金宗烈の目には怒りが浮かぶ。李熙鏡《イーヒギョン》は、「学監という奴」という言葉に金の横腹をつっついて、

「おい、言葉が過ぎるぞ」

「なんだと。あんな学監をどう呼べばいいのだ」

亨植は気懸かりな表情をして、

「それじゃ、これから校長のお宅に行くのだね」

「はい。校長先生にお目にかかってから、十時ころ校主のお宅に伺うつもりです。校主は十時にならないと起きないということですから。ところで、先生は今回の件に賛同してくださいますか」

「教師の身として、賛同するしないを言うことはできない。とにかく、よく考えて、ことなきようにしたまえ」

と言って、二人の青年を帰した。

もちろん亨植も、心のなかでは裵《ぺ》学監の排斥に賛成だった。教室でなにかの話をした折に、それらしきことを二、三度口にしたこともあった。四百人あまりの生徒と十人あまりの職員のなかで、裵《ぺ》を好きな人間など一人もいやしなかった。職員もできるだけ裵学監と口をきかないようにしているし、生徒たちも道で出会えば気づかぬふりをして通りすぎる。誰か知らないが、匿名で裵《ぺ》学監に学監を辞職するよう勧めた者もいる。裵学監が担当している歴史や地理の時間に、「裵学監を校長にしよう、裵学監は天下第一の歴史地理教師だ」というあてこすりが黒板に書かれたりする。「裵学監は料理屋だ」と鉛筆で便所に書かれた幼い文字は、一年生か二年生が「お前、それでも人間か」と叱られた腹いせに書いたものらしい。教師をしていてあだ名のない者はないが、裵学監はなかでも一番あだ名が多い。面白がって付ける他の教師のあだ名と違って、裵学監のあだ名は憎しみと恨みによって付けるものだ。「お前、それでも人間か」ときびしい叱責をうけて顔を真っ赤にした下級生たちは、その場では返事もできないが、外に出てからアッカンベをして特別製の新しいあだ名を付けるか、あるいは他の生徒が付けたあだ名を二、三回叫んで気を晴らす。下級生たちにとってあだ名作りは、きびしい裵学監に対する腹いせの特効薬だった。だから、一度に何人もの生徒が裵学監に「お前ら、それでも人間か」といって叱られたときなど、全員が集まって坐り、まるで大きな寺の坊さんたちが朝の勤行で念仏を唱えるように、裵学監のあだ名をありったけ唱えるのだ。しばらく懸命にあだ名を唱えてすっきりしたところで、「やれ、やれえ、やっちまえぇ！」と叫んで、あだ名のなかでその場に一番ふさわしそうなやつを唱えては拍手する。

あだ名のなかでも最も有力な三つが、「雌虎」と「狐」と「犬」である。「雌虎」はきびしいという意味、「狐」は狡賢いという意味だが、「犬」というあだ名にはいささか深い意味がある。

第一に、裵学監は校主の金男爵の足を舐めて糞を食べ、まるでドイツの偵察犬のような真似をしているという意味だ。裵学監は、目下の人間に対してきびしくふるまうのとは裏腹に、目上の人間に対してはあたかも長く飼われた犬が主人に対して尻尾をふりふり踵を舐めるがごとく、場所を選ばずにペコペコする。また相手が少しでも目下だと、ふんぞり返って舌はどこに行ったかと思うほど言葉を出し惜しむくせに、相手がちょっとでも目上となると、全身の筋肉があっという間に柔らかくなって、首と腰が自然と折れ曲がり、舌の筋も伸びて、言葉に「まことに……ございます」、「さぞ……ございましょう」のような敬語をありったけ動員してくっつけるのだ。かくして校主金男爵の信用をみごとに勝ち取り、いまや裵明植といえば男爵の唯一の若い友人である。こんなわけで裵学監は、同僚と生徒のあいだでは評判がひどく悪いけれども、金男爵を筆頭とするいわゆる上流階級ではきわめて信用が高い。だから、いくら同僚と生徒たちが裵学監を排斥しても、裵学監の地位は磐石《ばんじゃく》でびくともしないのだ。

第二に、同僚のなかに自分の命令を聞かない者や自分を批判する者、あるいは別に理由がなくても自分の気に入らない者がいると、すぐに校主にいいつける。すると二、三日で追放命令が下る。先ほど金宗烈がなつかしがっていた朴校長と尹学監もこうやって追い出し、現在の校長のような豆と麦との見分けもつかぬ耄碌《もうろく》老人を校長に据えて、学監の重責を自分が担い、学内の事務すべてを意のままにするようになった。こうして少しでも心ある教師は全員逃げてしまい、他に行き場所がないか裵学監の支配に甘んじる人間だけが残ることになって、学校はしだいにひどい有様になった。ただ東京留学生であった亨植には裵学監も一目置いており、亨植も、自分まで出てしまっては学校が大変なことになると思って、まだ残っているのだ。

このように全校から嫌われてきた裵学監だが、最近一体どういう風の吹きまわしか、茶房洞《タバンコル》の銅峴《クリゲ》〔現在の乙支路《ウルチロ》入口周辺〕あたりの遊郭に通いつめている事実が発覚して、今回の騒動が起きたのである。

亨植は「傍観しているわけにも行くまい」と思って、ただちに登校した。

22

亨植は学校に行きながら、できることなら今回のことは穏便に済ませようと考えた。事件の原因はすべて裵《ペ》学監にあるのだから、まずは裵学監にそのことを話して、今後は身を慎むように勧めよう。もちろん裵学監は、ふだんから李亨植が自分の手下にならないことを憎く思っており、表面では親しげにふるまい、尊敬するふりをしながら、内心ではなんとか口実を作って目の上のこぶである彼を京城学校から追い出そうと考えている。亨植もそれに気づかないわけではないが、学校のために、また、人となりはどうあれ四、五年来友人として付き合ってきた裵明植のために、一肌脱がねばなるまいと思った。

校門を入ると、ボール遊びをしていた一、二年生たちが亨植を見て集まってきた。

「先生、今日は休みですか。僕たちも休みですか」

と、三、四年生が休んでいるのだから、僕たちも休みたいと言う。亭植は事務室に入った。褒学監はひどく立腹しているのか、そうでなくても尖った顔がいっそう尖っていて、亭植が入ってきても見ぬふりをしている。亭植も褒学監には挨拶もせず、横にいる別の教師たちだけに挨拶をした。他の教師たちはチョーク箱と教科書を前にしたまま、もう九時を十分以上まわっているというのに教室に行く気配もない。亭植は何か波乱のあったことを察したが、知らん顔をして、

「時間なのに、皆さんはどうして行かれないのですか」

と尋ねた。一人の教師が、

「どういうわけか、三、四年生が一人も来ていないのですよ」

と言い、一同が学監を見る。亭植は学監をじっと見つめてから、そばに行って、

「学監、学校が大変なことになりましたね」

「僕は知らんよ」

と学監はぷいとあちらを向く。亭植は声を低めて、

「なにか善後策を講ずるべきではないですか。こうして坐っていても仕方がありません」

「いったい、どうしたというのだ。あの馬鹿者どもは、三、四年の奴らは、なぜ来ないのだ」

亭植は心のなかで、お前はまだ知らないのかと思った。同盟退学のことを話すべきかどうか迷ったが、知っていて黙っているのも筋が通らないと思い、

「ご存知ないのですね、まだ」

「何のことかね」

「三、四年生たちが同盟退学を決めて、校長と校主に退学請願書を提出したそうですが……」

「なんだと！　同盟退学！」

裵学監もこれにはかなり驚いた様子だ。これで自分の新学説の教育も失敗したか！　横にいた教師たちも全員驚いて席を立ち、学監のそばに集まった。学監は驚きながら、

「どうして知っているんだね」

「生徒たちが先ほど退学請願書を持って、私のところにやって来たのです。校長のお宅に行く途中だということでした」

こう言ってから、亨植は内心ぎくりとして慌てた。余計なことを言ってしまったと思った。裵学監は毒気のこもった目で亨植をじっと見つめていたが、いきなり立ち上がり、

「たいしたものだ。あなたは分別のない生徒たちを扇動して、学校を潰そうってわけですな！」

そう言って亨植を睨みつける。裵学監は、日ごろから生徒たちが自分よりも亨植の方を尊敬し、自分を訪ねる生徒はいないのに亨植を訪ねる生徒は多いことを妬《ねた》んでいた。そして、生徒たちが亨植を慕うのは、亨植の人格が自分より高くて人柄が温かいためだとは考えず、亨植が生徒を誘惑するのに長《た》けていて、生徒たちは騙されて亨植を慕っているのだと考えていた。学監は内心「亨植は生徒を駄目にしている」と考え、自分の前で生徒が親しそうに亨植に話しかけるのを見るたびに、不快な思いに耐えられなかった。生徒たちが尊敬すべき人間はどう見ても自分なのに、自分でなく亨植を尊敬するのは、彼らが愚かなせいだと思っていた。裵学監は、生徒たちがしだ

いに自分を排斥するようになるのを見て、これは亨植が分別のない生徒たちを誘導して故意に自分を排斥しているせいだと考えた。あるとき裵学監は知人に、「亨植は生徒を扇動して私を排斥させ、自分が学監になる野心を抱いている」と語ったことがあった。今回、生徒が退学請願書をもって下宿に来たという話を聞いて、これも亨植が仕組んだことだと思った。それで、こぶしを握りしめて、

「李先生、たいしたものですな」

と言ったのだ。

亨植は、自分の好意が曲解されたことに腹を立て、

「あなたは自分の奸悪な心をもって他人《ひと》の心を判断するのか。僕はあくまでも好意で――あなたと学校のために万事よかれと思って言ったのに、それをあなたは……」

亨植の言葉が終わるより先に、裵学監はますます顔を赤くして亨植に一歩詰めより、

「いいかね、李亨植《イーヒョンシク》氏。私は前からあなたのやり口を知っていた――知っていて我慢していたんだ。これまで四、五回生徒たちが学校に対して反抗したのもすべてあなたの仕業であることは分かっている。あなたはこの学校を潰すまでやる気かね」

と、「潰す」という言葉に力をこめて、こぶしで机を叩いた。亨植は呆れ返ってカラカラと笑い、

「裵明植《ペミョンシク》氏。僕はこれまであなたを人間だと思っていました」

と言うなり、カッと怒りがこみあげ、声を震わせて、

「あなたは友人の好意すら見分けがつかない人間なのですね。僕がこれまで生徒と教員の間に

立って、どれほどあなたのために尽力し、あなたを弁護してきたか、ご存知ですか」

「ほう、弁護！　よくも言えたものだ。年端もいかぬ生徒たちを扇動して学校に反抗させておいて。どれ、あなたの力がどれほど大きいものか、ひとつ見せていただこうじゃないか」

と言うと、帽子をもって、挨拶もせずに部屋を出ていく。あとに残った人びとは、「ふん。また校主閣下のところだな」と鼻で笑った。亨植は怒りが収まらず、行ったり来たりしている。

23

教員たちは、「これで、亨植も京城学校から追い出されるな」と思いながら、行ったり来たりしている亨植を見ている。なかの一人が、

「ところで、今回は生徒たちの理由は何でしょうか」

亨植は答えたくない様子で、しばらく聞こえないふりをしながら中庭《マダン》を眺めていた。それから自分の席にどすんと腰をおろすと、机の引出しを開けて本と紙切れを取り出し、

「それなりの理由ですよ」

もう一人の教師が、

「聞かなくたって分かるさ。今回はきっと裵学監と月香《ウォルヒャン》の事件だ」

と同意を求めるように亨植の方を見て、「図星だろう」と言う。亨植は引出しから取り出した紙切れを破ったり、目を通して元の場所に戻したりしている。

三人目の教師が、

「学監と月香《ウォルヒャン》の事件ですって」

「ご存知ないようだね。学監と月香の事件といって有名な話ですよ。最近、月香という妓生が花柳界で名が高いそうでね。二、三ヵ月前に平壌から来たらしいんだが、顔はきれいだ、字は上手だ、話はうまい、おまけに玄琴《コムンゴ》〔日本の琴に似た七弦の楽器〕と愁心歌《スシムガ》〔人生の虚しさを悲しい曲調で歌う平安道の民謡〕は一流ときている。そんなわけで京城中の風流男どもが涎をたらして群がっているそうだが、ひとつ不思議なことがある。まだ誰も、彼女を手に入れた者がないというのだ」

いかにも正直者らしく見える一人の教員が話に酔ったように、

「手に入れると言いますと」

「ははは。あなた、やっぱり道徳君子だねえ。随分といろいろな人が月香を手に入れようと、あれやこれやと頑張っているのだが、今にも落ちんという風情《ふぜい》でこちらの心をさんざん焦《じ》らしておいて、よし、これで行ける、と思ったとたん、『いけませんわ』で、お払い箱だそうだ。不思議な女だという噂で持ちきりさ」

その正直者らしい教師が、

「どうして、そんなことを」

「僕が知るものか。人がそう言っているのだ」

カイゼル髭をたくわえた教師が、

「あなたも一、二度断られた口だね。おや、どきっとしたかな、ははは」

「とんでもない。僕みたいな人間は、あんな贅沢な花柳界とは縁がないからね。僕なんぞ、実に清潔なものですよ、ははは」

「分かるものか」

と言って一人の教師が笑うと、皆、一斉に笑う。正直者らしい教師も笑うことは笑ったが、もっと知りたいらしく、まるで生徒が教師に質問するような態度で、

「それで、そのあとはどうなったのですか」

と言う。カイゼル髭の教師がその教師の肩をぽんと叩いて、

「あなたでも美人のこととなると、やはり平気ではいられないようですな」

と高笑いをするので、正直者らしい教師は顔を赤らめる。月香の話をしていた教師が煙草に火をつけながら、

「ところがだ、ここの裵学監が月香《ウォルヒャン》氏の虜になってしまったのだ。どうやら十回以上も迫ったらしい。ところが、どうしてもうんと言わない。今にも落ちそうな素振りをしていたかと思うと、『いけませんわ』と肘鉄《ひじてつ》さ。それでいま裵学監はカッカとしておるのだ。今朝も顔を尖らして登校して来ただろう（と首をすくめて）——あれは、昨晩も月香から肘鉄《ひじてつ》を食った証拠さ」

「なるほど、なるほど。どうりで最近、顔がますます尖ってきたと思っとったら、案の定、そんなことだったのか。ふーん」

と、カイゼル髭が笑う。正直者らしく見える教師はもっと尋ねたいようだが、人に笑われるのを恐れて口をつぐんでいる。それまで黙ってにこやかに話を聞いていた教師が、

「ところで、生徒たちはそのことを知っているのですかな。今回の退学請願の理由は、それなのでしょうかね」

と言うと、月香のことを話していた教師は、

「それは知らんよ」

と言って、「君は知っているのだろう」と言うように亨植を見る。亨植はあいからず紙切れを調べるふりをしながら、他の教師たちの話を聞いている。その月香という妓生はもしかしたら朴英《パクヨン》采《チェ》ではないか、と亨植は思った。亨植が黙っているのを見て、その教師は続けて、

「詳しくは知らんが、多分、それが今回の退学の理由だろうな」

そう言ったものの、亨植が黙りこくっているので興が醒めたらしく、話をやめて煙草の煙で空中に字を書きはじめる。

正直者らしい教師が我慢しきれなくなったように、

「生徒たちは、どうやって知ったのでしょう」

カイゼル髭が、

「生徒のことを分かっとりませんな。あいつらがどれほど教師を偵察していると思っとるのですか。教師たちが便所に行くことまで、全部知っとりますよ。ちょっと見ると大人しくて何も知らん顔をしとるが、あのなかには警察官もいれば探偵もおるのですぞ。今回も多分、学監が月香の家に入っていくのを生徒の誰かが偵察したのでしょうな」

「ははは。現場を押さえられたってわけだ」

こうやって何人もの教師が話しているのを聞いているうちに、煙草の煙で宙に字を書いていた教師は話したくてうずうずしたように煙草の火を灰皿でもみ消して、

「実はだね。こうなんだ」

と、また話を続けた。

「裵学監はどうにも我慢できなくなって、最近はひとおもいにその妓生を落籍して自分のものにしようと考えたらしいのだ。ところが、そこでも競争者は多いのさ。甲が三百円と言えば、乙が四百円、丙は五百円。こんな具合で、どうやら千円くらいまでつり上がったらしい。しかし学監じゃあ、家まで売っ払ったところで、三百円かそこらが関の山さ。とうてい金力では太刀打ちできるわけがない。だからせめて名望と真心で気を惹こうと、夜ごと月香《ウォルヒャン》お嬢さま詣でをしていたらしいんだが、昨日か一昨日、悪戯《いたずら》者の生徒にあとをつけられたってわけだ」

と言って笑う。一同はじつに面白そうに頷《うなず》きながら、学監と月香のこれからの関係を想像している。

亨植は机に広げた書類を片付けもせずに一人で考えごとをしているようだったが、急に紙切れを机の引出しに戻して、一同に挨拶をして出ていく。一同は亨植を見送ってから、時計を眺めて欠伸をする。

24

校門を出た亨植は、家に戻りながら考えた。その月香《ウォルヒャン》という妓生が、英采《ヨンチェ》ではないだろうか。

もと平壌の妓生で顔立ちが美しく、まだ誰も彼女を手に入れた者がないという話だが、果たしてその妓生が英采なのだろうか。英采《ヨンチェ》が月香《ウォルヒャン》という名で妓生になり、二、三ヵ月前にソウルにやって来ていま花柳界で有名になっているのか。まだ誰も彼女を手に入れた者がないそうだが、ならば僕のことを思って貞節を守っているのではないだろうか。そうだ、そうなのだ。彼女は僕のために守節しているのだ。それなのに、彼女が意のままにならないものだから、金持の客どもは彼女を完全な所有物にしようとしている！　あの裵学監のような奴まで、英采を自分のものにしようとしている！

もし英采が裵明植《ペミョンシク》のような獣の手に落ちようものなら、彼女の一生はめちゃくちゃだ。裵明植は、人間に対する同情など持ち合わせていない奴だ。ただ一時の色に酔い、薄汚い欲を満たすために英采を慰みものにしようとしているのだ。おまけにあいつは三年前に東京から帰ってくると、七、八年も夫を待って年を取った本妻に無実の不倫の罪をきせて離縁し、昨年どこかの女学生と再婚したような奴だ。新婚一年もたたないのにもう他の女に手を出そうという、そんなひどい奴の妾になるだと！　僕の恩人の娘が！　とんでもない話だ。絶対に駄目だ。

競争者が四、五人いて、裵明植もほとんど毎晩英采を訪ねていると言っていた。そんな肉欲しか知らぬ獣のような奴らのあいだで、英采はどんなに苦しんでいることか。昨日僕を訪ねてきたのも、そんな苦しみに耐えられなくなって、とうとう僕に身を託すために来たのではないか。来てはみたものの、僕の衣服と住まいがひどく貧しいのを見て助けを求めても無駄だと悟り、途中で話をやめて帰ったのではないか。こう考えると、自分の貧しさがいよいよ悲しく、恥ずかしくなる。たしかに亨植には英采を救い出す資格がない。「千円以上につり上がったらしい」という、先ほどの誰かの言葉を思い出して、亨植は溜息をついた。「千円！」もし僕が英采を救おうとするなら――その獣たちから英采を救いだして人間らしい生活をさせようとするなら、「千円」なくてはならないのだ。しかし、僕に千円があるか。

亨植は自分の財産のことを考えてみた。亨植の財産は、いまチョッキのポケットに入っている半ば擦り切れた財布だけである。十円紙幣をぎっしりつめこんでも二、三百円入るかどうかという代物だが、亨植はまだ一度に百円も入れたことがない。むかし卒業して東京から帰ってくるとき、ある友人の好意で洋服代と旅費と合わせて八十円を入れたことがあるが、これが亨植の一生で大金を持った唯一の経験だった。東京から帰ってきてからもう四、五年だから、毎月十円ずつ貯金しておけば五、六百円の貯蓄はできたはずだ。だが、亨植はまだ、この生活を自分の本当の生活ではなく臨時の生活、準備の生活とみなしていたので、いくらにもならない月給を貯蓄する気はなく、生活費の残りは貧しい生徒に分け与えてしまった。それに亨植には本を買う癖があって、毎月の月給日にはかならず日韓書房とか丸善のような本屋で四円か五円をはたき、本棚に金《きん》箔《ぱく》文字の入った本が増えるのが唯一の楽しみだった。他人が妓生房に行ったり酒を飲んで将棋を指しているとき、彼は新しく買ってきた本を読むことを生きがいにしていた。それで彼は友人たちのあいだでも読書家という称賛を受けていたし、生徒たちが彼を尊敬する理由の一つは、彼の本棚に自分たちには理解できない英文や独文の金箔文字入りの本があることだった。

亨植はつねに言っていた。我ら朝鮮人が生きのびる唯一の道は、朝鮮人を、世界でもっとも文明化したすべての民族、すなわち日本民族程度の文明レベルに引き上げることである。そのためには我が国に、大いに勉強する人間がたくさん現われなくてはならない。そして、このことを自覚した自分の責任は、できるだけ多くの本を学んで世界の文明を完全に理解し、これを朝鮮人に宣伝することである。彼が本に金を惜しまず、才能ある生徒を大切にして力の及ぶかぎり彼らを助けようとするのも、実にこのためなのだ。

　しかし「千円」をどうしたらいいのかと、亨植は悩んだ。先月受け取った月給三十五円のうち、五円はプラトン全集の代金として東京の本屋に送金し、十円は生徒たちに分けてやり、八円は下宿の婆さんに飯代として払い、いま彼の財布に残っているのは、五円紙幣一枚と銀貨が少々だけだ。ああ「千円」をどうしたらいいのか、亨植はますます悩む。「千円、千円!」、「千円」、何とかならないか。亨植はハンカチで汗を拭きながら、「千円、何とかならんかなあ」と声に出して溜息をついた。

　あれこれ考えながら校洞の下宿に着いたとき、光沢のある背広を着た青年二、三人がほろ酔い加減で人力車にふんぞり返り、妓生を先頭に景気よく鈴を鳴らしながら鉄物橋《チョルムルギョ》〔現在のタプコル公園の前にあった橋〕に向かって突進してきた。飛びのいて人力車をよけた亨植は、埃を立てて走っていく六台の人力車をぼんやりと眺めながら、「千円は、あるところにはあるのだなあ」と思った。いま妓生を先頭にして人力車を走らせていく青年たちには、「千円」どころか「一万円」だってありそうだ。亨植はしばらくその場に佇んでからガックリと首を垂れ、考えに沈みながら、風が少しも通らない自分の下宿に入っていった。

25

家に入ると、昼飯の仕度をしていた婆さんが台所から出てきて、

「あれまあ、今日はえらく早いお帰りじゃこと。学校はどうしなさった」

亨植は帽子とトゥルマギを部屋にぽんと放り込むと縁側に腰をおろし、着物の紐をほどいて団扇であおぎながら不機嫌そうに、

「ふう。三、四年生たちが同盟退学をしたのです」

「またかね。また裵学監とかいう御仁《ごじん》が、なんぞ仕出かしたんだね」

と、下衣《チマ》で汗をふきながら亨植の顔を見ていたが、

「どうしたね。どこぞ、具合でも悪いのかね」

「いいえ！」

「なにやら心配ごとがありそうじゃね。やれやれ、やめてしまいなされ、あんな学校。朝から晩まで騒ぎばかり起こして……。騒ぎが起きるたんびに気苦労ばっかり。どうして、あんなところにいなさるのやら」

と言いながら、日陰になった向い部屋《コンソンバン》の板間《マル》に腰をおろして煙草を吸う。亨植は腹立ちが収まらぬように、しばらく団扇をパタパタさせていたが、

「あんな学校のことは、どうだっていいのです。心配なんかしていません」

「じゃあ、何じゃね。なんぞ、他のことかね」

亭植はごろりと横になり、足をぶらぶらさせながら独り言のように、

「どうしたって、金がいるなあ！」

「あはは。今やっと気がついたみたいだこと。この世はお金の世の中さね。あたしみたいなもんだって、お金さえあればこんなに苦労しないのに」

「それくらいの苦労は楽ですよ」

「おやまあ。他人《ひと》ごとだと思って、そんなことを。あたしだってもう六十だよ。ちょっと何かやりゃあ、こうして腰は痛むし、腰が痛くなるほど働いたって、慰めてくれる人間がいるわけじゃなし。五体満足でなくてもいいから、息子さえいてくれりゃねえ。あたしみたいなものがしぶとく、生きていたって仕方ないのにさ」

そう言いながら、折れよとばかりに煙管《きせる》をカンカンと石に打ちつけて灰を落とし、もう一服煙草を詰めると、落としたばかりの煙草の灰に当てて二、三度思いきり吸い込んでいたが、いきなり怒りだす。

「煙草の火まで、言うことを聞きやしない」

そう言うと、煙管を部屋のなかに放り込んで、支度の途中だった昼飯を作りに台所に入ってしまった。

亭植は婆さんの話を聞き、やることを見て一人で笑った。人にはそれぞれ心配ごとがあり、自分の心配こそ世界で一番大きいと信じている。だが世間の人には誰だって、それなりの心配ごとがあるのだ。息子がなくて心配、官職に就けなくて心配、嫁が取れなくて心配、嫁に行けなくて

心配。心配ごとはさまざまで数多いが、現代人の心配ごとのほとんどは金がないための心配だと思った。

「ああ、千円！　千円、何とかならんかなあ」

がばっと立ちあがり、部屋に入って坐った。この家は千円になるかなあと考えた。本棚に並んだ百冊余りの洋装本は千円になるだろうか。そうだ、あの本の著作権はどれも一冊千円以上する。僕もあんな本を書いて出版社に売れば千円もらえるはずだ。だけど、これから英語で文を書く勉強をし、それからしばらく著述に時間を費やし、その原稿を米国か英国に送ると米国か英国の書店の主人がそれに目を通し、そしてその原稿を出版することに決め、それからそこの主人が郵便局から李亨植宛てに千円の為替を送り、それが船便で太平洋を越えて京城郵便局に届き……だめだ、遅すぎる。いつになるか分からん。

亨植はまた考える。あの本を買わず、生徒たちに金もやらず、四、五年間毎月二十円ずつ貯金していたら、五十ヵ月だから千円になっていたはずだ。ああ、そうしておけば、こんな心配をせずにすんだのに。何よりも、生徒たちに学費を出してやるなんて、つまらんことをしたものだ。僕は誠意をもって薄給のなかから与えているというのに、受け取る生徒たちは受け取るのが当然という顔で、渡す時期が少し遅れてもぶつぶつ言う始末だ。そのうえ感謝もしていない。あれらが成長して大人物にさえなってくれれば僕の援助も意味があるが、今のようでは団栗《どんぐり》の背比べで、とくに抜きんでた天才や偉人もいそうにない。ああ、つまらんことをしてしまった。貯金をしておけば、こんな心配はなかったのに。うん、今月からは、これまで支給してきた生徒たちに支給をいっさい断ってみるか。だがそう考えると、あの気の毒な若者たちが「李先生」と呼ぶ姿が目にちらついて、亨植にはとてもできそうもない。

ああ、どうしたら「千円」が手に入るのか。もし今夜、誰かが千円もっていって英采を手に入れたらどうする。いや、もしかして昨晩誰かがすでに「千円」払って、英采を自分の家に連れ帰ったかもしれない。そして昨晩すでに英采は、どこかの獣のように汚らわしい奴に、十九年間守ってきた純潔を奪われたのではないか。はじめは英采もその獣みたいな奴を押しのけ、泣き叫びながら反抗したものの、最後はどうにもならなくなって身を許したのではなかろうか。こう考えると、その獣が肉欲で目を血走らせて、美しく哀れな英采を無理やり押し倒そうとする光景と、泣きながら必死に抵抗していた英采がついにああっと絶望したように倒れる姿が、まざまざと亨植の目に映った。亨植は怒りと悲しみで全身に力をこめて深く息をした。もしかしたら、売られることを知った英采は夜中にひそかに逃げたのではないか。逃げるといっても、どこに行けよう。あんなにきれいな顔で！　孤立無援の十九歳の娘が！　いたるところに「千円」を持った獣のような人間がいるはずだ。ああ、英采は逃げたのではあるまいか。

そうだ！　英采のことだ。あれほど節操のかたい英采のことだ。自分の身がどこかの男に売られたと知ったら、あの一途な心で自殺でもしたのではないか。「自殺！　自殺！」と、亨植は身を震わせた。

26

どうしたらよいのだ。どうしたら「千円」を手に入れて、可哀相な英采《ヨンチェ》――愛する英采――恩人の娘の英采を助けられるのだ。ああかこうかと迷いながら、午後一時、亨植は善馨《ソニョン》と順愛《スネ》に英語を教えるために安洞の金《キム》長老の家に行った。長老は外出中で、夫人が出てきて亨植を迎える。夫人が善馨と順愛を呼びに奥に入ったあと、亨植は教室に決められた角部屋に腰かけて、二人の弟子が出てくるのを待った。部屋の一方の隅には磔《はりつけ》にされたイエスの絵が掛かり、もう一方には金長老の写真が掛かっている。それらを花で飾ったのは善馨と順愛の二人であろう。十字架のうえのイエスは頭に茨《いばら》の冠をかぶり、ローマ兵士に槍で刺された脇腹から血を流している。首は左にかたむけ、目は天を仰いでいる。十字架の下にはスカートの裾で顔をおおって泣く女性や、ぼんやり見物している者がおり、十字架の向こうでは兵士たちがイエスの衣を奪いあって籤《くじ》を引いている様子も描かれている。

亨植はじっと絵を見つめて考えた。磔にされているのも人間、茨の冠をかぶせて脇腹を刺したのも人間、その下で泣いている者や突っ立って見ている者も人間、殺した人間の衣を取りあって籤を引いているのも人間――皆が同じ人間である。毎日、毎時間、人間の世界に起きる悲喜劇はすべて人間の手によるものなのだ。退学請願をする生徒たちも、生徒たちの排斥を受ける裵《ぺ》学監も、そして僕だって同じ人間だし、可哀相な英采も、その英采を売り飛ばそうとしている欲たかりの遣手婆《やりてばば》も、英采を買おうとしている獣のような奴らも、そして英采のために悲しんでいる僕も、みな同じ人間だ。結局のところ、同じ人間同士で少しずつ表情と姿を違《たが》えてお前だ、俺だと言い、正しい、間違っていると言っているわけだ。

あのイエスがイエスの脇腹を刺したローマ兵士になったかもしれないし、ローマ兵士がイエスになったかもしれない。ただ不思議なのはいったい何が——いかなる力が——この役者には春香〔パンソリ『春香歌』の主人公〕、あの役者には李道令《イー》〔春香の恋人〕という役をあたえて演じさせるように、ある者はイエスに、ある者はイエスの脇腹を刺すローマ兵士に、そしてある者はそれをぼんやり見物する人間にするのかということだ。こう考えると、亨植には全人類がみな自分と同じ兄弟であるように思われ、日々刻々、得体の知れぬ何かの力に縛られて心にもない悲喜劇を起こさざるをえない人生を哀れに感じた。人が悪いことをするのは、南原《ナムオン》の新任長官〔『春香歌』の悪役。春香《チュニャン》を妾にしようとし、拒否されると鞭打ちの刑に処す〕に扮した役者が、心にもなく可憐な春香の尻を打つようなものだと思えば、許さなくてどうしよう。だから裵学監だってそれほど憎むべきではないし、イエスの顔に唾を吐いてイエスを殺すよう願った奸悪なユダヤ人も、たいして憎むべきではない。亨植はそう考えた。

だが英采は助けなくては。たとえこれが演劇中のことであっても英采は助けなくては。そんな思いが不意にどこからか湧きおこり、亨植はイエスの絵を見るのをやめて視線をめぐらし、ぼんやりと天井を見あげた。天井には蠅が四、五匹、自分たちも人生で何かを演じるがごとく、追いかけたり、逃げたり、留まったり、前足を擦ったりしている。亨植は下を向いて、「この家には、千円あるのだろうなあ」と考えた。

「先生」

という声に目をあけると、本と鉛筆を持った善馨《ソニョン》と順愛《スネ》が部屋のなかにいて、亨植が頭をあげるのを待って礼儀正しくお辞儀をする。亨植は驚いたようにぴょんと立ちあがり、二人の娘に挨拶を返した。そして快活に笑いながら、

「今日は昨日よりも暑いですね」

と言って、善馨と順愛に腰かけるよう勧め、自分も二人と向きあって机の反対側に腰をおろした。二人の娘はうつむいて本をひらいている。二人の娘を見ていると、亨植は頭のなかの混乱がいくらか収まってくるような気がした。亨植はうつむいている二人の娘の黒い髪と、束《たば》ねた西洋髪に挿《さ》した幅の広い空色のリボンを見た。そして机のうえに置かれた二人の手の指を見た。柔らかな風がふわりと吹きすぎるとき、二人の娘の身体と髪から、ほのかな香りが吹きよせる。善馨が着た苧麻《からむし》の上衣《チョゴリ》の背に汗がにじんで白い肌に張りつき、身体を動かすたびに張りついた部分が広くなったり狭くなったりしている。順愛は下衣《チマ》で足をおおい隠そうと、身体を二、三回もぞもぞさせ、下敷きになった下衣《チマ》を引っぱり出す。善馨は額に玉のような汗を浮かべ、時おり下衣《チマ》の紐でそっと拭いては机の下に手をやってあおいでいる。亨植は、朝から悩み続けてきた心のなかに、香りのよい涼風が吹きこむのを覚えた。女ってとても美しくできた動物だ、と思った。肩がまろやかなこと、頬がほんのり赤いこと、髪の毛が長くて黒いこと、そして上衣《チョゴリ》の紐を結んで腰かけている姿――とりわけ、上衣《チョゴリ》の幅広の結び紐がだんだんと狭くなって中間できゅっと結びあわされ、一方の先は斜め上の左の胸をめざし、もう片方は流れるように下に向かって右肘にひらりとかかった様子が一段と風情がある。こうして二人の娘を見ていると、なんとも香りの高い心地よさが全身に満ちあふれ、血の循環《めぐり》も順調で爽快な気がする。

亨植は考えた。人生は楽しもうと思えば楽しむことができるのだ。目的もなく、余計なことを考えず、静かに向きあって坐っているだけなら、人生はお互いに愛すべきものだし、楽しいものなのだ。女の身体も男の身体もまた天地の万物も、ただ静かに見てさえいれば、そのあいだには親密な交感が生じ、温かい愛が生まれ、甘くて快適な味わいが生じるのだ。つまらない知恵を弄し、口を弄し、手を弄することで、せっかく生じさせた美しい快楽をめちゃめちゃに壊してしまうのだ。亨植はこんなことを考えながら、二人の娘が一緒にエィ、ビィ、シィを読み書きする様子を見ている。

27

二人の娘はエィ、ビィ、シィをきちんと読んで書いた。善馨は早く米国に行きたい一心で、順愛はとにかく人に負けぬようたくさん学ぶのだという思いで、昨日寝るまでと今日の午前中、ほとんど休まずにエィ、ビィ、シィを読んでは書いたのだ。それに彼女たちは、英語を初めて習うことが自分たちの学識がたいそう高くなった証《あか》しのような気がして、一種愉快な誇りを覚えていた。善馨は、素敵な洋服を着て鳥の羽のついた西洋帽子をかぶった自分が、米国で自分と同じ年ごろの西洋娘たちと英語で自由自在に話している姿を想像して、一人でにっこりした。英語をうまく話せるようになったら、自分の価値もあがるし、他の人たちも今よりもっと自分を愛して尊敬してくれるだろう。米国で、米国の娘たちと一緒に米国の大学を卒業して、そして家に戻るとき……その時はきっと自分に同行する人がいるはずだ。その同行者は男性……それも背が高くてハンサムで米国の大学を卒業した男性だろう。もちろん善馨は今までそんな男性を見たこともないし、そんな男性の話を聞いたこともない。それでもやはり、自分が米国の大学を卒業して帰ってくるときには、そんな男性が自分に同行しているに違いない。だけど太平洋の真ん中で、その人と甲板に立って外面《ウェーミョン》〔朝鮮の伝統的な男女の向きあい方。正面から向きあうのを避けて女性が身体を横に向ける〕しながら海を眺めているとき、船が揺れ、よろけてその人の胸に倒れ込んだらどうしよう。それが縁で帰国してからその人と温かな家庭を築くことになるかも知れない。そしたら煉瓦造りの二階建ての家で、私はピアノを弾いて……こんなところが、英語を学びはじめた善馨の夢だった。

彼女はまだキューピッドの矢に射られていない。彼女の胸にはまだ人生という観念も、女や男という観念もない。全世界は自分の家庭と同じで、世のなかの人間は自分と同じだと思っている。いやむしろ、全世界が自分の家庭と同じかどうか、天の下の人間が自分と同じかどうか、そんなことは考えたこともないという方が当たっている。彼女を暖かな春の朝に開いた花に喩《たと》えるならば、まだ雨も知らず、風も知らず、老いも知らず、枯れ落ちることも知らない、いま咲いたばかりの花である。世の中には雨や風というものがあり、もし雨や風というものが一緒に来たならば、咲いたばかりの花でも散ることがあるし、咲ききらぬ蕾だって散るかも知れないのだということを、彼女はまだ誰からも聞かされていない。彼女は聖書を暗記した。しかし、ただ暗記しただけだ。彼女は、神がアダムとイブを創ったと信じ、イブが蛇に騙されて禁断の知恵の果実を食べたために老いと死とすべての罪悪がこの世に入ってきたという話も、天国と地獄の話も、十字架に架けられたイエスのことも、イエスがどのようにして十字架に架けられたかも、聖書に書かれているとおり、すべて暗記していた。また毎日読む新聞の三面から、強盗、殺人、詐欺、姦通、餓死者、首吊り自殺者など、いろいろなことを知り、それを友だちに話してやることもあった。しかし、それだけだった。

彼女は、それらすべて――いま書いたことすべては、自分とまったく「関係ない」と思っている。いや、むしろ、それらすべてが自分と関係があるかないか、考えようともしない。彼女はまだ、生まれたままの状態なのだ。化学的に化合され、生理学的に組織されたままの、いわば、まだ一度も実際に使われずに納戸に置かれた器械のようなものだ。彼女はまだ人ではない。キリスト教徒の家庭で成長した彼女は、すでに天国の洗礼は受けた。しかし、人生という火の洗礼をまだ受けていない。もし善馨がいわゆる文明国に生まれていたなら、彼女は幼いころ――七、八歳――いや四、五歳のころから詩と小説と音楽と美術によって人生の洗礼を受け、十七、八歳になった今では、とうに真の人生を知る一人前の女性になっていたことだろう。しかし善馨はまだ人になっていない。善馨の内部にある「人《サーラム》」はまだ目覚めていない。この「人《サーラム》」が目覚めるかどうかは、神のみぞ知ることなのだ。

こういう状態は「純潔」といえば「純潔」だし、「清潔」といえば「清潔」でもあるが、しかしこれは決して「人《サーラム》」ではない。やがては「人《サーラム》」になろうとしている材料に過ぎない。これから彫像になろうとしている大理石のようなものだ。この大理石が、丸鑿《まるのみ》をあてられ平鑿《ひらのみ》をあてられて、はじめて目鼻のある彫像になるのと同様、善馨のような人間も、人生という火の洗礼を受け、内部の「人《サーラム》」が目覚めてようやく真の人間になるのである。

これと違って順愛は、幼いときから経験してきた自然の鍛錬によって、内部の「人《サーラム》」が少しは目覚めている。けれどもまだ布団のなかで丸くなっていて、完全に目覚めているわけではない。

亨植はみずから目覚めた「人《サーラム》」だと自負しているが、彼もやはり人生の火の洗礼を受けていない人間である。いまこの部屋に集まった三人の青年男女は、やがていかなる道を経て「人《サーラム》」になるのだろうか。三人の胸はまるで、やがて来る暴風を待っている海のようだ。現在は波浪《なみ》もなく、飛沫《しぶき》もなく、流れもない、穏やかな海である。いまに天から大風が吹きおりて海を揺るがし、波浪を起こし、水飛沫《みずしぶき》をたてて流れを作ることだろう。そのとき、海はようやく真の海になるのだ。いったいその風とは何であり、風を送る者とは何者なのか。それは謎である。いま亨植の胸にこの風が吹きこようとする前触れのごとく、奇妙な雲の塊りが空の片隅を徘徊している。

28

亨植は金長老の家から出てきた。白雲台《ペグンデ》〔ソウルの北にある北漢山の峰〕のあたりに奇妙な雲の塊りがただよい、冷たい風が火照《ほて》った顔をかすめて過ぎる。亨植は涼しいと思った。きっと夕立が来るのだろう。夕立が過ぎれば、少し涼しくなるだろう。早く降ればよいと思った。

亨植は、さっき金長老の家に入ったときと何かが少し違っていることに気がついた。天地には、これまで自分が気づかなかった何かが存在するように思われ、それが雲の塊りの内部で稲妻のように光るのが見えるようだ。そして、その稲妻のごとく光って見えるものは、自分と大きな関わりがあるような気がする。その内部——稲妻のように光るものの内部に、不思議な美しさと喜びが潜んでいると亭植は思った。胸にかすかな新しい希望と喜びが湧きあがるのを、亭植は感じた。その喜びは、さっき善馨と順愛に向きあっていたとき、彼女たちの肌の香りを嗅ぎ、上衣《チョゴリ》の紐を見、話す声を聞いて感じた喜びとよく似ていると思った。亭植の目の前には、人生のこれまで見えなかった一つの方面が広がった。自分が今日まで「これが人生の全部なのだ」と思っていた以外に人生には別の部分があり、そしてその部分は、これまで人生だと思ってきたすべてより、むしろずっと重要で意味があるように思われる。名誉、財産、法律、道徳、学問、そして成功——現在まで人生の最も重要な内容だと思ってきたこうしたものとは別に、なにか新しい内容が一つ生まれたような気がする。だが、まだ亭植はそれをどう名づけていいか分からず、ただ「不思議だ」と驚くばかりだった。

四、五年のあいだ毎日通ってきた校洞《キョドン》に来たとき、亭植は驚いた。道路、家、家財道具、道行く人びと、電信柱、突っ立ったポスト、すべてが前と同じでありながら、それらの内部に以前は見えなかった色と匂いが感じられた。言いかえると、それらすべてがあらたな色と意味を持ったかのようなのだ。通行人は単なる通行人ではなく、内部にはかり知れない何かを秘めているようであり、豆腐売りの「豆腐にオカラ、いらんかねぇ」と張りあげる声には、豆腐とオカラを買えという意味のほかに、何かもっと深い意味があるように思われる。亭植は、自分の目から何かの表皮《かわ》が一枚剝《む》けたのだと思った。

だが、これは目から表皮《かわ》が一枚剝《む》けたのではなく、いままで閉じていた目が一つ、あらたに開いたのだ。さっき磔《はりつけ》にされたイエスの像を見たとき、それを磔刑《たっけい》に処せられたイエスとだけ見ずに、そのなかに新しい意味を見出したことが、この目が開いた最初であり、善馨と順愛という二人の若い女性を見たとき、単なる若い女性として見ずに、宇宙と人生のはかり知れない力の発現として見たことが、この目が開いた二回目であり、いま校洞の通りに見えるすべてのものに以前は見たり嗅いだりできなかった新しい色と香りを見出していることが、その三回目である。しかし亨植はこれが何であるのかはっきりと名づけることができず、ただ「不思議だ」と思い、微《かす》かな喜びを覚えているのみである。

部屋に入った亨植は、しばらく英采のことを忘れて、あらたに変化する心を見渡した。じっと目を閉じて坐っていると、前に読んだ詩と小説の記憶が、初めて読んだときとは違った味わいをもって心のなかに浮かんでくる。すべてに強烈な色彩があり、強い香りがあり、深い意味がある。「僕は今まで、人生と書物の意味を知らずに読んでいたのだ」と、亨植は思った。そこで、あるとある記憶を全部引っぱりだして、今あらたに開いた目に映してみた。するとどの記憶にも、前には見えなかった新しい色彩が見える。亨植は眩しそうな顔をして微笑んだ。それから、本棚にずらりと並んだ西洋装丁の本を見た。自分は読んで理解したと思っていたけれども、実は分からぬまま読んでいたことに気がついた。亨植は、全部の本と人生と世界を、初めから読み直そうと考えた。一ページ目の一行目から読み返しても、「前に読んだことがない」と思うほど、一字一句が新しい意味をもって自分の目に映ることだろう。こう考えて、彼は本棚から何冊か本を取りだし、前に読んだところを何ヵ所かめくってみた。結果は亨植の予想どおりだった。

亭植の内部にある「人《サーラム》」が、今ようやく目を開いたのだ。彼はその「内部の目」で、万物の「内部の意味」を見るようになった。亭植の「内部の人《サーラム》」は、今ようやく解放されたのである。あたかも長いこと松の種のなかに潜んで——いや、閉じこめられていた松の芽が、春の暖かな息吹を受けて、自分を閉じこめていた殻をありったけの力で打ち毀し、限りなく広い世界にけなげにも真っ直ぐに吹きだして、やがては幹になり枝となり葉をつけ花を咲かせるように、亭植という一人の「人《サーラム》」の種である「内部の人《サーラム》」は、いまようやくその殻を破って広い世界に大きく芽を吹きだし、陽光と露を浴びて限りなく成長することになったのだ。

亭植の「内部の人《サーラム》」はもうかなり前から熟していた。春、穀物の種が地中でやわらかく膨らみ、お湿《しめ》り程度の霧雨で一晩にして芽を吹くように、亭植の「内部の人《サーラム》」も、人より豊富な実社会の経験、それに宗教と文学という水分でたっぷり膨らんだところに、善馨と英采という少女たちの春風と春雨を浴びて、とつぜん殻を破って飛び出したのだ。

あるいは「内部の人《サーラム》とは何ぞや」とか、「内部の人《サーラム》がどうやって目覚めるのか」という質問をする人がいるかも知れない。その問いには次のように答えよう。

「生命とは何ぞや」とか「生命が生ずるとはいかなることか」という質問に答えることができないのと同様、この質問にも答えることができないと。「内部の人《サーラム》」とは何かを知り、「内部の人《サーラム》が目覚める」ことの意味を知っているのは、ただ、この「内部の人《サーラム》」が目覚めた人だけなのだ。

「目覚めた」亭植は、これからどうなるのか。それは、これからの展開を見なくては分からない。

29

果たして夕立が通り過ぎていった。そして、東大門と南山のあいだにかかった美しい虹の一部が亨植の部屋から見えた。しばらく恍惚《うっとり》と虹に見とれていた亨植は、ふと英采のことを思い出した。もうすぐ夜だ。英采の危機が刻一刻と近づいているような気がする。亨植はトゥルマギをひっかけると、家から飛び出した。だがどこに行けばいいのか、何をしたらいいのか、しばらく茫然とした。それから何か決心したように、急ぎ足で安洞に向かって歩きはじめる。やがて亨植は、「学生寄宿館」と書かれた門の前に立った。まもなく一人の少年が靴を履いて出てきて、亨植に敬礼をする。亨植は少年と握手しながら、聞きづらそうに、

「先日、学監の後をつけた生徒は誰かね」

少年はにっこり笑って、

「僕は知りません」

と、不思議そうに亨植の顔を見る。夕日で亨植の顔が白く見える。

「いや、熙鏡《ヒギョン》君。ちょっと事情があるのだ。誰が学監の後をつけていったのか教えてくれたまえ」

亨植の態度がいつもと違うのを見た熙鏡は、笑うのをやめて少し考える。亨植の声は震えていた。熙鏡はとうとう、

「宗烈《チョンニョル》君と僕が行きました」

と言って、叱られるのを待つように、回れ右をする。亨植は嬉しそうな声で、

「君だったのか。ちょうどよかった！」

熙鏡《ヒギョン》はますます亨植の態度が変だと思った。妓生《キーセン》の月香《ウォルヒャン》がいくら有名だといっても、まさか亨植が月香に惹かれるはずはあるまい。それで熙鏡は亨植をいっそう注視しながら、

「どうしてですか」

と尋ねたが、亨植はそれには答えず、

「じゃあ、その家の番地を知っているかい。学監が行ったその家の」

「番地は分かりません」

この答えに亨植はしばらく落胆していたが、もう一度熙鏡の手を握って、

「すまないが、その家を僕に教えてくれたまえ」

と言った。熙鏡はしぶしぶ中に入って、帽子とトゥルマギを身につけて出てくる。「きっと、学監の事件について調べることがあるのだろう」と思い、熙鏡は先に立って鍾路《チョンノ》に向かう。亨植は熙鏡のあとについて行きながら、あれこれ考えた。行ってどうしようというのか。英采を探しあてたところで、手元に千円がなければ仕方がないではないか。たとえ、いま誰かが千円を持ってきて英采を落籍する契約を結んでも、千円がない僕はその傍らで歯ぎしりしているしかないのだ。

夜は涼しい。鍾路の夜店には「安いよぉ」と叫ぶ物売りの声や、長い刀を振りまわして薬の宣伝をする声も聞こえる。あちらこちらに数十人の人びとが群がっているのは、きっと何か安くて便利な品を売っているのであろう。人びとは夜の涼しい空気に酔い、目的もなく行ったり来たり

している。その人びとのあいだを、幼い生徒たちが二人、三人と群を作り、まるで急ぎの用事でもあるように何かしゃべり散らしながら走りまわっている。いまだに長衣《チャンオッ》〔昔の女性が外出の時にかぶって顔を隠した衣服〕をかぶった婦人が、童女に灯籠を持たせて歩いていくのも見える。優美館〔当時鍾路にあった映画館〕ではいわゆる「大活劇」をやっているらしく、西洋音楽隊のにぎやかな音が聞こえ、青年会館〔キリスト教団体の建物。現在のYMCA会館〕の二階では玉突きをやっているのか、元気よく動きまわる青年たちの影がちらついている。先を行く熙鏡は人びとが群がっている場所を通るたびにちょっと覗いては、亨植の足音が聞こえるとまた歩きはじめる。久しぶりに雨が降ったので、時おり、むんむんとする土の匂いが立ちのぼる。

亨植と熙鏡は鍾閣《チョンガク》〔鍾路と南大門路の角にある鐘楼。別名普信閣《ポシンガク》〕の角をまわって〔清渓川《チョンゲチョン》に架《か》かる〕広通橋《クァントンギョ》に向かう。新龍山《ヨンサン》行きの電車が大きな眼をかっと見ひらいて二人の前を疾走していく。二人は茶房洞《タバンコル》の薄暗い川べりの道に入った。川辺では数人の男女が茣蓙《ござ》を敷いて談笑していたが、二人が近づくと話をやめて暗がりから二人を見あげる。二人が見えないところまで来ると、また談笑を始める。たまに、裏窓から顔を出してのぞく行廊《ヘンナン》住まいの若い娘の、椿油でつやつやと光った頭髪も見える。熙鏡は時おり道を忘れたように立ちどまっては四方を見渡し、そのまま進むか、あるいは「間違えました」と照れ笑いしながら五、六歩引き返して狭い路地に入る。ある門前に幌をかぶせた人力車が置かれ、車引きが踏み台に腰をおろして唄を歌っている。「桂玉《ケーオク》」とか「雪梅《ソルメ》」とかいう綺麗な名前を書いた灯籠が見えたり、「半《なか》ばぁー」と、時調〔朝鮮の伝統的定型詩〕の出だしを歌う声がどこからともなく流れてきたかと思うと、それにつづいて二、三人の男がどっと笑う声が聞こえる。亨植は、「ここは花柳街なのだ」と思った。初めてこんなところに来た亨植は、胸が変に騒ぐのを覚えた。そして、もしや誰かに見られてやしまいかと、急いで後ろをふり向いた。藍色の下衣《チマ》を着た妓生《キーセン》が、二、三人、道角でこちらを見てひそひそ話しながら笑って通りすぎたとき、亨植は内心どきどきして顔が火照った。二人は黙って歩いていく。二人の靴音が壁に響いていやに大きく聞こえる。何度か道を間違えてから、熙鏡はとうとう「ここです」と言って、灯籠が吊るされた家を指し示す。亨植はいっそう胸をどきどきさせながら、その門の前に立って灯籠を見た。「桂月香《ケーウォルヒャン》」とある。

「桂月香!」とつぶやいて、亨植は首をふった。それでは、月香は英采《ヨンチェ》ではなかったのか。妓生になって名前を変えても、まさか姓まで変えることはしまい。では、月香は朴英采《パクヨンチェ》ではないのか。じゃあ英采は、妓生にならなかったのか。僕が最初に想像したように、僕の英采はどこかの上流家庭に引き取られて学校に通い、楽しく暮らしているのだろうか。亨植は大きな疑いにとらわれた。熙鏡は二、三歩離れたところに立って、灯籠の明かりで青ざめて見える亨植の顔を見ながら、「なにか心配ごとがあるんだな」と思った。

30

七年ぶりに亨植《ヒョンシク》に出会った英采《ヨンチェ》は、嬉しさと喜びに堪えず、涙ながらにこの七年間のことを話そうとしていたが、とつぜん話をやめて立ちあがり、泣きながら家に帰ってきた。

亨植がソウルにいるという話を聞いて、会いたい思いは火のように燃えあがったものの、すぐに訪問を決心できぬまま一ヵ月が過ぎた。そして今朝、「今日こそは、絶対に亭植を訪ねよう」と思いたち、午後に訪ねたけれども留守で、夕方また訪ねたのである。

英采にとってこの世で最も近しい人間は亭植しかいない。両親もなく、兄弟もなく、親戚もない英采に残されたのは、幼いころ一緒に育った亭植という人間、ただ一人である。父と二人の兄が平壌監獄で死ぬまで、英采は彼らのために生きていた。そして彼らが死んだあとは、ひたすら李亭植という人間のために生きてきた。しだいに年齢を重ね、妓生の身となり、何十、何百という肉欲しか知らぬ獣のような男たちにさんざん弄《もてあそ》ばれた英采は、この世で信ずるに足る男は亭植しかいないと思っていた。英采にとって、別れたあとの亭植がどう変わり、どんな人間になったかは問題ではなかった。千年たとうが万年たとうが、亭植という人間は、むかし安州《アンジュ》の自分の家にいたときの亭植だとしか考えなかった。英采は、善良だった人間が悪い人間に変わることを知らない。善良な人間は生まれつき善良で、死ぬまで善良なのだと思っている。それと同様に、悪い人間は生まれつき悪人で、一生悪人なのだと思っている。幼いころの英采は悪人を見たことがなかった。彼女の父も兄も善良な人だったし、家の舎廊《サラン》に出入りしていた人たちもみな善良だった。亭植ももちろん善良だった。彼女は『小学』と『列女伝』などを学んだが、そこに出てくる人びともみな善良だった。幼な心に英采は、本のなかの人物と自分の家庭やその周りにいる人物とは同じだと思っていた。英采自身も善良な人間だった。『内則』〔儒教の女子修身書〕や『列女伝』のなかの女たちと自分は同じだと思っていた。そして、世間はどこに行っても自分の家庭と同じだし、世間の人びとは誰もが自分や自分の周りの人たちと同じだと思っていた。あの金善馨《キムソニョン》もこの朴英采《パクヨンチェ》も、この点においては共通している。

ところが、善良な人間である自分の父や周りの人の方が、むしろ罪人として世間から嘲けられることになったのを見て、英采は幼な心にもひどく驚いた。また母方の親戚の家で従兄の家族に虐待され、そこから逃げ出したときに村の子供たちに苛められ、その夜は粛川の酒幕《チュマク》であの事件に遭い、ついには平壌で妓生として売りとばされて、幼い英采は、世間が自分の家庭と同じではなく、世間の人びとは自分や自分の周りにいた人たちとは違うことに気がついた。世間には悪というものがあり、世間には悪人というものがいることに気がついたのだ。しかし英采は、この悪い世間と悪人たちは自分とは何の関わりもないと思った。善良だった自分の家庭とこの悪い世間とを、また、かつて見ていた善良な人たちと現在見ている悪い人たちとを、英采はどうしても一緒にすることができなかった。そこで英采は、世間には悪い世間と善い世間があり、人間には悪い人間と善い人間がいて、それぞれ種類が違って水と油のごとく混じりあうことがないのだと考えた。ところが、しだいに経験を積んでいくにつれて、もう一つの真理にも気がついた。「悪い世間は善い世間よりも広く、悪い人間は善い人間より多い」という真理である。

家を離れて七、八年、英采は一度も善い世間を見なかったし、善い人間と出会うこともなかった。七年間というもの、彼女は自分の故郷である善良な世界を離れて悪い世界の客となり、自分の同族である善良な人たちと離れたところで、仇《かたき》である悪人たちからあらゆる嘲弄を受け、苦しみをなめた。それでも彼女が善良な世界や善良な人たちの存在を疑わなかったのは、七年前にその世界と人びとを見ていたからだ。そして、自分は『列女伝』や『内則』や『小学』に出てくる人たちと同類であって、決して悪い世界と混じりあう人間ではないのだ、と思っていた。英采の父が幼い彼女に教えた『列女伝』と『内則』と『小学』は、やはり英采の一生を支配したのである。

英采はこう考えた。善良な世界も存在するし、善良な人も存在しているけれど、自分はなにかの間違いで一時的にそこから離れてしまったのだ。だけど生きているうちに、きっとその世界とその人たちを見出す日が来るはずだ。それで彼女は、ソウルの南大門から東大門まで立ち並んだ無数の家を見れば、この中のどれが七年前に自分がいた家と同じ家なのだろうと思い、鍾路の十字路を往来する何万の人びとを前にすれば、このうちの誰がかつて自分が知っていた人と同じ人なのだろうと思うのだった。

立派な服を着て立派な時計をはめた人が近づいてくると、彼女はいつも心のなかで、「あんたは私とは違う世界の人間なのよ」と、軽蔑しながら彼らに接した。英采はこの都に善良な家と善良な人が存在することを信じている。そして夜も昼も、その家とその人を探そうと努力している。しかし英采の記憶にある善良な人とは、ただ李亨植のみである。英采が七年間、数十、数百の男に会いながらも身を許すことなく、昼夜ひたすら李亨植を探し出そうとしたのは、実にこのためであった。そして、ついに亨植がソウルにいることを知って、こうして訪ねてきたのである。

31

英采はこれまで多くの妓生を見てきた。そして、その中にどんな人間がいるかを見てきた。英采が「姐さん」と呼んで親しくした者も数十人いるし、「ねえ、あんた」という調子で友人づきあいした者も数十人、英采のことを「姐さん」と慕ってくれた者も何人かいた。

英采が平壌で妓生になってはじめて「姐さん」と呼んでなついたのは、顔立ちがきれいで歌のうまい桂月花《ケーウォルファ》という妓生だった。当時、平壌の花柳界で、風流男たちの目は実にこの月花《ウォルファ》ひとりに集まっていた。月花《ウォルファ》は漢詩がうまく、水墨画も人にひけを取らなかった。それで月花は自尊心が非常に強く、よほどの男でなくては近づけようとしなかった。そのために、断った男たちから「高慢な女だ」「けしからん女だ」と非難され、「母さん《オミ》」と呼んでいる女からは「お客様には丁寧にするんだよ」と叱られた。だが月花は自分の容貌と才能の高さを恃《たの》んでいた。それで自分の目から見て低級な客を相手にするときには、「松よ、松よとおっしゃるが、いかなる松とおぼしめす。千尋《ちひろ》の崖の大松なれば、樵童《きこり》の斧など届こうものか」という、松伊《ソリ》〔気位の高いことで有名だった李朝時代の妓生の名前〕が作った時調を歌った。それで友人たちは月花《ウォルファ》に松伊《ソリ》というあだ名をつけた。実に、月花の理想は松伊だった。英采が月花を好きになったのもこのためだ。英采の目から見て、月花という妓生は『列女伝』に入ってもおかしくない女性に見えた。だから月花が松伊を理想としているのを見た英采は、松伊がどんな妓生かも知らないくせに、自分も松伊を理想とした。かつて英采は月花に抱かれながら、「姐さん、姐さんと私と松伊と三人で友だちになりましょう」と言ったことがあった。そして、きっと私も月花姐さんみたいに松伊になるんだ、と思った。

月花の顔と才能を見て、多くの男たちが涎《よだれ》をたらして群がった。その中には金持もおれば、美男子もいた。彼らは争って立派な衣服を身につけ、金時計に金の指輪をはめて、なんとか月花の愛を勝ち取ろうとした。しかし月花が心のなかで思い描いている男性は、そんな軽薄な者たちではなかった。月花は李太白や高適《こうてき》、王昌齢《おうしょうれい》のような盛唐時代の詩人を思い、揚昌曲《ヤンチャンゴク》〔古小説『玉楼夢』の男性主人公〕や李《イー》道令〔パンソリ『春香歌』の男性主人公〕を思った。しかし月花の周囲に集まる男たちのなかにそんな人間は一人もおらず、ただ「金」と「肉欲」の人間ばかりだった。月花は料亭のようなところに呼ばれて夜遅く帰り、よく英采のところにやって来ては涙を流しながら、

「英采や、どうして世間はこんなに寂しいのだろうね。平壌のどこを探したって人間らしい人間には会えやしない」

と嘆くのだった。英采にはまだその言葉の意味がよく分からなかったが、きっと心に適《かな》う人がいないという意味なのだろうと思った。そして幼な心にも、「私には李亭植がいるもの」と思った。

月花はしだいに世を悲観するようになった。唐詩を教えながら、よく月花は英采をぎゅっと抱きしめて涙を流し、

「英采や、お前も私も、どうしてこんな朝鮮に生まれたのかしらねえ」

と言った。そんなとき英采は意味がよく分からず、

「じゃあ、どこに生まれたらよかったの」

と聞いた。月花は英采が幼いのを哀れむように、

「あんたには、まだ分からないわね」

と言った。月花は盛唐時代の江南に生まれなかったことを嘆いた。卓文君《たくぶんくん》のごとき自分がいるのに、鳳凰曲を詠って自分を誘う司馬相如《しばしょうじょ》〔前漢の文人。卓文君との激しい恋が有名〕がいないことを恨んだ。月花は思った。天は大同江《テードンガン》〔平壌を流れる川〕を下したがゆえに、牡丹峰《モランボン》〔大同江のほとりの山〕もまた下された。しかし桂月花が大同江なら、誰が牡丹峰として、春は花、秋は紅葉《もみじ》で美しい姿を浮碧楼《プビョンヌ》〔牡丹峰に立つ楼閣〕の前に映すのか。

月花は朝鮮人の無知で無情なことを嘆いた。とりわけ平壌の男に一人の詩人も一人の文士もいないことを恨んだ。二十歳になるまで一度も自分の意に適う男に出会えず、悲しい心で世間を冷笑しながら昔の詩を口ずさみ、詩歌を作ることを唯一の友としてきた。そして英采を愛し、血を分けた妹のように可愛がって詩の詠み方や作り方を教え、悲しいときには、よく理解もできない英采に向かって自分の思いを語った。そんなとき英采は、「姐さん！」と言って月花の胸に抱かれて泣くのだった。

かつてある宴会で、平壌城内のいわゆる一流人士と一流名妓が顔をそろえたことがある。初夏の風も穏やかな、牡丹峰と浮碧楼が会場だった。そのとき月花が英采を会場の隅に引っぱってきて、

「英采、あんたには見えるかしら」

とささやいた。

「何が」

と、英采は会場を見渡した。月花は英采の耳に口をあてて、

「あそこに集まっている人たちは平壌の一流人士なんですって。ところがね、一流人士とか言っているあの連中は、みんな案山子《かかし》に着物を着せたものなのよ」

そう言って、今度は妓生たちを指しながら、

「あれは、声と身体を売りものにしている汚い女たち」

と言った。そのとき英采は十五歳だった。それで月花の言う意味が前よりもよく分かった。そして「そうか、そうなんだ」と、小さな頭で何度も頷《うなず》いた。こんな話をしているとき、洋装の紳士がニヤニヤしながら月花の横に来て、首にかじりつき、

「おい、月花。なんで、こんなところにいる」

と、引きずっていこうとする。この紳士は、そのころさかんに月花に熱をあげていた、平壌一番の資産家金潤洙《キムユンス》の長男だった。年齢《とし》が三十を越えながら、これまでしてきたことといったら妓生遊びだけという男だ。月花はもちろんこの男を軽蔑しており、彼の前でも「松よ、松よとおっしゃるが」を歌っていた。このとき月花はひどく不快そうに、「何をなさるのです」と、身をふりほどいた。あとで分かったことだが、このとき、この席に月花の心を惹く紳士がいたのである。彼はいかなる人物なのか。そして彼と月花との関係はこれからどうなるのだろうか。

32

宴会からの帰り、英采は月花に連れられて大同江の岸辺にある清流壁《チョンニュビョク》〔牡丹峰の絶壁〕の下を散歩した。ちょうどその時、平壌の涓成《ペーソン》中学という学校の生徒が四、五人、岩壁に登って愉快そ

うに歌を歌っていた。こんな歌だった。

くねる大同江《テードンガン》は　綾羅島《ヌンナド》を巡り
きりたつ牡丹峰《モランボン》は　楽しげに踊る

清流壁《チョンニュビョク》に腰をおろして　流れゆく水に話しかけよう
青春の熱き血潮を　お前に送ってやろうじゃないか

月花が英采の袖を引いて、

「ね、あの歌、聞いた」

「ええ、とてもいい歌だこと」

月花は溜息をつき、

「あのなかに詩人がいるのよ」

と言ってとめどなく涙を流した。英采はわけが分からず、清流壁のうえで歌っている生徒たちを見ていた。生徒たちはあいかわらず歌っており、トゥルマギの裾が風に翻《ひるがえ》っている。なんだか英采にもその生徒たちが慕わしく思われ、わけもなく悲しみがこみあげるような気がして、月花の肩に顔をうずめて一緒に泣いた。月花は英采を抱きながら、

「英采、あのなかに本当の詩人がいるのよ」

とさっきの言葉をくり返す。

「私たちが毎日会っている連中は死人よ。あの連中は食べて、着て、女を弄ぶことしか知らない。だけどあの生徒たちのなかには、本当の詩人がいるんだわ」

この時、生徒がまた違う歌を歌った。

夜明けの光が湧きあがる　陽が昇る
地上の万物が　喜び勇んで踊りだす

天下の人が夢見ているとき　私だけが目覚め
天を仰いで　悲しき歌を歌うのだ

月花はたまらなくなったように足を踏み鳴らして、英采に言った。

「ね、あそこに登ってみましょう」

しかしその言葉が終わるより先に、生徒たちは帽子を脱いで振りまわしながら、あちらの峠へ行ってしまった。月花は道ばたの石に坐りこんで、さっき生徒たちが歌っていた歌を十回以上も歌った。英采もなんだかその歌が気に入って、月花と一緒に十回以上歌った。それから、月花はさっき生徒たちが立っていた場所をしばらく眺めていた。だが生徒たちの姿は二度と見えなかった。

それからというもの、月花が泣く日がいっそう多くなった。英采は月花と一緒に泣き、時間の許すかぎり月花と一緒にいた。英采はますます月花に惹かれ、月花も以前にまして英采を愛した。十五歳になった英采には、月花の思いがだんだんと分かるようになり、分かるほどに月花の涙に同情するようになった。英采にも、美人で歌がうまく詩を作るのも上手だという評判がしだいに立つようになり、英采という咲いたばかりの花を自分が手折ってやろうという者が多くなった。そして、月花がかつて浮碧楼で話した意味が分かるようになった。

浮碧楼の宴会以来、月花がうって変わって悩んでいる様子を見て、英采も月花に何かが起こったことを察した。英采もいまでは男性を恋しいと思うようになっていた。初めて会う男性の前では顔が火照り、夜一人で寝ているときなど誰か抱いてくれる人がいたらいいのにと思うことがあった。あるとき英采と月花が宴会から遅く帰って一緒の布団で寝ていると、英采が眠ったまま月花を抱きしめて口づけした。これを見た月花は寂しげに笑った。「ああ、あんたも目覚めたのね――あんたもこれから悲しんだり苦労したりするんだわ」。そして英采を起こし、

「英采や、あんたったら、いま私のことを抱きしめて口づけしたのよ」

と言った。英采は恥ずかしそうに顔を月花の胸にこすりつけ、月花の白い胸を噛んで、

「だって姐さんだもの」

と言った。

英采もこれほど物心がついていたので、月花の涙にはきっと何か意味があるはずだと思った。そして、尋ねよう尋ねようと思いながらも気恥ずかしくて尋ねられず、たぶん月花はあのとき清

流壁で歌を歌っていた生徒に心を寄せているのだろうと、勝手に想像していた。清流壁で歌っていた生徒の姿は英采の目にも焼き付いていた。もちろん道から眺めれば、岩上に立つ人の顔は輪郭しか見えず、目鼻もさだかではない。だが高潔そうな姿ときれいな声、そして志の高い美しい歌が、二人の女性の胸を騒がせたのだ。あの青年たちはおそらく何気なく歌ったのであろうが、これまで「真実の人」「誠のある人」「希望のある人」「人間らしい人」に出会ったことがない彼女たちには、その生徒たちの姿と歌が、とても清々しく爽やかに印象づけられたのである。英采は、歌を歌っていたあの生徒たちと、これまで一緒に遊んできたいわゆる紳士たちを、こっそり比べてみた。そして、どうしたってあの生徒の方がいいわと思った。

最近、英采はますます胸が騒いで身体が疼き、気がつくと心に物足りなさを覚えている。月花が自分の顔をじっと見つめているときなど、もしや自分の心を見通しているのではないかしらと思って、そっと首を垂れた。月花も、英采の心がだんだんと成熟してくることに気づいた。そして自分の過去を思い出し、英采の将来に悲しみの多いことを思った。それで月花は、英采が世間と交わることを恐れるように、いつも「英采、今の世間には私たちが身を託せるような人はいないのよ」と言って、昔の詩を人生の友とするように勧めた。

月花の涙の意味を知りたかった英采に、ついにその機会がやってきた。

33

ある晩、月花《ウォルファ》が英采のところにやって来て、演説を見に行こうと言う。そのころ平壌には涙成《ペーソン》学校という新しい学校ができて、あちこちから数百名の青年が集まり、涓成《ペーソン》学校長の咸相謨《ハムサンモ》は、その数百名の青年が心から仰ぎ慕う先覚者であった。咸《ハム》校長は週に一度、涓成学校で演説会を開き、誰でも来校して聴くように呼びかけていた。平壌の人びとは、新しい話を聞こうという真面目な思いで、あるいは単なる物見遊山の好奇心で、夕食を終えると涓成学校の大講堂にあふれんばかりに集まって演説を聴いた。咸校長には熱誠があり、雄弁だった。彼が悲しい話をすると聴衆はみな涙を流し、楽しい話をすると聴衆はみな手を打って快哉《かいさい》を叫び、何かの非を責める段になると、聴衆も目をつりあげ、唾を飛ばして一緒に責めるのだった。彼が話す内容は、朝鮮人も他民族と同じように、古い殻を脱ぎ捨てて新しい文明を取り入れるべきであること、現在の朝鮮人は怠惰で無気力なので、豊かな新しい民族になるためには何としても新しい精神と勇気が必要であること、そして、それには教育が一番だから息子や娘たちには絶対に新教育を受けさせるべきだということだった。

英采も咸《ハム》校長の噂は耳にしていたし、咸校長の演説がうまいという話も聞いていたので、月花について涓成学校に行った。できるだけ質素な着物を着ていったが、顔と態度はごまかせず、二人ともいま平壌では有名な妓生なので、聴衆のなかには二人を指さしてひそひそと話をする連中もいた。月花と英采は聴衆をかき分けて入ると、隅の方に並んで坐った。わざと背中を押したり、足を踏んづけたり、二人の手に触れたり、ひどいのになると月花の腋に手を突っこむ者まである。月花は、

「あんたたちは、妓生を人間だと思っていないのね」

と言って、英采を抱きかかえるようにしながら入った。婦人界には演説を聞く者も聞こうとする者もおらず、とくに婦人席というものは設けてなかった。それで二人は男たちが坐っている長椅子の端に腰をおろした。まもなく、女性のいることに気づいた咸校長が、生徒を呼んで何か言う。その生徒は椅子を二つ持ってきて最前列の左端に置き、二人の前に来て丁寧に敬礼しながら、

「どうぞ、あちらにお坐りください」

と言って二人を案内する。二人は、妓生になって初めて人間らしい扱いを受けると思った。やがて生徒たちが入ってきて着席する。月花は、あの生徒たちは自分の方を見るかしらと思って、そっと生徒の動静をうかがった。だが生徒たちは整然として脇見もせずに坐っている。月花は英采に、

「ねえ、あの生徒たちは、私たちが見てきた人とは別世界の人だわね」

と小声で言った。

たしかに咸校長は青年をよく教育していた。個性を無視して万人を一つの型にはめようとする旧式教育の風は完全には抜けていないが、当時の朝鮮ではただ一人の、もっとも進歩した熱誠ある教育家だった。月花を見て目に淫蕩な笑みを浮かべないのは、おそらく平壌城内では涓成学校の生徒だけであろう。生徒たちも月花を見れば「きれいだ」と思うかもしれないし、「もう一度会いたい」と思うかもしれない。だが彼らは決して他の男のように、「あれと一晩寝たいものだ」とは考えない。また、たとえ彼らが「あの人を僕のものにできたら」と考えるとしても、決して他の男のように膝に乗せて遊ぼうというのではなく、「僕の妻にして愛して尊敬しよう」と考え

るのである。男たちは月花を単なる一個の慰みものだと思っているが、彼らは、たとえ妓生を賤しいとは思っても、彼女もまた自分たちの同胞であり妹だと思うのである。

やがて咸《ハム》校長が演壇に登る。満場に拍手が湧き、月花も二、三度拍手した。そうだ、浮碧楼《プビョンヌ》で話していた人だわ、と英采は思った。咸校長は威厳のある態度でしばらく聴衆を見わたしてから、

「諸君」

と口を開く。

「諸君の祖先は決して諸君のように心が腐っておりませんでしたし、諸君のように怠惰で無気力でもありませんでした。平壌城の石垣を積みあげた我らが祖先の気性は雄大であり、乙密台《ウルミルテ》と浮碧楼《プビョンヌ》〔ともに牡丹峰にある楼閣〕を築いた我らが祖先の志は壮大でありました」

と感慨無量の面持ちでしばし頭を垂れてから、

「諸君！　あの大同江《テードンガン》の水は日々流れくだり、平壌城と乙密台を築いた祖先の影を映していた水は、いまや行方も知れません。牡丹峰だけが万古に変わらぬ姿で祖先の足跡を残して、くっきりと聳え立っております。ああ、諸君！　勇壮な祖先から受け継いだ精神を、私たちは大同江へ流してしまったのか、万古不変に聳える牡丹峰に捨ててしまったのか」

流れる涙でしばし言葉が途切れ、満場が粛然としてうなだれる。咸校長は朝鮮人の堕落についてあれこれ慨嘆してから、一段と声を張りあげた。

「諸君！　崩れゆく平壌城と乙密台は壊してしまって、大同江の水に流しましょう。そして我らの新しい精神と新しい元気でもって、新しい平壌城と新しい乙密台を築こうではありませんか

か」

そう言って悠然と壇を降りると、割れるような満場の拍手喝采がしばらく鳴りやまない。月花は英采の手を握りしめ、身体を震わせた。英采が驚いて月花を見ると、膝のうえの下衣《チマ》に大粒の涙がぽろぽろとこぼれている。

咸校長の姿を見て演説を聴いたせいで、英采も亡くなった父のことを思い出し、月花と一緒に泣きながら家に戻った。ところが月花の涙は英采とは違う涙だった。月花の涙はどんな涙だったのか。

34

家に帰った月花は倒れるように坐りこむと、英采に言った。

「英采、私は求めていた人を見つけたわ。浮碧楼で咸《ハム》校長の姿を見かけて話を聞いたとき、私は思わず恍惚《うっとり》としたの。そして今晩またあの人の姿を見、話を聞いて、私の心はすっかりあの人のものになってしまった。朝鮮の天地で私が探し求めていた人に、とうとう出会ったのよ」

そう言ってにっこりと笑う。英采はその時ようやく月花の涙の意味に気がついた。自分は咸校長を父のように思っていたけれど、月花は恋人だと思っていたのだ。そう思って、もう一度月花の顔を見た。月花の睫《まつげ》には清らかな涙が宿っている。月花はつづけた。

「英采。あんたには清流壁で聞いた歌の意味が分かるかしら。

天下の人が夢見ているとき　私だけが目覚め
天を仰いで　悲しき歌を歌うのだ

この歌の意味が分かるかしら」

分かるような気もしたが、どう言ってよいか分からず、英采は黙って坐っていた。月花はしばらく英采を見つめてから、

「朝鮮中の人が眠って夢を見ているのに、咸校長一人が目覚めているのよ。私たちのところに来るあの一流人士たちはみんな眠っている人たちで、目覚めているのは咸校長だけなのよ」

確かにそんな気がして、英采は、

「じゃ、どうして、天を仰いで悲しい歌を歌うの」

「目覚めてみれば、天下の人はまだ夢を見ているじゃない。いくら目を覚ませと言っても目を覚まさずに寝言ばかり言っているんですもの、寂しくて悲しいのも当たり前だわ。だから天を仰いで悲しい歌を歌うのよ」

と、英采の手を握って引きよせると、自分の膝にうつむけに寝かせた。

「そしてね、私もやっぱり、天を仰いで悲しい歌を歌うの」

英采は、少しは意味が分かるような気がしたが、

「どうして、どうして悲しい歌を歌うの」

「平壌城内の妓生五、六十人のうち、目覚めているのは私だけ。人とは何か、天とは何か、誰

も知らないところで、私だけが目覚めてしまったのよ。私は寂しい、悲しい。私の思いを聞いてくれるのは、あんた一人しかいないのだもの」

と、英采の背中に額をこすりつけて、英采の腰を折れよとばかりに抱きしめる。いまは英采も月花の言っていることが全部理解できた。月花はふたたび話を続ける。

「私はいま二十歳《はたち》。二十年間探していた友をやっと見出した。だけど会ってみれば、その人は束の間会うだけの友で、長く話すことのできない友だと分かった。だから、私はもう行こうと思う」

そう言って英采を抱き起こすと、いっそう優しい声で、

「ねえ、あんたと私とは二年間、まるで姉妹みたいに過ごしたわね。これも何かの大きな因縁だわ。安州で生まれたあんたと平壌で生まれた私がこうやって会って、こんなに仲良く過ごすなんて、誰がそんなことを想像できて。これからも私のことを忘れないで、『姐さん』って呼んでちょうだいね」

と言いながら泣き崩れる。月花の言葉がただならず聞こえて、英采の身体に鳥肌が立つ。

「姐さん!　どうして今夜はそんなことを言うの」

月花は身を起こして、こぼれる涙を拭おうともせずに坐っていたが、

「いいこと、あんたは世間の人に交わらず、一生ひとりで生きていくのよ。昔の人を友にするのよ。もし、心に適う人に出会えなかったらね」

と言う。こんな話をして、その晩も二人同じ布団で寝た。二人は顔を見合わせ、強く抱きあった。

だが幼い英采はいつのまにか眠りこんだ。安らかな寝息をたてて眠っている英采の顔をしばらく見つめてから、月花は思いきり英采の唇を吸った。英采は眠ったままで、きれいな腕を月花の首に巻きつけた。月花の身体はわなわなと震えている。月花はそっと立ちあがり、箪笥を開けて引出しから玉《ぎょく》の指環を取り出すと、寝ている英采の手にはめて、もう一度英采を抱きしめた。

　短い夏の夜が明けた。眠りから覚めた英采は、うとうとしながら腕で月花を抱こうとした。しかし、月花の寝ていた場所は空っぽだった。英采は驚いて起きあがり、「姐さん！　姐さん！」と呼んだが、答えはなかった。永遠になかった。英采は指にはめられた玉《ぎょく》の指環を見て泣いた。その夜、大同江の釣り船が一つの死体を拾いあげた。月花だった。遺言もなかったので彼女が死んだ理由を知るものはなく、玉の指環をはめた英采一人が、月花の心を知って熱い涙を流しただけであった。「母《オミ》さん」と呼ばれていた女は「とんでもない娘《こ》だよ」と言って、金づるを失ったことに腹を立て、平壌一の金持、金潤洙《キムユンス》の息子は「馬鹿なやつだ」と言って、遊び道具がなくなったことを嘆いた。月花の死体は粗布にくるまれ、水運び人夫が二、三人で背負っていって、北門の外の共同墓地に埋めた。埋葬された日の夜、玉《ぎょく》の指環をはめた手が一握りの花と一掬の涙を墓のうえに撒いた。碑も建ててないから、今ではどれが一大名妓桂月花《ケーウォルファ》の墓なのか、知るよしもない。咸校長はこのことを知るや、知らずや。

　なんといっても桂月花《ケーウォルファ》は英采の「姐さん」だった。友だった。月花は英采を心から愛していた。英采は月花から大きな感化を受けた。英采が亨植を一生の伴侶と決めて七年ものあいだかたく貞節を守ってきたのも、半分は月花の力だった。李亨植を探そう、探しだせなければ月花のあとを追って大同江に身を投げよう、と英采は考えた。そのうちに亨植の居所が分かり、ようやく願いが叶ったと思った。だが、亨植がすでに結婚していたらどうしよう、結婚していないとしても私の身が妓生であると知って見向きもしてくれなければどうしよう、と思った。亨植の居所を知ってからひと月以上も亨植を訪ねることができなかったのも、昨日亨植を訪ねて自分の身の上を話しながら途中で話をやめて帰ってきたのも、このためであった。では、亨植の家から帰ってきた英采はどうなったのか。

35

亨植に自分の身の上を話しながら、英采はふと考えた。自分は妓生の身だ。亨植がまだ結婚していないと聞いて束の間は喜んだけれど、私が妓生と知ったら、亨植はきっと私など見向きもしないだろう。それに、たとえ亨植にその気があっても、私の身は金がなくては救えぬ身。見たところ亨植の生活ぶりでは私を救う力はなさそうだ。妓生であることを話して、ずっと慕ってきた亨植に愛想をつかされるより、また私を捨てないにしても、私を救う力がないことで、愛する亨植の心をむなしく苦しめるより、いっそ大同江に身を投げて五年前に先立った月花のあとを追い、月花と一緒にあの世で楽しく暮らそう。そう思うと月花の顔が目の前に現われて、「英采や、私と一緒に行きましょう」と言っているような気がした。それで英采は指にはめた玉《ぎょく》の指環を見ながら、途中で話をやめて家に帰ってきたのである。

英采はすぐに平壌に行こうと決心した。どうせ身投げしてこの世を捨てるなら、大好きだった

「月花姐さん」が身を投げた大同江に行こう。平壌に行ったらまず墓地へ行って、お父様と月花の墓にお参りし、これまでの思いを打ち明けよう。お父様は私が妓生になったと聞いて亡くなったのだから、せめてお墓にお参りして、私が身売りして妓生になったのはお父様たちを救うためだったこと、妓生になって六、七年、お父様にいただいたこの身は幸い汚《けが》さなかったこと、お父様が夫と定めてくださった李亨植のために、これまで妻としての貞節を守ってきたことを話そう。そして、もし死後に霊魂があるならば、生前お世話できなかった恨みを、せめて死後に晴らすことにしよう。お父様が極楽にいるのなら極楽、地獄にいるのなら地獄を訪ねよう。

私は月花との約束を守った。世間に交わらず、想う人のために六、七年間操《みさお》を守りぬいた。私は月花がやり残した思いを遂げた。いまや私はあなたのもとに帰るのだ。

こんなことを考えていると、自分の身体が、あのとき生徒たちが「天下の人が夢見ているのに、私だけが目覚め、天を仰いで、悲しい歌を歌うのだ」と歌っていた清流壁《チョンニュビョク》の上に立っているような気がする。英采は、薄幸な十九年の生涯のことを考えた。すると、亨植を前にして語った過去の記憶がまるで昨日のことのようにくっきりと目に浮かび、その光景の一つ一つが英采の胸を突き刺し、臓腑をえぐるような気がする。人間としてこの世に生まれながら、楽しいことは何一つなく、花のような青春を大同江のつれない波の合間にはかなく消そうとしていることを思うと、恨めしくもあり、哀れでもあり、また口惜しい。十九年の生涯の半分を無情な世間と人間に翻弄されて慰みものとなり、心の支えとして慕ってきた亨植にやっと会ったのに、いざ会ってみれば彼は私を救ってくれそうには見えない……ああ、なんという八字《パルチャ》〔生まれた年月日時で定まった運命」かしらと、その夜は明け方まで寝つかれず、真っ暗な部屋でひとり泣いた。この腕はどうして、想っていた人を抱くこともできず、この乳房はどうして、愛する息子と娘に吸わせることもできないの。胸にあふれる情と愛は、想っていた人に捧げられないままで終わってしまうのかしら。この身体は一生「妓生《キーセン》」という名で呼ばれるだけで、どうして「妻」とか「夫人」とか「母《オモニ》さん」とか「おばさん《アジュモニ》」という、優しくて清らかな名前で呼ばれないまま終わらなくてはいけないの。「妓生！」「妓生！」、ああ、聞きたくない言葉。「妓生」という言葉を聞いただけで身の毛がよだつ、と英采は思った。

いま金で私の身体を買おうとしている人間が四、五人いるという。この七年間、歌と踊りで数万円の金を稼いで田畑も買い、大きな屋敷も買い、絹の着物まで着るようになったのだもの、もういいかげんに自由の身にしてくれたってよさそうなのに、まだ足らずに、千円とか二千円とか言って、この身を骨までしゃぶろうとしている。売る方も売る方だけど、買う方も買う方よ。これまで何とかして操を守ってきたけれど、誰かの妾に売られてしまったら、操なんてお笑い草だわ。もう死ぬしかない、死ぬしかない。

頼りにしていた亨植に会ったのは嬉しいけれど、頼りにしていたその亨植にも、私を救う力のないことが恨めしい。

英采はすっかり絶望した。これまで自分は一時的には異郷で迷子になっても、いつかは善良な世界と善良な人間が住む故郷に帰って、七年前に味わった家庭の楽しさを取り戻せると思っていた。だが、すべてが徒労だった。これまでただ一人の善人、ただ一人の支えと信じてきた亨植だが、実際に顔を合わしてみれば、普通の人間でしかない。七年ものあいだ悪人たちのあいだで苦しんできた英采の考えでは、亭植のように善い人間は、顔とか格好とか話すことが、そこらの人間とはまったく違っているはずだった。だけど、会ってみれば普通の人じゃないの。そうよ、死ぬしかない。大同江に行くしかないわ。わざわざ汚い世間と交わって、命を永らえてなんかいられるものですか。一日も早く、清らかな大同江の波の下で懐かしい月花と再会し、抱きあって語りあうのよ。

ところが英采にはお金がなかった。翌朝、何人かの友人に五円の金を借りようとしたが、ついに借りることができず、昼過ぎまで部屋で泣いていた。亭植が金長老の家で、善馨や順愛を前にして楽しい想像に酔っていたのは、まさに英采が自分の部屋で涙を流して嘆いていたころだった。この夜英采を訪ねた亭植は、英采と会ったのであろうか。

36

亭植は「桂月香《ケーウォルヒャン》」と書かれた灯籠を見ながらしばらく佇んでいたが、熙鏡《ヒギョン》を帰すと、決心したように門のなかに入った。客はいないのか、しんとして何の物音もしない。かまわず中庭《マダン》まで入ると、いくつもの部屋に明かりが灯っているが、人影がない。亭植は胸をどきどきさせながら、どう呼んでいいか分からないまま、足音だけ立てて「オホン」と大きな咳払いをした。向こうの部屋から太った女が出てきたので、亭植は一歩そちらに近づいた。立派な花柳界風の螺鈿《らでん》の長持が見えた。アレンモクには薄紅色の蚊帳《かや》が吊るされ、右の隅に斑《まだら》模様の袋に入った伽倻琴《カヤグム》〔琴によく似た韓国の伝統楽器」が壁に立てかけてある。亨植は「これが英采の部屋か」と思った。すると、わけもなく悲しみが湧いてきて、不快になる。この部屋で、数多くの男のためにあの伽倻琴を爪弾き、歌を歌い、踊りを踊っていたのか。そして、あの蚊帳のなかで夜ごと違う男と……、これ以上は考えたくなかった。それにしても、英采はどこに行ったのだ。もう誰かに「千円」で売られてしまったのか。昨晩、僕の家から帰って、そのまま売られてしまったのではなかろうな。それとも、もし英采の節操がかたいとすれば、もうどこかで自殺などをしたのではなかろうか。このとき亨植の脳裏には、あとからあとから無数の考えが湧いてくる。

　あちらの部屋から出てきた太った遣手婆《やりてばば》（婆といっても年の頃は四十か五十だ）を見て亨植は、「これがいわゆる『母さん《オミ》』だな」と思った。女は手に太極模様の団扇をもち、煙管《きせる》をくわえている。さっきまで上着を脱いでいたのか、薄い紗の上衣《チョゴリ》の紐を結びながら出てくる。「不潔な女」という思いが、亨植の胸を不快にする。亨植の格好がひどくみすぼらしいのを見た女は、馬鹿にした調子で、「誰をお訪ねかい」と言う。これまで、亨植のようにみすぼらしい格好をした人間が月香を訪ねてきたことなどないからだ。女は亨植のことを、多分どこかのドラ息子の使いだろうと思った。それで妓生の家を訪ねてきた人間に向かって、「誰をお訪ねかい」と高飛車な態度を取ったのである。亨植には、女が自分を馬鹿にしていることが分かった。それでいっそう不快になった。「僕だって、教育界では相当に名のある人間だ」と思った。しかし、女の目には金持と女たらしがあるだけで、「教育界で相当名のある人間」は存在しなかった。もし亨植が立派な背広にピンクのネクタイを締め、酒に酔ってステッキをふりまわしながら「おい、来たぞ」と言って入ってくれば、女はいそいそと煙管《きせる》を置いて中庭《マダン》に飛び出し、「あらまあ、ようこそお越しくださいました」と作り笑いを浮かべたことだろう。しかし粗末な苧麻《からむし》のトゥルマギに蠅の糞がついた麦藁帽子をかぶり、酔っ払いもせず、ステッキもふりまわさず、「おい、来たぞ」とも呼ばわりもしない亨植のような人間は、女の目にはきわめて下等な人間であった。

亨植はやっとのことで口を開き、

「月香さんはどこに行きましたか」

と尋ねた。言ってすぐ、「月香」に「さん」を付けたことを後悔した。しかし亨植はこれまで、人の名前に「さん」を付けずに呼びすてにしたことがない。とくに親戚でない女性の名前を呼ぶときには、「さん」という尊称を付けるのが当然だと思った。いわゆる「立派な連中」は、女学生に対しては「さん」を付け、妓生に対しては「さん」を付けないものだと思っているが、亨植には女学生と妓生を区別することができない。亨植の考えでは、女学生であれ妓生であれ、等しく人間である。だから亨植は「月香」に「さん」を付けるのが正しいと思い、しばらく考えた末に勇気を奮い起こして「月香さんはどこに行きましたか」と言ったのだ。しかし口に出してから考えてみると、やはり気恥ずかしい。それで女の顔を見た。女は笑いをこらえるように口をもぐもぐさせてから、

「月香さんは客と一緒に出かけたよ。なんぞご用かい」

「どちらに行ったのですか」

女は、「この人、やっぱり田舎者だね」と思いながら、

「さっき、午後に清涼里《チョンニャンニ》へ行ったよ。六点〔六時〕に帰ると言っていたけど、まだ来ないねえ」そう言うと、面倒くさそうに、挨拶もしないで奥に入ってしまう。「誰だね」という男の声に、「知らないよ。どこかの乞食が来たのさ」という女の平壊なまりが聞こえる。亨植は失望すると同時に、女から馬鹿にされたことへの恥ずかしさと口惜しさを覚えながら踵を返した。「桂月香《ケーウォルヒャン》。桂月香が果たして朴英采《パクヨンチェ》の別名なのだろうか」、そう思って桂月香の経歴について尋ねたかったが、女にあれほど馬鹿にされてはもう一度尋ねる勇気もでず、そのまま門の外に出た。

亨植はうなだれて、さきほどの道に出る。来るときに「半《なか》ばぁ、老いたればぁ……」と歌っていた声が、「行くぞ、行くんだ、僕は行く」と歌うのが聞こえ、さっきのように大勢でどっと笑う声が聞こえる。どうしよう、と亨植は考えた。「清涼里！　午後に出て、六点に帰ると言っていたのがまだ帰らない」。その言葉になにか深い意味があるような気がして、亨植はぞっとした。「英采が一人でどこかの男と一緒に清涼里に行っている。おまけに夜も八時を過ぎている」。亨植はこぶしを握りしめた。亨植は全速力で茶房洞《タバンコル》の川辺に出る。「そうだ。清涼里に行こう」と思った。亨植の耳もとで英采が泣きながら、「亨植さん、助けて。私はいま危ないのです」と言っているようだ。亨植は、いま広通橋《クァントンギョ》を通っていく東大門《トンデムン》行きの電車に飛び乗るつもりで、駆足で鍾閣《チョンガク》に向かった。だが電車はキーッという音を立てて鍾閣の角を曲がり、二、三人の乗客をおろして走り去る。亨植はそれでも十数歩追いかけたが、電車はこちらには目もくれず、青年会館の前を走っていく。夜店にはさっきより人の数が多くなっている。鍾閣の角の暗がりから「えー、アイスクリーム。アイスクリーム」という、老いた独身男《チョンガー》のような声が聞こえる。

37

亭植は次に来た電車に乗った。信号手が青い旗をふると、電車はキーッという音を立ててカーブを回る。動転した亭植は、銅峴《クリゲ》から西大門《ソデムン》に向かう電車に乗ってしまったのだ。亭植は電車から飛びおり、すぐ後に来ている東大門《トンデムン》行きに飛び乗った。

亭植はハンカチで額と首の汗をふいた。車掌は亭植の電車賃を受け取って、鐘を鳴らしながら亭植の顔を不思議そうに見つめる。無理もない。亭植の顔は真っ赤だった。亭植は電車のなかを一度見渡し、下を向いて目を閉じた。電車がわざと速力を落としているような気がした。それもそのはず、夜店を行き来する人波のために運転手はひっきりなしに両足で鐘をチンチンと鳴らしながら電車をゆっくりと走らせていた。亭植の胸には炎が燃えあがる。活動写真のなかで自動車に乗った西洋人が風のように疾走していく光景を思い起こして、亭植は、こんな時に自分も自動車に乗れたらと思った。鍾路から自動車に乗って鉄物橋《チョルムルギョ》と梨峴《ペオゲ》〔鍾路四街〕と東大門を通り過ぎ、御親蚕桑園〔王家の桑園〕前の柳の間を通り抜け、清涼里を過ぎて、洪陵《ホンヌン》〔明成皇后閔妃の陵〕の松林を走る自分の姿を亭植は想像した。そして、英采がひどい目に遭わされている家を求めて、あの家、この家と、汗だくになって探しまわる自分の姿や、にこやかな顔で「存じません」と答える尼僧たちを前にして、ますます焦っていく自分の姿を想像した。

このとき誰かが亭植の肩をポンと叩いて、

「ようっ！　どこへ行くんだい」

と言う。亨植は驚いて頭をあげた。新聞記者の申友善《シンウソン》だ。申友善は亨植の横に腰をおろし、例のカンナ帽であおぎながら、

「どうだい。金長老の娘は君に惚れたかい」

と、周囲の乗客に聞こえるのもかまわず大声で言う。亨植は一瞬、自分がさっき金長老の家で善馨と順愛の相手をしていたことを思い出した。だがすぐに、自分がいま取ろうとしている行動に友善《ウソン》から協力を得られることに気づき、彼の耳に口をあてて、

「おい、一大事だ」

と言った。友善はカラカラと笑って、

「やれやれ、君は一大事が多いな。今度はどんな一大事だい」

と言う。亨植は友善の腕をつかんで引きよせ、大声を出すなと合図してから話を続ける。自分の恩人の娘がいま妓生になってソウルに来ていること、彼女は自分のために貞節を守りつづけていたが、いまや多くの有力者が彼女を手に入れようとしていること、彼女が清涼里で何者かに危険な目に遭わされており、自分はこれから彼女を助けにいくところだということを話し、最後に、

「君、僕を助けてくれないか」

と、言葉を結んだ。話をしている亨植の目には、どこかの男にひどい目に遭わされている英采の姿が見えるような気がした。友善は、「うん、うん」「そうか、うん」と、亨植が小声で話すのを注意深く聞いていたが、

「で、その人の名前は何というのだ」

「本名は朴英采《パクヨンチェ》だが、桂月香《ケーウォルヒャン》というのだそうだ」

と言いながら、亨植は、「桂月香」が果たして本当に「朴英采」なのだろうかと思った。友善は「桂月香」という名前と、また桂月香が亨植の恩人の娘で亨植のために貞節を守っているという話を聞いて驚いた。友善は目を見開いて、

「おい、それは本当か」

と、亨植の顔を見た。焦る心を隠せぬように、亨植は息を荒くしながら、

「本当だ。本当なんだ」

と言って、昨夜英采が自分を訪ねてきたこと、そして身の上話をしたこと、自分はいま茶房洞《タバンコル》の月香の家に行ってきたところであることを話し、もう一度、

「だから、君、僕を助けてくれたまえ」

と言う。「トゥダイモン、シューテン、東大門《トンデムン》でございます」という車掌の声に、二人は話をやめて電車から降りた。まだ清涼里にいく電車は来ていなかった。

友善が亨植の話を聞いて驚いたのには、理由があった。そのわけはこうである。友善もまた、桂月香に一目ぼれした大勢のうちの一人だったのだ。友善は百人に一人いるかいないかの好男子であった。風采はよい、弁はたつ、弱冠二十五、六歳だが文才と詩才がある、もともとソウルの良家の出身なので富貴な家門の息子たちともつきあいがある、そのうえ今をときめく大新聞の記者である。こんなわけで彼は女性を口説くのに必要な、あらゆる能力と資格を備えていた。彼は多くの妓生とつきあい、劇場の楽屋に出入りして、三流妓生や役者をからかった。こう言うと申

友善という人間は女の尻を追いまわす放蕩者のように聞こえるが、彼には詩人らしい雅量があり、紳士の風采があり、義理があった。彼の友人も放蕩は責めながら、その才能と快活な気性は愛した。「中友善は中国小説から飛び出したような風流男子だ」とは、彼を評した亨植の言葉である。友善にはたしかに唐時代の蘇州か杭州あたりの、豪快で俠気ある青年の風があった。

中友善が桂月香に心を惹かれたのは、ひと月ほど前だった。自分の才能に自信がある友善は、いつものように月香も自分のものになるだろうと思った。月香が多くの金持の申し込みを断っているのは、一生を委《ゆだ》ねるに足る英雄才子を求めてのことであろうが、自分には十分その候補者になる資格があると思った。そこで友善は、他人が金と肉欲で月香に迫るのに対して、自分は人物と才能と気性で月香に迫ろうと考えた。もちろん、友善には金で競争するだけの力はなかった。そこで友善は、毎晩詩を作っては、あるいは郵便で、あるいは直《じか》に月香に届けた。こうすれば月香は自分の人格と天才を知り、「ついに私の相手と出会えたわ」と、両腕を広げて自分に抱かれに来ると思っていた。そんなとき、亨植にこんな話を聞かされたのだから、驚くのも当然だった。

38

申友善《シンウソン》は電車が来るのを待ちながら、亨植の心配そうな顔を見た。発電所からはウィンウィンという発動機の音がして、黄色い服を着た車掌と運転士たちが電灯の光の下を行ったり来たりしている。友善は考えた。「月香が平壌の友人のことを尋ねたのは、このせいだったのか」。

ある日、友善が月香のところでよもやま話をしているとき、月香が冗談めかして、

「貴方様《ナーリ》にも、平壌のお友だちがいらっしゃいますの」

と友善に尋ねた。友善は月香が平壌の人間だから平壌の友人のことを聞くのだろうと思い、

「二、三人はいるな」

と答えた。月香は、

「で、その方たちは、いったい何をしていらっしゃるの」

と聞いた。このときの月香は、まず李亨植の居所を知りたい、そして平安道の人たちがソウルに来てどうやって暮らしているのかを知りたいという二つの目的があった。平安道の学生が大勢ソウルに来ているのは知っていたが、妓生の身では、平安道の学生と紳士たちがどんな風にしているのか、知る方法がなかった。彼女のところにも紳士が二、三人遊びに来たことがあった。彼らはみな立派な洋服を着て日本語で会話しながら、東京で大学に通ったといって大威張りで紳士づらをした。しかし月香は、四年前に浮碧楼で月花《ウォルファ》が、「あれは案山子《かかし》に服を着せただけなのよ」と言っていたのを思い出し、「この人たちもやっぱり案山子に服を着せただけなんだわ」だと思った。そして、「ソウルに来ている平安道の一流紳士って、この程度なのね」と、自分の故郷のために悲しんだ。そんなとき友善が「平安道の友人が二、三人いる」と言うのを聞いて、もしやそのなかに「月花の理想の人物」になれそうな人がいはしまいか、その人がもしや自分の待っている李亨植《ウォルヒャン》ではないかと思った。

月香《ウォルヒャン》の目にも、友善は朝鮮にはたぐいまれな男子に映った。昔の詩に出てくるような男だと思った。そして、その人柄の奔放なところがますます気に入って、「月花《ウォルファ》姐さんに会わせてあげ

たい」とも思った。だから友善の友人というなら相当な人物だろうと思って、「で、その方たちは、いったい何をしていらっしゃるの」と聞いたのである。友善は、

「教師をしたり、物を書いたり、実業をしているよ」

と答えた。月香はさらに注意深く、

「そのなかで、誰が一番立派な人ですの。誰が一番有名ですの」

と聞いた。友善は月香の顔をじっと見つめながら、「そうか。この娘は連れ合いを故郷の人間に求めているのだな」と、いくらか妬ましさを覚え、

「そのなかでは、李亨植というのが一番有望ではあるが」

と、李亨植の価値を低めるために、「ではあるが」に力を入れた。月香は胸が躍った。だが、そんな素振りはおくびにも出さず、愛嬌をふりまきながら、

「有望ではあるが、なんですの」

と聞いた。友善は自分が友だちを貶めているようで、恥ずかしくなり、

「うん、李亨植はいいやつだ。非常に有望でね」

とは言ったものの、もしや李亨植に月香を奪われはしまいかと心配になり、

「まだ幼稚なんだ。垢抜けていないのさ」

と、自分よりずっと下の人間のように話した。もちろん、これは嘘ではない。友善は、人格であれ、学識であれ、文筆であれ、決して亨植が自分より優れているとは思っていない。それどころか、自分と同等とさえ思っていない。「なんと言っても、亨植には漢文が不足しているし」と言

って、日本語と英語では亭植の方が優れていることは考慮に入れず、自分はあくまでも亭植の先輩だと自負していた。亭植の方もとくに友善と争おうとはせず、友善が先輩を自負すれば、亭植も友善を先輩扱いした。そんなところに先日、友善が亭植に親友づきあいを申し出たのだが、そのときの亭植の態度は、目上の人から許しを受けたようにきわめて丁重だった。

だが友善は決して亭植を憎むとか、馬鹿にしているわけではなかった。友善は、「亭植が有望であること」を心から信じていた。だから月香に「有望ではあるが、まだ垢抜けていない」と言ったのも決して亭植への誹謗ではなく、亭植に対する本心からの批評を口にしただけだった。

「ああ、あのとき俺が月香に亭植を紹介したことが、こういう結果になったのか」と思って、あらためて電車を待っている亭植を見た。亭植は心が急くように、行ったり来たりしながら東の方ばかり眺めている。

「なぜ電車が来ないのだろう」

「夜が更けたから、三十分に一本、通るかどうかだ」

と、友善は亭植の苦しみに同情した。気が気でない亭植は友善の手を握りしめて、

「本当に、今晩は頼んだよ」

と言った。孤独な亭植の現在の境遇では、友善しか頼れる者がいなかった。友善さえ自分に協力してくれれば、英采は救い出せるような気がした。心配するなと言って後ろを向きながら、友善はふっと笑った。その笑いには理由があった。

友善は、京城学校主の金男爵の息子である金賢洙《キムヒョンス》と裵明植《ペミョンシク》の二人が月香を清涼里に連れ出し

たことを月香の家で聞いて、今夜月香が金賢洙のものになることを察した。そこで友善はただちに鍾路警察署に行って李刑事に耳打ちし、彼の応援で金賢洙の悪巧みを阻止しようとしていたのだ。たとえ月香を金賢洙の手から救えないとしても、その事実を新聞に発表してたっぷり仕返しをし、できたら金賢洙から酒代でもせしめてやろうと考えた。さっき鉄物橋で電車に乗ったのは、ちょうど鍾路警察署から出てきたところだったのだ。ところが、聞けば月香は亨植に心を捧げた人だという。さすがに妬ましさを覚えないわけではないが、亨植の思いを遂げさせてやるのが正しいと考えた。

39

二人は清涼寺《チョンニャンサ》〔清涼里《チョンニャンニ》にある寺〕に到着した。二人の後についてくるのは鍾路警察署の李刑事だった。友善は金賢洙《キムヒョンス》の行く家をよく知っていた。それは井戸の北側にある小さな庵で、多くの庵のなかで一番こぎれいで閑静な庵だった。友善は亨植に門の外にいろと手で合図をすると、そっと奥に入っていった。亨植は「ここに英采がいるのか」と、足を震わせながら耳を澄ました。はっきりとではないが、女の呻き声が聞こえるような気がする。亨植は胸を手で押さえ、一歩奥に入って耳を澄ました。たしかに女が苦しんでいる声だ。亨植は夢中で飛びこんだ。部屋には明かりが灯され、戸が閉まっていて、断髪の人影がちらちらと動いている。亨植の息はだんだんと荒くなる。窓からのぞきこんでいた友善が猫のように忍び足で出てきて、亨植の肩に手をかけ、日本語で、

「モ、ウ、ダ、メ、ダ」

と小声で言う。逆上した亨植は、「えぃ！」と叫んで縁側に跳びあがると、靴を履いた足で障子窓を滅茶苦茶に蹴りつけた。障子は大きな音を立てて部屋に倒れこむ。障子を持ちあげて身を起こそうとしている人間を、亨植は顔も見ずに足で蹴り倒した。誰かが亨植の腕をつかむ。亨植は口から泡を飛ばして、

「裵明植《ペミョンシク》！　おのれ！」

と叫んだきり、動転して声が出ない。つかまれてない方の腕で裵学監の顔を思いきり殴りつけ、さっき亨植の蹴りを受けてひっくり返った人間を二、三度力いっぱい蹴飛ばした。その人間は反対側の戸を開けて飛びだす。亨植は、

「おのれ！　金賢洙《キムヒョンス》」

と怒鳴った。それから、倒れた障子を持ちあげた。女は両手で顔をおおってすすり泣いている。手足を縛られ、下衣《チマ》と下穿きは破れている。結った髪がほどけて背中にかかり、下唇からは血が流れている。部屋の隅にはビール瓶と氷の入れ物が乱雑に置かれ、いくつかは倒れている。亨植は手を縛られた女の身体をすぐに下衣《チマ》でおおって、抱き起こした。女は縛られた両手で顔をおおったまま泣きじゃくっている。友善も部屋に入ってきた。縛られた足をほどいてやりながら亨植に、

「二人は捕縛したぞ」

と言って笑った。亨植は、こんな場合に笑う友善を恨めしく思った。だが友善は、この事件を亨

植のように大事件とは考えていない。友善は万事を笑ってやり過ごそうとする人間だった。亭植は、顔に押しあてられた女の手首を自由にしてやった。だが女はそのまま顔から手を離さずに泣いている。亭植はいくらか怒りが収まって、冷静に考える余裕が出てきた。女の上衣《チョゴリ》の紐が解けて下衣《チマ》がずり落ち、白い腰がなかば露わになっているのを、立ったまま見おろしていると、あらたな悲しみが湧いてくる。亭植は「これが果たして英采だろうか」、「朴英采でなければいいのに」と思った。そして女の着物と髪を見た。もちろんその女は苧麻《からむし》の下衣《チマ》も着ていないし、西洋髷も結っていなかった。亭植にはその下衣《チマ》が絹だということは分かったけれど、布の種類までは分からなかった。髪には真っ赤な絹のリボンをつけ、手には青い玉《ぎょく》の指環をはめている。亭植はその女の顔を見たかった。しかし、どうしても見る気になれなかった。朴英采の顔かも知れないと思うと怖いのだ。

友善には彼女が月香だと分かっていた。だが、月香が友人李亭植の恩人の娘で、おまけに李亭植のために操を守っているという話を聞いては、彼女に向かって、

「おい、月香」

と呼びかけるのも悪いし、月香のそばに近づくのも申し訳ない気がした。それで亭植の一歩うしろに退いて、亭植の行動を見ている。だが、女は顔に手をあてて泣くだけだ。亭植もどう呼びかけていいか分からず、しばらく突っ立っていたが、やがて彼女に向かって、

「もしもし！　あの獣みたいな奴らは捕まりましたから、ご安心なさい」

と言った。「ご安心なさい」と言っている亭植も、安心しろとはどういう意味なのか分からなか

った。あの獣どもが捕縛されたところで、なにが安心なものか。さっき友善が亭植に言ったように、「モウダメダ」ではないか。友善は見かねて、

「もし、朴英采さん!」

と呼びかけた。友善はその女が月香であることは知っており、月香すなわち朴英采であることを知っていた。それで、ひと月ものあいだ「おい、月香!」と呼んでいたのを改めて、「もし、朴英采さん」と言ったのである。突然「さん」をつけ、「おい」を変えて「もし」にするのは、普通の人にはちょっと出来ないことだが、友善にとってはさほど難しいことではない。友善はふたたび、

「もし! 朴英采さん! ここに李亭植さんが来ていますよ」

と言った。この言葉を聞いた女は身体をびくんと震わせ、いきなり両手を離して放心したような目で亭植を見る。亭植もその顔を見た。月香だった! そして朴英采だった! 英采も亭植を見た。亭植だった! 李亭植だった。亭植と英采はしばらく木像のように見つめあった。無言で見つめあう二人を、友善はかわるがわる見た。こうやって三人はしばらく見つめあっていた。やがて友善の目には涙が浮かんだ。次に亭植と英采の目にも涙が浮かんだ。英采は、血の流れる唇をもう一度ぐっと噛みしめた。白玉《はくぎょく》のような英采の前歯が赤く染まる。亭植は両腕で胸を抱いて顔をそむける。友善は亭植と一緒に顔をそむけた。亭植は号泣する。英采はまたもや泣き伏す。友善も唇を噛んで袖で涙をぬぐった。鐘が三、四回、ゴーン、ゴーンと、鳴り響く。

40

李《イー》刑事は、金賢洙《キムヒョンス》と裵明植《ペミョンシク》の二人に縄をかけて、中庭《マダン》にしょっ引いて来た。亨植はこの場で二人の肉をむしり、骨を砕いてやりたいほどだった。二人はそれでも恥ずかしいと思っているらしく、首を垂れていた。しかし、彼らは決して後悔しているわけではなかった。妓生《キーセン》なんかは言うなりにならなければ強姦したって構わないと、彼らは考えている。良家の夫人が男と密通するのは罪であるが、妓生のような女は誰が手を出しても差しつかえないと思っている。家庭の婦女に貞節はあっても、妓生に貞節はないと思っているのだ。たしかに、彼らにも一理はある。法律上、妓生は歌や踊りで客の相手をすることになっているが、そのじつ、毎晩いわゆる「客を取る」行為をしない妓生はいない。それで金賢洙や裵明植は、妓生という女性はあらゆる道徳と人倫の外側にいる、一種特別な動物だと思っていた。だから自分が今晩やったことは、決して道徳や良心に反する行為だとは思っていない。ただ法律という厄介な物があって、「婦女子の意思に反して肉体交渉をもったこと」が強姦罪になるのが怖いだけだった。彼らはこの場さえ切り抜ければ、明日の朝から自分たちは何の罪もない人間だと思うことだろう。裵明植はただ、いわゆる教育者という体面上、こんな咎《とが》で縄を受ければ京城学校の学監の地位が危なくなると心配しているだけだ。

亨植は腹が煮えくり返るような思いで、うなだれている二人を見た。金賢洙は当然そんな人間だとしても、いわゆる教育者と呼ばれる裵明植がこのような大罪を犯したのを見て、いよいよ憤

慨した。亨植は裵の横に立って、嘲るような口ぶりで、

「もし、裵先生。これはいったい、どうしたことです。教育家が強姦とは、なにごとですか」

と言った。裵明植は返す言葉がなかった。しかし、「どうして李亨植がこの件に口を出すのか」と不思議に思った。そして、李亨植は余計なことに口出しするやつだ、けしからんと思った。自分は強姦罪を犯したのだから刑事に捕縛されても仕方がないが、無関係の李亨植に叱責される筋合いはない。それで、こう考えた――おそらく李亨植も表面では品行方正なふりをしながら、裏では妓生房に通って月香と親しかったのだろう。そして、自分が月香を手に入れようとしているのを妬んで刑事を連れてきたに違いない。そうでもなければ、李亨植が関わりないことに刑事を連れてきて、こんなふうに怒るわけがないと思った。

裵明植は、自分の利害と直接関わらなければ、悲しむことも苦しむこともできない人間である。自分の息子が刀で指を少しでも切ったのを見れば悲しむくせに、他の家の息子が死ぬのを見ても、「まことにご愁傷さまで」と口では人より大袈裟に言うかわりに、心では悲しむことができない。もし英采が自分の妹か娘だったら、彼女が強姦されるのを見れば亨植よりも怒り狂い、きっと刀を手にして飛びかかったことだろう。しかし英采が妹でもなく、娘でもない以上、彼女が強姦されようが死のうが関係ないのである。

亨植は金賢洙に向かって、

「あなたは貴族ですよ。貴族とは悪事を働く者の称号ではないでしょう。あなたも東京に四、五年間留学しましたよね。ある会の席上で話したことを思い出してください。一生を教育事業に

捧げると言った、あの言葉を」

と言いながら、怒りのあまり足を踏み鳴らした。

賢洙は田舎の下賤者《サンノム》からひどい侮辱を受けるものだと思った。なんといっても自分は男爵で数十万円の財産家だ。お前なんか一介の貧乏書生ではないか。いまは俺をこうやって侮辱しているが、そのうちにお前が俺の足もとにひざまずく日が来るだろう。俺はこうして刑事に捕縛されたって、明日の朝になれば釈放されて出てこられるが、お前は一度監獄に入ったが最後、一生そこで腐るのだ。お前がいくら品行方正だといっても一生のうちには何か失敗があるはずだ。そのときこそ、俺が今日受けている屈辱の仇《かたき》を取ってやる、と思った。それから、先ほど英采を抱いた快感を思い返して、途中で邪魔をした亨植の行為はけしからんと思った。だが、この場でそんなことを口にするわけにはいかない。なにしろ人里離れた清涼里の松林のなかでは、男爵の権威も黄金の力もふるいようがないのである。

友善は、亨植が二人をこっぴどく怒鳴りつけると思っていたのに、まるで教室で生徒たちに操行を諭すように話しているのを見て、まだ世間知らずのお坊ちゃんだと思った。もし自分が亨植だったら、こんな場合は思いきり叱りつけて腹いせをしてやるだろう。亨植にとっては、しかし、これが考えられる最高限度の叱責であった。亨植は、最後にもう一度足を踏み鳴らして、

「いいですか。真人間になるのですよ！」

と言った。これだけ言えばあの二人は良心に恥じて、「もうこんなことは二度としないぞ」と、痛いほど後悔しているだろうと信じたのだ。二人がうなだれて坐っているのは、きっと自分の言

葉を聞いて恥じ、後悔しているためだろうと思った。ところが実際は、二人は恥ずかしくはあっても後悔などしてはいなかった。

見かねた友善は、

「おい、君は英采さんを連れて帰りたまえ。ここは俺が引き受けるから」

と言った。

41

十一時を過ぎて、英采は家に帰ってきた。亨植は英采の家の前まで来てから、自分の下宿に戻っていった。清涼里から茶房洞まで来るあいだ、二人は口もきかず、目も合わせなかった。口をきく気にも、顔を見る気にもなれなかった。二人には喜びも悲しみもなく、これからどうしようという考えもなかった。頭がいっぱいのような、それでいて空っぽのような気がした。要するに二人は茫然自失したまま家に帰ったのだ。

英采はふらつく足取りで自分の部屋に入った。入るやいなや、声を上げて泣き崩れた。あちらの部屋で寝ていた女は、泣き声を聞いて下衣《チマ》もつけずに飛びだしてきた。部屋の外から、英采の泣き崩れた様子をて、

「どうしたんだい。遅かったじゃないの。なんで泣いているんだい」

と言いながら、英采の破れた下衣《チマ》に気づいて、頷きながらほくそえんだ。「英采は今日、男を迎えたんだね」と思ったのだ。十五、六歳のころには、自分も英采と同じように、誰のためともな

く貞節を守っていたことを思い出した。やがて閔《ミン》監司の息子に無理やり純潔を奪われたこと、そのときは、迫る閔《ミン》監司の息子を足で押しのけて、「けしからん女だ」と叱られて泣いたことも思い出した。だが、それからの自分は喜んで男を受け入れるようになり、同じ男とずっと一緒にいるよりは、時おり新しい男を相手にする方がもっと楽しかったことも思い出した。「私が十九歳のときには、少なくとも百人の男は相手にしていたもんなのに」と、英采が今日まで男を知らなかったことを哀れんだ。それからまた、これまで男の相手をしないために、英采にはなんとなく驕慢で自分を馬鹿にしているようなところがあったが、これでもう英采も自分に対して大きな顔はできまいと、もう一度ほくそえんだ。

「下衣《チマ》を破るなんて、馬鹿だよ。破れるまで抵抗しなくたっていいのにさ」と、すすり泣いている英采の背中を見ながら女は考える。醜男《ぶおとこ》の金賢洙が英采に押しのけられる様子、必死で押しのける英采の腕を、もっと不細工な褒明植が押さえつけてやる様子、そしてぎりぎりと歯軋りをする英采の姿を思い浮かべて、女はもう一度笑った。「しようのない娘《こ》だね。誰にだってあることなのにさ！」。英采がいまだ分別がつかぬことを、女は内心あざ笑った。「男爵の息子だよ」、「玉の輿じゃないか」。そう思うと、英采にまだ分別がなくて「玉の輿」の見分けもつかないのが哀れでもあり、憎くもあった。「私が若かったらねえ」と妬ましくもなった。「いまじゃ、私のことなんか、誰もふり向きやしない」と年を取ったことが忌々しくもなった。「私はあんな令監《ヨンガム》〔老夫婦のあいだで妻が夫を呼ぶ尊称〕ジジィで満足しているのに、若くてそれも男爵の息子をいやがるなんて」。そう思うと英采が憎らしくなった。そして、「この四、五年のあいだ英采が夜の客を取っていれば、一年に百人取ったとしても、一回五円、五百人で二千五百円稼いだはずなのに、あの子の強情を聞いてやるなんて、私も馬鹿なことをしたものさ」と思って、英采を蹴飛ばしてやりたくなった。ようやく客を取りはじめたのだし、ただで着せてやったことが口惜しくなった。もう二、三年は手もとに置いてこれまで投資した分を取りもどさなくちゃ、と考えた。「そうそう、それが上策ってものさ」と、たった「千円」で英采を金賢洙《キムヒョンス》に売るなんてもったいない。は「二千円」ふっかけよう。いまなら金賢洙は二千円どころか二万円だって惜しまないだろう。そう、それがいい。英采を長く手もとに置けば、もしかして病気になるかもしれない。薬代をかけたり、悪くすると葬式をあげたりするより、いっぺんに二千円もらって売ってしまう方がいい。明日の朝食前には金賢洙が来るはずだ。来たらそういう契約をしよう。こう考えて、女はもう一度笑った。

英采がしだいに激しくすすり泣く様子を見て、女は眉をひそめた。そして怖くなった。かつて平壌で金潤洙《キムユンス》の息子が英采を無理やり犯そうとしたとき、英采が懐から刀を出して首を突こうとしたのを思い出した。「恐ろしい女だ」、そう言って金潤洙の息子は二度と来なかった。女はすぐ、部屋のなかを見まわし、英采の手もとを見た。もしや刀でも、と思ったのだ。それから女の脳裏には、「刀」「阿片」「井戸」「漢江」という言葉が次から次へと浮かぶ。女は鳥肌が立った。そして英采を見た。英采は両手で髪をわしづかみにして、背中を大きく波打たせている。女は目を見開いた。英采がすっくと立ちあがり、青光りする刀をすらりと抜いて駆けより、「おのれ、この泥棒女！」と叫んで刀を振りかざし、ぶすりと胸を突き刺す。女は肋骨がゴボゴボと音を立てるような気がした。英采がその刀を引き抜いて自分の首を刺すと、鮮血がほとばしって女の顔と腕にふりかかる。女はもう一度びくんと身体を震わせて、長い溜息をついた。

女はそっと英采の部屋に入った。英采はそれにも気づかず、「月花姐さん！　月花姐さん！」と一人で呼んでは歯軋りをしている。女は震えながら部屋の外に出た。「英采を慰めなくちゃあ」と思った。それから「英采が可哀相だ」と思った。英采を「抱いてやろう」と考えた。「七年間も育ててきた、私の娘じゃないか」と考えた。そして笑みを浮かべて、「月香！　ねえ、月香や！」と言いながら部屋に入っていった。

42

「ねえ、月香や！」と呼んでも答えがないので、女は英采の横にしゃがみこんで英采の背中を揺すり、

「ねえ、月香や！　なんで泣いているのかい」

と言った。英采は頭をあげて女を見た。下衣《チマ》も穿《は》いてない両足と太った体つきが、吐き気をもよおすほど汚《けが》らわしく見える。おまけに陰険で狡猾そうな目がいっそう不快だった。あの女は、私の血を吸ってあんなに太ったのだ。私が七年間あらゆる苦労をなめたのもあの女のせいなら、十九年間守ってきた純潔をこうやって汚《けが》されたのも、あの女のせいだ。あの女をバリバリと嚙みくだいて、生き血を吸ってやりたい。そう思った。今日私を清涼里に送り出したのも、あの女の策

略なのだ。あの女は、私がこうなることを知りながら清涼里に送り出したのだ。そう思って、恨めしそうに女を見た。女は血走った英采の目を見て怖くなったが、ぐっとこらえて一段と優しい声で、

「どうしたの。お前ったら口に血がついているじゃないの。唇を切ったんだね」

英采は、これも皆お前のせいじゃないの、と思いながら、

「私が噛み切ったのよ！　食らうつもりで、噛み切ったのよ！　他人が私の肉を貪り食らうのだもの、私だって自分の肉を噛んで食らってやる、そう思って噛み切ったのよ！」

こう言いながら、英采は女の厚ぼったい唇を噛みちぎってやりたかった。女はそばにある手拭いをとり、英采の首に腕をまわして、

「さぞ痛いだろう。さあ、血をふこうね」

と言う。女の心には、本気で英采が可哀相だという思いが湧いた。女の目に涙が溜まっているのを見た英采は、「それでも人間の心が少しは残っているのね」と思い、女が手拭いで唇の血をふいてくれるのを拒まなかった。そして、この女にも涙があるのを不思議に思った。英采は七年間も女と一緒にいるが、女が涙を流すのをまだ一度も見たことがない。一度、奥歯に膿がたまって三日も涙を流していたことがあったが、その他には、誰かに同情するとか、自分の身の上を悲しむとかで涙を流すのを見たことがなかった。英采は女の涙を見て、あの涙はきっと苦くて冷たいに違いないと思った。英采は噛み切った唇の痛みも忘れている。さぞ痛かろうと、女は柔らかな絹の手拭いでそっと血をふく。ふいてもふいても血は止まらず、深く刺さった二本の前歯の痕か

ら、真っ赤な血の玉がどんどんと湧いてくる。絹の手拭いは、とうとう血まみれになってしまった。女は「ふう」と溜息をついて、血に染まった手拭いを明かりに透かす。英采もその手拭いを見た。「あれが私の血なのね。あれが私の両親から授かった血なのね」と思った。そして、下衣《チマ》の裾が破れたことを思い出し、さっき清涼里で起きたことを思い出す。

「ああ！　この血はいまじゃ汚《けが》れた血になったんだわ」

そう叫んで、血染めの手拭いを女から取りあげ、口でびりびりと引き裂いた。

「この血は汚《けが》れている。汚れた血なのよ！」

と、体をわなわなと震わせる。

英采の目には、先ほど清涼里で出遭った光景がまざまざと見える。金賢洙の獣のような目、その横に立って汗臭いハンカチで英采の口を塞いだ裵明植の姿、裵明植が英采の両腕をがっしりと押さえたとき、狂ったように英采の耳を両手でぎゅっとつかみ、酒の匂いがする生臭い口を彼女の口に押しつけた金賢洙の姿、「この女を縛りつけよう」と金賢洙が英采の両足を押さえ、裵明植が眉を盛んにしかめながら彼女の両腕を下穿きの紐で縛った有り様、それが終わると「こいつめ！　どうだ、これで動けまい」とカラカラと笑った金賢洙の姿が、一層まざまざと見える。英采は両拳で胸を叩き、足をばたつかせて、

「刀をちょうだい、刀を！　この唇を切り取ってやる。刀、刀をちょうだい！」

と言って泣く。

女は英采を抱きしめて、

「月香や！　しっかりおし、しっかりするんだよ！」

と、溜めていた涙を英采の髪にぽろぽろとこぼす。

「ねえ、月香や！　こらえておくれ」

英采の身体は寒さで震えるように震えている。英采はまたもや下唇を嚙みしめた。温かな血の滴が、英采の胸のうえに置かれた女の手の甲に落ちる。女はびっくりして、抱いた英采の顔を見た。英采の唇からは泉のように血が噴き出している。前歯が血で真っ赤に染まり、歯のあいだから泡のような血がしたたりおちる。乱れた髪が目と頰をおおい、その影のために英采の顔はまるで死人のようだ。女は英采の胸を抱いた腕をほどいて英采の首をかきいだき、その頰に自分の頰をこすりつけた。英采の頰は火のように熱い。女は嗚咽《おえつ》しながら、

「月香や、私が悪かった。私が悪かったよ。月香や、こらえておくれ。私はとんでもないことをしちまったよ」

と、声をあげて泣いた。女は、「月香がこれほど心のかたい娘だとは知らなかった」と思った。自分が馬鹿なことをして、可哀相な月香に血を流させているのだと思った。「ああ、可愛い月香！私の娘、月香や！」と、女は心のなかで何度も掌を合わせた。女はますます大声で泣きながら、英采の頰に自分の頰をこすりつけ、好い匂いのする英采の髪を自分の口で嚙んだ。引き裂かれてよれよれになった英采のチマに、真っ赤な血がぽたぽたと落ちた。英采が歯で嚙みちぎった血染めの絹手拭いが、足もとに転がって、電灯の明かりで光っている。斑模様の袋に入れて壁に立てかけてある伽倻琴《カヤグム》が、どういうわけか二、三度ポロロンと鳴る。あちらの部屋で女を待っていた

令監《ヨンガム》ジジイが腰紐も締めずに英采の部屋の前に来て、

「おや、どうして泣いておるのじゃ」

と言う。

43

亭植は家に戻った。下宿の婆さんは、亭植がいつになく遅く帰ってきたのを見て、自分の部屋で横になったまま、「遅かったね」と言う。だが亭植は返事もせずに自分の部屋に入って明かりをつけ、帽子もトゥルマギもそのままで机の前に坐った。婆さんは門の閂《かんぬき》を閉めてから、そっと亭植の部屋の前に来て、亭植の顔を見た。亭植は目を閉じて坐っている。このごろ、亭植にいったいどんな心配ごとがあるのだろう、と婆さんは思った。

亭植はこの家に三年もいる。それで婆さんは亭植を実の息子か弟のように思っていた。いままでは亭植を下宿人ではなく家族だと思っていた。だから厨房で亭植の食事を作るときも、金を払って飯を食べる下宿人のものとは考えず、数十年前に夫の食事を準備したときと同じ真心をこめた。婆さんには友だちも親戚もいない。婆さんの友だちといったら、この世で亭植だけだ。亭植も婆さんが好きで大切にした。婆さんに対する亭植の言葉遣いと態度はきわめて丁寧だったが、それでいて母親に対するような親しみがあり、優しさがあった。婆さんに何か心配ごとがあるなと思うと、煙草をもって婆さんの部屋に行くか、婆さんを自分の部屋に呼んで、あれこれ面白い話で婆さんを慰めた。すると婆さんはきっと、「そうさねえ。世間なんてそんなものだよねえ」と、心配をやめて笑顔を見せ、亭植のために果物や餅《トック》を買ってきてくれるのだった。亭植の言葉を聞けば婆さんの心配ごとは全部消えてしまったし、亭植の方でも、婆さんを慰めると不思議に心に喜びを覚えた。たまに、わざと亭植が不快なことや腹立たしいことがあるような素振りをすると、婆さんは煙管《きせる》をもって亭植の部屋にやって来て、熱心に亭植を慰めるのだった。

婆さんが亭植を慰める言葉のほとんどは、亭植が婆さんを慰めた言葉と同じだった。友だちもなく文字も読めない婆さんが知識を得るところは、亭植しかない。そんなわけで婆さんが持ちあわせている知識の大半は、亭植の慰めの言葉から得たものなのである。亭植の言葉は婆さんにとって、哲学であり宗教であった。だが、婆さんはこれを亭植から聞いたとは気づかずに、自分の内部から出てきた知識だと思っている。これは決して恩を忘れたからではなく、亭植から聞いたことに気づいてないだけなのだ。だから婆さんが亭植を慰めようとすると、亭植は最初の一言で婆さんの言おうとしていることが分かって、思わず笑ってしまうのだった。ところが十回に一度、あるいは二十回に一度は、婆さん独特の思想もあった。婆さんにはひどく鈍いけれども推理力があった。亭植から聞いた材料から新しい命題をひねり出すこともあった。

婆さんの話すことは自分から聞いたものだと分かっていても、同じ言葉が婆さんの口から出ると新しい味わいがあった。「世間なんてそんなものだよ」という言葉も、亭植の口から出るのと婆さんの口から出るのとでは、意味と味わいが違う。このために亭植は、自分が婆さんにした話を聞き直しながら随分と慰められた。とはいえ、亭植がした話を婆さんが特別に発見した真実のごとく朗々と述べたときには、亭植も笑いを抑えられなかった。

とにかく亨植は婆さんが好きだったし、婆さんも亨植が好きだった。亨植は婆さんを可哀相だと思っていたが、婆さんの方でも亨植を可哀相に思っていた。若いとき婆さんは、ある両班《ヤンバン》の屋敷の下女をしていた。そのうちにその家の大監《テーガム》〔高級官僚に対する尊称〕の種を腹に宿して、一時は大した威勢であった。大監の愛はたいそう深く、友だちも自分を羨ましがり、自分も友だちに鼻が高かった。ところが婆さんは老いた大監に満足できず、その家に出入りしていた若くて見目のよい客と密通したのである。ついに大監に露見してその客は行方をくらまし、自分は鏝《こて》で陰部を焼かれて、四、五ヵ月の栄華も一場の夢と化してしまった。そんなわけで、婆さんは官職についた両班の勢力の素晴らしさをたっぷりと見たのである。婆さんにとって、この世で官職につけない男は可哀相な人間なのだ。それで婆さんは三年前から亨植にも官職を勧めてきた。しかし亨植は笑いながら、「私みたいな者に、誰が官職をくれるものですか」と言った。婆さんは亨植が頭がいいことも、良い人間であることも知っている。だから亨植は官職につくのが当たり前だと思っている。婆さんは、金モールをつけて刀を吊るした人が亨植を訪ねてくるたびに、「どうしてうちの亨植さんは官職につかないのかねえ」と、亨植のために一人で悩んでいる。それで、その金モールの客が帰るといつも、「どうして貴方様《ナーリ》は官職につかないのですか」と言う。そのたびに亨植は、「私なんかに、誰が官職をくれるものですか」と言って笑うのである。いくら言っても亨植が取り合わないので、婆さんは一年前からこんなことを言わなくなった。ただ、官職にある友人が亨植を訪ねてくる様子と、大勢の人が「李先生」と呼ぶ様子を見て、「官職につかなくたって、うちの亨植さんはあの人たちには負けないよ」と、自分を慰めている。それで最近は亨植を呼ぶとき、「貴方様《ナーリ》」と呼ばずに「先生《ソンセンニム》」と呼ぶようになった。しかし「官職につけばいいのに」という思いは、まだ胸の奥深くに刻まれている。

婆さんはしばらく部屋の外に立って亨植の様子をうかがい、何か言おうとしたが、「多分、考えごとでもしているのだろう」と思って、そっと自分の部屋に戻る。しかし布団に横になっても眠れず、ときおり煙草を吸っては、首を伸ばして亨植の部屋を眺めた。一眠りした婆さんがまた眺めたとき、亨植の部屋の明かりはまだ消えていなかった。

44

亨植は、婆さんが部屋の外に来たことにも気づかず、英采のことを考えていた。清涼里で見た光景のことを考えていた。金賢洙《キムヒョンス》が障子戸を押しのけて立ちあがったこと、英采の唇に血が流れていたこと、英采の着物がずり落ちて白い腰が見えていたことを考えた。そして友善が「モウダメダ」と言ったことを考えた。英采は果たして金賢洙に汚《けが》されたのだろうか。友善が窓からのぞきこんで「モウダメダ」と言ったのは、どういう意味なのだろう。あれは、「もう英采の身体は汚《けが》されてしまった」という意味なのだろうか。それとも友善は、ただ汚《けが》されそうになったのを見て、ああ言ったのだろうか。亨植は、障子戸を蹴る前に窓から一度のぞきこめばよかったと思った。何としても、友善の「モウダメダ」を「英采の身体はもう汚《けが》された」という意味に取るのはいやだ。まさに「汚《けが》されようとした」その瞬間、天の助けで僕と友善が英采を救出したのではないだろうか。そうさ、そうさ！　と亨植は安心したように溜息をついた。

だが、彼女の手足が縛られていたのは、どういうわけだ。彼女の下衣《チマ》と下穿きが破れて脚が露わになっていたのは、英采が両手で顔をおおって唇を嚙み切ったのは、そして僕に対して口を聞かなかったのは、何を意味しているのだ。ああ、「モウダメダ」という友善の言葉が真実ではないのか。そうだ！　そうなのだ！　英采の身体は汚されたのだ。英采の身体は金賢洙に汚されたのだ。亨植は両手を握りしめると、宙に向かって二度、三度、突き出した。それから煙草に火をつけて、何度もふかした。風のない湿った空気のなかで煙草の煙は広がりもせず、亨植の熱っぽい頭のまわりを波打ちながら漂っている。亨植は半分も吸ってない煙草を中庭《マダン》に投げ捨て、頭のまわりに漂っている煙を両手でふりはらう。煙草の煙はさっさと、あるいはのろのろと、行き場を失って四方に散っていく。天井で眠っていた蠅が驚いてブンブンと音を立て、ふたたび静かになる。亨植はまたもや頭を深く垂れ、身じろぎもしない。

亨植は考えた。そもそも英采は今日まで処女だったのか。七、八年も妓生をしながら、処女でいることなどできるものだろうか。また、売春せずに妓生の仕事ができるものだろうか。一、二回ならともかく、男が十回、二十回と肉欲と金とで迫ってくるとき、英采という女は貞節を守ることができたのだろうか。いくら血筋がよく、幼くして『内則』と『列女伝』を学んだとはいえ、それで七、八年間、数十回、数百回の強い誘惑に打ち勝つことができるものだろうか。

亨植は自分がこれまでに読んだ小説の女主人公と、新聞や話で聞いた女たちのことを考えてみた。昔の中国小説や朝鮮の読本《よみほん》を見れば、冬も色を変えぬ松竹のごとき志操を貫いた女性も確かにいた。しかしそれは小説の中でのことだ。現在でもそんなことがありうるだろうか。昔の小説には、身は妓生になっても腕に鶯血《えんけつ》〔鶯の血の刺青。性交すれば消えるので、消えないことを処女の証しとしたという〕が消えなかったという女性がいる。だが、現在でもそんな人間が存在しうるだろうか。十八、九歳にもなった女性が、求めてくる男をつねに拒否できるものだろうか。たとえ英采が世にまれな貞節の持ち主で、すべての誘惑に打ち勝ったとしても、これまで金賢洙のような人間がいなかったというのか。金賢洙のような人間がいるのはソウルだけではない。また、ソウルでも彼一人というわけではない。これまでに何度も、清涼寺でのような目に遭っているのではないか！　そうだ！　英采は絶対に処女のわけがない。亨植はすっくと立ちあがると部屋のなかを行ったり来たりした。

亨植はまた坐って煙草をくわえた。そして自分の過去のことを考えた。亨植は今日まで女性と関係を持ったことがなかった。二十四歳になるまで女性と関係したことがないと言えば、非常に清潔な青年だと思うだろう。だが亨植は真に意志がかたく、心が清らかなゆえに童貞を守ってきたのか。こう考えて、亨植は首をふった。

かつて東京にいたとき、ある女性が下宿の婆さんを通して亨植に求愛してきたことがある。そのとき亨植は躊躇せずに申込みを断った。その後も二、三回求められたが、前と同様に拒絶した。しかし亨植の心は、果たしてこの態度と同じく清らかだったろうか。亨植の良心は、それほど堅固だっただろうか。「とんでもない。お断りします」と断固として拒絶したあと、亨植の心はむしろ拒絶したことを後悔した。「僕は馬鹿だ。どうして断ったんだ」と思い、もう一度求められたら、それとなく断り切れぬふりをしようと考えた。求愛を断ったのは、実は亨植の心ではなくて口であった。「どうしますか」と笑いかける下宿の婆さんに、「いいです」と言うのが恥ずかしくて、「だめです」と言ったのである。もし婆さんが亨植の「だめです」を「いいです」と受け取り、夜その女性を連れてきて亨植の部屋に送り込んでいたら、亨植は「けしからん」といって婆さんのことを恨んだだろうか。亨植は首をふった。その後のある晩、その女性が婆さんの部屋に泊まりにきた。その日、亨植が布団を敷いていると、婆さんが目でそっと合図した。しかし亨植は真面目な声で「だめです」と言った。言ってしまってから、婆さんがこの「だめです」を反対の意味に受け取ってくれるよう、意味ありげに笑った。婆さんも笑った。それから布団に横になって、その女性が上がってくるのを今か今かと待った。用事もないのに便所に下りていって空咳もしてみた。翌朝、亨植は婆さんが正直すぎることを恨んだ。これらを思い出して亨植は首をふり、もう一度、「処女のわけがない」と呟いた。

45

婆さんが煙管《きせる》の灰を落とす音が、向い部屋《コンノンバン》から聞こえた。亨植は、また煙草を吸いながら考えた。それではどうするのか。英采をどうするのか。

恩人の娘ということで、妻にするのか。僕の場合、それが道理というものなのか。亨植の目に、昨晩この部屋に坐っていた英采の姿が浮かぶ。「父は獄中で食を絶って亡くなり……」と言ったときの涙を湛《たた》えた英采の顔はたしかに美しかった。あのとき、亨植は英采と向きあいながら恍惚《こうこつ》とした。そして、教会で英采と結婚する光景や、英采と自分のあいだに玉のような息子と娘が生まれることを想像したのだった。昨夜英采が坐っていた場所を見ながら、亨植はあのときの光景と、あのとき想像したことを思い出す。そうやって亨植はしばらく恍惚としていた。

「しかし!」と、亨植は目を見開いた。「しかし英采は処女ではない。たとえ昨日までは処女だったとしても、今夜はもう処女ではない」。そう思って、清凉寺での光景をもう一度思い浮かべた。昨日の夜には、英采はきっとどこかの上流家庭に引き取られて、善馨や順愛のようにちゃんとした女学校を出た純潔な娘に違いないと思った。もし妓生になっていたとしても、自分のために操を守っているだろうと思った。だが、いまや英采は処女ではない。亨植はうなだれた。しばらくそうしていた。

また向い部屋《コンノンバン》から、婆さんが煙管《きせる》の灰を落とす音が聞こえる。亨植はふたたび顔をあげた。部屋のなかを見まわした。このとき亨植の脳裏には、さきほど金長老の家で善馨と順愛と向きあって坐っていたことが思い出された。髪から発する香り、机の上に置かれたあの透き通るような白い指、ちょっと皺がよって垢のついた空色の苧麻《からむし》の下衣《チマ》、あの大きな空色のリボン、上衣《チョゴリ》の背に汗がにじみ、柔らかくてきれいな肌が透けて見えていた様子が、えもいわれぬ香気と快感をともなって、亨植の疲れた神経を刺激する。そして、あのときの全身がとろけそうな歓喜と、世界と宇宙の万物がすべて喜びに輝き、楽しさで歌い出すような記憶が、ひどく鮮明によみがえる。亨植は善馨を天女のような娘だと思う。善馨にはまだ、おこないにも考えにも、汚れたところはこれっぽっちもない。ひたすら澄みきり、ひたすら清らかで、雪か白玉《はくぎょく》か水晶のようだ。こう考えて亨植は微笑んだ。そしてまた目を閉じた。

亭植の前に善馨と英采がならんで現れる。初めは二人とも雪のように白い衣装をまとい、片手に花の枝をもち、もう一方の手は亭植の手を取ろうとするように亭植の前に差し出している。二人とも微笑みながら、「亭植さん！　私の手を取ってくださいな、ねっ」と、甘えるように首をかるく傾《かし》げる。亭植はこの手を取ろうかあの手を取ろうかと、両手を宙につきだして迷う。まもなく英采の姿が変貌をはじめる。雪のような白い衣装が消え、血がついて引き裂かれた名も知らぬ絹地の下衣《チマ》を着て、破れ目から血のついた脚が見える。英采の顔には涙が流れ、唇からは血が出ている。英采が手にしていた花の枝はたちまち消え、手には汚い土くれが握られている。亭植は首をふって目を開けた。しかし、あいかわらず白雪のような衣装を着て微笑んでいる善馨は、亭植の前に手を差しのべて、「亭植さん、私の手を取ってくださいな」と、首を軽く傾《かし》げている。恍惚《うっとり》とした亭植が善馨の手を取ろうとしたとき、かたわらに立っていた英采の顔が恐ろしい鬼神に変わったかと思うと、唇をぎりぎりと嚙み切って亭植に血を噴きつける。亭植は驚いて身体を震わせた。

亭植はふたたび立ちあがり、部屋のなかを歩きまわってから、心を落ち着かせるために学生唱歌を口ずさみながら中庭《マダン》に出た。さっき夕立が降ったとは思われぬほど空は晴れわたり、烟《けむ》ったような星が眠そうに瞬《またた》いている。南の方が明るいのは、泥峴《チンゴゲ》〔南山の麓で現在の忠武路《チュンムロ》二街あたり。日本人が多く住んでいた〕の電気の光りだろう。

亭植はじっと空を見あげた。瞬く星から吹いてくるような涼しい風が、人の息吹のように時おり亭植の火照る顔をかすめて過ぎる。沸き立っていた胸はいくらか冷めたようだ。

あの星たちは、いつからああして瞬いているのだろう。そして、何のためにああやって瞬いているのだろう。誰がこの星はここに、あの星はあそこにと決めて、こんな形状にしたのだろう。星と星とのあいだの、何もないあの真っ暗な虚空をまっすぐ昇っていったら、どこまで行くのだろう。亨植は、東京に留学したとき肺病やみの先生に天文学を学んだことを思い出した。その先生がいつも、「皆さんに天文学者になれとは言いませんが、毎晩空を眺める人になることを心から勧めます」と言って、咳きこんで痰つぼに血痰を吐いていたことを思い出す。複雑な世事に悩んだとき、果てしない空と数知れぬ星を眺めれば、あらゆる心配ごとが春の雪のごとく消えるだろうと、亨植も言葉では言っていた。しかし彼はまだ、空を眺めなくてはならないほど悩んだことがなかった。いま彼は、あの天文学の先生の言葉を深く理解した。亨植は喜びに堪えぬように、「無窮の時間の一点と、無窮の空間の一点を占める人生において、大きいと言ったところでどれほど大きく、苦しいと言ったところでどれほど苦しいことか」と考えた。それからもう一度空を仰ぎ、首を垂れて祈った。

46

三時を過ぎてようやく眠りについた亨植は、朝九時まで寝ていた。身も心もひどく疲れ、眠りが浅くて、わけの分からない夢をいろいろ見た。朝飯の用意を終えた婆さんは、亨植の部屋を四回も五回ものぞいた。トゥルマギを着たまま布団も敷かずに寝ているのを見て、婆さんは、「どうしたんだろう」と思った。だが昨晩亨植が遅く寝たのを知っているので起こそうとはせず、せっかく作った味噌汁が冷めるのを心配していた。そのとき、カンナ帽を後ろ頭に小粋にかぶった申友善《シンウソン》がステッキを振りまわしながら現われ、婆さんに、

「お変わりありませんか。李先生はおられますかな」

と、快活だが丁寧な調子で尋ねた。

婆さんは申友善をよく知っていて、亨植に「気性のさっぱりした殿方」と評したこともあった。婆さんは笑顔で出迎え、

「昨晩、遅いお帰りでね。明け方まで何か考えごとをしていらして、まだお休みなんですよ。朝飯があぁして冷めてしまうのに」

と、味噌汁のことを考えている。婆さんのこしらえる味噌汁はとくにおいしいわけではなかったが、婆さんは自分の味噌汁は最高だと信じており、亨植にもそう自慢していた。亨植はいつも、味噌に涌いた蛆虫を汁からより出していた。しかし婆さんの名誉と真心を無にするのが申し訳ないので、「まことに結構です」と言った。だが「まことに美味しいです」と言ったことはなかった。婆さんは、この「まことに結構です」で満足していた。いつか申友善が亨植と一緒に夕飯を食べたとき、婆さんご自慢の味噌汁が出た。そのとき、丸まるとした蛆虫が申友善の目に入り、友善はその毒舌で婆さんの味噌汁がまずいことをからかった。隣にいた亨植があわてて友善の口を塞いだが、友善はにやにやしながら、一段と大声で婆さんの味噌汁の腕前が下手なことを言い立てた。そのとき婆さんは向い部屋《コンソンバン》の縁側で不機嫌そうに煙草を吸っていたが、

「年は取りたくないねえ」

と、若いときには上手だったのだという意味のことを言った。それ以来婆さんは、友善を「気性のさっぱりした殿方」といって褒めなくなった。しかし友善を見れば前と変わらずに親切に応対した。また自分の味噌汁が攻撃されやしまいかと恐れたのだ。友善は亨植からこの話を聞いていたので、

「最近は味噌汁に蛆虫はいないかね」

と言いながら亨植の部屋に入り、大声で、

「おい、起きろ、起きろ！　いつまで寝ている気だ」

と叫んだ。友善と婆さんのやり取りを、半分夢のなかで聞きながらも完全に目覚めていなかった亨植は、友善の大声に目をこすって立ちあがり、机に置かれた丸い目覚まし時計を見る。友善は、

「時計なんか見てどうする。十時だ。十時！　さあ、とっとと顔を洗って着替えろ。――朝飯を食うんだ」

時計は九時半だった。亨植は友善が「とっとと着替えろ」というのを聞いて、ようやく昨夜の事件と英采のことを思い出した。それから友善の顔色を見て、何か起きたなと思い、きっと英采のことだろうと思った。それから昨夜一人で眠れずに考えたことを思い出した。亨植は、

「いったい何だよ」

「さっさと顔を洗って、朝飯を食え！　俺がおまえの分まで心配してやっているのだ」

友善は本棚の前に行って英文の本を抜きだし、チョイス読本第三巻程度の英語力で一文字ずつ拾い読みしている。何が起きたか知らないが、友善の顔色や話しぶりからしてきっと英采のこと

だなと思いながら、亨植は歯ブラシをくわえ、手拭いを持って出ていく。亨植が顔を洗いにいく姿を見ながら、友善は「おまえも苦労するな」と思った。その人格からして、亨植はきっと英采を妻にするだろう。だが英采を妻にすれば、清凉寺のことがずっと脳裏に残って彼を苦しめるだろう。亨植を苦しめるかどうかは、自分にかかっている。なにしろ英采が処女かどうか知っているのは、金賢洙と裵明植と自分の三人しかいないのだ。この秘密で亨植を長く悩ませてやろう。それくらいしなくては英采のご機嫌を取っておきながら黙って身を引いた自分の気が済まん、と友善は思った。

これは友善の悪意というより、人生をどこまでも遊びとみなす彼の悪戯《いたずら》に過ぎない。一方、亨植は、友善のように人生を遊びとは思わない人間である。亨植は人生をどこまでも厳粛に見ようとする。友善は、人生はともかく愉快に笑って過ごせればそれまでだと考えているが、亨植は人生から何かの意味を探りだそうとし、社会のために力の及ぶかぎり貢献しなくては気が済まない。だから亨植にとっては、人生のどんな小さな現象や世間のどんなにつまらぬ事件も、すべてが厳粛に研究すべきテーマであって、決して友善のように笑ってやり過ごすことはできないのだ。こんな亨植のことを友善は「まだ俗気が脱けてない」と言い、亨植は友善のことを「社会に無益無害な人間」と呼んでいる。といっても友善が社会の文明化と幸福の増進に対してまったく「我関せず」かといえば、そんなことはない。友善も、できれば社会に有益なことをしようとは思っている。ただ彼には亨植のように、社会のために一生を捧げようという熱烈な意欲と誠意がないのである。亨植の言葉を借りれば、友善は「個人本位の中国式教育を受けた者」であり、亨植自身は「社会本位の希臘《ギリシャ》式教育を受けた者」なのだ。言いかえれば友善は「漢文教育を受けた者」だし、亨植は「英文あるいは独文教育を受けた者」なのである。

亨植は歯ブラシを二、三回ゴシゴシやると手早く顔を洗って部屋に入り、鏡を見て髪を分ける。友善は髪を分けるのがわけもなく嫌いで、亨植を見るたびに髪を刈れと言い、いかなる前提からそんな結論を引き出すのか、時おり、「髪を分けるやつは無気力だ」と言う。

「何だよ。おい、いったい何ごとだ」と、味噌汁の蛆虫をより出しながらしきりに聞きたがる亨植の問に答えようともせず、友善は笑顔で部屋のなかをぶらついていた。そして亨植が大急ぎで食べ終えるのを待って、彼を引っぱって外に出る。婆さんはお膳を下げながら、一緒に出ていく二人の顔を不思議そうに眺めていたが、お膳を板間《マル》に置いて腰を伸ばし、「いったい何ごとかねえ」と考える。

47

友善は亨植の喜ぶ様子を想像し、まだ見たことがない素晴らしい見物に連れ出すような気分で、亨植を茶房洞《タバンコル》の桂月香の家に連れていった。鍾閣《チョンガク》の角をまわるころから、亨植は友善が自分を英采の家に引っぱっていこうとしていることを察した。友善が自分をここに引っぱってきて嬉しそうにしているからには、何かよいことがあるのだろう、多分それは英采の身を救うことだろう。だが、「もう遅い」と思った。すでに英采は処女ではないのだ。昨夜、白い衣装を着た英采と善馨が微笑みながら片手を差しのべ、「私の手を取ってくださいな」と言っているうちに、英采の身体がいきなり変貌したことが思い出された。とりわけ英采の顔が鬼神のように恐ろしくなり、唇から出る血を亨植の身体に噴きつけたことを思い出した。二人は門の前に着いた。友善は亨植を見てにやりと笑い、

「この桂月香という灯籠も、今日で終わりだな」

と言った。そしてステッキでその灯籠を二、三度叩いた。

「ふん、今晩も桂月香のところに遊びに来る奴がいるだろうな。来て、桂月香に会えずに帰るざまは見ものだぜ」

と、ステッキでもう一度、灯籠の屋根を思いっきり叩いてカラカラと笑う。灯籠は痛そうに音を立てて、ぶらりぶらりと踊った。亨植は心のなかで「壊れたら、どうする気だ」と考えたが何も言わず、笑おうともしなかった。亨植の顔が嬉しそうでないのを見て友善は少し失望したようだが、そんな色は出さず大声で「御免!」と呼ばわる。赤子に乳を飲ませていたのか、女中《オモム》が着物をからげながら行廊《ヘンナン》から出てきて、

「貴方様《ナーリ》でしたか。挨拶なんぞなさらず、お入りになればいいのに」

と言う。亨植は「常連だったのか」と思った。そして友善も英采の貞節を破った一人かと考えたが、すぐに打ち消した。友善はステッキで女中《オモム》を叩く素振りをして、

「また令監《ヨンガム》と呼ばずに、貴方様《ナーリ》と呼んだな」

と大きな前歯を見せてカラカラと笑い、

「お嬢様《アッシ》はおいでかな」

と尋ねる。

「お嬢様《アッシ》は今朝の汽車で平壌に行きましたよ」

友善は驚いた。亭植も驚いた。とくに友善はひどく失望したように首をふり、

「いったい何の用事かね」

「存じませんよ、私は。昨晩、十一時の鐘が鳴ってやっとのお帰りだと思ったら、しばらく泣き声がしていましてね。私はすぐ寝てしまったんで、あとのことは知りませんけど。今朝、朝食前に奥さんがクルマ〔人力車〕を呼べとおっしゃるんで、お嬢様《アッシ》はどこの宴会に行くのかしら、宴会にしてはいやに早いし、きっと舟遊びでもあるのだろうと思いましたわ。そうしたら、九時半の汽車で平壌に行くっていうじゃありませんか」

と、女中《オモム》はたいそう流暢に話す。亭植は「さすが玄人だな」と驚きながら、女中《オモム》の顔をつくづくと見た。女中の顔には訝《いぶか》しげな色がある。亭植は、「平壌か。平壌に何をしに行ったのだろう」と思った。部屋で子供が泣くので戻ろうとする女中に、友善は声を低めて、

「朝、誰か来た者はないか」

「誰も来ていませんよ。あの」

と、向かいの二、三軒先の家を指しながら、

「あそこのお嬢様《アッシ》が、銭湯に誘いにきたくらいかしら」

と言って部屋に入っていき、「泣くんじゃないよ！」と子供の尻をぶつ音がする。亭植は自分たちにはあんなに上品に話していたのに、部屋では子供になんという態度だろうと思った。

友善はステッキで地面になにか字を書いていたが、亨植に向かって、

「とにかく入ってみよう。婆さんに聞けば分かるだろう」

とカンナ帽を脱いで、先に立って入っていく。しかし友善の声に先ほどの元気はない。亨植もあとに続いた。亨植は、昨夜この中庭《マダン》であの女に馬鹿にされたことを思い出した。そして苦笑いをした。今日の亨植はそれほどに冷静だった。むしろ友善の方が、いまは亨植よりも焦っている。

部屋には誰もおらず、板間《マル》では女のいわゆる「できそこないの令監《ヨンガム》ジジイ」が、本を読みさしで木枕を枕にして鼾《いびき》をかいている。友善はこの「令監《ヨンガム》ジジイ」をよく知っていた。この老人は平壌の外城に住んでいた金持の息子で、詩を作るのがうまく、歌も上手で、三、四十年前には平壌城では知らぬ者のない女蕩《たら》しだった。だが十年余りの放蕩で莫大な財産を使い果たし、俗にいう「芸が身を助ける」身の上になった。仕方なく、かつては自分の膝に乗せて「おお、よしよし」とやっていたこの女の家に、食客ともつかぬ格好で転がりこんでから、もう十年以上になる。最初のうちはよく女と喧嘩し、怒りが激しければ「けしからん！」と怒鳴ったりしていたが、三年ほど前からはそれもなくなり、三日に一度女に「おん出てくたばるがいいさ」と言われても、カラカラと笑って「悪うござったな」と言うだけで反抗する気も起こさなくなった。しかし女はたいていは「令監《ヨンガム》ジジイ」を親切に扱った。とくに感心なのは、夜寝るときは必ず女が自分の手で布団を敷いて、この「令監ジジイ」をアレンモクに寝かせることだった。

友善は靴も脱がずにさっさと板間《マル》に上がると、ステッキで床を鳴らして、誰を呼ぶでもなく「誰かいないか！」と叫んだ。亨植は昨夜と同じところに立って、昨夜見たと同じように英采の

部屋を見た。部屋の中のすべてがそのままだと思った。しかし、昨夜と違って心は平静だった。

48

返事がないのを見て友善は、今度は靴とステッキとで一緒に床をがんがん鳴らし、腹を立てたように一段と大声で、

「おい！　婆さん！」

と呼んだ。友善が「婆さん！」と呼ぶのがおかしくて、亨植は苦笑した。まもなく中庭《マダン》の片隅から女が、

「おやまあ、中主事《シン》〔主事は男性につける敬称の一つ〕でしたの。人が厠に行っているときに、騒がないでくださいましな」

と、下衣《チマ》の紐を結びながらやって来る。そして亨植をちらりと見る。昨夜訪ねてきて、「月香さんはおられますか」と言った人だ、それじゃこの人は申主事の使い走りだったのかと思った。亨植も、「よくも僕を馬鹿にしてくれたな」と思った。女は、亨植をさほど重要な人間とも思わぬ態度で板間《マル》にあがり、友善に向かって馴れ馴れしい調子で、

「お早いお越しですこと」

と言うと、「令監《ヨンガム》ジジイ」を蹴飛ばした。

「ほら、起《ヨボ》きな。お客様のおなりだよ」

と怒鳴り、

「そんなに寝たけりゃ、土の中にでも入ったらどうだい！」

と言って、今度は「令監ジジイ」の木枕を蹴飛ばす。木枕は横に置いてあった本を撥ね飛ばしてごろごろと転がり、壁にぶつかって止まった。白髪が何本も残ってない禿頭を床に落とされた「令監ジジイ」は、がばっと身を起こすと、

「ううむ、無礼者め！」

と言って、友善には目もくれずに立ちあがり、自分の部屋に入っていく。亨植はその「令監《ヨンガム》ジジイ」を見て、死んだ祖父を思い出した。もとは裕福だった祖父も、先祖伝来の家具を全部売り払ってしまい、息子と兄弟には先立たれるし、孫の自分は日本にいるしで、小さな荒屋《あばらや》で元妓生の後添いからひどい扱いを受けていたのを思い出した。だが亨植は、自分の祖父はあの「令監ジジイ」よりは高尚な人間だったと思った。

友善が急きこむようにして「ところで、お嬢様《アッシ》は平壌へ行ったのか」と聞くのに返事もせず、女は先に立って英采の部屋に入り、「とにかくまあ、立っていないでお入りなさいまし」と友善に向かって言う。友善は意味ありげに笑いながら、

「入れよ」

と、亨植に声をかけて、自分も靴を脱いで部屋に入る。亨植は部屋に近づいたが、螺鈿《らでん》の長持と斑模様の袋に入った伽倻琴《カヤグム》、それにアレンモクに吊るされた薄紅色の蚊帳を見て、急に不快になった。それで靴を脱ぎかけたのをやめて、笑いながら、

「僕はここでいい」

と、板間《マル》に腰をおろす。友善は、

「入れよ。今日からは君がこの部屋の主人だ」

と言って立ちあがり、亭植の腕を引っぱる。亭植はたちまち顔を赤くする。友善は、「子供だな」と思いながら亭植の腕を引く。

女は、まず友善が亭植を友だち扱いするのを見て驚き、つぎに「今日からは君が主人だ」と言うのを聞いて驚いて目を丸くしたが、なにしろ人あしらいは達者であるから、愛想笑いを浮かべて立ち上がり、

「貴方様《ナーリ》、お入りくださいませ。どなた様とも存ぜず、昨夜は失礼をいたしました。お召しものがあまり簡素でいらしたもので……」

と言う。亭植は恥ずかしくて気もそぞろだったが、「ふん、やっと僕が何様か分かったな」と考えながら、勧められるまま部屋に入った。入って腰をおろすと、女の視線を避けるように部屋のなかをもう一度見渡した。蚊帳の皺のつき方が昨日と同じところを見ると、昨夜、英采は蚊帳を使わずに寝たのだなと思った。そして、英采があの壁にもたれて眠れぬほど悩んだのかと思うと、思わず悲しくなった。亭植の視線は蚊帳から窓のついている壁へと移った。亭植はぎくっとした。その壁には破れた下衣《チマ》が吊るされている。亭植の頭のなかで清涼里の光景がぐるぐると回る。下衣《チマ》の前の裾には血がついている。亭植は息の震えを人に気づかれぬよう押し殺して、唇を噛みしめた。そして「僕も英采のように唇を噛み切ろうか！」と思いながら、たまらなくなって、破れた下衣《チマ》から目をそらした。

東大門から来る途中、電車のなかで英采が下衣《チマ》の破れたのを隠そうとするのを見て、女はこんな場合も人前を取り繕うのだなと考えたことを思い出した。下衣《チマ》のすぐ下に落ちている血にまみれた絹の手拭いが亨植の目に入ったが、亨植にはそれが何だか分からなかった。たった今まで冷静だった亨植の胸には、しだいに熱い風波が立ちはじめる。「なぜ平壌に行ったのか」という疑問がなにやら恐ろしい意味をはらんでいるように思われて、亨植の心を苦しめる。友善が、英采が平壌に行った理由をさっさと女に聞けばいいのにと思った。友善は煙草をくわえて火をつけ、

「いったい、お嬢様《アッシ》はどこへ行ったのかね」

と聞く。月香《ウォルヒャン》と呼ぶわけにもいかないし、かといって英采《ヨンチェ》さんと呼んでも女には分かるまいと思って、ぼかして「お嬢様《アッシ》」と呼んでいるのだ。女は、友善がふざけてそんな呼び方をしているのだと思って、笑いもしない。

「ちょっと平壌に行ってくると言って、今朝はやく、急に出ていったんですよ。長いこと墓参りをしていないから、お父さんの墓に行ってくると言いましてね」

婆さんは、この二人は昨夜の事件を知らないと思っていた。それで、友善は多分友人を連れて遊びに来たのだろうと思った。おそらくこの新参者も月香の評判を聞いて、一度会いたいと思って昨夜やって来たのだろう。それなのに無駄足になり、自分がみすぼらしい格好だから月香を出してくれないのだと邪推して、今日は月香と親しい友善を連れて来たに違いない。それにしても、あんな分際で妓生遊びとはしゃらくさい、と思った。

英采が平壌に墓参りに行ったと聞いて、亨植は監獄で死んだという朴先生のことを思い出した。

だが朴先生の顔を完全に思い出す前に、「英采が墓参りに行った」という言葉の「墓参り」という単語が、なんともいえぬ恐ろしさをもって亭植の胸を押しつぶした。亭植は思わず、「墓参り！」と声を出した。その声に、友善と女は亭植の顔を見た。亭植の目には明らかに驚愕と恐怖の色があった。女は何を思ったか、立ちあがって、あちらの部屋に行く。

49

友善も、英采が突然平壌に行ったという話には何か意味があると思った。そして、立ちあがってあちらの部屋に行く女に目をやった。「墓参り」という不可解な秘密を解くのはこの女だと思った。女が急に立ちあがってあちらの部屋に行くことは、この秘密を解き明かすうえで重大な意味をもっていると思った。亭植と友善二人の視線は、女が消えた部屋の戸口に集中した。二人は、何か大きな事件が起こるのを待ちかまえるかのように、息を殺した。夏の陽ざしが焚き火を浴びせるように中庭《マダン》を焦がし、土からは今にもめらめらと炎が燃え上がらんばかりだ。瓦に陽があたって、天井からむんむんと熱気がおりてくる。亭植の、けさ着替えたばかりの苧麻《からむし》のトゥルマギの背中に、二、三ヵ所汗がにじんでいる。友善も額に汗の粒を浮かべているが拭おうともせず、カンナ帽であおごうともしない。長持の足もとに置かれたガラス製の蠅取り瓶に四、五匹の蠅が入っていて、ガラス壁をよじ登ろうとしては落ち、またよじ登ろうとしては落ちている。どこからか三毛猫が一匹、昼寝から覚めたらしく英采の部屋の前に来て欠伸をし、背中を大きく伸ばしながら亭植と友善を見る。

まもなく女が封筒に入った手紙を一通持ってあらわれ、友善に、

「月香《ウォルヒャン》が停車場で発車間際にこれをよこしましてね、李亨植《イーヒョンシク》という方が来たらさしあげてくれと言うんですよ。李亨植って誰のことやら」

とその手紙を渡しながら、ちらりと亨植の顔を見る。先ほど、停車場でこの手紙を受け取った女は、李亨植はきっと月香のところに遊びにきている客だろうが、特別に手紙を書くほど親しい客なら自分が知らないはずはないのにと、不思議に思った。だが汽車がどんどん出ていくので詳しいことも聞けず、誰かに聞けば分かるだろうと思っていた。ところが、友善と亨植の態度が英采を心配しているようであり、そこに亨植がいやに心配そうな顔をするだけでなく、「墓参り！」と言って驚くのを見て、もしや彼が「李亨植」ではあるまいかと思って、この手紙を出してきたのだ。友善に手紙を渡しながら、ちらりと亨植の顔を見たのもそのためである。友善が受け取った封筒の表に達筆で「李亨植様」とあるのを見て、亨植は「えっ！」と驚き、友善の手から封筒をひったくって裏を見た。だが裏には「六月二十九日朝」とあるだけで、ほかには何も書かれていなかった。封筒を持った亨植の手は震えている。友善も、「何かわけがあるのだな」と息をひそめた。女は二人が驚く顔を見て、「何ごとかしら」とやはり驚いた。月香が今回平壌に行ったことには、どうやら大きな意味があるらしい。

今朝の月香は、昨夜の悲しがっていた気配もどこへやら、朝早く起きて洗面し、白粉《おしろい》をぬって香水をふりかけ、苧麻《からむし》の下衣《チマ》と上衣《チョゴリ》で女学生の格好をして、まだ布団のなかにいる女の部屋にやって来た。そして、とても愉快そうに笑いながら、

「母さん、昨夜は私が悪かったわ。起きて考えてみると、おかしいったらないわ」と言うので、心配しながら寝ていた女は嬉しさのあまり英采の手を握り、

「そうかい。よく考えておくれだ。わたしゃ、嬉しいよ」

と言った。そして、これで安心だ、これからは夜に客も取れると思って、喜びもひとしおだった。そのとき英采が、話しづらそうにちょっとためらってから、

「母さん、私、平壌に一度行ってこようと思うの。久しぶりに父の墓参りをしたり、風にあたったり……」

と言った。女は、悲しみで頑《かたく》なだった月香が気を変えてくれたことが嬉しく、また昨夜月香を抱いて泣いたときにいくらか愛情も生まれていたこともあって（寝て起きたら四分の三は冷めていたが）、小さなことなら望みどおりにしてやった方がよいだろうと思った。それで、

「行っておいで。こちらに来て三月《みつき》もたつし、さぞ行きたいことだろう。行って友だちのところで三、四日、思いきり遊んでおいで」

と、わざわざ停車場まで行って、二等車の切符とお昼の弁当と剣票《カルピョ》（剣を抜いた海賊の図柄の西洋タバコ「パイレート」）までたっぷり買ってやり、

「着いたら、誰それによろしく伝えておくれ。忙しくて手紙も書けないいってね」

とことづけも頼んだ。そんなわけで、おおかた二、三日後には月香は笑顔で帰ってくるとばかり思っていたのに、いま友善と亨植がこの手紙を見てひどく驚く様子を見れば、月香の今回の平壌行きにはどうやら深くて恐ろしい事情があるようで、胸が騒いだ。突然、女は五年前の月花《ウォルファ》の

事件を思い出し、月香がいつも月花がくれた黄玉の指環をはめていたことを思い出した。そして昨夜の清涼里の事件を思い出して目を大きくみはり、

「月香はなぜ平壌に行ったのでしょう」

と、二人が女に尋ねようとしたことを、逆に二人に尋ねた。

亨植が手紙を持ったまま呆然としているのを見て、友善は焦る心を抑えきれず、

「おい、その手紙の封を切りたまえ」

と言う。

亨植は、震える手で封筒の片端をつかんだ。しかし、どうしても封を切れない。手はますます震え、顔の筋肉はいよいよ緊張する。友善は「早くしろ!」と、封を切るようにうながす。女は、あの中からどんな言葉が出てくるのだろうと、封筒の端をつかんだ亨植の手ばかり見ている。三人の胸は薄い夏衣《なつもの》の下で大きく波打ち、三人の背中には汗がにじむ。部屋をのぞきこんでいた猫が雀を見つけ、「ニャア」と鳴いて屋根に跳びあがった。その瞬間、亨植の震える手が封筒の端を破った。破る音が三人の胸に大砲の音のように響いた。

50

亨植の震える手には手紙がある。そして封を切られた封筒が、亨植の膝のうえに落ちている。婆さんは坐ったまま亨植へにじり寄り、友善は亨植の肩にかがみこむようにして手紙を見ている。亨植の胸の動悸は高まり、友善と女の目は、亨植の手が少しずつ広げていく手紙の文字にガラス

玉のように釘付けになっている。亨植は悲しみを抑えるように肩を二、三度動かしてから、手紙を読む。流れるような宮女体〔書体の一種〕のハングルだ。友善と女の全神経は耳と目に集中している。亨植は「李亨植様へ」とあるのを飛ばして、本文から読みはじめる。

「昨夜、七年ものあいだお慕い申し上げていた亨植様にお目にかかり、まるでいまは亡き両親に会ったように、限りなく嬉しゅうございました。七年前に亨植様が安州《アンジュ》を発たれるとき、家の前にある柳の木の下でこの身を抱きしめ、達者でいろよ、再び会うことはあるまいと涙を流されたこと、その時まだ十二歳で物心もつかぬこの身が亨植様の胸にすがって、行かないで、どこに行くの、私と一緒に行きましょうと言ったことを思い出すと悲感に堪えず、声をあげて泣きました。

ああしてお別れしてから七年間、寄辺なき幼く孤独なこの身は、浮き草のごとく、風に吹かれるまま波の行くまま、あらゆる辛苦をなめつつ東へ西へと漂いながら、どれほど涙を流し、どれほど溜息をついたことでございましょう。

ただ一つの願いは、平壌監獄の鉄格子のなかで苦しんでおられる父上に会うことでございます。十三歳の娘の身で、風に吹かれる木の葉のようにあちらこちらと吹き飛ばされては撥ね返され、平壌監獄で黄土色に染めた囚人服を召された父の顔を見ることはできましたものの、恐ろしいほどお痩せになったその顔を見たとき、幼い私の胸の痛みは針で突き刺されるようでございました。

ここに至って、分別のつかぬ私は昔日の善良な女子にならい、身をもって父を救おうという志を立てて、ある人の紹介で妓生に身売りしたのが十三歳の秋でございます。ところが身の代の二百円は売った人間が持ち逃げしてしまい、父母の血肉を売って得た金で父の身を救うどころか、鉄格子のなかで苦しむ年老いた父にまともな食事を一度も差し入れできなかったことが、骨身にしみる恨みでございます。そのうえ、この身が妓生になったということで、父と二人の兄はつぎつぎにこの世を去ってしまいました。ああ、なんという不幸でございましょう。この身は前世にいかなる罪を重ねたがために、幼くして父と二人の兄を獄に送り、ついには恨みの血を吐いて死ぬような目に遭わせたのでございましょうか。ああ！　考えれば胸が張り裂け、骨も痺れる思いでございます。もしこの身にいくらかでも分別がありましたならば、当然その場で父のあとを追ったことでございましょう。それなのに、ああ、罪深いこの命は絶えることなく永らえたのでございます。

父と二人の兄を失ったこの身が、この世で信じられるのはどなたでしょうか。先生もご存知のとおりです。この身が頼れるのはどなたでしょう。ああ、天と、地と、そしてこの世では亨植様のほかにはございませぬ。

それ以来、私は亨植様のために生きてまいりました。浮き草のごとく四方を漂いながら、もしやお慕いする亨植様にお目にかかれぬかと、そればかりを願い、露のごとき命を今日まで永らえてまいりました。昔日の聖人と亡父の教えを守り、亡父が在りし日にこの身を許した亨植様のために、なんとしても貞節を守ってまいりました。私がこの身の貞節のために身につけていたものを、ここに同封いたします。

しかし、この身はすでに汚《けが》れました。ああ、亨植様。この身はすでに汚れたのでございます。

孤独でかよわい身が必死に守ってきた貞節は、昨夜、水泡と帰してしまいました。

いまやこの身は、天も許さず神明も許さぬ、極悪非道な罪人でございます。私は娘としては父を害し、妹としては兄を害し、妻としては貞節を破った大罪人でございます。

亭植様、この身はあの世に参ります。悲しい涙と汚れた罪で過ごした十九年を一期《いちご》に、この身はあの世に参ります。汚れて罪多きこの身をもはや一日たりとも世に置くことは、天に対して恐れ多く、禽獣草木に対して恥ずかしゅうございます。怨《うらみ》多く恨《ハン》も多い大同江の蒼い波に身を投げて、洋々たる波に汚れたこの身を洗わせ、無情なる魚に罪多きこの肉をついばませようと存じます。

亭植様、この世でもう一度、亭植様の優しいお顔を見ることができましただけでも、天にも届くこの恨《ハン》がどれほど解けましたことか。いつの日か、大同江のうえで、お召し物に降りそそぐ雨をご覧になられましたならば、薄命な罪人朴英采の涙と思し召しくださいませ」

最後に、震える筆跡で「丙辰《へいしん》〔一九一六年〕六月二十九日午前二時。罪人朴英采《パクヨンチェ》。泣血百拝《きゅうけつひゃくはい》」とある。亭植の手はしだいに震えが激しくなって、とうとう手紙を膝に落とす。そして、すすり泣きながら、大粒の涙を膝にひろげた手紙のうえにこぼす。こぼれた涙が手紙の文字をいっそうくっきりと浮かび上がらせる。友善も袖で涙を拭き、女は下衣《チマ》で顔をおおって床に泣き伏している。しばらくの間、言葉がない。中庭《マダン》からはますます熱気が立ちのぼる。

51

亭植は袖で涙をぬぐい、膝のうえの、涙がにじんだ手紙のあちこちを読み返した。しかし亭植の目には、手紙の文字がはっきりと見えないように思われた。亭植は手紙をくるくると巻いて床に置くと、同封の小さな封筒を開いた。涙を浮かべた友善と女の目は、今度は亭植の手にある小さな封筒に注がれた。亭植は、封筒のなかに何やら重そうなものがあるのを見て、封筒を逆さにして中身を膝のうえに落とした。紅絹《もみ》切れで包んだ細長いものが出てくる。括《くく》ってある糸を切って、紅絹《もみ》をほどいた。古ぼけた韓紙の巻き物が出てくる。亭植はそれを持ってちょっと考えているようだったが、すぐに広げてみた。そして「うーん」と驚愕の声を発する。友善と女の視線は、韓紙から亭植の顔に移った。大きく見開いた亭植の目にあらたな涙が浮かんでいる。ふたたび友善と女の目は、亭植の震える手にある紙へと移った。その紙には「カナダラ」〔朝鮮語の「いろは」〕が書いてある。子供たちが初めてハングルを習うときに、お手本として持つものだ。その筆跡は幼かった。亭植は人目もかまわず、その紙に額をこすりつけて号泣する。友善と女はわけが分からぬまま、波打つ亭植の背中を見ている。亭植はせつなそうにその紙に顔をこすりつけながら、一段と声を張りあげる。友善は目にあらたな涙をにじませながらも、「亭植は子供だ」と思った。

亭植は、十年以上前のことを思い出す。亭植が初めて朴《パク》進士の家に行ったとき、英采は八歳だった。そのとき英采は『千字文《せんじもん》』〔漢字千字を収めた漢字入門書〕と『童蒙先習《どうもうせんしゅう》』〔道徳と簡略な歴史の教科書。書堂で千字文の次に学ぶ〕と『啓蒙篇《けいもうへん》』〔やはり書堂で千字文の次に学ぶ教科書〕と「無題詩」〔題目のつけられてない詩〕を読んでいたが、まだハングルは習っていなかった。ある時、朴進士が「国文《ハングル》を学ぶように」と言って、上質の韓紙にカナダラを書いてくれた。ところが幼い英采は外に持っていって遊んでいるうちに、その紙をどこかに失くしてしまったのだ。父から叱られる怖さに、英采は目に涙をいっぱい溜めながら、十三歳の亨植にこっそりと頼んだ。そのころ亨植と英采はまだ話をする間柄ではなかったので、英采は恥ずかしそうに半ば外面《ウェーミョン》をして、こぶしで涙をぬぐいながら、

「あのう、ハングルを書いてください」

と言った。そう言ったときの英采の顔と態度が、亨植の目にこのうえなく美しく映った。「本当にきれいな子だなあ」と思って亨植も照れながら、「うん。明日の朝、あげるよ」と言った。そして、二キロも離れた紙売りの家まで出かけていって紙を買い（この紙が、その紙だ）、懸命に心をこめて四枚も練習してから、ようやくこれを書いたのだった。書いたものを本に挟み、「早く朝にならないかな」と思ってなかなか寝つけなかった。「あのう、ハングルを書いてください」と言いながら、こちらに半分背を向けてこぶしで涙をぬぐっている英采の姿が、十三歳の亨植の胸深く刻みこまれた。

　翌朝、亨植はいつもより念入りに顔を洗って歯を磨き、きちんとトゥルマギを着て、その紙（この紙だ！）を折りたたんで懐に入れた。門に立って英采が出てくるのを待つときの思いは、まるで誰もいないところで愛する少女を待つ、恋する男のようであった。まもなく、英采も誰かに見られるのを恐れるようにそっとあたりを見まわしながら現われ、亨植の傍らに来るととても嬉しそうに顔を上気させて、亨植の腰に抱きついた。亨植は自分の胸に触れている英采の髪を軽く

撫でた。顔を洗ったばかりなのか、髪には水がついていた。それから懐からその紙（この紙だ！）を出して、英采にやった。紙は亨植の胸の体温で温かかった。英采も紙の温かみに気づいたのか、一歩さがって無言で亨植の目を見つめてから、顔を赤らめて駆け足で戻っていった。

「これが、あの紙なのだ！」と、亨植は顔をあげてもう一度その紙と文字を見た。文字の一つ一つが昔のことを物語るかのようだ。安州でのこと、その後の自分に起こったこと、英采の話、手紙、そして自分が想像した英采の一生が、稲妻のように亨植の脳裏を駆け抜けていく。亨植はまた唇を噛むと（これは知らぬ間に英采からうつった癖だ）、紙を端まで広げた。韓紙の端に最近の字で、「これは常日頃この身につけていた、亨植様の思い出の品でございます」とあった。友善と女もこの文を見て、亨植が泣いた理由にほぼ見当がついた。それで友善はその紙を亨植の手から取りあげて、もう一度見た。女も友善と一緒に見た。亨植は、膝のうえのもう一つの紙包みをほどいた。中から黄玉の指環の片方〔朝鮮の指環は二つ一組になっている〕と一本の小刀が出てくる。その刃がきらりと光ったとき、三人の胸は騒いだ。女は内心、「これが二年前に金潤洙《キムユンス》の息子の前で抜いた刀だね」と思った。亨植はその刀を取って両面を見た。片面に行書で「一片心〔変わらぬ真心〕」と刻んである。亨植と友善にも、その刀の意味はほぼ察せられた。亨植は次に指環を手に取った。女は「どうして片方しかないのだろう」と思った。指環に何も書かれてないのを見て、亨植は指環を包んであった紙を取りあげた。その紙には小さな文字で、

「これは平壌の妓生、桂月花《ケーウォルファ》の指環でございます。桂月花がいかなる人間であるかお知りになりたければ、平壌の誰にでもお尋ねください。月花がこの指環を私に与えたのは、世間の汚れに

染まらぬようにせよという意味でございます。私はこれまで力の限りこの指環の教えを守ってまいりました。まもなくこの指環を大同江で月花に返すつもりでございますが、片方を亨植様にさしあげるのも、また何かしら意味があるように存じます」

とあり、先ほどの手紙のように「年月日時。罪人朴英采《パクヨンチェ》。泣血百拝」とある。

52

三人は黙ってうなだれていた。そして各自が自分の思いに耽《ふけ》った。やがて女が喘《あえ》ぐような声で、

「もし、どうしたらいいのでしょう」

と言って、亨植と友善の目をかわるがわる見つめる。他人のためにこれほど真面目に心配し、悲しんで心を痛めるのは、女の一生で初めてのことだった。女は、昨夜英采を抱きながら心から泣いたことを思い出した。あのとき英采が想像したように、女が他人のために心から涙を流したのはそれが初めてだった。英采の唇から流れる熱い血が女の手の甲に落ちたとき、また英采が「他人が私の肉を貪り食らうのだもの、私だって自分の肉を噛んで食らってやるわ」と言いながら、血が出ている唇をさらに噛み切ったとき、女は心の底から申し訳ないと思った。女が英采の頬に頬を押し当てて声をあげて泣いたあのとき、女の心は実に「真の人《サーラム》」の心であった。それから心のなかで英采に向かって何度も掌を合わせたとき、女の霊魂は汚れた罪の皮を脱ぎ去って、神仏の澄みきった姿をはっきりと見たのだった。二百円で買って金儲けの道具として使っていた月香という妓生の内部に、自分が拝み、仰ぎ見なければならない何かがあるのを女は見た。そして

明日からは英采を自由の身にしてやり、自分も新しい人間になって、仲睦まじい母娘として抱きあい慰めあいながら、清く楽しい人生を送ろうと思った。そのあと布団に戻り、もう鼾をかいている「令監《ヨンガム》ジジイ」を見たときは、「ああ、汚《けが》らわしい獣だ」と思われて、着物を着たままウンモクで独り寝をした。そのとき「ああ、汚らわしい獣だ」と思ったのは、たんに「令監ジジイの身体が汚い」という意味ではなかった。いましがた英采の霊魂と自分の霊魂と神と仏を見た目で「令監ジジイ」の垢まみれの「人《サーラム》」を見たとき、自然と吐き気を催したのだ。ちょうど汚い家で成長したために自分の家の汚さに気づかなかった人が、一度清潔な家を見たあとには自分の家が汚いことに気づくように、清らかな霊魂と真の人《サーラム》を見たことがなかった女の、五十年以上も罪悪に埋もれて眠っていた清らかな霊魂が、英采の熱い血に驚いて目を覚まし、白雪か水晶のような英采の霊魂を見たその目で自分の霊魂を見、それから令監ジジイの「人《サーラム》」を見たことで、初めてその汚さに気づいたのだ。ところが、翌朝、白粉《おしろい》をぬって香水の匂いをさせた英采が笑顔で入ってくるのを見て、老婆の霊魂の目はふたたび閉じた。昨晩は見えていた英采の「内なる人《サーラム》」を見ることができなくなり、ただ英采の肉体だけを見た。前夜の記憶はまるで数十年前の出来事のような気がした。英采が「考えてみると、おかしいったらないわ」と言ったとき、女はこれで大丈夫、うまく行ったと思い、「よく考えておくれだ。まったく、そのとおりさ」と言って、またもや英采を金儲けの道具にしようという欲を出した。そして英采を平壌に送り出してからこの手紙を読むまで、英采に夜「客を取らせる」ことと金賢洙に二千円で売り飛ばすことしか考えていなかった。しかし、英采の手紙を見てそんな考えは消え去り、刀と指環と亨植の涙を見たとき、昨夜目覚めた女の霊魂の目が開いた。女は、今朝英采に向かって、「よく考えておくれだ。まったく、そのとおりさ」と言ったことを思い出すと、恥ずかしくもあり、英采の「内なる人《サーラム》」に対して申し訳なかった。まるで目の前に英采がいて、「ふん、よく考えておくれだですって!」と、女の言葉を嘲っているような気がした。

女の目に、うねって流れる大同江が浮かぶ。小さな岩の背に立った英采が、涙を流しながら両手で下衣《チマ》のすそを持ち、水に飛びこもうとしている。うしろから自分が、「月香、月香、私が悪かった。私がいけなかったんだよ」と、飛びついて月香を引きとめようとする。しかし月香はぷいと横を向いて冷笑し、「ふん、駄目よ。私の体は汚《けが》れたのよ!」そう言って、水に入ってしまう。自分が岩の背で足を踏み鳴らして、「月香や、私が悪かった! おまえの体を汚させたのは、私なんだよ。月香! 許しておくれ」と叫んでいるのが見えるような気がする。つづいて、昨日、「どうにもならん。なにしろ死のうとするのだから」と肩を落としている金賢洙に向かって、「なによ。男のくせに元気がないじゃないの。一度やっちまえば、それまでですよ!」と片目をつぶって、金賢洙に月香を強姦するよう勧めたことを思い出す。やはり、そうだ。月香の貞節を破ったのは自分だ、月香を殺したのは自分なのだと胸が張り裂けそうになり、喘ぎながらもう一度、

「アイゴー、どうしたらいいの」

と、もどかしそうに両膝で部屋の床をばんばんと打つ。いままで亨植は、この悲劇を引き起こしたのは全部あの太った汚らわしい女だと思って、胸が痛めば痛むほど、また恨みが深まれば深ま

るほど、いっそう激しい憎悪の眼で女を睨みつけていた。だが女がひどく苦しんでいる様子を見て、「お前のなかに眠っていた霊魂が目覚めたのだな」と思い、イエスと一緒に十字架に架けられた盗賊のことを考えた。そして、あの女もやはり人間だ、僕や英采と同じ人間なのだという思いがして、女の苦しむ姿が哀れになった。しかし、女がさっき自分に「どなた様とも存ぜず」と言ったのを思い出すとたちまち同情する気が失せ、さっきより一段と嫌悪の情が湧く。それで亨植はもう一度女を睨みつけた。女は亨植が睨む目を見て、また、

「アイグ、どうしよう」

と膝で床を打つ。黙って坐っていた友善が亨植に向かって、

「おい、すぐに平壌警察署に電報を打って、夜汽車で平壌に行きたまえ！」

と言う。

53

友善は内心、英采の今度の行為を当然だと思った。貞操が女の命なのだから、貞操が汚《けが》されれば身を殺すのが当たり前である。それゆえ、女である英采が昨夜の清涼寺事件に関して取るべき道はこれしかないと考えた。そして、英采はやはり立派な女性だと思って尊敬の思いが湧き、自分がこれまで英采を誘惑していたことが恥ずかしくなった。だが友善は、自分の思想に矛盾があることに気づいていない。英采が妓生月香であったときは、妓生だから貞節を破っても構わない、月香が英采になってからは、妓生でないから貞節を守るのが当然だ——これは明らかに矛盾であ

るのに、友善はそれに気づかない。友善の思考を敷衍《ふえん》すれば、「烈女〔一人の男性への貞節を守り通す女性〕は烈女であるがゆえにその貞節を破るのは罪であり、烈女でない女は烈女でないがゆえに貞節を破っても罪ではない」ことになる。これでは前後が逆である。烈女だから貞節を守るのではなくて貞節を守るから烈女であるのに、友善の考えでは烈女なら貞節を守るけれども烈女でなければ貞節を守らなくてもいいことになる。だから友善は、英采が烈女であることを知らないときには貞節を破ってやれと思っていたのに、烈女であることを知ってからは貞節を破ろうとしたことを後悔し、恥じている。ともかくも友善は、英采の今回の行為を素晴らしい行為だと考えているのだ。

しかし亨植はこの件について、友善とは別の考え方をしている。亨植も、英采がそれほどまで貞節がかたいことには感嘆する。死をも恐れぬ清く高潔な精神は尊敬する。だが亨植は友善のように、「英采の今回の行為はもっとも正しい」とは考えない。人間の生命は宇宙の生命と同じである。宇宙が万物を含んでなりたっているように、人生も万物を含んでなりたっている。宇宙はけっして太陽や北極星だけをその成分としているのではなく、満天のすべての星々と地上の万物とを成分としている。それゆえ蒼穹《そうきゅう》のごく小さな星も宇宙の全生命の一部だし、地上のきわめて微細な草の葉一枚や塵一つといえども、すべてが宇宙の全生命の一部なのだ。太陽は地球より大きいゆえに宇宙生命との関わりも太陽の方が地球より大きい、とは言えるかも知れないが、太陽だけがこの宇宙の生命であって地球は無関係だ、とは言えないだろう。また、太陽系においては太陽が中心であっても、無限大の全宇宙に比べれば太陽それ自体も一つの塵にすぎない。

これと同様に、人間の生命もけっして一つの義務や一つの道徳律のために存在しているのではない。人間の生命は、人生の全義務および宇宙に対する全義務のために存在しているのだ。それゆえ、忠とか孝とか貞節とか名誉などは、人間の生命の中心ではない。そもそも、人間の生命が忠や孝のために在るのではない、忠や孝が人間の生命から発しているのだ。人間の生命は、けっして忠や孝に付随しているものではない。じつは人間の生命は、忠・孝・貞節・名誉などのあらゆる要素でなりたっているのだ。あたかも、大宇宙の生命が北極星や天狼星《シリウス》や太陽に存するのではなく、北極星と天狼星と太陽とその他大小の星たちと地上のすべての微生物までも含んだすべての物質でなりたっているのと同様、人間の生命もまた忠、孝、貞節、名誉などすべての要素でなりたっているのである。

人間の生命は多種多様な形で発現する。あるいは忠、あるいは孝、あるいは貞節となって、人間世界もろもろの無数無限の現象として現われる。たいがいの場合、それら無数の現象のなかから民族、国情、あるいは時代に応じて必要とされる特殊な一個または数個が取り出されて、すべての人間行為の中心に据えられる。これがいわゆる「道」であり、「徳」であり、「法」であり、「律」である。もちろんその社会の構成員が社会生活をまっとうするためには、社会の道徳や法律を厳守するのは当然である。しかし、これはけっして生命の全体ではない。生命はいかなる道徳や法律よりも偉大なものだ。生命は絶対的であり、道徳と法律は相対的である。生命は、現在あるものとは違う道徳と法律をいくらでも創りだすことができるのだ。これが、亨植が学んで得た人生観である。

だから、貞節が破られたために英采が命を捨てようとするのは、孝と貞節という二つの道徳律を女性という人間生命の全体と取り違えているのだと亨植は考えた。孝と貞節は現時点においては、女性の中心的な徳である。とはいえ、それは女性という人間生命の所産であり一部にすぎない。英采はたしかに父母に対して孝をつくせなかった。心の夫に対して貞をつくせなかった。だが、それも自分の意志によってそうだったのではない。無情な社会がかよわい彼女にそれを強制したのである。もし仮に、英采が自分の意志で孝と貞に対する生命の義務を果たさなかったとしよう。そう仮定したところで、英采には生命を絶つ理由はない。孝と貞は英采が負っている生命の義務のなかの二つにすぎず（いくら重要といっても、部分は全体よりも小さいのだから）、この二つの義務を果たせなかったとしても、まだ英采の生命には百、千、無数の義務がある。彼女の生命にはまだ忠もあり、世界に対する義務もあり、動物に対する義務もあり、山川や星々に対する義務もあり、神や仏に対する義務もある。このように無数の義務を負った貴重な生命を、たった二つのために（いくら重要な義務であってもだ。おまけに、やむを得なかったのだし）絶とうとする英采の行為は、けっして「正しい」とは言えない。だが、純潔で情熱的な人間が自己の中心的義務に命をかけることは、これまた人生の誇りであると思った。

亨植は、理論では英采の行為は間違っていると思いながら、情によって英采のために泣かずにはいられなかった。亨植は英采のことを「古い女」だと思い、そこに形容詞を足して、「清らかで烈しい旧式の女」だと思った。一方、友善は今回の英采の行為は絶対に善だと考えている。一人は英文式であり、一人は漢文式なのだ。

54

亭植は女と一緒に南大門駅から汽車に乗った。いつの間にか眠ってしまった亭植がはっと目を覚ますと、乗客たちは窓にもたれたり、腕枕をしたり、仰向けになったりして、ぐっすりと寝込んでいる。三、四列向こうの座席では、人夫頭らしき男が一人で起きていて、目をしばたたきながら煙草を吸っている。いつしか車窓には夜明けの光が差していた。

亭植は、向かいの席で口から涎《よだれ》をたらしながら眠っている女を見た。そして「不潔な女だ」と顔をしかめた。亭植は女の人生を考えてみた。もともとが下層の育ちで、良い行いとか良い言葉になど出会ったこともないまま売られて妓生になり、いつも顔を合わせる人間は獣のような放蕩者か妓生だけ。ふだん聞くこと話すことといったら、すべて淫乱で汚《けが》らわしい話ばかりである。もし文字が読めて古人の賢明な言葉でも聞いていたら、少しは「人《サーラム》」ということも考えたかもしれないが、この女の顔を見ると天性が愚鈍なうえに陰険で欲が深く、むら気が多いようであり、長くて濃い睫が目を縁取っているところを見れば、生まれつき淫乱な女である。このような女は幼時から教えを叩き込んでも悪人になりやすいのに、まして薄汚い罪の世界でずっと過ごしてきたので、「獣のような心」は思う存分成長し、「人間らしい心」は目を開ける機会がなかった。彼女はこれまで善とか徳という言葉を聞いたことがなかったし、善良な人間や徳のある人間に接したこともなかった。だから女は、世間はどこも自分たちの社会と同じだし、人間は誰でも自分と同じだと考えていた。彼女は自分が他人よりも悪い人間だとは思わなかったし、ましてや他人よりも不出来な人間だとも思わなかった。むしろ、たまには他人のことを見て、「とんでもない悪人がいるもんだよ」と言うこともあった。いや、それどころではない。世間の人たちと同様、彼女も自分を善人だと信じていた。この女は「真の人《サーラム》」を見る機会もなく、見ようとする気もなく、したがって「真の人《サーラム》」になろうと考えたこともなかった。自分としては自分が「真の人《サーラム》」だと思っていたのだ。それゆえ七年ものあいだ、朝晩「真の人《サーラム》」である英采を目にしながら、ただ月香という骨と肉でできた妓生を見るだけで、その内部にある英采という「真の人《サーラム》」を見ることができなかった。英采が貞節を守ろうとしたとき、女はむしろ英采を愚かだとか、分別がないとか、強情だなどと言った。女の了見では、妓生なら当然どんな男にも体を許すのが善であった。だからこの善に逆らって貞節を守ろうとする英采は、女にとっては悪であった。

こう考えて、亨植は女の顔を見た。すると女に対する憎しみや嫌悪は消えて、むしろ哀れだという思いが湧く。亨植は考えた。自分だってこの女と同じ境遇に置かれていればこの女と同じようになっただろうし、この女だって自分のように十五、六年間教育を受けていれば自分のようになったことだろう。そして、車内でぐっすりと眠りこんでいる多種多様な人びとを眺めた。そのなかには労働者もおり、紳士もおり、欲深そうな人も凶悪そうな人もいる。また朝鮮人もいれば、日本人も中国人もいる。もし彼らがここで目が覚めてお互いに顔を見合わせたなら、相手を蔑視するものもいるだろう。羨ましがるものもいるだろう。あるいは、あいつは悪い奴だ、無学な奴だ、無礼な奴だなどと考えるかもしれない。だが、もし彼らを幼いときから同じ境遇に置いて同じ教育と同じ感化を受けさせ、同じ幸福を享受させたならば、先天的な遺伝の差異はあるにしても、たいていは同じように善良な人間になることだろう。

そう思ってもう一度、眠っている女の顔を見た。すると女に対して親しみのようなものを感じる。この人もやはり人間だ。僕と同じ、英采と同じ人間なのだと思った。続いて、一昨日、金長老の家で十字架にかけられたイエスの画像を見て想像したことを思い出す。みんな同じ人間なのに、あるいは李《イー》道令、あるいは春香《チュニャン》の母、あるいは南原《ナムォン》府使となり、あるいは愛し、憎み、あるいは打ち、打たれ、あるいは両班《ヤンバン》になり、善人になり、あるいは常奴《サンノム》〔両班でない庶民の蔑称〕になり、悪人になっている。だが、もとは誰でも同じ「人間」なのだと思った。そう思ってふたたび女の顔を見ると、まるで母親か姉を前にしたように愛《いと》おしく思われる。英采の死の決心を知った女が、生まれて初めて「真の人《サーラム》」を見出して霊魂が目覚め、心からの涙を流して、英采を救うために遠く平壌まで来ていることが、嬉しくもあり、ありがたくもあった。亨植は女に対する優しい心を抑えきれず、毛布の端で女の腹をおおってやった。

ここはどこだろうと亨植は車窓から外を見た。まもなく汽笛が鳴り、列車が鉄橋を渡る音がする。亨植の脳裏を「大同江《テードンガン》」という考えが稲妻のようによぎる。ああ、英采はどうなったのだろう。もうすでに、大同江の蒼い波に身を沈めたのだろうか。それとも警察の手で保護され、今頃はどこかの警察署の拘留室で涙を流しているのだろうか。亨植はそっと女の肩を揺すりながら、「もしもし、もしもし。大同江ですよ」と言った。亨植が女にこんなに優しく話しかけたのは、これが初めてだった。昨日、女の家で「けしからん女だ！」と思って以来、七、八時間も向きあっていながら、嫌悪と汚らわしさから一言も口をきかなかったのだ。女は、ぱっと目を開けて身く流れ、汽車は平壌駅に向かって長い汽笛を鳴らす。亨植と女は、頭のなかで英采のことを考えている。

55

亨植は車窓を開けて、はるか綾羅島《ヌンナド》の方を眺めた。夜明けの暗さにどれもはっきりとは見えないが、平壌の風景を何度も見ている亨植の目には、「あれが綾羅島、あれが牡丹峰《モランボン》、あれが清流壁《チョンニュビョク》」とぼんやり見分けがついた。亨植は、昨日読んだ英采の手紙を思い出した。「大同江の蒼い波に身を投げて……」、亨植は溜息をついた。真っ暗な綾羅島のあたりに、英采の姿がちらりと見えるような気がする。「洋々たる波に汚れたこの身を洗わせ、無情なる魚に罪多きこの肉をついばませようと存じます」。英采の死骸が今にも鉄橋の下に流れてくるような気がして、亨植はあわてて窓から顔を出して水を見おろした。水が橋脚にぶつかって丸く波うっているのが見える。首に何かが落ちてくるのに気づき、亨植は顔をあげて空を見た。空には真っ黒な雲が重くたれこめて細かな霧雨が降り、時おり大きめの雨粒が落ちてくる。ひんやりした風が吹き過ぎ、きちんと分けた亨植の長髪が風になびく。怖いものでも見たように、亨植は首をすくめて窓から引っ込めた。「もし大同江上で亨植様のお袖を濡らす雨をご覧になられましたならば、薄命な罪人朴英采の涙と思し召しくださいませ」という英采の手紙の一節が、一瞬目に浮かぶ。亨植は横に置いた鞄から、手紙とハングルの手本、それに刀と指環が入った包みを取り出して中を見ようとしたが、やめてそのまま鞄にしまった。列車は鉄橋を通過した。左右にずらりと空の貨車が並び、小さな番小屋が見える。ぼんやりと窓の外を眺めていた女が視線を亨植に移して、

「どうなったんでしょうねえ」

と言う。その目と顔には、まだ心から心配している表情が見える。亨植は、目覚めた霊魂がまだ起きているのだなと思った。

女はさっき恐ろしい夢を見た。夢のなかで汽車に乗って平壌に来る途中、大同江の鉄橋まで来たとき鉄橋がぽきんと折れて、自分の乗った車両が大同江に沈んでしまったのだ。女は「助けてえ！」と泣きながら、ようやくのことで浮かびあがった。だがちょうど長雨の時期で、大きな泥水の波が女の頭に何度もかぶさった。女は「ああ、死んでしまう」と思って、おんおん泣きながら水に浮き沈みしていた。このとき女の目の前に、白い衣装を着た英采が忽然と現われた。英采は昨日の朝、女の部屋へ来たときと同じように笑いながら、「考えてみると、おかしいったらないわ」と言う。女は腕を伸ばして、「私が悪かった。許しておくれ。腕を引いとくれ」と言った。しかし英采は女の腕を取ろうとしない。みるみる顔が真っ青に変わり、白い歯で唇をぐっと噛み切ると真っ赤な血を女の顔に噴きつけた。女は、煮え湯のように熱い血の滴が額と頬に飛んでくるのを感じた。「英采や。私を助けておくれ」と言いながら水中でもがいているうちに、女は目が覚めた。目が覚めてすぐに大同江を見おろした。だが長い日照りのために、大同江の水は夢に見たようではなかった。それでも汽車が鉄橋を渡りきるまでは、夢と同じように鉄橋が落ちるのではないかと恐ろしくて歯の根が合わず、列車が陸地にすっかり出たところでようやく安堵の溜

息をつきながら、「どうなったんでしょうねえ」と亨植に尋ねたのだ。亨植はにこやかに、

「昨日電報を打ちましたから、多分警察署にいるでしょう」

と、言葉と態度で「心配ないですよ」という意味を表わした。女は亨植の言葉にいくらか安心した。しかし、これまで電報と警察の力を利用したことがない女は、亨植の言葉を聞いてもそう簡単に安心することはできなかった。電報が汽車より早いのは分かるが、大勢の人間のなかから英采をどうやって見分けるのだろうかと思った。そのうえ、人生を妓生の世界で過ごしてきた女は、警察とは自分を苛《いじ》める厄介な場所としか考えていない。英采は多分警察署にいるだろうという亨植の言葉を聞いて、むかし平壌で密売淫事件にかかわって警察署の拘留室で二、三日寒さに震えたことを思い出した。「だけど今は夏だから」と、英采が警察署で昨夜過ごしたとしても自分のように寒さに震えることはないだろうと、いくらか安心した。

二人が乗った列車は平壌駅に到着した。駅員が張りあげる「ヘイジョー」という声とカラコロ響く下駄の音が、列車が完全に停車するより先に聞こえる。さっきから荷物をまとめたり着物を着たりしていた人たちは、我れ先に降りようとして人を押しのけたり、上品そうに微笑みながら他の人が降りるのを待ったりしている。亨植と女もプラットホームにおりた。軍隊の高官が出発するらしく、若い士官たちが一等車両のわきに立って何度も敬礼やお辞儀をしている。二、三人の太った西洋人がズボンのポケットに両手を突っこんで、周りの人びとには目もくれず大股で行ったり来たりしている。どこかの日本婦人が大きなシンゲンブクロ〔信玄袋。底が平らで口を紐で絞めた手提げ袋〕をもち、汽車に乗り遅れまいと、ばたばた駆けこんでくる。この汽車でこのま

ま北に向かう乗客は、洗ってない顔に帽子もかぶらず、ぶらりと出てきて、知り合いでも探すように入り口の方を眺めている。改札係は鋏をカチカチと鳴らしながら立っている。亨植と女は出口に進んだ。監視に立っていた巡査がちらりと二人の後ろ姿を見る。亨植と女は人力車に乗った。二台の人力車はほかの人力車の前になり後ろになりしながら、そぼ降る雨をついて、まだ電灯がちらついている平壌市街に入っていく。霧雨がしとしと降りつづいている。

56

人力車のうえで亨植は、自分が初めて平壌に来たときのことを思い出した。まだ断髪してない髪に両親の喪章の白いリボンをつけ、脚半を巻いて、ある春の朝に七星門《チルソンムン》〔平壌城の北門〕から入ってきた。七星門から平壌市街を見おろして、「すごく大きいなあ」と思った。そのとき亨植は十一歳だった。平壌という地名と、平壌がよいところだという話は聞いていたが、平壌がどんな都会か知らなかったし、平壌に牡丹峰《モランボン》や清流壁《チョンニュビョク》があることも知らなかった。亨植はそのころ「四書」〔『論語』『孟子』『中庸』『大学』の総称〕と「史略」〔子供向けの中国歴史書〕と『小学』は読んでいた。しかし当時は学校というものがなかったので、朝鮮地理や朝鮮歴史を読んだことはなかった。文明国の子供だったら平壌の歴史と名所と人口、それに産物も知っていたことだろうにと亨植は考えた。

そのとき亨植は、大同門《テードンムン》通りで初めて日本商店を見た。そしてガラス窓の大きいことと人びとの着物が変な形をしているのを見て、面白いなあと思った。甲辰《こうしん》の年〔日露戦争が起きた一九〇四年」にやって来た日本兵を見ていたので、日本人は誰でも彼らのように黒い服を着て、赤い紐を巻いた帽子をかぶり、刀を吊るしているのだろうと思っていたのだ。それから大同門《テードンムン》通りを行ったり来たりしながら、日本商店をのぞいてみた。ある商店にはマッチと石油缶が置いてあった。亭植はまだ、そんなにたくさんのマッチを見たことがなかった。それで、「そうか。マッチは全部ここで作るんだな」と思って頷いた。また、日本人たちが向きあって談笑しているのを見て、「どうやってお互いの言葉が分かるのだろう」と不思議に思った。亭植の耳には、言葉が全部同じ音に聞こえたのだ。亭植の目にとりわけ面白く見えたのは、日本婦人の髪型と、背中のお太鼓結びだった。亭植はあそこに何を入れて歩くのかなと思った。この疑問は、その後も長いこと解けなかった。

亭植はまた、大同門の外で大同江を見た。清川江《チョンチョンガン》〔平安南道と北道の境を流れる川〕より「ちょっと大きいかな」と思った。そして「火輪船《かりんせん》」を見た。真っ黒な煙突から真っ黒な煙を吐いて、ボーッと不思議な音を出しながら帆も張らずに進む「火輪船」は、本当に不思議だった。「火輪船」のうえを人びとが行き来しているのを見て、「僕も一度あれに乗ってみたい」と思った。

亭植は、「水売りがなんと多いのだろう」と思った。亭植の育った村では、店の前で酒を飲ませて冬には蕎麦も出す酒幕《チュマク》にしか水売りはいなかった。それで水売りというのは酒幕にいるものだと思いこんでいた。無数の水売りが大同門を出入りするのを見て、亭植は「平壌には酒幕が多いんだな」と思った。それから、よく「平壌監司」〔昔の平安道の長官で平壌にいた〕と言うけれどその屋敷はどこだろうと、平壌監司の屋敷をしばらく探したが、見つからないのであきらめた。

こんなことを思い出して、亭植は幌の窓から通りをのぞきながら独り笑いをした。人間を満載した人力トロッコが、騒がしい音を立てながら亭植の人力車のわきを通り過ぎていく。

亭植はまた回想を続ける。その日は夕方まで平壌を見物して、役所の前にある客主《ケクチュ》〔行商人宿。商品の仲介や委託販売もする〕に入った。宕巾《タンゴン》をつけた主人が「お前、金はあるのか」と言ったとき、亭植は「二十両もあるのにな」と巾着の中身を考えながら、「もちろんさ!」と答え、「僕だってお客だよ」と言うとさっさとアレンモクに行って腰をおろした。翌日が平壌の市日ということで、脚半を巻いた雑貨商たちが十人以上も亭植の宿に入った。亭植はちょっと怖かったが、平気なふりをして、壁に貼られた紙に書いてある文字を読んでいた。ところが夜寝るときになると、仲間らしい二、三人が争って亭植の横で寝ようとした。怖くなった亭植は黙って部屋の隅に坐って、その人たちの様子をうかがった。亭植の手には木枕が握られていた。三人はしばらく言い争っていたが、なかで一番どす黒くて恐ろしい顔をした男が、笑いながら亭植に抱きついて、「俺と寝ようぜ。金をやるから」と亭植の首を抱き、唇を合わせようとした。亭植は泣きながら、部屋のなかに固まって坐っている十人余りを見た。だが、みんなニヤニヤ笑うばかりで、なかの一人などは「おい、俺と寝るか」と言いながら、自分の巾着から葉銭を一握り取り出す始末だった。亭植は反抗した。しかし、どす黒い男の生臭い口が亭植の口に近づいた。亭植は、その男の顔面に思いきり頭突きを食らわせ、男が思わず顔をそらせたすきに、手にした木枕でその男の胸を殴った。男は木枕をさっと避《よ》けると、立ちあがりざま亭植の髪をつかんで揺すり、亭植の頭を壁に打ちつける。亭植は歯ぎしりして泣いた。このとき、部屋の隅で黙って見ていた背の高い人がすっくと立ちあがって駆け寄ると、亨植の髪をつかんでいる男の髷を鷲づかみにして横つらを三、四回こぶしで殴ってから、男を床にうつ伏せにして「この野郎！　獣野郎！」と言いながら足蹴にした。全員総立ちになったが、あえて歯向かう者はなかった。

こんな思い出にふけっているうちに、ふと英采のことが思い浮かんだ。英采と自分は、奇しくも同じ運命を辿っているかのようだ。そう思うと、英采に対する愛しさがいっそう募るのを覚えた。英采を妻にして、一生愛しあって過ごさなくてはと思った。

だが英采は生きているのだろうか。生きて警察署にいるのだろうか。英采の手紙と、さっき大同江を渡るときに考えたことが思い出された。そして、英采の手紙とハングルのお手本が入っている、膝のうえの鞄を見た。平壌警察署の建物と入り口、そのなかで事務を執っている人びとを想像し、英采が一人で泣いている部屋、そして、そこに自分と女が入っていく場面を想像した。

人力車が停まり、車引きが幌をはずした。亨植の前には石灰塗りの西洋式建物がある。入り口の扉には「平壌警察署」と大きな文字が刻まれている。

57

亨植は胸をドキドキさせながら警察署に入った。事務机と椅子が一目で見渡せた。あちらのガラス窓の下で、白い制服に刀も吊るさず、肩には手拭いをかけた巡査が、腰をおろして新聞を読んでいる。亨植はまだ、朝鮮の地で警察署に来たことがなかった。むかし東京にいたとき、警察署に呼びだされて、お茶を飲んで煙草を吸いながら署長と話したことはあったが、一般人が官庁に来る資格で警察署に来たことはなかった。トルストイの『復活』を読んでロシアの警察署の様子を想像するのが関の山だった。亭植はいくらか不快を感じながら、帽子を脱ぎ、

「お尋ねしたいことがあります」

と言って顔を赤らめた。女は亭植の横に立って、恐ろしさと不安で歯を震わせている。しかし巡査にはその声が聞こえなかったらしい。亭植はもう少し声を張りあげて、

「お尋ねしたいことがあります」

と言った。ようやく巡査が新聞を持ったままふり向き、亭植と女の顔と格好をじろじろ見てから、

「なんだね」

と言う。亭植は、署長が来るまでは詳しいことは分かるまいと思いながら、

「昨日ソウルからこちらに、婦人を一人保護してくれという電報を打ったのですが……」

亭植の言葉が終わらぬうちに、巡査が「婦人?」と聞き返す。亭植と女は、よし、英采はここにいるのだと思った。

「ええ。婦人を一人保護してくれという電報を打ったのです。そして先ほど夜汽車で到着したのですが……もしや、その婦人はいまこの警察署におりますか」

と言いながら、亭植はその巡査の顔を見た。巡査は無言で新聞をあと二、三行読むと、立ちあがった。そして二人のそばに来て、

「どんな婦人を保護してくれという電報を打ったのかね」

と、亭植の言葉がよく理解できなかったように声を高めて尋ねる。亭植はいくらか失望した。も

し平壌警察署で英采を保護しているなら、この巡査がこんな質問をするはずがないと思ったからだ。女も目を丸くしながら巡査に、

「苧麻《からむし》の下衣《チマ》と上衣《チョゴリ》を着て西洋髪を結った、十八、九歳の女性が来ませんでしたか」

と目から涙を流す。巡査はしばらく考えごとをするように首を傾《かし》げていたが、ズボンに片手を突っ込むと、机と椅子のあいだを通って向こうの部屋に入ってしまう。二人はがっかりした。英采は平壌警察署にはいないのだと思った。ここにいないなら、どこにいるのだろう。昨日の四時に平壌駅でおりてから父親と月花の墓に詣で、その足で清流壁に出て錬光亭《ヨングァンジョン》〔大同門の近くにある楼閣〕の下で身を投げたのではないか。そうだ。英采は死んだのだ。女が亨植の腕をつかみ、涙声で「どうなっているのでしょう」と言う。亨植は泣くのをこらえるために唇を噛んだ。

「まさか死ぬはずがありませんよ。いまに署長が来れば分かります」

と女を慰めながらも、英采が生きているとは思っていない。それで心のなかで、「なぜ死んだ」とつぶやいた。『小学』と『列女伝』が英采を殺したのだ。もし自分に一時間でいいから英采と話す機会があったら英采は死ななかったのに、と思った。亨植は、今度は声を出して「なぜ死んだ」と呟いた。女は、「まさか死ぬはずが」という亨植の言葉でいくらか安心していたところに、「なぜ死んだ」という亨植の嘆息を聞いてふたたび絶望した。女は亨植の手を握りしめ、

「アイグ、どうしたらいいの」

と泣く。「私のせいで英采が死んだ」という思いが、女の胸をますます突き刺す。「さっき、夢見が悪いと思ったら」と、先ほどの夢を思い出す。英采が白い衣装を着て水上に立ち、「ふん、考

えてみたらおかしくって」と言ったかと思うといきなり恐ろしい顔に変わり、唇を噛み切って自分の顔に熱い血を噴きつけたことが思い出される。そして、あれは英采の霊魂ではなかったかと考えた。昨日の日暮れどきに大同江に落ちて死んだ英采の霊魂が、自分の夢に入ってきたのではないか。女は両手で顔をおおった。ああ、英采の怨魂が夜も昼も私の身体にとりついて、昼は病気、夜は夢となって私を苦しめるのではないか。私は今日から病気になり、苦しんだあげくついに英采にとり殺されてしまうのではないか。それとも、ソウルに帰る途中で英采の怨魂が、唇を噛み切ったようにして大同江の鉄橋を噛みちぎり、私の汽車は大同江に落ちてしまうのではないだろうか。恐ろしく変貌した英采の姿がいまにも女の前に現われるような気がする。女はとうとう泣きだして、亨植の肩に顔をこすりつける。亨植も涙をこらえ、すすり泣く女の背中を撫でながら、

「泣かないでください。いまに署長が来れば分かりますよ」

と言う。

まもなく、さっき巡査が入っていった場所から、別の巡査が出てくる。その巡査も二人の姿をじろじろ見てから、机の引出しを開けて電報を取り出し、

「あなたが李亨植かね」

と、亨植を見る。

「はい。私が李亨植です」

女が泣き声で、

「貴方様《ナーリ》は、そんな娘を見ませんでしたか」

と聞く。巡査はそれには答えず、

「この電報は受け取ったよ。それで停車場に出てみたんだが、どんな人間で、どんな服装をしているのか分からなくてはねえ」

と言って、その電報を机の上に置き、

「どうしたのかね。逃げた女かね」

亭植はすっかり失望した。英采は本当に死んだのだと思いながら、

「いいえ。自殺の心配があるのです」

と答え、自分が電報を打つときに彼女の格好を詳しく言えなかったことを恨んだ。最初に応対した巡査が出てきて、机に置かれた電報を見ながら、

「平壌で何人下車するか知っているかね。あんなに大勢のなかで、誰が誰だか分かるもんじゃないよ」

と言う。

58

亭植と女はすっかり絶望して警察署から出てきた。霧雨で道路がしっとりと濡れている。さっきより人が増え、クルマ〔人力車〕もたくさん走っている。商店は雨戸を開け、道ばたにしゃがんで顔を洗う人や、部屋のなかで声を出して新聞を読む人の姿が見える。水桶の音をさせながら

やって来た水売りたちは、荷を通すために身体を斜めにして路地裏に入っていく。黒い皮の鞄をかついだ郵便配達が、鍵束を手にして飛ぶように駆けてくる。女は亭植の手にすがって、歩くのもやっとである。亭植は空腹を覚える。女に向かって、

「どこかに入って朝飯を食べてから探しましょう。まさか死ぬはずがありませんよ」

と言う。女は亭植を見ながら、

「アイグ、私も大同江に落ちて死ねばいいんだ」

と言って、涙をふく。亭植は、昨日友善と一緒に女の家に行ったとき、女が「人が厠に行っているときに、騒がないでくださいましな」と言いながら下衣《チマ》の紐を結び直していたのを思い出した。亭植は、

「そんなに悲しんでは身体に毒ですよ。死なずに生きているかも知れないじゃないですか。さあ、どこかに行って朝飯でも食べましょう」

と慰めて、独り言のように「汁飯《クッパ》はないかな」と言いながら周囲を見まわした。女は、「死なずに生きているかも……」という言葉にいくらか慰められて、

「汁飯《クッパ》屋なんぞに入ることはありませんよ。私の知り合いの家に行きましょう」

と言う。女が「私の知り合いの家」といえば妓生《キーセン》房だろうと思った。さっそく、幼くて愛らしい童妓の姿が目に浮かぶ。そして女の言葉のまま、ついて行きたい気がする。

「きれいな女性を見るだけなら構わないだろう。美しい景色や花を見るようなものだ」。こう考えてから、「しかし、これは言い訳になりやすいな」と思い、もう一度自分の心を点検した。そ

して、「僕の心に疚しいところはない」と考えながら、

「どこですか。それでは、そこへ行きましょう」

こうは言ったものの、女の尻について妓生房に入るのはみっともない、女をそこに送り届けて自分はどこか他に行こうと考えた。

亨植は女と一緒にこぎれいな妓生房の門前に立った。「国泰民安〔国が泰平で民が安らか〕」と書いてある門は、まだ閉まっている。女はまるで自分の家の者を呼ぶように、

「これ、寝ているのかい。門を開けとくれ！」

と言いながら三、四回門を叩いてから亨植の方をふり向き、

「英采がここにいてくれたら、いいのだけれどねえ」

と意味もなく笑う。亨植は「英采はもう死んだのに」と思って黙っていた。まもなく部屋の戸を開ける音がして、誰かが履物を引きずりながら出てきた。

「どなた」

と、門を開く。亨植は一歩後ろに下がった。顔に白粉《おしろい》のあとが見える十三、四歳の女の子が嬉しそうに女に飛びついて、

「まあ、母《オモニ》さん。いらしたのねえ」

と、「ねえ」を長く伸ばす。髪と着物からしてどうやら布団から飛び出してきたらしいな、と考えながら亨植は二人の喜ぶ様子を見ていた。きれいな娘だ。賢くて優しそうだ。だがあれも妓生なのだ、と亨植は哀れに思った。まだ娘のなりをしているが、もう娘ではあるまい。もしかした

ら昨晩あたり、どこかの男の慰みものにされたのではないか、と思った。女は門のなかに一歩足を踏み入れて、首を伸ばし、

「お入りなさいまし。私の家みたいなものです」

と言う。それで門の外に誰かいることに気づいた童妓が、首を傾《かし》げて亨植を見る。重たげな睫《まつげ》が美しいと思いながら、亨植は、

「僕は友だちのところへ行きます。朝飯を食べたらここに来ますから」

と言って帽子を脱ぐ。女は門の外まで戻ってきて、

「そんなこと言わないで、入ってくださいな。妹の家なのですから」

と、亨植の袖を引っぱる。それでも亨植が行くと言うと、今度は童妓が出てきて、その美しい手で亨植の背中を押しながら、愛嬌たっぷりに、

「お入りなさいまし」

と言う。どう見ても童妓の心にはこれっぽっちの汚《けが》れもない、と亨植は思った。英采や善馨と変わらぬ清らかな娘だ。彼の背中を軽やかに押している美しい手を通して、なにか温かいものが流れこんでくるような気がする。亨植は親戚以外の未婚女性を見るときのいつもの癖で、「僕の妹」だと考えた。そして、もう少し遠慮をつづけてから、断わりきれないようなふりをしてその家に入った。とはいえ、片腕を女、もう片腕をきれいな童妓に引っぱられて入っていく気分は、すこぶる愉快だった。

案内された部屋は、英采の部屋とたいして変わらなかった。童妓は真っ先に飛びこんで布団を

たたむ。赤い襟のついた絹布団が、童妓の手で軽々とたたまれていくのを、亭植は部屋の外で見ていた。女と亭植は部屋に入って腰をおろした。あちらの部屋から童妓の、

「母《オモニ》さん。ソウルの母《オモニ》さんがいらしたわよ」

という嬉しそうな声が聞こえる。亭植は、部屋から何かの香りがするような気がした。床に置いた亭植の手は温かみを覚えた。これはあの童妓の身体から流れ出した温かみだと思った。まもなく童妓が子供のように飛びこんできた。

「いま母《オモニ》さんが来るわ。で、朝の汽車でいらしたの」

という言葉と顔に、隠しきれない喜びが見える。亭植は、「みんな同じ人間なのだ」と思った。人間のいるところ、温かな人情はどこにでもあるのだ。煙草をもってチョッキからマッチを出そうとしていると、すぐに童妓がマッチを擦って片手を亭植の膝につき、「さ、点けてくださいな」と言う。亭植は彼女を無垢な子供のようだと思った。

59

亭植は、童妓に煙草の火を点けてもらうのが、申し訳ないような、恥ずかしいような気がして、

「こちらにください」

と言った。「ください」と敬語を使うのを見て、童妓は黙って笑う。笑うと上の前歯の大きな金歯がきらりと光る。童妓は亭植の膝についた手を一度きゅっと押して、甘えるような仕草で、

「さあ、このまま点けてくださいな」

と、「な」に力をこめる。女も、おととい亭植が月香に「さん」を付けて「月香さん」と言ったのを聞いておかしく思ったことを思い出して笑う。亭植が遠慮しているあいだに、童妓の手にあったマッチが燃えつきた。童妓は、

「きゃ、熱い」

と叫んで床に落とした。さっと身を伏せて口でふうっと吹き、マッチを持っていた指で自分の耳たぶをつかむ。亭植は申し訳なくて顔を赤らめる。耳たぶをつかんでいる童妓の指を、自分の口にあてて「ふうっ」と吹いてやりたいと思いながら、

「熱かったでしょう」

と言った。童妓は指を耳たぶにあてて、亭植の顔をしばらく見つめてから、もう一本マッチを擦った。さっきのように片手を亭植の膝のうえに置き、息をはずませて、

「さあ、今度はすぐ点けてくださいな」

と言う。マッチ棒が半分ほど燃えるのを見ると身体をくねらせ、急《せ》かすように「さあ、早く早く」と言う。亭植は頭をさげて煙草に火を点け、最初に吸った煙が童妓の顔の方へ行かないように、「ふう」と横に吐いた。童妓は亭植が煙草の火を点けたあとも、亭植の顔を見あげている。亭植は眩しそうに顔をあげて中庭《マダン》を眺めながら、「夢見るような目だな」と思った。

童妓はマッチ棒が燃えつきるのを待つように、二本の指でマッチ棒を回す。亭植は童妓の髪と背中を見た。真っ黒な髪を編んで垂らし、おさげの先に薄絹の真紅のリボンをつけている。髪はうねりながら下に伸び、三角形に折ったリボンの先が下衣《チマ》の腰のあたりで横に広がっている。亭

植はリボンの色が血の色のようだと思った。童妓はマッチ棒をくるくる回しているうちに、間違って亭植の脚のうえに落としてしまった。「あら、まあ！」と叫びながら、彼女は両手で亭植の脚を叩く。しかし火の粉が木綿の袴《パジ》の襞《ひだ》にもぐって穴があき、太腿が熱い。童妓が悪がるのを怖れた亭植は、素早くトゥルマギでそこを隠して、「火は消えましたよ」と言った。童妓は亭植の膝から手を離して、きまり悪そうに身体をどけながら、

「まあ、袴《パジ》を焦がしちゃいましたわ。さぞ熱かったでしょう」

と言って女の方をふり返る。女は笑いながら、

「桂香《ケーヒャン》や。おまえはまだ子供だねえ」

と言った。女には、目に見えない清らかな童妓の霊魂が、はっきりと見えた。そして童妓を見る亭植の目には、少しも汚らわしい欲望がないと思った。亭植は自分がこれまで出会うことがなかった種類の人間だと思った。亭植が童妓に対して「ください」と尊敬語を使うのが、最初は田舎っぽくて無知に思われたが、これはむしろ上品で立派なのだと思った。

その童妓の言葉と姿から、亭植は、なかば良質な美酒に酔ったような快感を覚えた。なんだか身体がむず痒いようだ。とくに童妓が彼の膝に手をついたとき、そして火を落として小さな手で彼の太腿を軽く叩いたときは、まるで電流が流れたように全身が痺れるのを覚えた。自分の一生でこれほど微妙な、痺れるような快感を覚えたのは初めてだ。あの童妓の目からは不可思議な光線が発して人の精神を恍惚とさせ、その肌からは正体不明の微妙な分子が飛び出して人の筋肉を痺れさせるのだと思った。

亭植は善馨のことを思い、先日善馨と向きあっていたときに覚えた喜びを思い、また自分が煕鏡を前にするたびに味わう甘やかな感覚や、好きな友人を前にしたときに感じる喜びのことを思い、そしてまた、車中や船中あるいは路上で初めて見る人のなかにも、言い知れぬ喜びを与えてくれる人がいることを思った。だがそれらすべての喜びのなかで、この童妓からいま与えられているような喜びは初めてだ。亭植は考えた。この喜びの理由は、童妓の顔と姿と心が美しく、彼女にも自分にも欲がなく、策を弄することも疑いを抱くこともなく、お互いの霊が人為的な外皮を脱ぎ棄てて裸のまま融合していることにある。このようにして味わう喜びは、天が人間に与えた喜びのうちでもっとも立派な喜びなのだ。そもそも人間の内部には、互いに見つめあって楽しむ何かがあるのに、人びとは種々の外皮でそれを包みこんで流れ出ないようにしてしまい、そのために楽しかるべき世界がすっかり冷たく寂しい世界になってしまうのだ。顔と心が美しく生まれついた人間や、美しい絵を描いたり像を彫ったり詩を作ったりする人間は、この人生を楽しくしてくれる偉大な天命を担った者たちなのだ。こんなふうに亭植は考えた。

まもなく桂香《ケーヒャン》の「母《オモニ》さん」が出てきた。

「まあ、姐さん。いらっしゃい」

と、喜びを隠しきれぬ様子である。亭植は思った。彼らも人間なのだ。彼らのなかにも「真の人《サーラム》」はいるし、人間の赤い血と温かい情もあるのだ。「母《オモニ》さん」はさっそく亭植に初対面の挨拶をして女の横に腰をおろし、

「ところで、月香は元気かい」

「まあ、どうしましょう。私ったら、姐さんのことを聞くのを忘れていたわ」と、童妓は重たげな睫をちらりと動かして亨植を見る。亨植は、「忘れたわけじゃない。仲がよい証拠なんだ」と思った。

60

女は、あらためて涙を流しながら英采の話をした。英采が清 涼寺《チョンニャンサ》で強姦されそうになったこと、その夜、家に帰って唇を嚙み切って泣いたこと、翌朝、自分が寝ているところに入ってきて平壌に行くと言ったこと、汽車が出るときに手紙を一通よこし、それにはしかじかのことが書かれてあったこと、今朝、平壌警察署に行って消息を尋ねたことを話し、最後に、

「それでね、その李亨植という人が、このお方なんだよ」

と、手で亨植を指し示しながら、「母さん《オモニ》」の肩に泣き伏す。「母さん《オモニ》」と桂香《ケーヒャン》も、話を聞いているうちに溜まった涙を話が終わるとはらはらとこぼし、涙におおわれてよく見えない目で亨植を見つめる。亨植は意外に思った。桂香はともかく、「母さん《オモニ》」は英采の話を聞けば激怒して、

「馬鹿な子だよ。死ぬなんて」と言うだろうと亨植は考えていた。ところが英采が死んだという話を聞いて悲しそうに泣いている様子を見れば、彼女の温かな人情は自分と変わらない。それで、これまで妓生といえば自分とはまったく精神状態が違う動物のような下等人種だと思っていたことが恥ずかしくなった。「母さん《オモニ》」はしばらく泣いてから鼻をかんで、

「もともと月 香《ウォルヒャン》は生真面目な子でしたよ。そこに最初から月花《ウォルファ》と仲良くなって、夜も昼も月

花の言うことばかり聞いているうちに、心まですっかり月花みたいになってしまったのさ。なのに姐さんたら、それも知らずに月香に『客を取れ』なんて言ったのがいけないんですよ」

と言い、

「過ぎたことは仕方ないですよ。泣かないでくださいな」

と言って亨植を見る。亨植は、涙を流しているところを見られぬよう、あちらを向いて煙草を吸っている。女も鼻をかみながら、

「十年も本当の娘《こ》のようにして育てた子だよ。私だって、憎くてああしたわけじゃない。あの娘もだんだん年を取るし、死ぬまで妓生稼業ばかりしているわけにもいかないから、どこか良いところを探して、一生苦労せずに生きてゆけるところに片づけてやろうと思ってそうしたのさ。金賢洙という人は、やれ金持ちだ、やれ男爵の息子だというんで、あそこに片づくことさえできりゃ、あの娘《こ》も玉の輿だと思ったんだよ」

と言って、涙をふく。

「死ぬまで妓生稼業ばかりしているわけにもいかないし」という女の言葉を聞いて、亨植は内心驚いた。では無理やり金賢洙にくっつけようとしたのは、英采の一生を考えてのことだったのか。女が英采を殺すことになったのは、単なる千円の金ほしさの悪意からではなく、英采の一生を考えての好意からだったのか。では英采を殺した女の心も、英采を救おうとしている自分の心も、畢竟は同じ心なのか。結局のところ、世界と人生に対する規準と思想が違っていたために、こんなことになってしまったのか、と思った。

このとき「母さん《オモニ》」が亨植に向かってたいそう慇懃に、

「李主事も、さぞやお力をお落としでございましょう。でも、あれもこれも全部、前世の因縁ですものねえ。人間の力じゃどうにもなりませんわ。世の中なんてそんなものでございますよ」と言って、今度は女の方をふり向き、

「さあさあ、泣かないでくださいな。みんな前世の因縁なのよ。人の力じゃ、どうにもならないんですよ。お腹、減ったでしょう。朝飯にしましょうかね」

そう言って立ちあがると、「どうしよう。汁飯《クッパ》でも届けさせようか。家でご飯を炊こうか」と口の中でつぶやいていたが、そのうちに家の外に出ていく。

亨植は考えた。これが彼らの人生観なのだ。人間の社会に起こるあらゆる悲劇を、前世の因縁だ、人の力ではどうにもならぬことだと言って、ちょっと泣いてすぐに涙をふいてあきらめる。彼らにとっては、いつまでも涙を流すのは愚か者のやることであり、ちょっと泣いたら涙をふいてしまうのが正しいことなのだ。だから、彼らはすべての責任を「前世の因縁」と「八字《パルチャ》」になすりつけて、決して人間のせいにはしない。英采が妓生になったのも、金賢洙に強姦されたのも、大同江に身投げして死んだのも、すべて責任は前世の因縁にあって、けっして女や英采や金賢洙にあるわけではない。英采が貞節を守るのも、英采という人間がとくに好んでそうしているわけではなくて、彼女の前世の因縁がそうなっているから、英采は知らぬまに、あるいはしぶしぶと貞節を守っているわけだ。だから彼らにとっては、特に善い人間もいなければ悪い人間もいない。誰もがみんな前世の因縁と八字《パルチャ》にしたがって生きているのだ。

こう言うと、彼らの人生観と亭植の人生観はある程度一致するかのように見える。しかし、二つの人生観の根本的な違いは次の点にある。亭植は、人間はみな同じだが、個人や社会は努力によって改善できるし向上もできると考えている。一方彼らは、人間には万事に対して責任がないのだから、ただなりゆきのまま生きていけばよい、人間の意志による改善も改悪もないと考えている。亭植はここまで考えて、

「そうだ！　これが朝鮮人の人生観なのだ」

とつぶやいた。

しかし、女は桂香の「母さん《オモニ》」と違って、ちょっと泣いておしまいにすることはしない。女は「世間」を見、「人間」を見た。英采の唇の熱い血が女の手の甲に落ちたとき、女は「人間」を見た。女は、今回の事件の責任を因縁と八字《パルチャ》になすりつけることはできない。女は、英采を殺した責任が自分と金賢洙にあることを知っており、英采が貞節をかたく守ったのは、英采の内部にある「真の人《サーラム》」の力であることを知っていた。いまや女は、すべての責任は人間にあることに気がついた。それゆえ、「ちょっと泣いておしまいにする」ことはできない。女が流すこの涙は、一生流しつづける涙なのだ。

桂香《ケーヒャン》が亭植の膝にもたれて、涙で赤くなった目で亭植を見つめながら、「姐さんは死んじゃったの」と聞く。

61

亨植はその家で朝飯を食べてから外に出た。女と「母さん《オモニ》」と桂香《ケーヒャン》の三人がかわるがわるお代わりを勧めるので、亨植はいつもよりたくさん食べた。おまけに、これまで下宿の食事しか食べたことがない亨植には、ご飯といい汁といい鍋料理《チョンゴル》といい、どれもが大変美味しかった。それに亨植は、こんなに多くの人から心のこもったもてなしを受けてお膳に向かったことがなかった。桂香のように美しい娘から、「もっとお召し上がりになって」と、真心こめて勧められたのは初めてだった。桂香は亨植のお膳の横にすわり、自分の手で鮸《イシモチ》をほぐしてくれた。さっきマッチ棒で火傷をした指の黄色くなった場所が見える。桂香は亨植の匙を奪うと、汁椀にご飯を入れて混ぜてくれた〔汁飯《クッパ》にするとき飯に汁をかける日本と違って、汁の中に飯を入れるのが朝鮮の流儀〕。亨植は「そんなにいっぱい食べられませんよ」と言いながら、全部食べた。桂香は亨植がご飯を全部食べるのを見て、嬉しそうに笑った。笑う桂香の睫にはまだ涙が宿っている。

三人は心から亨植をもてなした。まるで亨植が自分たちの息子か兄であるかのように、温かなご飯と美味しいおかずを一匙でも多く食べるよう、真心をこめて勧めた。そして亨植も、勧めてくれる人たちを母親か妹のように親しく感じた。「召し上がっていただくものが何もなくて」という挨拶も、ありきたりで形だけの挨拶には聞こえず、美味しいおかずが足りないことを心から残念がっているように聞こえた。

門を出るとき、亨植は言い知れぬ喜びを覚えた。ずっと英采を心配して悲しみ悩んでいたことをほとんど忘れ、新しい喜びを覚えた。さっきまで降っていた霧雨があがり、靄のかかったような空には、見るからに汗が出そうな陽光があふれている。亨植が少し歩きはじめたとき、後ろから「私も連れて行ってくださいな」という声が聞こえた。桂香の声だなと思いながら、亨植は立ちどまってふりむいた。桂香がそばに駆け寄り、亨植の手を取ろうとしてから、その手をとめて亨植を見あげ、

「私も連れて行ってくださいな」

と言う。亨植は七星門《チルソンムン》の外にある罪人墓地と箕子《きし》廟〔箕子朝鮮の始祖を祭った廟〕の先にある共同墓地、それから牡丹峰《モランボン》を越えて清流壁《チョンニュビョク》まで歩くことを考えた。そして、

「僕について来ようものなら、足が痛くなるよ」

と、桂香の目をのぞきこんで、「一緒に行ったら楽しいだろうな」と思いながらも、引きとめた。だが桂香は身体をくねらせて、

「いいえ。足は大丈夫」

と、どうしてもついてくる気だ。

「暑いのに」

と言いながら、亨植は先に立って鍾路《チョンノ》に向かう。道ばたの藁葺き屋根から音もなく水蒸気が立ちのぼり、人びとはすでに団扇で陽ざしを避《よ》けながら歩きまわっている。客もいない氷水屋に、斑模様の玉簾が重そうに垂れている。風が吹けばしゃらしゃらと音がするのになあと、亨植はどうでもいいことを考える。

桂香は道に面した商店をのぞきこみながら、片手でチマの裾をからげて亭植の後についてくる。亭植の黄色く変色した麦藁帽子を見ながら、この人は何をしている人かしら、どういう人かしらと考える。自分が毎日会ういろいろな人たちを思い浮かべて、心のなかで彼らと亭植とを比べてみる。だが桂香はまだ、自分の会う人間がどんな人間かを見分けるすべを知らない。単に、この人は服装が立派じゃないところを見ると貧乏な人らしいわと考える。それから、皺がよった亭植のトゥルマギを見る。「昨日の夜汽車で皺がよったんだわ。脱いで掛けておけばよかったのに」。つぎに亭植の足もとを見る。「新しい靴だわ」。さっき煙草の火を点けてあげたときのことを思い出し、火傷した指を見ながら、「まだちょっと痛いわ」。そして、亭植が火のついたマッチ棒を「こちらにください」と言ったことを思い出して、私に「ください」なんて言い方をする人は初めてだと思った。

　牛が引くクルマ〔大八車〕をやり過ごしてから、すぐに亭植に追いついて亭植の手を取る。亭植は桂香に軽く笑いかけて、握られた方の手はできるだけ振らないようにする。二人は八角屋根の蕎麦屋の角を曲がり、坂道を登っていく。桂香の額には玉のような汗が流れている。それを見て亭植は足を止め、

「額に汗が流れているよ」

と言う。桂香は亭植の手を握っていた手で額の汗を拭い、

「暑くなんかありません」

と言って、また亭植の手を握る。亭植はわざと歩みを遅くした。

道端では、素っ裸で垢まみれの子供たちが頭をぼりぼり掻きながら二人を見ている。もくもくと煙を吐いている台所から、下衣《チマ》しか着てない半裸の女が涙を流しながら飛びだしてきて、まだ煙の出ている火掻き棒で一人の男の子の頭をガツンと殴る。その子はわあわあ泣きながら地面の土をひろって、それを女の顔めがけて投げつける。亭植は、英采が粛川の酒幕《チュマク》で何者かにさらわれ、そいつの顔に土を撒いたことを思い出す。泣いている子を見ながら佇んでいた桂香が、両手で亭植の手をぎゅっと握った。二人はまた歩きだす。

桂香は殴られた子供のことを考えるのはやめて、亭植と月香の関係について考えた。姐さんはこの人といつ知り合ったのかしら。平壌で知り合いだったなら、私が知らないはずがないのに。それにしても、この人はなぜ姐さんを棄てて死なせたりしたんだろう。そう思うと亭植が恨めしくなって、そっと彼の顔を見てみる。だが亭植の心配そうな顔を見て、この人も姐さんのことを思って悲しんでいいんのだわと思う。

この時、自転車で二人の前を通りかかった若者がくるりとふり向き、自転車から飛び降りて亭植の前に来た。桂香は亭植の手を放して一歩うしろに下がり、その人の様子をうかがう。

62

その人は自転車に寄りかかって、快活な調子で、

「いつ来たんだい」

と煙草を出して亭植に勧め、自分も火を点けた。亭植は煙草の煙を鼻と口から吐き出しながら、

「今朝の汽車で来たんだ」

と無愛想に言って、自転車のぴかぴかしたベルを見ている。その人は亭植のうしろに隠れるようにしている桂香を見て、亭植がなんで妓生なんか連れているのだろうと不思議に思った。

「ところで宿はどこだ。僕のところに来ればいいのに」

と言いながら亭植の顔を見て、「なにやら、訳がありそうだな」と考える。亭植は、

「ちょっと用事があってね。とんぼ返りのつもりで来たものだから」

と顔をあげて、遠くで光っている大同江《テードンガン》を眺める。その人は桂香の方をちらりと見て、

「で、あの女性《ひと》は誰だい」

亭植は少し顔を赤らめて答えに窮する。桂香も困ったようにうつむいている。亭植がすぐに答えないのを見て、その人は怪訝《けげん》そうに首を傾《かし》げる。亭植はにっこりして、

「僕の妹だ」

と言った。そして良い答えだと自分で満足した。やっと勇気が湧いてきて、その人と正面から向きあう。その人は、「僕の妹」という答えの意味が分からず、煙草をくわえたまま、きょとんとしている。亭植には妹が一人しかおらず、それもすでに結婚していることを知っているからだ。しばらく突っ立っていたが、やがて煙草の吸い差しを足でもみ消しながら、

「で、どこへ行くのかね」

と尋ねる。亭植は、

「箕子廟を見にいく」

とだけ答える。その人は亭植の態度を訝《いぶか》しがりながら、

「じゃあ、夜は僕のところに来いよ。語り明かそうや」

そう言うと、自転車に乗って走り去る。少し行ったところで自転車に乗ったままふり返り、ゆっくりと歩いていく二人の様子を眺めてから、どこかの角を曲がる。白いカバーをかけたナポレオン帽の先がしばらく見えていたが、それもやがて消える。桂香は安心したように亭植の手を握って、

「あの方はどなた」

と尋ねる。

「友だちだよ。東京に行っていたころの同級生さ」

この言葉を聞いて桂香は、「じゃあ、この人は東京留学をした人なんだわ」と思った。そして、自分の家にも元東京留学生が何人も来ているのを思い出し、そのなかに絵がうまい客がいるのも思い出した。絵がうまいその客はいつも酔っていて、自分を抱きしめるとき、口から酒臭いいやな匂いをさせていた。一度、肖像画を描いてやるから裸になれと言うので、「そんなのいや！」と言って向い部屋《コンノンバン》に逃げこんだことを思い出す。

二人は七星門《チルソンムン》に着いて、ちょっと足を止める。七星門通りから涼しい風が入ってくる。亭植はトゥルマギの紐を緩《ゆる》め、汗に濡れた胸元を見ながら、風を取りこもうとするようにトゥルマギを広げる。桂香は「ふう、ふう」と大きな息を吐いて、両手で耳の下をあおいでいる。亭植は桂香の顔を見た。丸くて形のよい顔だ。暑さで酒に酔ったように頰が赤くなっている。今朝は白粉を

塗っていないが、耳の下に昨日の白粉が少し残っている。桂香の上衣《チョゴリ》の背中にも汗が滲んでいる。亭植は、善馨の上衣《チョゴリ》の背中に汗が滲んで、濡れた場所が大きくなったり小さくなったりしていたのを思い出して微笑んだ。桂香が、

「あら、なぜ笑うの」

と尋ねる。亭植は桂香の肩を撫でながら、

「上衣《チョゴリ》の背中に汗が滲んでいるよ」

と言う。桂香はさっとふり返って亭植の背中にさわり、ちょっと口籠ってから、

「ここも汗が滲んでいます」

と言う。桂香は、亭植をどう呼べばいいのか分からないのだ。自分の家に遊びにくる元東京留学生を母さん《オモニ》は「何々主事」とか、ただ単に「貴方様《ナーリ》」と呼び、役所の前に住んでいる背の高い客のことは「金《キム》学士」などと呼んでいるが、桂香は亭植をどう呼んでいいか分からない。それで、亭植の背中に汗が滲んだのを見て、「貴方様《ナーリ》」と呼ぼうか、「李《イー》学士」と呼ぼうかと少し迷ってから、「ここにも汗が滲んでいます」と言ったのである。亭植にはそれが分かった。それで桂香が自分をなんと呼ぶかを知りたくて、笑いながら、

「桂香さんの顔は、酒に酔ったみたいに赤いよ」

と言った。呼び方に迷ったことを気づかれたのかしら、と桂香はいっそう顔を赤らめて、

「兄さん《オッパ》の顔だって……」

と恥ずかしそうにうつむき、終わりまで言うことができない。桂香は、さっき亭植が自分のこと

を「僕の妹だ」と言ったことを思い出す。

亭植が桂香から聞きたかったのは、この「兄さん《オッパ》」という言葉だった。しかし実際に「兄さん《オッパ》の顔だって……」と言われてみると、やはり照れくさい。亭植には妹が一人と、従姉妹が三人いる。結婚した妹は家族と一緒に咸鏡道に住んでいるのでこの四、五年は会ったことがなく、学校の長期休暇で故郷に帰ると、誰よりも先にまず三人の従姉妹を訪ねた。彼女たちは久しぶりに会う従兄弟を大歓迎してくれた。なかでも亭植より年下の二人は、会ったときと別れるとき、いつも泣くのだった。舅や姑の手前、嬉しさを心のまま外には出せないものの、最初に会ったときの「兄さん《オッパ》！」という声と、夕食のお膳の汁に入れてくれるたっぷりの鶏肉から、彼女たちの愛情は十分に伝わってくるのだった。実のところ亭植が長期休暇で帰省するのは、この二人の従妹が「兄さん《オッパ》」と呼ぶ声を聞くためだった。桂香の「兄さん《オッパ》の顔だって……」という短い言葉は、亭植に限りない喜びを与えた。亭植と桂香はまた歩きはじめる。しかし、桂香は亭植の手を握らなかった。

63

二人は七星門《チルソンムン》を出た。道の端には崩れかかった家がいくつもあった。鉄道ができる前は通る客もおり、酒や餅《トック》も売っていたが、いまでは市の立つ日でもなければ人影を見ることさえ難しい。ある家の前に戸板に脚をつけたような床机が置いてあり、その上に擦り切れた茣蓙《ござ》が敷いてある。おそろしく古ぼけた宕巾《タンゴン》をかぶった老人が、この暑いのに垢じみた木綿の衣服を着て、所在なさそうに床机に坐り、身体を前後に揺らしながら二人が通るのを見ている。老人の顔は赤くて眼光があり、風采がたいそう堂々としている。亨植は、彼は数十年前、朝鮮がまだ昔日の朝鮮であった時代に、宣化堂〔道の長官である監司が政務を執っていた建物〕のなかを楽しく逍遥していた人だと思った。亨植の故郷でも、かつては郡内で有力であった人たちが、甲午《こうご》の年〔一八九四年。東学農民戦争と日清戦争の起きた年。甲午改革により科挙が廃止されて両班もなくなった〕からあとの世間の激変ですっかり勢いを失い、寂しい老後を過ごしていることを考えた。そして立ちどまって、その老人をもう一度見た。その老人も、二人を見ている。

あの老人も甲午《こうご》前の威勢のいい時代には、平壌の山河はすべて自分のためにあり、天下人民はすべて自分のためにあると思っていたことだろう。ところが甲午の年に乙密台《ウルミルテ》に轟いた大砲一発で〔日清戦争で平壌は戦場となった〕、彼が惰眠を貪っていた太平時代はみるみる崩壊し、まるで闇夜に稲妻が閃《ひらめ》くように新しい時代がやって来た。そうして彼は世間から見捨てられた人間となり、世の中は、彼が理解もできなければ見たこともない若者たちの手へと移ってしまった。彼は鉄道を知らず、電信や電話を知らず、いわんや潜航艇や水雷艇など知るべくもない。大同門《テードンムン》通りから二キロも離れていない七星門のすぐ外にいながら、平壌城内で日夜いかなることが起きているかも知らない。彼の頭には昔日の宣化堂しかなく、現在の道庁というものは知らない。

彼は永久に世の中がいかなるものかを悟らないだろう。彼はこの世に生きながら、この世の外にいるのと同じなのだ。亨植とあの老人は、言葉も文字もまったく通じない外国人同士だ。「時代の落伍者、過去の人間」という言葉が亨植の脳裏に浮かんだ。そして、いくら新しい世の中の話をしても理解できないままで世を去った自分の大伯父のことを思い出し、この老人に対して言い知れぬ悲しみを覚えた。

亭植がいつまでも佇んで考えごとをしているので、桂香は亭植の袖を引っ張って「早く行きましょうよ」と言う。亭植はもう一度その老人の方をふり向き、「石でできた人間だ」「いや、化石化した人間だ」と思った。老人もしばらく亭植を見ていたが、そのうちに何か思い出したのか、目を閉じて前のように体を前後に揺らしはじめた。桂香は小さな声で、

「ご存知の方ですか」

と聞く。亭植は桂香の肩に手を置き、歩きはじめながら、

「ああ、前は知っていたんだが、いまは知らない老人になってしまったよ」

と微笑んで桂香を見る。

亭植は心のなかで、「桂香、おまえは永久にあの老人を知ることはないだろう」とつぶやいた。そして、自分がはじめて平壌に来てこの道を通ったときのことを思い出した。髪に喪章の白リボンをつけ、脚半を巻き、幼い足取りでこの道を通っていった少年のことを思った。その少年はあの老人を知っていた。大同門通りで大きなガラス戸を見て驚き、「ボーッ」と音を立てて大同江をゆく「火輪船《かりんせん》」を見て驚いた少年は、あの老人を知っていた。しかし、その少年はすでに死んだ。「ボーッ」と音を立てる「火輪船」を見たときに死んでしまったのだ。その少年の外皮に、まったく違う「李亭植《イーヒョンシク》」という人間が入りこんだ。ちょうど「宣化堂」であったものが「道庁」になり、「監司」だったものが「道長官」になったように。亭植は横にいる桂香を見た。そして

桂香とあの老人のあいだにある距離を思った。その距離は無限大だと思った。道角を曲がろうとするとき、亭植はもう一度その老人を見た。老人は相変わらず身体を前後に揺らしている。桂香もその老人を見て、

「どんな方ですの」

と聞く。

「桂香さんは知らない老人さ」

と言って笑うと、桂香は不思議そうに亭植の顔を見て、そっと手を握る。

二人は城壁《こうべ》の下の坂道を南に向かう。あまり伸びてない草の葉が、降りそそぐ陽光にやや萎れて静かに頭を垂れている。亭植は崩れかかった城壁を眺め、城壁を積みあげた祖先と、城壁が目撃してきた祖先の盛衰に思いをめぐらし、いったいあの城壁はこれまでどれほど銃弾や砲丸を受けてきたのだろうと考えた。坂の上に聳《そび》える古い城壁が、まるで情も涙もある人間のように思われ、語りたいことが山のごとくあるのに聞いてくれる者がなくて悶えている表情が、目に見えるような気がする。

桂香は汗だくになって亭植の後について行きながら、さっき自分が亭植を「兄さん《オッパ》」と呼んだことを考える。桂香はこれまで誰かを兄さんと呼んだことがなかった。一人娘の桂香は父親がはっきりしないために親戚もいなかった。桂香が「姐さん」と呼んでいる人は二、三人いるが、「兄さん《オッパ》」と呼べるような人はいなかった。桂香だけではなく桂香のまわりの人たちも、「兄さん《オッパ》」とか「姉さん《ヌナ》」〔ヌナは男性が姉を呼ぶのに用いる呼称〕と呼んで付き合うことは、まずなかった。

そもそもが桂香のいる社会は女の世界で、話し相手の男といったら妓生房《キーセン》に遊びに来る客だけなのだ。桂香は初めて「兄さん《オッパ》」と呼んだことがひどく嬉しかった。さっき煙草を点けてあげたときより、もっと亨植が好きになった。もう一度「兄さん《オッパ》」と呼んでみたかった。二人は罪人墓地に到着した。

64

桂香は先に立って、三つ並んだ土饅頭を探した。何年間も雨に洗われて、もともと小さかった墓はほとんど平地のようになっている。最初は木の札が立ててあったらしく、腐った木片が墓の前に落ちている。その傍らにも同じような墓が数十個ある。ある土饅頭には幅が十センチ余りの、まだ新しい木札が立っている。桂香は三つ並んだ土饅頭を指して、

「これが月香《ウォルヒャン》姐さんのお父さんの墓で、これが二人の兄さんの墓です」

と言いながら、前に月香と一緒に来たことを思い出した。

月香に連れられて、桂香はこの墓に三、四回来ていた。今年の春ソウルに行こうとしているときに、月香は酒を一本もって、桂香と一緒にやって来た。それは暖かな晩春の日で、哀れな者たちの墓の傍らには名も知らぬ小さな花が咲き、なんの変哲もない畑では、春に植えたばかりの蜀黍《もろこし》や粟《あわ》が、そよそよ吹く風に軽く波打っていた。月香は父の墓の前に酒を注いでしばらく声を出さずに泣いてから、横で泣いている桂香の背を撫でて、私がソウルに行ったら、あんたが一年に二回この墓を訪ねておくれと言った。そのとき桂香は、

「姐さんのお父さんなら私のお父さんだし、姐さんのお兄さんなら私のお兄さんだわ」と答えた。こんなことを思い出して、桂香は亭植を見ながら涙を流す。

亭植は三つの墓を見ながら黙って立っている。大きな目で鼻梁が高く、背が高くていつも背筋をぴんと伸ばして坐っていた朴《パク》進士が思い出された。彼が、舎廊《サラン》に若者を集めて上海で買ってきた石版刷りの本を教えたこと、捕縛されたときに「私が捕われていくのは少しも悲しくないが、あの学校がなくなることが悲しい」と言って涙を流したこと、また英采が妓生になったと聞いて獄中で絶食自殺したという話を思い出した。そして時代の先駆者の悲惨な運命を思った。朴先生は目覚めるのが早すぎた。いや、朴先生が目覚めるのが早すぎたのではない、先生の同族が目覚めるのが遅すぎたのだ。朴先生が建てようとした学校はいまや至るところに建ち、朴先生がしようとした断髪はいまや誰もがやっている。朴先生がもし文明運動を今日始めていたなら、彼は社会の迫害どころか、賞賛と尊敬を受けることだろう。時代が移り変わるたびにこうした犠牲はつきものだが、朴先生の犠牲はあまりにも残酷だ。あの二人の嫁はどうなったか知らないが、英采まで死んだとなれば、朴進士の家は血筋が途絶えたことになる。亭植の家もほとんど滅びて亭植一人が残り、朴進士の家もほとんど滅びて英采一人が残っていた。いまや英采まで死んだのだから、英采の家はこの世で子孫が完全に絶えたわけだ。数十軒あった朴氏一族が辛未の乱で全滅し、ただ一軒残っていた朴進士の家も新文明運動の犠牲となって消滅してしまった。一族の運命といい、一家の運命といい、分からないものだと思った。

しかし亭植はこの墓を見て、さほど悲しみはしなかった。亭植は、なにかを見て悲しむには心があまりに楽しかった。死者を思って悲しむより、生きている者を見て楽しむべきだと思った。亭植は、墓の下の哀れな恩人が腐って残した骨を思って悲しむより、その腐肉を養分にして育った墓のうえの花を見て楽しもうと思った。彼は英采のことを考えた。英采の死体が大同江にぽっかりと浮かんで流れていく様子を想像した。しかし亭植は悲しいとは思わなかった。傍らに立っている桂香を見て、限りない喜びを覚えるだけだった。

ここまで考えて、亭植は自分でも驚いた。僕はいつの間にこんなに変わったのだろう。あまりの驚きに、亭植は目を大きくみはって両手を握りしめた。昨日、亭植は英采の手紙を見て泣いた。胸が張り裂けんばかりに悲しんだ。夜汽車に乗ってくるときも、人知れず胸を焦がし、人知れず涙をふいた。そのうえ、先ほど警察署で英采の死が間違いないことを知ったとき、亭植の身体はまるで煮えくりかえる熱湯に入ったかのようだった。そして桂香の家を出て朴先生の墓を探しにくるときにも、墓に着いたら前にひれ伏して思い切り慟哭しようと考えていた。それなのに、これはいったいどうしたことだ。恩師の墓の前で無理にでも涙を流そうと思ったのに、ちっとも悲しくないのだ。人間がこうも突然変わるものだろうか、そう思って亭植はにっこりとした。

桂香は亭植の様子がおかしいと思ったが、詮索しようともしない。

亭植は、こんな殺風景なところにいつまでも立っているより、桂香の手を握って楽しい話をしながら歩いた方がましだと思い、

「さあ、行こう」

と言った。桂香は不思議そうに、

「どこに行くのです」

「家に行こう」

「共同墓地に行かずに、家に帰るのですか」

「そんなところに行っても仕方がない。帰りながら、おしゃべりでもしよう。英采さんがここに来た形跡がないのだから、きっと来なかったのさ」

亭植は、英采は死んだものと決めつけて桂香の家に戻り、女は二、三日平壌にいると言うので、自分だけ夜汽車でソウルに帰った。平壌を発つとき、女は門の外まで出てきて亭植の手を握り、泣きながら、

「どんなことをしても、英采を探してください」

と言った。しかし、亭植は桂香のそばを離れるのが残念なだけで、英采のことはとくに考えもしなかった。亭植は汽車のなかで、「夢から覚めたようだ」と思いながら何度も笑った。

65

平壌から帰ってくるとき、亭植は限りない喜びに満たされていた。同じ車両に乗った乗客全員に対して愛情を感じ、彼ら全員が自分に言い知れぬ喜びを与えてくれるような気がした。汽車の車輪がレールに軋む音さえ愉快な音楽を聞いているようで、汽車が鉄橋を渡ったりトンネルを過ぎるときの騒々しい音も、亭植の耳には勇壮な軍隊の行進曲のように聞こえる。神経があまりに昂ぶって眠れず、亭植は窓を開け放して涼しい風に当たりながら、朧《おぼろ》な月の光でかすかに見える

黄海道の連山を見た。山々は墨で描いた水墨画のように、谷もなく、木や石もなく、すべてが一色に見える。月の色と夜の色と雲の色を混ぜ合わせて、紙の上に巨大な筆でみごとに描いた絵のようだ。

こう考えている亨植の精神においても、まさにこれと同じことが起こっていた。悲しみと苦しみと欲望と喜びと愛と憎しみと、あらゆる精神作用がことごとく一ヵ所に集められて溶けあい、固まって、なにがなんだか区別がつかなくなった。たとえて言うならば、これらすべての精神作用を釜に入れて清水を注ぎ、火にかけ、薪をくべながら掻きまわし、釜の中身が全部どろどろに溶け、それが冷めて飴か粥みたいになったようなものだった。だから、亨植のこのときの精神状態は、よく言えば最高に調和しており、悪く言えば最高に混沌としていた。薄い雲におおわれた月光が山野を夢のように朦朧と変えるように、月の光が亨植の心に差して彼の心を溶かし、彩り、夢のように朦朧とさせた。

亨植の目は何を見るでもなく煌《きらめ》き、亨植の頭は何を考えるでもなく沸き返る。亨植の身体は汽車の揺れるがままに揺れ、耳は聞こえるがままに聞く。亨植はとくに考えようともせず、彼の目と耳はとくに見ようとも聞こうともしない。だが亨植の耳には汽車の進む音も聞こえるし、地球の回転する音も聞こえるし、無限のかなたの空中で星と星とが衝突する音や、無限に微小な「エーテル」の分子が流れる音も聞こえる。野山の草木が夜のあいだに成長しようとして発する音、自分の身体に血が循環《めぐ》る音、その血をもらって喜ぶ細胞たちの囁き声も聞こえる。

いま彼の精神は、天地が創造された混沌の状態にあり、天地が老衰して消滅する混沌の状態にある。彼には、神がこれから光と星と天と地を創ろうとして、首を傾げながらあれこれ考えている様子が見える。つづいて神が心を決めて腕まくりをし、天地の万物を創りはじめる姿が見える。光を創り、闇を創り、草木と鳥と動物を創り、満足げに微笑む神の姿が見える。また神が土を掘って水を汲み、両足でよく捏《こ》ねてから人間の形を作り、仕上げにその鼻に息を吹き込むと、その土人形に命が生じ、血が流れ、声を出し、歌を歌うありさまが見える。そして、最初は動けなかった一つの土塊《つちくれ》が息を吸って声を出し、またその身体に血が循環するようになるのを見ると、それはなんと自分であった。

これを見て亭植はにっこりとする。そうだ、自分は命のない土塊《つちくれ》だった。自分は息もできず、動くこともできず、歌も歌えない土塊だった。自分のまわりにある万物を見ることも、そこから出る音を聞くこともできずにいた。万物の光が自分の目に入り、音が自分の耳に入っても、それは単なる「エーテル」の波にすぎなかった。自分はその光と音に何の喜びも悲しみも意味も見出せずにいた。これまで自分が笑ったり泣いたりしていたのは、ゴム人形の腹をキュッと押せば笑ったり泣いたりするのと同じだった。笑いも涙も決して自分の心から自然に流れ出したものではなくて、完全に他動的であった。

自分がこれまで「正しい」「間違っている」「悲しい」「嬉しい」と思ってきたものも、決して自分の知の判断と情の感動によるものではなく、すべてが伝習にしたがい、社会の慣習にしたがったものだった。昔から正しいとされているから自分も正しいと思い、他人が良しとするから自分も良しとした。それだけのことだ。しかし、昔から正しいとされていることが自分に対して何の力があり、他人が良しとしていることが自分に何の関わりがあろう。僕には僕の知があり、意思がある。僕の知と意思に照らして「正しい」「良い」「嬉しい」「悲しい」と考えるのでなければ、僕とは無関係だ。僕は、僕が正しいと思ったことでも、昔から不正とされているとか他人が良くないと言っているからといって、それ以上考えずに投げ出してしまった。これは間違いだ。僕は僕を殺し、僕を捨てていたのだ。

いまこそ僕は、自分の生命に目覚めた。自分が存在することに気づいた。北極星は存在する。それは決して天狼星《シリウス》〔全天で一番明るい星〕でもなければ老人星〔全天で二番目に明るい星〕でもなくて、絶対的に北極星である。つまり北極星は、大きさによっても、色によっても、位置によっても、成分によっても、また歴史によっても、宇宙に対する使命によっても、決して天狼星や老人星と同じではなく、北極星独自の特徴がある。それと同じように、自分は存在するし、自分にはどんな人間とも違った知と意思と位置と使命と色彩があるのだ。このことに目覚めた亨植は、たとえようのない喜びを覚えた。

亨植は微笑みながら窓の外を眺めた。

66

汽車はいま新幕《シンマク》と南川《ナムチョン》駅を過ぎ、京義線〔京城と新義州をつなぐ鉄道〕で一番の山岳地帯で、昔は金川大峠《クムチョンクンコゲ》と呼ばれたあたりを走っている。新月はすでに沈み、窓の外は真っ暗だ。月明かりがないのが山影を見るにはむしろ好都合で、空と山の境界は、太い筆を思いきりくねらせて描いた曲線のように、たいそうくっきりとして見える。ガタンゴトンという車輪の音のあいまから、山の水が岩だらけの早瀬を流れくだる音が聞こえる。時おり、機関車の煙突が吐きだす火の粉の明かりで、小さな谷間の藁葺きの家が二、三軒ちらりと見えたり、長い日照りで涸れ残った水が仕方なさそうに流れている小川の一部が見えたりする。汽車が山の角を曲がったとき、遠い闇のなかで瞬いている小さな灯りが見えた。汽車が走るにつれて灯りが見えたり見えなくなったりするのは、きっと茂った葉に遮られるためだろう。その灯りはいつまでも亨植の車窓から見えていた。亨植は窓から乗り出して灯りを見つめる。あの灯りの下では、誰が何をしているのだろう。貧しい母親が子供たちを寝かしつけ、一人で夜なべをしながら夫と子供の古着に継ぎを当てているのだろうか。目がよく見えなくて針の穴に糸が通らず、何度もランプの芯を出しては目をこすっているのだろうか。それから「ああ、年だねえ」と言って、繕い物にぽとりと涙を落としているのだろうか。そのときアレンモク〔オンドルの焚き口に近くて温かい床〕に寝ていた幼い病気の子が夢に驚いて泣き出すのを抱きしめ、食べ物が十分でないために出ない乳を含ませているのではなかろうか。それとも年老いた夫婦が、病気で寝ている一人息子の両側で布団のうえにかがみこみ、かわるがわる息子の身体を揉んでは涙声で励ましながら、心のなかで「神さま、お守りください」と言っているのではあるまいか。

亨植は十年余り前にこの世を去った両親を思い出した。母はまだ若かったが、父は五十を越えていたので、自分が少しでも病気をすると、病気が治るまで沐浴斎戒して自分の傍らで夜を明かしたものだった。自分がふと目を開けると、それを見た父は息子が目を開けたことが限りなく嬉しいように、にっこりと笑いながら自分の手を握ったこと、まだ三十にもならぬ母が疲れに耐え切れず居眠りしていたことを思い出す。亨植はちょっと愁いに沈んでから、ふたたびその灯りを見る。天地が真っ暗いなかで一つだけ灯りが輝き、世の中がすべて深い眠りにあるときに灯りの下で一人目覚めている人のことを思うと、亨植はそれがまるで自分の身の上のような気がした。汽車がまた山の角を曲がると、灯りはそれきり見えなくなってしまった。

亨植は名残り惜しそうに、窓から出していた頭を引っこめた。同じ車両の人たちは皆ぐっすりと眠りこんでいる。向かいで寝ている労働者風の少年が寒そうに腰をかがめる。亨植はすぐに窓を閉めると、自分が敷いていた毛布を少年に掛けてやった。少年はどこかの金鉱に行くらしく、泥で汚れた一重の木綿の袴《パジ》をはいて、頭には手拭いを巻いていた。頭はいつ櫛を入れたか知れぬざんばら髪で、耳の下と首には垢がこびりついている。これも泥のついた小さな風呂敷を枕にしているが、その風呂敷をくくった紙紐が腰掛の下に垂れている。亨植はその紙紐をひろって風呂敷の下に入れてやった。粗い麻のチョッキのポケットから菊水〔当時の煙草の銘柄〕の煙草の箱が見え、なかに吸い口が平たくなった煙草が三、四本入っている。「大事に吸っている煙草なんだな」と思って微笑みながら、亨植は自分の朝日〔当時の煙草の銘柄で菊水より高級〕をまさぐった。そしてふと吸いたくなって一本取り出した。煙草に火を点けて大きく吸い込んだ。煙草の味が格別だった。

亨植はふたたび車内を見わたした。日本の婦人が一人、目を覚ましてぼんやりと周囲を見まわし、髪と首をさすりながら何かを探すようにキョロキョロしてから、シンゲンブクロを抱え込むようにしてまた眠りこむ。亨植も明日の疲れのことを考えてしばらく眠ろうと思い、たたんだハンカチを窓辺に置いて目を閉じた。しかし亨植の神経はますます冴えわたるばかりで、どうしても眠れなかった。こうすれば眠れるかと、亨植は目を閉じたまま車輪の音を数えた。亨植の心はまるで風浪の鎮まった海のように、とても穏やかになった。亨植の脳裏には英采、善馨、妓生《キーセン》房の女、裵学監、李熙鏡、それに七星門外で見た老人、朴先生の墓、桂香……こうしたものが順序もなく浮かび上がる。亨植は目を閉じたまま全員の顔を見た。彼らは笑ったり泣いたり、怒ったように口を尖らして睨んだり、あるいは木彫のように澄ました顔つきで現われる。とりわけ英采の姿が長く、また何度も繰り返して見える。亨植は横に置いた鞄のことを思い出した。なかにある英采の手紙と指環と刀が目に浮かぶ。亨植はさあっと鳥肌を立てて目を見開いた。

ああ、僕は間違っているのではないか。僕はあまりに無情ではないのか。もっとゆっくりと英采の行方を探すべきではないのか。たとえ英采が死んだとしても、せめて遺体は探すべきでなかったか。そして大同江のほとりで熱い涙をいつまでも流すべきではなかったか。英采は僕を想って自殺した。それなのに僕は、英采のために涙も流していない。ああ、僕は無情だ。僕は人間じゃあない。そう思った。しかし心は平壌に引かれつつも、亨植の身体は南大門に降り立った。

67

亨植は下宿に戻って朝飯を食べ、すぐに登校した。婆さんが、

「顔にひどく疲れが出ておるから、今日一日、お休み」

と言うのも聞かなかった。この三日間というもの、亭植はあまりに神経をすり減らし、そのうえよく眠れなかったので、眠気が顔に出るほど疲労困憊していた。だが、今朝の一時間目には四年生の英語がある。昨日休んで今日も休めば、二日連続で休むことになる。亭植にはこれが心苦しかった。亭植はこれまで病気でもなければ学校を休んだことがない。風邪を引いて激しい頭痛と熱があっても、無理に登校した。そんなことをして帰宅後に病気が悪化しても、「義務を果たした」と思って満足だった。自分が一時間休養するために百人以上の青年に一時間ずつ無為な時間を過ごさせるのが、亭植には大きな罪に思われるのだ。だが、亭植がこのように熱心に学校に行くことには、義務という思いのほかに、もっと大きな何かがあった。それはこうである。

亭植の生い立ちは孤独だった。亭植は父母や兄弟姉妹の愛を知らずに育った。そのうえ亭植には愛する友もなかった。同年輩で気が合う友だちの愛は、兄弟姉妹の愛に勝るとも劣らぬものだ。ところが亭植は定まった家がなかったので、そんな友だちとつきあう機会がなかった。惨めな半放浪生活をしているころは、友だちになれそうな子は亭植を馬鹿にして仲間と見なしてくれなかった。亭植が十二歳のとき、親戚に大好きな子がいた。その子は亭植と同い年で、昔は一緒に勉強していたものだった。ある日、亭植がその子の家で遊んでいるうちに夜が更けてしまった。亭植はその子と同じ布団で寝られると思って大いに喜んだ。それで、自分の宿である親戚の家に帰れないことはなかったけれども、「暗くて帰れない」と言い張って一緒に寝ようとした。ところがその子は、

「君の着物は虱でいっぱいじゃないか」

と大声を出して、家中の人にその声を聞かせてしまった。そのとき亨植は悲しくもあり口惜しくもあったが、どうすることもできず、泣きながらその家から飛び出した。亨植の着物と頭髪には、たしかに虱がたくさん湧いていたのだ。こうして幼い亨植は、友だちの愛さえ味わうことができなかった。のちに朴進士の家に来てからは自分より十歳以上も年上の人とばかり一緒だったし、京城に来てからもやはりそうだった。

友だちと付き合う楽しみを味わおうと思えばそれが可能だったのは、亨植が東京に留学しているときだった。東京には自分と同年輩の少年が多かった。友だちに飢えていた亨植は、なんとかして彼らと仲良くなろうと努めた。ところが、幼いときから世間の荒波に揉まれてきた亨植からは、いつの間にか少年の愛くるしさが消え、顔にも心にも老成した大人の風があった。そのために、いくら仲良くしようとしても同年輩の少年たちは心を許さなかった。そのうえ亨植と彼らとの間には学問の程度に大きな差があったので、少年たちは亨植を先輩のように敬っても、肩を組んだり手を握ったりする友だちになろうとはしなかった。少年たちは亨植を見ると、鬼ごっこをしていたのも止めて頭を下げ、「ごきげんよう」と言った。亨植も仕方なく、「ごきげんよう」と答えるのだった。あるとき亨植が自分よりも二、三歳下の少年をつかまえて、

「ねえ、僕たち友だちになろうよ。俺お前と呼んで付き合おうよ」

と言った。その少年は冗談だと思ったらしく、「はい」と答えながら帽子を脱いで敬礼すると逃げてしまった。その後も折にふれ少年たちと友だちになろうとしたが、少年たちは笑いながら敬礼して逃げるのだった。結局、亨植は彼らと友だちになれずに終わった。そして、これまでいつ

も自分より十歳も年上の人と友人になってきた。亨植はかつてこう言って嘆いた。

「僕は少年時代を飛び越えたんだ！」

少年時代を経験していない亨植の心は寂しかった。彼は口癖のように「僕は人生の一つの権利を奪われた」と言い、「その権利は、人生でもっとも大きくて楽しいものだ」と付け加える。この言葉を口にするたびに、亨植はたまらなく寂しくなって長い溜息をつくのだった。

やがて二十一歳で京城学校の教師となり、少年たちと親しく接する機会を得た。しかし少年たちが自分を「先生」と呼んでさりげなく避けるので、亨植は前と同様に寂しかった。それで、僕もどこかの中学校に入り直してあの少年たちと遊べたらなあ、と思うことさえあった。

亨植は生徒たちを熱愛した。彼の生徒に対する一挙一動の、どれ一つとして熱い愛情から出ていないものはなかった。亨植は幼い生徒たちの鼻水をふいてやり、靴や上衣《チョゴリ》の紐を結んでやった。教師のなかには亨植のこんな行為を嘲笑い、はなはだしくは亨植の生徒への熱愛をよからぬ意味に解釈する者さえいた。とりわけ、亨植が李熙鏡《イーヒギョン》を偏愛するのは熙鏡の容貌のせいに決まっていると言い、亨植と熙鏡の汚《けが》らわしい関係を自分は知っていると断言する者まであった。それで亨植も友人から忠告を受けたことがあったし、熙鏡も同級生のあいだでよからぬ嘲弄を受けたりした。熙鏡が優等を取っているのは亨植のおかげだと陰口を叩く者もいた。

だが亨植は変わらずに生徒たちを愛した。もし生徒のなかに人の血を吸わなくては生きられないという病人がいたら、喜んで自分の動脈を切るだろうとさえ考えた。なかでも李熙鏡のような何人かの生徒に対しては、男性が女性に対して抱くような、極度に熱い愛情を覚えた。

68

話は少し脇道にそれるが、この機会に、亨植のこれまでの教師生活に言及しておく必要がある。亨植の四年間にわたる京城学校での教師生活は、一言でいえば愛と苦悶の生活であった。

二十年間とじこめられて対象を渇望していた亨植の愛は、教師として幼い少年に接するようになると、雪におおわれていた草が春風を受けて芽を出すように、芽吹きはじめた。父母の愛も兄弟の愛も友の愛も知らず、まして女性の愛など夢想もできない亨植の愛は、大潮で満ちよせる潮のごとく、京城学校四百人の幼い生徒を包み込んだ。彼がかつて書いた一節がある。

「君たちは僕の父母だ、兄弟だ、姉妹だ、妻だ、息子だ。僕の愛を、僕の全精神を占領したのは、君たちだ。僕は君たちのために、この血が涸《か》れ、肉が削《そ》げ、骨が曲がるほど働いて愛するつもりだ」

これは亨植のいつわりない心情を語ったものだ。亨植は毎朝校門をくぐって、生徒たちが遊んでいる姿を見れば嬉しく、毎時間教壇に立って、生徒たちが自分を見つめ自分の言葉を聞く姿を見れば嬉しく、夜は布団に入って、生徒たちが遊んでいた姿と勉強していた姿を思い出せば嬉しかった。それで、どうしたら一つでも多くのことを生徒たちに教えられるか、どうしたら彼らの品行を善くできるか、どうやって彼らの精神を目覚めさせようかと、自分の知っているすべてを語り、できる限りの方法を実行した。そして、生徒たちが自分の教えた言葉を討論会で引用したり、何かするときに自分が教えた方法を使ったりするのを見ると、このうえなく喜んだ。

こうして四年間というもの、亭植の経験と時間の大部分はそっくり生徒たちのために消費された。そのために亭植は神経をかなり衰弱させ、身体も悪くした。自分でもそれは分かっていた。しかし、完全に自分の手で作りあげた四年生を見ると、まるで春から夏まで汗を流して苦労してきた農夫が、秋に黄色く熟して頭を垂れた穀物を見たような喜びと満足を覚える。亭植の考えでは、四年生の知識の大部分、そして善い考えと言葉と行ないのほとんどは、自分が心をこめて努力した結果である。じっさい亭植はどんなに小さな機会も逃さずに、自分の持てる知識と経験と感想と、そして面白い話まで聞かせてやった。それで最近では四年生を前にしても特に話すことがないほど、自分の持てるあらゆるものを出しつくしてしまった。亭植は教科書を教えて余った時間はいつも、新しくて有益と思われる話で埋めた。亭植が読書をする理由の一つは、生徒たちに教えてやりたいという思いだった。生徒たちも亭植の話を興味をもって聞いた。「もっと話してください」と、亭植に頼みさえした。そんなふうに生徒たちに頼まれて、亭植はますます満足した。もちろん多くの生徒のなかには亭植の話を煩《わずら》わしがる生徒もおり、亭植が一生懸命話しているのにわざと脇見をしたり、ノートにいたずら書きをする者もいたが、亭植の見るところ、大部分は自分の言葉を興味をもって聞いているようだった。そんなわけで、生徒たちが亭植から受けた感化と、受け取った知識と楽しみは、小さくなかった。多くの教師のなかで生徒たちにもっとも影響を与えているのが亭植であることは、自他ともに認める事実であった。

だが教師たちは、亭植が生徒に及ぼす影響をこころよく思っておらず、なかには生徒を生意気にさせるとか、よからぬ小説を読んでやって生徒の心を乱しているなどと、誹謗《ひぼう》する教師もいる。

こうした誹謗も、まったく理由がないわけではない。亨植は、生徒たちにはできるだけ自由を与えるべきだ、学校当局も生徒の意思をなるべく尊重すべきだと、つねに主張している。亨植が初めてこの学校に赴任してきたころは、校長と学監が非常に専制的な人物だったので、生徒は教師に対して一言も自分の意思を表明することができなかった。ただの一言でも、学校の命令や教師の言葉に対して批評や反対をする生徒がいれば、生徒全員の前で厳しく叱責してから停学、ひどい場合は退学させることもあった。自由思想を抱く亨植は、それで何度も意見を衝突させた。亨植は生徒の前で、

「学校に対して不満があれば、堂々と言うべきである。正当なことを学校が不正とみなすときには、反抗してもよろしい」

などという危険な言葉を吐くこともある。だから、裵《ぺ》学監が今回の生徒の騒動も亨植の扇動だと言うのは、まったく根拠のない言葉というわけではないのだ。

亨植はまた、三、四年生に対して隠然と文学を奨励した。それで生徒のなかには小説や哲学に関する書物や雑誌を読んだりする者が出現し、なかにはすっかり文学者然、思想家然、哲学者然として、なにやら大きな思索でもしているかのようにうつむいて歩きまわる生徒も現われた。そんな生徒は、教師どもは精神生活というものをまったく解しない幼稚な人間だといって馬鹿にした。亨植の目には生徒たちの進歩であり喜ぶべきことだったが、他の教師の目には生徒たちの堕落であり慢心だった。李熙鏡とその仲間たちが活字の小さな難解な本や出たばかりの雑誌を持ち歩くことを嘲笑う者は、教師だけでなく生徒のなかにもいた。

69

もちろん、李熙鏡《イーヒギョン》のグループがその難解な本を読んで分かるわけではなかった。十ページ読んでも二十ページ読んでも、書かれていることの意味を系統だって理解することはできなかった。どこかの一節、あるいは二、三行だけでも分かりそうなところがあれば、それで満足だった。彼らは理解もできないくせに一日に何ページ読むかを自慢し、西洋文学者や哲学者、宗教家のような人びとの名前と彼らの著書名を、亨植から聞いたとおりに暗記するのを唯一の名誉と心得た。そして読んだ本から「人生とは何か」とか「宇宙とは何か」という文句を暗記しては、討論会や友人との会話で引用した。トルストイやシェークスピアの格言を引用したり、それを英語のまま丸暗記して使った。引用する当人も意味がよく分かっていないのだが、引用すると言いたいことがうまく表現できるような気がした。聞いている生徒たちもまた、「ふん」と鼻で笑いながら内心その知識の多さを羨んだ。それで自分たちもこっそりと古い雑誌を買いこんだり、李熙鏡たちに聞いた話をひそかに覚えておいて他の場所で自慢げに使ってみたりした。

李熙鏡は非常に理解力があった。熙鏡の思想が一番成熟していると亨植は思っていたし、熙鏡自身も亨植の話の内容をかなり理解しているという自信があった。それで亨植と熙鏡が一緒にいるときには、まるで意気投合した思想家が久しぶりに出会ったように、人生問題と宇宙問題が次から次へと出てくるのだった。しかし亨植は、自分はまだ熙鏡に話すことのできない高尚な思想をたっぷり持っていると思っていた。それは事実だった。ひとしきり自分の思想を語った亨植は、熙鏡の当惑した表情を見ると、「君には、まだ分からんよな」と言うように、微笑んで話を打ち切った。そんなとき熙鏡は亭植から侮辱されたような気がして顔を赤らめた。もちろん熙鏡も、亭植が自分より知識が多くて思想も深いことは認めている。だが自分の何十里も先を行っているとは思っていない。だから、亭植が「君には分かるまい」というような態度を取ると、不愉快で反抗的な気分になった。

熙鏡が二年生のころまで、亭植は自分より数千里も先を行く人のように見えていた。亭植の頭のなかにはないものがなく、亭植の口から出る言葉にはすべて深い意味があるように思われた。亭植は朝鮮でもっとも博学で深い思想の持ち主だと思っていた。ところが三年生も半ばを過ぎる時分になると、亭植も自分とそれほど違わない人間のように見えてきた。亭植の知識はそんなに多いわけではないし、亭植が考えることくらい、自分だって考えているような気がした。そして、亭植が教壇で話すこともさほど感服するようなものではなく、自分だって教壇に立てばあの程度は十分話せると思った。ところが実際に討論会で話してみると、どうしても亭植のようにうまく話せない。だが、これは決して自分が亭植に劣っているせいではない、何年間も教師をしている亭植が話に慣れているだけだ、自分だって話す練習をあれくらいすれば亭植より上手になる、と考えた。三年たてば、思想においても知識においても話し方においても、すべて自分は亭植をうわまわっているだろうと熙鏡は考える。四年生になって読本《リーダー》第四巻を学びはじめ、たまに亭植も分からない単語や、文法でもきちんと説明できないものが出てくるようになると、熙鏡は英語に関しても亭植をたいして尊敬しなくなった。

現在の熙鏡にとって、亨植は自分のほんの二、三歩先を行く人に過ぎず、将来は自分の方が亨植より十倍も二十倍も偉くなるような気がする。熙鏡は中学校の教師を見下すようになった。もう随分と前から、他の教師たちは無知でうわっ面だけの存在だと思っていたが、なかで一番物知りに見えた亨植も分かってみれば大したことはない。自分は中学教師ふぜいの職業につく人間ではない。将来は大学者か博士になるか、中学校に来るとしても、校長だったらやってやる。教師たちはあれが限度の小人物に見え、自分には無限に大きくなる可能性があるような気がする。

だが熙鏡は、亨植も六、七年前には自分と同じような考えを抱いていたことを知らない。熙鏡の目には、亨植は生来の器が小さくて高く飛べないから、四年以上も中学教師をやって一生を中学教師で終わるように思われ、亨植を軽蔑する一方で哀れにも思う。こんなふうに考えているのは熙鏡だけではない。熙鏡と同様に難解な本を読もうという連中は、誰もがこんな考え方をするようになっている。他の生徒たちはどうかと言えば、初めから亨植を尊敬しているわけでもなく、ただ恐ろしく親切な若い教師だと思っているだけだった。それどころか彼らは、李熙鏡グループに対する亨植の贔屓《ひいき》と熙鏡への偏愛を冷笑し、心のなかで亨植を少し疎《うと》ましく思っていた。

生徒たちは子どもから大人になった。一年生から四年生になった。何の知識もなかった者が普通の知識を持つようになった。自分たちはこの四年間で進歩もしたし、成長もしたと考えていた。そんな彼らの目に、亨植は一年生のときも四年生になった今も、変化がないように見えた。亨植は、持てる知識をすべてとは言わぬまでも大部分自分たちに吸い取られてしまい、いまでは自分たちより偉いと言う資格はないのだと思った。そんなわけで亨植に対する表面上の態度は前と変わりないものの、彼らは内心、亨植を自分たちと同等あるいは自分たちより下だと見るようになっていたのである。

70

亨植はいつも口癖のように、自分の知識と修養が至らぬことを嘆いていた。自分としては本気で知識と修養の不足を嘆いたのだが、以前は生徒たちは、それを単なる謙遜の言葉として受け取っていた。ところが最近になって生徒たちはその嘆きを本気にして、亨植が話す言葉も前のようには信用しなくなった。「私には知識と修養が足りません」という言葉を、亨植が自分たちを怖れて謝罪する言葉だと思うようになった。だが亨植はそんな意味で言ったわけではなかった。いくら自分の知識と修養が足りないといっても、まだ熙鏡たちに負けることを怖がる必要はなかった。亨植の目に、熙鏡たちはまだ幼児だった。彼らが自分に追いつこうとして必死に駆けても、六、七年では追いつけないだろうと思っていた。

亨植は、朝鮮で最高の進歩思想を持った先覚者だと自負している。だから謙遜しているかに見える彼の心には、朝鮮社会に対する誇示と驕慢がある。彼は西洋哲学も読んだし、西洋文学も読んだ。彼はルソーの『懺悔録』と『エミール』を読み、シェークスピアの『ハムレット』とゲーテの『ファウスト』とクロポトキンの『麵麭《パン》の掠奪』を読んだ。彼は新刊雑誌に出る政治論と文学論を読み、日本の雑誌の懸賞小説で一度賞も受けた。彼はタゴールの名前を知っており、エレン・ケイ女史の伝記を読んだ。そして宇宙について考え、人生についても考えた。自分には自分の人生観があり、宇宙観、宗教観、芸術観があり、教育に対しても一家言あると自負している。満員列車に乗って目の前で揺れている人びとを見るときなど、自分は彼らの知らない言葉と思想をたくさん知っているのだと考えて一種誇らしい喜びを覚えるが、それと同時に、「いつになったら彼らを自分程度に教育することができるのか」という先覚者の責任を意識し、また二千万もの人びとのなかで、自分の言葉と志を分かる者はほとんどいないのだという、先覚者の寂寞と悲哀を覚える。そして、自分の言葉を理解できそうな友人を指折り数えてみるが、十本まで行かない。この十指に満たぬ者たちが朝鮮人のなかで新文明を理解している先覚者であり、全朝鮮人を教え導く者なのだ。

この四年間で自分が熙鏡たち四、五人を自分と同じ階級に引き上げたことに、亨植はこのうえない満足を感じる。もちろん自分よりは幼いが、他の人間たちに比べれば大人であり先覚者だ。朝鮮に学校は多く生徒も多いが、熙鏡とその仲間たちほどの生徒はいない。だから、教育者のなかで、新文明を理解して朝鮮の前途を見抜く能力があるのは自分一人だ。ソウルの数百名の教師はみな朝鮮人教育の意義を知らず、機械のように算術を教え、日本語を教えているだけだ、と亨植は考える。彼は朝鮮人教育について常に不満を感じている。京城教育会というものを設立するために彼が二、三ヵ月奔走したのも、こうした機関を利用して、教育に対する自分の理想を広めたかったからだ。しかし他の教師は、亨植の知識と思想がさほど高いとは認めず、人によっては亨植を自分と同水準だとさえ考えなかった。

実際のところ、亨植の話すこと行なうことに、とくに抜きん出たところはなかった。亨植が大きな真理のごとく熱心に話すことも、聞く人にさほどの感動は与えなかった。亭植の特色は英語をたくさん混ぜ、西洋の有名人の名前と言葉を多く引用し、意味のよく分からないことを長たらしく話すことだった。亭植の演説や文章は西洋文の直訳のようだった。亭植に言わせると、こういう言葉や文章でなくては深い思想は詳しく表現することができないのだそうだ。そして、みんなが自分の意見にしたがわないのは自分の思想を理解する能力がないせいだと言って、一人で憤慨している。

公平に言えば、亭植には他の教師より少しは進歩した点があり、自分の信ずるところをどこまでも実行する誠実さがある。しかし彼は人間の心を見るすべに暗かった。彼は、世間の人の心はどれも自分の心と同じで、自分がよいと思うことは他の人も、理解さえできれば必ずよいと思うはずだと考えている。要するに彼は主観的であり、理想の人であり、実際の人ではないのだ。

これまで四年間の彼の教師生活は、失敗の生活であった。彼は学校にいろんな意見を提出したが、とくに採用されたものはなかった。生徒たちにもあれこれと教えてやらせたけれども、別に歓迎されなかったし、もちろん実行されたこともあまりなかった。これを見て亭植は憤慨し、悲観もした。しかし彼はこれを自分が至らぬせいだとは思わず、世間の人がまだ自分の高い思想を理解できないせいだと考え、先覚者の悲哀と名づけて自己満足していた。ところが他の人は、亭植の意見を採用しないのは自分たちが理解できないためだとは考えなかった。彼らの目から見ると、亭植の意見はとうてい実行不可能で、また実行したとしても効力がないように思われたのだった。

とはいえ、亨植が知識が豊富で難しい本をたくさん読んでおり、考えも深いということを、多くの人たちがしだいに認めるようになった。そして冗談半分褒め言葉半分で、亨植を「思想家」とか「哲学者」などと呼んだ。だがこんなあだ名には、「お前はただ考えてりゃいいのさ。実際には何もできないのだからな」という嘲弄の意味がこめられていた。このあだ名を聞いた亨植は、「お前ら、思想家とは何か、哲学者とは何か、分かっているのか」と鼻の先で笑いながらも、このあだ名が嫌いではなかった。

71

亨植は教務室に入った。すでに始業の鐘が鳴って教師たちは教室に入り、裵《ペ》学監だけが腰かけて煙草を吸っていたが、亨植を見るとすぐにあっちを向く。亨植は急に不快になり、黙ってチョーク箱を持って二階の四年生の教室に入っていった。

「遅れて申し訳ない」

と、亨植は久しぶりの教室を嬉しそうに見渡した。熙鏡《ヒギョン》が亨植の方をちらりと見て、苦笑しながら下を向いた。他の生徒たちも笑いながら亨植を見あげたり、目くばせをしあったりしている。金宗烈《キムチョンニョル》だけはにこりともせず、真面目な顔で坐っている。

亨植は本を開いて教卓のうえに置き、椅子に腰をおろして、怪訝そうな顔で一同を見る。亨植の胸には何ともいえぬ不快感が広がる。生徒たちの態度がなんとも不審である。こんなことは初めてだ。今日の生徒たちの態度には、自分を馬鹿にしている気配が見える。しかし亨植は笑顔で、

「なぜ、僕を見て笑うのかね。さあ、始めよう。第十八課。金君、読みたまえ」

生徒たちは我慢できなくなったように、一斉に「わっ」と噴き出す。机に額を押しあてて、くっくと笑っている。生徒たちの背中が上下に大きく波打っている。亨植の顔は真っ赤になった。恥ずかしいやら腹立たしいやら悲しいやらで、足を踏み鳴らして怒鳴りつけ、大声で泣き出したかった。亨植はすっくと立ちあがると厳しい声で、

「なんだ、これは。無礼にもほどがある」

と言って、目をかっと見開いた。だが声は震えていた。一同は笑うのをやめて姿勢をただした。熙鏡《ヒギョン》は首をぐっと垂れて、鉛筆で机になにか書いている。金宗烈《キムチョンニョル》はあいかわらず知らん顔だ。教えるどころではない。胸が早鐘を打って呼吸も苦しい。四、五年のあいだ全身全霊をこめて教えてきた者たちから侮辱されたような思いで、じつに腹立たしい。あちらの教室は数学の授業中のようだったが、生徒の哄笑と亨植の大声が聞こえると、ぴたりと声がやんだ。どうやらこの教室の様子を窺っているらしい。亨植は、

「どういうことだ。誰か説明したまえ。生徒がいったい何のまねだ。答えたまえ」

一同の視線が金宗烈に集まる。熙鏡はますますうつむき、貧乏ゆすりをしながら鉛筆でなにか字を書いている。金宗烈はぬっと立ちあがる。生徒たちは亨植と宗烈の顔をかわるがわる見ながら、ニヤニヤしたり突っつきあったりしている。ひそひそと話す者もいる。亨植は髪の毛が一本残らず逆立つような気がした。宗烈は演説するように一度咳払いをして、

「先生、一つ質問したいことがあります」

と亨植を睨みつける。亨植は「質問」という言葉に身体がぞくりとした。しかし、なんだって構うものかという勇気も湧いた。

それで宗烈を正面から見据えて、

「どんな質問かね」

「先生はどこに行ってこられたのですか。僕の質問というのはこのことです」

「平壌に行ってきた。それがどうした。だから何だというのかね」

「何をしに」と、ある生徒が独り言のように言うと、他の生徒が「誰と一緒に」と言う。生徒たちはもう一度くっくと笑う。またある生徒が、「誰を追っかけて」と言う。亨植には、すべてが分かった。宗烈がふたたび立ちあがり、

「平壌にはどんな用事で行かれたのでしょうか。学校を休んで行かれるところを見ると、なにか重大な事件が発生したことは推測に難《かた》くありませんが」

亨植は言葉につまった。下を向いて目を閉じた。そして、自分でも何を考えているか分からぬまま、茫然と立ちつくした。生徒たちはまた笑った。誰かが、「桂月香《ケーウォルヒャン》を追っかけて、ははは」と言う。

このとき、ふいに裵学監が入ってきた。

「李先生、どうして教室がこんなに騒がしいのですか。他の教室で授業ができませんよ」

と言って生徒たちを見まわし、「騒いではいかんぞ」と背を向けて出ていこうとしたとたん、生徒のなかに「桂月香！」と叫ぶものがある。裵学監は亨植を一度睨みつけ、戸を閉めて出ていく。

亭植は顔をあげて生徒たちを見まわし、やがて震える声で、

「四年間の付き合いもこれでお終いだ。私は去る」

と言って教室を出た。教室からは、笑い声や喋り声が聞こえる。亭植の目に涙があふれた。

事務室に入って帽子を取り、どこかに逃げ出そうとした。しかし裵学監が、

「ちょっとここにお掛けなさい」

と言って椅子を勧めるので、深く考えずに腰をおろし、煙草を取り出して火を点けた。裵学監は、

「どちらに行ってきたのですか」

「ええ、ちょっと平壌まで」

「さぞ面白かったことでしょうなあ。平壌の景色は好いでしょう」

「あなたは、僕をからかっているのですか」

と、亭植は裵学監を睨みつけた。裵学監は笑いながら、

「おや、そんなに腹を立てんでもよろしいでしょう。男が妓生を連れて少し遊んだからって、誰も文句などつけやしませんよ。ただ李先生はあんまり高潔でいらっしゃるから、まさかと思いましてね。桂月香が李先生の想い人とは、思いもかけませんでしたなあ。知っていたら、あんな失礼なことはしませんでしたのに。それにしても桂月香をどこに隠してしまったんですか。私どもみたいな連中にも、あの顔と声のご相伴にあずからせていただけませんかな。はは、実に艶福家でいらっしゃる」

「自己の心を秤《はかり》に他人の心を測《はか》るとはこのことだ。この李亭植があんたみたいな……」

「ふん、もちろんあなたは高潔なお方だ。伯夷《はくい》・叔斉《しゅくせい》〔清廉な頑固者の比喩〕ってところですな」

亨植はこぶしで机をドンと叩いて外に出た。

72

亨植は運動場に出た。体操をしていた幼い一年生たちが亨植を見る。太った体操教師が手拭いで額の汗を拭きながら亨植に挨拶をする。亨植には、みんなが自分のことを笑っているように思われた。とりわけ、ふだんから裵学監におもねって自分には反対の態度を取っていたこの体操教師の目つきには、間違いなく自分への嘲りが混じっているような気がした。それで亨植は、「二度とこんな学校に足を踏み入れるものか」と思いながら校門を出た。だが校門を出ると、しばらく躊躇した。四、五年のあいだ我が家のように思ってきた学校と、兄弟とも、息子とも、娘とも、妻とも思って愛してきた生徒たちから永久に離れるのかと思うと、さすがに悲しかった。

運動場の草一叢《ひとむら》、木一本、どれもこれも情の移ったものばかりだ。鉄棒の後ろの二十メートルをこえるポプラは、亨植が赴任してきた最初の年に自分の手で植え、毎日水をやり、虫を取って育てたものだ。そのポプラは枝を広くはって茂り、いまや立派な大樹になっている。可愛い生徒たちが昼間その木陰に坐って楽しそうに話をしているのを見るたびに、亨植は喜びを覚えた。まるで自分の心がポプラとなって、幼い生徒たちをおおっているような気がした。自分も休み時間にはその木陰を散歩したり、木の幹を嬉しそうに撫でたりした。しかし、いま亨植は去る。ポプラはさらに枝をはり、数知れぬ幼い生徒たちは、その木陰であいかわらず遊び戯れるだろう。しかし、もう自分のことを思い出す者はないのだ。亨植は頭をあげて、しばらくその木を見あげながら愴然《そうぜん》と涙を流した。

だが校門の外にいつまでもいるわけにはいかないので、肩を落として安洞《アンドン》四辻に向かう。天気は日ましに暑くなり、空には入道雲が浮かんでいるが、雨は降りそうにない。道行く人びとは腹立たしげに団扇をパタパタとさせ、クルマ〔人力車〕引きたちは流れる汗でまともに目も開けていられない。派出所では白い制服を着た巡査が軒先の日陰に逃げ込んで、ふうふう喘ぎながら肩で息をしている。しかし亨植は暑いことにも気づかず、時折やってくるクルマをよけながら安洞へと向かっていく。

亨植の頭はひどく混乱している。京城学校に辞職届を出すことは考えたが、あとはどうしていいか分からない。亨植の頭はまるで熱湯のようにぐらぐらと沸き返っている。何日もの心身の疲労に加えて、いま学校で受けた強烈な刺激のせいで、亨植はまるで熱病患者のようだ。ただ言い知れぬ悲しみだけが、恐ろしい重みをもって頭を抑えつける。

さっき教室で起きた事件は亨植にとって、もっとも重大で、もっとも不幸な事件である。亨植の全希望は四年生にあり、亨植の全幸福も四年生にあった。四年生がいるから亨植は寂しさを感じることなく、無味乾燥な生活に大きな喜びを見出してきたのだ。ある意味で四年生は、この四年間の彼の財産であり生命であった。また、彼の全身全霊をささげた事業でもあった。三十名あまりの四年生は永久に自分の精神的な弟であり息子であって、自分が寝ても覚めても彼らを忘れられないように、彼らも自分を忘れないだろうと思っていた。自分が彼らを愛しているように、彼らも自分を愛しているだろうと思っていた。

しかし、それは儚《はかな》い夢だった。亨植には両親も兄弟もなく、とくに親しい友人もいないから、彼らをそれほどまでに愛したのだが、彼らには亨植のほかに両親もいれば兄弟もおり、仲のよい友だちもいた。この四、五年、亨植を慕ってくれる生徒もいないわけではなかったが、一番慕っているように見えた李熙鏡にとってさえ、亨植は決して愛する大切な人間ではなかったのだ。これを知らずにいた亨植は、今日ようやく気がついた。今日はじめて、四年生の目に映った自分の姿をはっきりと自覚したのである。

自分が全身全霊をささげて愛していた者が、あるいは自分を全身全霊をささげて愛しているはずだと信じていた者が、じつは自分を愛してないという事実にある日突然気づいたとき、その悲しみはいかばかりであろう。人生の悲しみのなかで「愛の失望」より大きな悲しみがあるだろうか。

亨植は、まさにこのような状態にある。いまの亨植には何も残されていない。今回の平壌行きの弁明はできるが、弁明は亨植にとってさほど必要ではない。弁明したところで、四年生たちが自分を愛していないという真理に変わりはないのだ。亨植は自分の名誉のために悲しんでいるのではない。名誉は人間にとって三番目か四番目に重要なものだ。亨植はいま命の根を失ったのである。人生での足場を失って空中に浮いたようなものだ。亨植は完全に枯死してしまうのか、もう一度どこかに根を張って生きるのか、これは将来を見なくては分からないことだ。

73

亭植は茫然自失したまま家に帰ってきた。板間《マル》で婆さんが肌脱ぎになって煙草を吸っている。肩と肘の骨がくっきりと浮き出し、しなびた二つの乳房が乾いてひっついたように胸にぶら下がっている。耳もとを流れる二すじの汗は、まるで彼女の肉が腐って分泌する体液のような感覚を与える。半白髪で大して残ってない頭髪、皺くちゃの窪《くぼ》んだ頬、熱い陽ざしで萎《しお》れた草を思わせる肌、腰をかがめて煙草を吸っている彼女の姿は、見るものに言い知れぬ悲しみを与える。婆さんもかつては多くの男の心を虜にした若い美人だった。天下の男は誰でも自分を見て夢中になると思っていた。自分の顔と身体の美しさは永遠に続くと思っていた。そう思っていたのが、わずか二、三十年前のことだ。ところが、その顔と身体にあった美しさは跡形もなく消えてしまった。婆さんが流している汗は、その美しさが溶けて落ちていく液体のように見える。

婆さんは何をするためにこの世に生まれ、この世に生まれて何をなし、どんな楽しい思いをしたのか。だが、それでも婆さんは生きていく。病気になれば薬を飲み、冬になれば綿入れを着て、まだまだ死ぬつもりはないようだ。明日か来年、なにかよいことが起きるのを待っているのかも知れない。ともかく婆さんは、夜が明ければ布団から起きだし、飯を炊いて洗濯をする。洗濯の途中で婆さんが腰をとんとんと叩きながら煙草を吸っているのを見て、いつか亭植は、

「煙草を吸うのが楽しみで生きてらっしゃるのですね」

と言ったことがある。そのとき婆さんは黙って笑った。亭植には、その笑いの意味が分からない。

「そうですよ」という意味なのか、「違いますよ」という意味なのか、分からなかった。この意味を知る人間はいない。婆さん自身も知っていない。しかし誰が見ても、婆さんの生きてゆく目的は煙草を吸うことだ。煙草の煙のなかに婆さんのすべての幸せと人生がある。婆さんは一日二十四時間のほぼ半分を煙草の煙を眺めながら生きている。目をぱちりともさせずに強い煙草の煙をじっと眺めて坐っているのが、婆さんの生活の中心である。婆さんから煙草を奪うのは、命を奪うのと変わらない。いつもアレンモクに立ててある、三ヵ所に布が巻かれて脂《やに》の染み込んだ煙管《きせる》、それが婆さんの命なのだ。婆さんの口から煙草の煙が出なくなれば、これは婆さんの身体に血がまわらなくなった徴《しるし》である。婆さんが自分でこう考えているかどうかは知らないが、横で見ている分にはそうとしか思われない。煙草を吸うこと以外、婆さんに人生の目的があるようには見えない。

亨植が茫然として帰ってきたとき、婆さんが何を考えていたかは分からない。多分、なにも考えずに立ちのぼる煙草の煙を見あげていただけなのだろう。もし何か考えていたとすれば、それはきっと靄のなかにぼんやりと見える、若い時代の記憶であろう。ある両班《ヤンバン》の大監《テーガム》の屋敷で大した勢いだった記憶、若くて見目のよい文客の胸に抱かれた記憶、でなければぽっちゃりした赤子の手に自分の柔らかくて張りのある乳房を握らせた記憶、あるいは成人した息子が何か言いたげに顎をふるわせて事切れた記憶、それとも、いつかどこかで美しい衣装を着て美味しい物を食べた記憶。きっと一日に何度も、煙草の煙のなかにこんな記憶が浮かぶのを見ているのだ。いま、どんな思い出が浮かんでいたのか知らないが、婆さんは亨植を見ると、横に脱ぎ捨ててあった汗

のにじんだ上衣《チョゴリ》を身につけながら、

「どうしたね。お早いお帰りじゃこと」

と尋ねる。

亭植は、トゥルマギと帽子を部屋に投げこんで、

「ふん、学校はやめました」

「おやまあ、もう学校には行きなさらんのかね」

「もう教師も辞めますよ」

と、倒れこむように縁側にどしんと腰をおろし、

「水を一杯ください。喉が焼けつきそうで、我慢できません」

婆さんは台所に入り、鉢に水を汲んで亭植に渡す。亭植は水を一口で飲み干すと、

「ああ冷たい。やっぱり水が一番だ」

そう言って、蜂蜜水でも飲んだかのようにうまそうに舌鼓を打ち、舌で唇についた水を舐めた。不思議そうにじっと見ていた婆さんは、自分の部屋から煙草入れと煙管を持ってきて、亭植のそばに来る。亭植は、「また僕を慰めるつもりだな」と、悩みながらも内心おかしかった。だが婆さんに慰められるのはかえって辛いので、先手を打って話をそらした。

「昨日、申主事が来ませんでしたか」

「いいや」

「どうして最近は申主事を嫌うんですか。一時はお気に入りだったでしょう」

「嫌いってわけじゃないがねえ。あんまりいい加減なことばっかり言うもんじゃから」

と言って鼻で笑う。

「味噌汁に蛆虫がいることですか」

と亭植も笑った。婆さんはこの機会を逃すまいと、

「ところで、なんで学校をやめるんじゃ。あの裵学監とかいう人と喧嘩でもしなさったのかね」

「喧嘩したわけじゃありません。教師稼業も長いことやったし、そろそろ他のことをやってみようかと」

「他のこと……。そうそう、今度は官職にお就きなされ。裵学監みたいな人間と一緒にいるから痩せるんじゃ。なんたって、官吏がいい。向かいの家の息子さんも、先日どこかの主事になって……」

「僕は役人より坊さんがいいですね。深い山に入って、小さな庵で……そう、葛布《くずぬの》の衣をまとって、南無阿弥陀仏、南無阿弥陀仏とやるのが一番だ」

と笑いながら、婆さんを見る。婆さんは目を丸くして、

「そんな、なにが悲しくて坊主なんかに」

「坊主が駄目なら何をしましょうか」

しばらく、沈黙が続いた。

74

亨植は何気なく「坊さんになりたい」と言った。しかし口に出してみると、僧になるのがやはり一番いいようである。また僧になるよりほかに道がないような気もする。

朝鮮の文明のために、また自分の名誉のために努力しようという気が、いっぺんに消えてしまったようだ。まるで妻子をいちどきに亡くして、財産もすべて失ったときにでも感じそうな悲しみと絶望が、全身をひたしている。英采の死、英采の家の滅亡、自分がついさっき四年生に受けた侮辱、何もかもが一つになって亨植の心を深く暗い地底に引きずり込もうとしているように思われる。これまでの自分の生活がまったく無意味でつまらないものに見えて、長い悪夢の途中で突然はっと目覚めたように不快である。学校で四、五年間チョークを持って教えてきたこと、夜遅くまで読書して外国語の単語を覚えてきたこと、善馨と順愛に英語を教えたこと、英采と出会ったこと、清凉里で起きたこと、平壌に行ったこと、これらすべてが恥ずかしくて、どうでもいいことのように思われる。

いままで好きだと思ってきた婆さんまで、なんだか薄汚く見え、臭いがするようだ。何もかもが恥ずかしく、不快で腹立たしい。「ああ、僕は何のために、こんなふうに生きてきたのだ」と考えてみた。僕のこれまでの人生の価値は何で、意味は何なのだ。いますぐ、この生活を全部投げ出して、どこか人のいない遠い場所に引きこもって隠遁したい気分だ。それで婆さんに、

「坊さんが一番ですよ。世間にいたって面白いことなんかないし」

「先生みたいな方が、面白くないわけないじゃろう。年は若いわ、才能はあるわ……世の中が面白くないはずがあるかね」

「婆さんが若いころは、さぞかし面白かったことでしょう」

婆さんはにっこりして、

「そりゃあ、若いころは毎日が楽しいことの連続じゃったねえ。たまにゃ泣くこともあったけど。若いときの涙は年を取ってからの笑いより楽しいって言うじゃないかい」

亨植は「婆さん、いいことを言うなあ」と思って、婆さんの顔を見た。若い時代のことは考えるだけでも楽しいと言うように、婆さんの顔は生気にあふれている。

「李先生は何が面白くて生きているのか、あたしにゃ分からないねえ。お役人にもならず、きれいな嫁さんも……、あはは、この話をすると先生はいつも顔をしかめなさる。だけど、本当じゃよ。若いさかりに、どうして一人で部屋に引きこもってばかりなんじゃね。そんなんじゃから世の中が面白くなくて、坊主になるなんて言い出すんじゃ。あたしが若いころは……、なあんて言っても仕方がないねえ。年を取ったらおしまいじゃ」

これは、ほぼひと月に一度のわりで亨植に話すことだ。亨植はいつも笑うだけで聞き流していた。ところが今日は、婆さんのその言葉に新しい意味と力があるように聞こえる。そして、善馨や英采と向き合っていたときの楽しさが思い出される。また前に読んだ、愛の喜びを賛美した外国の本を思い出す。男女の愛は、やはり人生で最大の幸福なのだろうか。少なくとも婆さんは、人生の喜びは男女の愛にしかないような話しぶりだ。僕がいつも寂しくて世間に温かい楽しさを

見出せないのは、この愛の味を知らないためなのだろうか、と考えてみる。それで笑いながら、

「それじゃ、僕にも楽しくて好いことがあるのでしょうか」

と言った。言ってから、つまらない質問をしてしまったと、内心恥ずかしかった。婆さんは、

「もちろんさね。先生だったら、ソウル中の美人が押しかけますすじゃ。顔はいいわ、気立てはいいわ。いまじゃあ世の中もすっかり変わってしまったが、昔だったら科挙及第もんじゃ。先生みたいなお方は、美人につかまって身動きもできないことじゃろうて」

「はは、それじゃ、いまは役立たずってわけだ。なにせ科挙はなくなったんだから」

「昔ほどじゃないけれど、いまだって都の一流妓生《キーセン》は何百人もいるし……」

と言いかけて、ふと声を低め、

「ところで」

と、忘れていたことを思い出したように首を傾げ、

「英采さんと言ったっけ、あの娘さん、どうしました。あれから一度くらい会いなすったかね」

亨植はこの言葉にどきんとして、手にしていた煙草を地面に取り落とした。それほど亨植は驚いた。

「川に身を投げて、死んでしまいました」

「身投げじゃと！　いつ！」

「どうやら一昨日《おとつい》のことのようです」

「あれまあ、どういうことじゃ。身投げじゃなどと、そんな」

亨植は黙って両腕で首を抱えてうつむいた。この三、四日の光景が次つぎと目に浮かぶ。婆さんの目に、みるみる涙があふれた。

「いったい、どういうわけなんじゃろう」

「私と同じで、世の中が面白くなかったのでしょう」

「なんてこった。あんな若い盛りに死ぬなんて。寿命が来て死ぬんじゃって悲しいというのに、身投げじゃなどと、まあ」

と、しばらく黙っていたが、やがて手の甲で涙を拭い、

「李先生がいけないから、死んだんじゃ！」

「なんですって！」

「十年以上も慕いつづけて、ああやって訪ねてきたというのに、あんなに無情にするから」

「無情」という言葉に亨植は驚いた。それで、

「無情ですって。僕のどこが無情だと言うのです」

「無情じゃとも。手を優しく握ってやりもしないで」

「手なんか握れませんよ」

「握れるともさ。あたしの見たところ、ミョンチェさん……」

「ミョンチェじゃなくて、英采《ヨンチェ》です」

「そう、あたしが見たところじゃ、英采さんは先生に心を捧げているご様子だったのに、あんなに無情でどうするんじゃね。それに帰ると言ったときだって、引きとめるとか追い駆けもしな

いで……」

75

婆さんの言葉に亨植はますます驚いた。はたして自分は英采に対して無情だったのか。あのとき英采の手を握って、僕もこれまであなたのことを想っていたと言うべきではなかったのか。立ちあがって出ていこうとしたとき彼女を引きとめて、将来に対する彼女の決心を聞くべきではなかったのか。あの場で、僕が君を身請けするよと言い、英采の家に同行してあの「母《オ》さん《ミ》」と談判すべきではなかったのか。そうしていたら英采は次の日に清涼里《チョンニャンニ》に行くこともなかったし、あの事件にも遭わずにすんだのではないか。また、清涼里から一緒に茶房洞《タバンコル》に来るあいだに、君のことは僕にまかしてくれと言うべきではなかったのか。茶房洞に行かずに、旅館か僕の下宿に連れてくるべきではなかったのか。そうしていれば平壌に行く気も起こさず、川に身を投げて死ぬこともなかったのではないか。

そうだ。婆さんの言うとおり、英采を殺したのは僕だ。英采が僕の家に来たのは、「僕も君を待っていた。ようやく会えたね」という僕の言葉を聞くためなのだ。「これからは君は僕の妻だ」という言葉を聞きたかったのだ。それなのに僕はそのとき何を考えたか。英采が妓生などになっていなければよい。どこかの上流家庭に引き取られて女学校に通っていればよい……。こんなことを考えた。そして心の奥では、善馨がいるのにどうして英采が飛び出してくるんだ。英采なんか、妓生か誰かの妾になっていればよいとさえ考えた。ああ、上流家庭がなんだ。妓生がなんだっていうんだ。

それに、僕はどうして翌朝さっさと英采を訪ねなかったのだ。教育家という名誉のためか。そうだ、英采を殺したのは僕だ。おまけに平壌まで追いかけていったのに、英采の遺体も探さずに帰ってきた。むしろ浮かれ気分で七星門外から帰ってきた。汽車のなかでも一晩中、英采のことなんか考えもしなかった。英采が死んで、かえって肩の荷が下りたような気がしていた。

亨植は首をふり、

「その通りだ。僕が英采を殺したのだ。僕が殺したんです！　僕のために生きてきた英采を、僕の手で殺したのだ！」

と言って、ひどく苦しそうに息を詰まらせる。婆さんの方がかえって申し訳ないような気になって、

「みんな、その人の八字《パルチャ》じゃよ」

「いいえ、僕が殺したのです」

このとき友善がカンナ帽を振りまわしながら入ってきた。挨拶も抜きで、

「いつ帰った。で、見つかったか」

亨植は友善の方は見もせずに、

「僕が殺した。僕が英采を殺したんだ」

「なに、死んだ？　あの電報は届かなかったのか」

「僕が殺した――それなのに僕は、彼女の遺体も探さずに帰ってきた。ふん、授業を休むのが

いやで」

「金長老の娘さんに会いたくてだろう」

と、こんな場合でも友善は冗談を忘れない。

「いったい、どうなったのだ」

「死んだ！」

すっくと立ち上がって、

「君、金があるか。あったら、五円ほど貸してくれたまえ」

と言ったが、考えてみると、これからは金の出る場所がない。学校で六月の月給はくれるだろうが、取りにいくわけにもいかないし、七月から亨植にはまったく収入がないのだ。

「その金でどうするつもりだ」

「行って英采の遺体なりとも探すさ。見つけ出して、背負《しょ》ってきてでも葬式を上げてやらなくては」

と、亨植はひどく悩ましそうに中庭を行ったり来たりする。亨植の上衣《チョゴリ》の背中には汗が滲んでいる。友善は杖で尻を支えながら亨植を見ていたが、

「もう、流れていったさ。黄海に浮かんでいるころだ」

「そんなことがあるものかね。水に落ちて死んだ身体は、三日はその場を動かないと言うじゃないか」

と、婆さんが友善に向かって言う。

「流れていったんなら、どこまでだって追っていく。見つかるまで追っていくさ」

と、ちょっと目を閉じて佇んでいたが、決心したように頭をあげると友善の横に来て手を出す。

「さあ、さっさと五円出せ」

「すぐに発つのか」

「ああ、駅に行って最初の汽車で発つ」

根負けしたように友善は五円紙幣を出す。英采が死んだという話を聞いて、友善もやはり悲しかった。大切に思っていた何かを失くしたような気分だった。

金を受け取った亨植は部屋に入り、トゥルマギを着て本を一冊選び、靴を履こうとした。

このとき、パナマ帽をかぶった紳士が亨植を訪ねてきた。亨植は眉をひそめたが、仕方なく門に出た。金長老と同じ教会にいる牧師だ。大きな顔にまったく髭がなく、両方の頬に太い皺が三、四本よっている。いかにも正直そうな初老の牧師だ。友善と婆さんは縁側に移り、何をするでもなく二人の方を見ている。亨植は本を置いて、牧師に部屋に入って坐るよう勧めた。

「お出かけですかな」

「ええ、散歩でもしようと思いまして。暑いのに何かご用でしょうか」

「長らくお目にかかっていないし、それにちょっとお話がありますもんで」

「私にですか」

と、亨植は牧師を見つめる。牧師は意味のありそうな笑みを浮かべ、

「いま、忙しくありませんね」

「ええ、どうぞお話しください」

「ははは、李先生が喜ぶ話ですよ」

と、もう一度微笑んで、亨植の部屋のなかを見渡す。婆さんと友善は顔を見合わせ、小声でひそひそと話をしている。今日の婆さんはあまり友善をきらっていないようだ。

牧師はしばらく団扇をパタパタさせてから、亨植をじっと見つめて、

「他でもありませんが」

と、いかにも難しい話を切り出す調子で話しはじめる。聞いている亨植も、なんだか牧師の態度がおかしいと思った。そして、さっさと片づけて停車場に駆けつけようと考えた。

76

「他でもありませんが、金長老の話では」

と、牧師が話しはじめる。婆さんと友善は聞いていないふりをしながら、耳をそばだてる。

「金長老の話では、善馨をこの秋に米国に留学させるとのことで」

「はあ」

と亨植は調子を合わせる。

「で、米国に行く前に、あー、婚約させねばならんし、また米国にやるにしても一人きりというわけにもいかないもんで、(この牧師は「あー」と「もんで」をよく使う)、婚約させて婚約者と一緒に米国に留学させればよいだろうと……」

と言葉を切り、またにこやかに亨植を見る。亨植は恥ずかしそうに顔をそむけて、

「はあ、それで」

と言った。これ以外に返事のしようがなかった。牧師は、

「それで金長老は、あー、李先生さえ、あー、承諾なされば、あー、李先生も米国留学に行かれたらよいとですね。ともかく金長老夫妻は、李先生を非常に気に入っておいでなもんで。それで私に、一度、李先生のご意思を尋ねてこいと、そういうわけです。あー、それで」

「私の意思」

「ええ、李先生のご意思を」

「何の意思でしょう」

友善は婆さんの方をふり向いて、にやりとする。婆さんも笑う。牧師は亨植の丸くなった目を見ながら、からかうように、

「これだけ言えば、お分かりでしょう」

「……」

「それでは、あー、もう一度言いますよ。李先生が善馨と婚約なさることを望んでいるわけです。もちろん、あちこちから話はあるのですが、金長老夫妻は李先生をすっかりお気に入りなもんで」

亨植は、ようやく牧師の言葉の意味をはっきりと理解した。そして胸が痛いほど疼いた。牧師は、

「どうお考えですか」

亨植はどう考えてよいか分からなかった。黙って坐っていた。

「これまで李先生は善馨に英語を教えてこられましたな」

「ええ、数日前から」

「その意味がお分かりですかな」

「何の意味でしょうか」

「ははは、英語を教えてくれとお願いした意味ですよ」

「……」

「いまは昔と違って親の考えだけでは結婚させられないから、しばらく交際をしてみろという意味だったのですよ。で、いかがでしょうか」

「私には無理です。私一人でも生きていくのがやっとの身で、結婚できるわけがありません」

「それは問題になりませんよ」

「それが最大の問題です。経済的な基礎なしに結婚はできません。それが最大の問題です」

「大きな問題ではありますが、まず三、四年間ほど米国に留学なさって、それから……そのあとは、なんの心配がありますか。また善馨にしたって、あれほどの娘は滅多におりませんよ。李先生も運の良いお方だ。さあ、ご返事をお願いします」

それでも亨植はうつむいて黙っている。牧師は笑いながら団扇ばかりパタパタさせている。婆さんは、どうして亨植が「はい」と言わないのかと、他人事《ひとごと》ながら気が揉める。友善は、先日安

洞で交わした亨植との会話を思い出して、心のなかで笑う。皆が喜んでいるなかで、亨植だけが人知れず悩んでいる。牧師は、

「さあ、考えるまでもないでしょう。どうぞ、ご返事をなさってください」

「後日また、お話しさせていただきます。とにかく、私のような者をそれほどまでに考えてくださるとは、畏《おそ》れ多いことです」

「後日を待つことはありません。今日の午後、私と金長老のお宅にまいりましょう。食事をご一緒しようとの仰せです」

亨植はどうしていいか分からなかった。平壌も行かなくてはならないが、金長老の晩餐に出ることがもっと大切な気もした。しかし、英采の遺体を探しにいくと決心していたのに、善馨に惹かれて直ちに「はい」と言うのは、我ながら恥ずかしかった。「善馨と僕が婚約」するという言葉は、聞いただけでも嬉しかった。英采が死んでくれてちょうどよかったという気さえする。おまけに「米国留学！」。亨植の心が惹かれないはずがない。好きだった美しい人と、一生の願いだった西洋留学！　このなかの一つだけでも亨植の心を惹くに十分だというのに、まして両方である！　亨植の心のなかで、「僕に大きなつきが回って来たぞ」という声が漏れないはずはない。悩ましそうにうつむいている亨植の顔には、よく見れば隠そうとしても隠せぬ喜びの色があるはずだ。最初に牧師を前にしたとき、亨植の顔にはたしかに苦悶の色があった。しかし一言、二言と発せられる牧師の言葉は、いつしか苦悶の色を拭い去り、喜びの色を広げていった。まるで春の暖かな陽ざしで雪がいっぺんに溶けてなくなり、山と野原がにわかに春の色を帯びるようであ

る。だから亭植は顔をあげられない。喜びの色を見られるのが恥ずかしいのだ。亭植は一生懸命、顔に悩みの色を出そうとする。それどころか、心をわざわざ苦しめようとする。

こんなとき亭植は頭が混乱して、どうしていいか分からない。彼は、えいっと何かを決めるときは前後も考えずに決めてしまうくせに、また別のときには、こうすべきか、ああすべきかと、どうしても決断できない。道を歩いていても、進むか止まるかで数十分も迷うことがある。これは心が弱い者の特徴である。彼がさっさと決断するのも弱さのせいだし、さっさと決断できないのも弱さのせいだ。いま亭植は、あれこれ迷って、どう答えていいか分からない。誰か自分に代わって答えてくれる人が横にいればいいのに、と思う。亭植は顔をあげて向い部屋《コンソンバン》を眺める。こんなときに友善が果敢に決断するのを知っているからだ。友善も笑いながら亭植を見つめている。

77

友善は亭植に向かって片目をつぶる。亭植はわざと見ないふりをする。友善はもう一度片目をつぶる。亭植は見ないふりをしながら全部見ていた。そして、またもやうつむいた。いよいよ恥ずかしくて頭が混乱する。友善が片目をつぶる意味を解釈してみる。「すぐに承諾しろ」という意味なのか、「さっさと平壌に行かずに、何をやっているんだ」という意味なのか、分からなかった。

婆さんはこらえ切れないように友善をつついて、

「どうして李先生は、はいと言わないんじゃ。その娘が気に入らないのかね」

「まさか。ソウルでも有名な美人だよ」

「で、お金持なのかい」

「金持だから、婿まで米国にやろうというのさ」

米国にやることと金持であることと、いかなる関係にあるのか婆さんには分からないが、

「それじゃ、どうして、ああしているんじゃね」

と、チッチと舌を打ちながら煙草を詰める。牧師が、

「一緒にまいりましょう」

とふたたび促し、ようやく亨植は、

「では伺います。しかし婚約については、後日お話しするということで……」

と言った。牧師は、

「私は教会に行って、帰りに寄りますから」

と言って、にこにこ笑いながら出ていく。門の外まで牧師を送って戻ってきた亨植の顔は、まるで昼寝から覚めたときのようだ。友善が走りよって、

「おい、棚からぼた餅じゃないか。美人に米国留学だぞ」

と亨植の手を握ってふった。亨植は友善の目を避けて顔をそむけた。しかし亨植の目も笑っていた。友善はふたたび、

「おい、君もたいした凄腕だな。たったの二、三日で、これほど簡単に善馨さんを手に入れるとは！」

婆さんもにこにこしながら、

「やっぱり、そうじゃったんじゃな。どうりで英采さんが来たのに引きとめもしないと思ったら……。ただ、英采さんが気の毒じゃ……李先生にはもう心を惹かれた方がいるというのに、それも知らず……」

その言葉が終わるより先に、友善が婆さんの方に向きなおって目くばせをし、「シッ」と言った。亨植はわざと婆さんの言葉が耳に入らなかった素振りで、友善に、

「僕は京城学校を辞職した」

「いつのまに辞職したんだ。婚約が成立してからでいいのに。ははは」

「いや、そういうことじゃなくて、僕は教師をやめるつもりなんだ」

「あたりまえだ。米国留学から帰ったら大学教授さ」

亨植は腹を立てたようにくるりと背を向け、

「君は人の話を茶化してばかりだ。人が悩んでいるというのに」

「うむ、同情するよ。さぞお悩みだろう」

婆さんが友善の傍らに来て、

「あたしゃ、嬉しくて嬉しくてたまらないよ。李先生がお嫁さんをもらいなさるんじゃもの。うちの息子が……」

と言いかけて、そんなことを考えても悲しいだけだし、それに亨植を自分の息子と比べるのも失礼な気がして、

「今夜行ったら、はっきりと承諾なさいまし。さっきはどうしてあんなに黙っていたのやら。あはは。まだ坊ちゃんだから恥ずかしかったのかねえ」

亭植はどうしていいか分からず、意味もなく頭を上げたり下げたり、左のこぶしを握ったり開いたり、指の関節をぽきぽきと鳴らしたりしていたが、

「おい、僕はこれから平壌に行く。いくらなんでも……」

友善は脅《おど》すような目つきで亭植を睨んだ。

「まったく、どうしようもない野郎だ。こんな野郎に娘をくれる人間の顔が見たいぜ」

亭植もこの言葉には笑った。そして、たしかに馬鹿なことを言ったと思った。友善は、

「これからは、ちょっと強い人間になれ。なんという態度だ、女でもあるまいに。ぐずぐず言わずに今夜は金長老の家に行け。行ったら結婚の話が出るだろうから、さっきみたいに阿呆な真似はせずに承諾するんだ。そして米国に行け。僕も京城学校の話は聞いた。おそらく君は辞職しなくても追い出されるだろう」

「追い出されるって。どうして」

「君が妓生を追って平壌に行ったということでな。清涼里の仕返しだろうよ。だから婚約して米国に行きたまえ」

「じゃあ、英采はどうするんだ」

「死んだ英采を、どうするもないさ。君もあとを追って死のうってか。烈女でなくて烈男になる気か。つまらないことは言ってないで、さっさと俺の言うとおりにしたまえ」

友善の言葉を聞いて、亭植もいくらか安心する。自分にもそれくらいのことは考えられないことはないが、自分の考えだけでは安心できず、友善のきっぱりした言葉を聞いてようやく安心する。亭植は友善の言うとおりにしようと思った。自分の考えでやるより、友善の言葉にしたがう方が間違いないように思われた。亭植は微笑んで、

「そうだな」

と言った。婆さんはやたら嬉しくて、

「お昼を作りましょうかね。申主事も、一口《ひと》どうぞ」

「また味噌鍋かね」

と言って、友善は亭植のチョッキから自分の持ち物のように煙草を引き抜いて、手のひらにトントンと打ちつける。

「もう結構ですよ、味噌鍋は」

「冷麵でも注文してくるか」

「お、奢ってくれる気か。それならビールがいいぜ」

と亭植が立ち上がる。

「金がないぞ」

「金持の婿がそんな心配をするな」

「金持の婿になるのは先の話だ」

「その五円があるじゃないか」

「平壌に行かなくては」

「また平壌か」

「行って、遺体なりとも探さなくては」

「とっくに黄海に流れていったさ。君みたいに無情な野郎を待って、まだ清流壁の下にいるとでも思うのか。さあ、中華料理屋でも行こうや」

「もう黄海に着いたかな」

と亨植は空を眺めた。正午の太陽がソウルの真上に浮かび、すべてを焼きつくさんばかりの勢いで、炎のような陽ざしを注いでいる。その時ようやく、亨植は暑いことに気がついた。

78

太陽が仁旺山《イナンサン》の尾根にかかった。鍾路《チョンノ》の電信柱の影が長く伸びている。鍾峴《チョンヒョン》天主聖堂〔現在の明洞聖堂〕の尖塔の瑠璃《るり》窓が夕陽を映して炎のように輝く。豆腐売りの「豆腐にオカラァ」という声もいまは聞こえなくなり、どの家でも戸を開け放して、汗をふきふき夕餉を食べている。北岳山《プガクサン》の岩が水平にさす夕陽を受けて赤く輝き、景福宮《キョンボックン》の庭園にある老木の林から夕暮れのカチの鳴き声が喧しく聞こえる。

一日中真っ赤に焼けていた瓦が、漢江《ハンガン》から吹いてくるそよ風を受けて熱い息を吐いている。道を行く人びとの顔は、どれも赤い。

店に坐っていた人びとは、「やっと涼しい夜が来る」というように、疲れた顔の汗を拭きながら通りに出て歩きまわる。

南山《ナムサン》の松林の上にかかっていた夕陽も何かで消されるようにしだいに消えていき、茂った枝と葉のあいだから、紫色を帯びた黄昏《たそがれ》の光が、蜘蛛の巣のようにそろそろと這い出してくる。

日輪が仁旺山の頂上に沈んだ。北岳山には、姉《あね》さんかぶりの手拭いのような夕陽がまだ残っている。ソウル数万戸の上空に、青ずんだ天幕がかかる。天幕の一方の端が北岳山をおおうように登っていき、とうとう手拭いも青く染まった。

江原道の雲の峰が浮かびあがった。最初は炎のようだったが、しだいに冷えて黒ずんでいく。雲が黒ずむにしたがってソウルの市街をおおった天幕の色も濃さを増していき、紫色からとうとう灰色になる。やがて天幕のなかに蛍火のような小さな電灯がちらちらと現われ、劇場と活動写真館のにぎやかな楽隊の音が聞こえてくる。

鍾路《チョンノ》と清渓川《チョンゲチョン》の川辺には、煙草をくわえ、団扇を持った散歩客がしだいに増えてくる。夜店を出すための小さなクルマ〔荷車〕が集まってきて、杭が打たれ、幕が張られる。

人びとは満腹し、身も心も爽快である。昼間は寝ていた人たちも少しずつ元気を取り戻して、喋ったり笑ったりする。

安洞の金長老の家では、どの部屋にも電灯がともされている。中庭《マダン》には水が打たれ、土の匂いと花壇の花の香がいっしょに流れてきて、楽しい食事をしている人たちの気持ちを浮き立たせる。金長老は八文字の髭をハンカチで拭い、韓牧師は両腕で身体を支えて後ろに寄りかかり、亨植もお焦げ湯《スンニュン》〔釜のお焦げに水を加えて熱した飲み物〕を一口飲んで、音を出さぬよう口を漱《すす》ぐ。三人はおいしく、そして愉快に夕食を食べたのだ。

他の部屋では夫人と善馨と順愛《スネ》と小間使いの女の子《ソニョン》が、こちらもやはり美味しく愉快に食事を終え、黙って顔を見合わせて微笑んでいる。善馨の頬は気のせいか上気し、赤みがさしている。夫人は恍惚《うっとり》としたように善馨に見とれている。善馨は夫人をちらりと見てから、順愛の方を向いて、

「ねえ、順愛。オルガンでも弾きましょうよ。さっき習ったところ、忘れてないわよね」

「ええ、大丈夫」

「あちらに行って、オルガンを弾きなさい」

と、夫人が先に立ちあがる。善馨と順愛はオルガンのある部屋に行く。

善馨は腰掛に腰をおろして下衣《チマ》の裾を手で寄せ、オルガンの蓋を開けて鍵盤を二、三回左右に弾き流した。高音から低音、低音から高音。澄みきった音が夕暮れの空気を軽やかに震わせる。順愛は傍らに立ってオルガンに片腕をつき、左右に動く善馨の白い手を見ている。善馨は大きな楽譜を広げると、首をふりながらラララと一度声を出して歌ってから、最初の鍵《キー》を見つけて弾きはじめる。目は楽譜の音符を追い、手は白い鍵《キー》を追う。曲の早い遅いにしたがって、善馨の身体の動きも早くなり、遅くなる。部屋は美しい音で満たされた。音は部屋からあふれだし、夕暮れの風に乗って中庭を越え、塀を越え、波のように四方に広がっていく。この音色に耳を傾《かたむ》けて道ゆく足を止める人が、どれほどいることか。

善馨の手は曲の調子にしたがって右へ左へと動き、身体は手について動いていく。とうとう澄

んだ歌声が彼女の柔らかな唇から流れだした。

空に浮かんだあの雲よ
雨を載せてどこへ行く

順愛も細い声で合唱した。

亨植にもこの歌が聞こえた。亨植の精神は歌声とともに空中に舞いあがった。まるで精神に羽が生えて雲の間を飛んでいくような思いだった。冷たいような温かいような、言い表わせない喜びが亨植の胸いっぱいに満ちあふれる。

金長老は牧師に話しかける。

「さあ、今度は私の部屋に行って話しましょう」

三人は立ちあがった。

79

金長老の書斎は西洋風になっている。むかし公使として米国に行ってきてから、彼はできるだけ西洋式の生活を心がけている。

床には赤牡丹の模様が入った毛氈を敷き、四方の壁には額に入れた絵を掛けてある。絵はほとんどが宗教画だ。北の壁の一番大きな額にはゲッセマネで祈りを捧げるイエスの像、東の壁のそれより少し小さな額には飼葉桶で眠る幼な子イエス、そして西の壁には自分の半身像を掛けてある。他の国の紳士なら宗教画のほかにも一、二枚は世界名画を掛けるところだが、金長老は美術に趣味がなく、価値も知らない。彼は絵といえば宗教画しか価値がないと思っているのだ。そのほかに、昔の山水画や梅蘭菊竹のような絵はいくらか尊重するものの、この種の絵は西洋風の部屋には不向きだと考えている。西洋風の人物画、とりわけ美人画や裸体画などは見たこともないし、見ようとも思わない。見たところで、どうせ価値を認めないことだろう。彼は美術という言葉もよく分かっていないうえ、そもそも絵画の必要性などは認めていないのだ。まして彫刻などは、おそらく彼の五十年間の人生で考えたこともないに違いない。そんなわけで西洋人たちが宗教のごとく貴重だとみなしている芸術も、彼の目にはほとんど一文の価値もないのである。西洋人の考え方で彼を評するなら、「芸術を知らずに、どうして文明人と言えようか」と疑わざるをえない。実際、芸術を知らぬ文明人などは存在しないからだ。

金長老は部屋を西洋風にこしらえただけでなく、着るものも洋服を多く着用し、寝るときも西洋風の寝台で眠る。彼は西洋とりわけ米国を尊敬し、すべてにおいて西洋を手本にしようとする。この二十年間というもの、彼は西洋を手本にしてきた。彼がイエスを信ずるのも、おそらく最初は西洋に倣ったせいであった。それで彼は、自分は西洋をよく知っており、上手に倣っていると考えている。なによりも自分は外交官として米国の都ワシントンに駐在していたのだから、自分より西洋人をよく知る者はないと思っている。だから西洋に関してはこれ以上聞く必要もないし、もちろん学ぶ必要もないと思っている。朝鮮において自分はもっとも進歩した文明人だと自負し、教会内と世間でもそのように認めている。ところが、それを認めないグループが一つだけある。それは西洋人宣教師たちである。

宣教師たちは、金長老が西洋文明の内容を理解していないと思っている。金長老は科学を知らず、哲学、芸術、経済、産業に無知だと思っている。彼は宗教を知っていると言うだろうが、彼が知っているのは朝鮮式キリスト教の信仰のみであって、キリスト教の真髄や、キリスト教と人類との関係、あるいはキリスト教と朝鮮人との関係などは、考えたことがない。

文明とは科学、哲学、宗教、芸術、政治、経済、産業、社会制度などの総称である。西洋の文明を理解するとは、すなわち上に述べた内容を理解するという意味だ。ならば金長老はいったい何をもって西洋を知っているというのか。西洋の宣教師たちはこのことを知っている。それで彼らは、金長老は西洋の物真似人間だと言っている。これは決して金長老を誹謗する言葉ではなく、金長老の実態を言いあてたものなのである。西洋文明の内容を知らないまま西洋の服を着、西洋式の家を建て、西洋の風習に従うことを、物真似と言わずして何と言おう。ただ許すべき点は、金長老は決して軽薄なために、あるいは定見がないとか虚栄心のために、西洋を物真似しているのではないことだ。西洋が自分たちより優れていること、したがって自分たちは何としても西洋を手本にせねばならぬことを心から信じている（悟っているのではない）のである。教養がないためなのだから、非難はできない。実際、彼は無教養である。彼が聞いたら腹を立てるだろうが、彼は無教養だ。彼は西洋文明をうわべだけ見て分かったと思いこんでいる。彼にはそれしか方法がないのだ。しかしうわべだけで西洋文明を理解できるだろうか。十年、二十年と本を読んで先生について学んだ、有能、勤勉、優秀さを自他ともに認める人間であっても、初めて見た他文明を理解できるかどうかは怪しい。いくら金長老が天性明敏で才能があっても、本の一冊も読まずに複雑な新文明の真の意味を理解できるわけがないのだ。

とはいえ、金長老は自分の娘を学校に通わせている。学校ではどんなことを学ぶのか知らないまま、西洋人たちは誰でも子供を学校に通わせるから、それが正しいことだと思っている。思っているというより、信じているといった方が適当だろう。そのおかげで、彼の娘はついには文明を知ることになるだろう。こうやって朝鮮も少しずつ新文明を消化していくのだ。

だが、一つ危険なことがある。それは金長老のような人間が自分の知識を恃《たの》むがあまり、学校で学んで新文明を知るようになった子供たちの思想に干渉することだ。娘や息子はそれなりに考えてやっているのに、親は、自分がまだ考えたことがないことを彼らが考えると、異端のごとく見なして、ついには撲滅しようと躍起になる。こうしていわゆる新旧思想の衝突という、新文明の流入につきものの悲劇が起きるのだ。自分には考えられなかったことを子供が考えるのは、古い人間の目には異端と映るかも知れないが、実は古い人間が知らなかった新しい真理を知ったということだ。息子はつねに父よりも進んでいなくてはならない。そうでなくては進歩というものはありえない。だが古い人間は、新しい人間が自分より多くを知ることを嫌うものだ。新旧思想の衝突の悲劇は、その責任がつねに古い人間にあるのである。

80

金長老は美術のために絵を掛けたわけではないが、その絵を見る子供たちには、間接的に美術を愛する心が芽生えることになる。金長老は、絵そのもののためではなく、描かれているイエスのために掛けるのだが、それを見る娘たちは彼とは逆に、描かれたイエスよりも絵そのものを興味深く見る。どうしてあんなに精妙に描けるのだろう。喜ぶ人の顔には嬉しそうな表情が現われ、苦しんでいる人の顔には苦しむ表情が現われている。草はいかにも草らしく、花はいかにも花らしく、あんなに精妙にどうやって描いたのか。それが彼の娘たちには、より大きな関心事であった。これは金長老には分からない、彼の子供たちだけが知る楽しみなのだ。

金長老は自分の部屋が新式で華やかなことを自慢に思い、満足そうに部屋のなかを一度見渡してから牧師と亨植に椅子を勧める。丸テーブルを真ん中に、三人は三角形になって腰をおろした。亨植は煙草を吸いたかったが我慢した。そして部屋のなかを一度見渡した。涼しい夜風が白いレースのカーテンをそっと揺らし、そのたびに窓のすぐ下に置かれた植木鉢の月桂の薄い葉が揺れる。まもなく出る話のことを考えて、亨植の胸はしきりにときめく。どんな話が出ても、ただちに答えるつもりだ。さっき友善に言われたとおりにするつもりだった。まだオルガンの音と歌声が聞こえている。亨植は嬉しかった。早く話が始まればよいのにと思って、牧師と長老の口許を見た。牧師が、

「先ほど亨植氏にあの話をいたしました。ほぼ承諾なさったようですが、今度は直接お話しし

てください」

と言って、亭植を見る。長老は、

「いや、ありがとう。不出来な娘だが、あれでよろしければ……」

「ほほう」

と牧師が、

「それは長老、謙遜が過ぎますぞ。それにしても実に似合いの二人ですな」

と言って、一人で喜んでいる。長老は、

「もし気が進まないようなら、無理にとは申し上げんが。私は亭植氏を気に入っておるのでな」

亭植はさっきのような間の抜けた態度はとるまいと思って、さっそく、

「どう申し上げてよいか分かりません。私ごときで、よろしいのでしょうか」

と答えた。しかし顔は赤くなった。長老は満足したように身体をそらして椅子にもたれかかり、

「それこそ謙遜が過ぎる。では、承諾するのじゃな」

と、一段と力をこめて亭植を凝視する。亭植は思わず下を向こうとしたが、先ほど友善に言われた「阿呆な真似」という言葉を思い出し、さっと顔をあげて胸を張り、厳粛な表情を浮かべた。だが、どうしても「はい」という答えが出てこず、内心あせった。牧師が、

「さあ、すぐにお答えなさい」

と言うのに続いて、長老が、

「そうじゃ。遠慮することはない」

亭植はありったけの力をふりしぼって、

「はい」

と言った。そして一人でおかしいような恥ずかしいような気分になり、顔をそむけた。

「承諾するのじゃな」

と長老が確かめるように体を乗りだす。亭植は友善の快活さを真似して、

「はい。仰せのとおりにいたします」

と言って、大仕事を終えたようにふうっと深呼吸した。果たして、重い荷物を下ろしたように心が軽くなった。あらたな喜びが胸を満たし、金長老の優しそうな顔にあらためて親しみを感じた。亭植は夢のなかにいるような気がした。

「まことに、あー、慶事ですな」

と、牧師がほっとしたように体を一度揺らす。

「まことに、めでたいのう。それでは妻を呼んで、話を最後まで決めてしまおう」

と、牧師の意向を尋ねる。

「そうなさいませ。それに、いまどきの結婚は当事者の意向も聞かねばなりませんから、善馨も呼ばれた方が」

と牧師も、自分としてはこれで旧習を捨てて新思想にのっとっているつもりだ。

長老はテーブルのうえの呼び鈴を二、三度鳴らす。あの女の子が現われる。

「善馨を連れて来るよう、家内に言いなさい」

幼い小間使いも事情を察しているのか、ちらりと亨植を見て軽く微笑んで出ていく。三人は無言で坐っている。しかし、彼らの目に浮かんでいる笑いは、彼らの心の楽しさを物語っている。亨植は、これから善馨に会うことを考えた。そして初めて善馨に会ったときのことや、先日英語を教えながら考えたことを思い出した。亨植の頭はまるで酒に酔ったようだった。全身が痛いほどの喜びを覚えた。

夫人が善馨をうしろに従えて入ってくる。亨植は椅子から立ちあがり、夫人に挨拶をした。夫人もにこやかに挨拶を返した。善馨は夫人のうしろに隠れて、立ったまま牧師にお辞儀をし、つぎに亨植にお辞儀をした。善馨の顔も赤いが、亨植の顔も赤かった。亨植はハンカチで額の汗をふいた。夫人が長老の横に腰をおろし、善馨は夫人と牧師のあいだに腰をおろした。亨植はちょうど夫人と向き合って腰かけている。

81

善馨はうつむいて坐っている。これまで亨植が自分の夫になるなど、考えてもみなかった。今朝はじめて、長老が冗談のように、

「李先生はちゃんと教えてくれるかな」

と意味ありげに自分を見た。そのときも善馨は別に気にしないで、

「はい。とても親切に教えてくださいます」

と答えた。

「お前の考えでは、いい人だと思うか」

それでようやく善馨も父親の言葉に何か意味があることに気づいた。そして少し躊躇したが、返事をしないわけにもいかないので、

「はい」

と、言って顔をそむけた。そのあと一日中、亨植のことを考えた。自分は果たして亨植を好きなのか、亨植の妻になる気があるのか、考えてみた。だが分からなかった。亨植を好きな気もするし、そうでないような気もした。それで順愛に、

「ねえ、順愛。家では私を結婚させるつもりらしいわ。どうしたらいいかしら」

順愛はべつに驚く様子もなく、

「誰と」

「はっきり分からないのだけど、どうやら李先生との結婚を考えているみたい」

「李先生と」

と、順愛は驚いた表情を見せ、

「何か、話があったの」

「さっきお父さまが、李先生をいい人だと思うかって、いやに何度も私の顔をご覧になるの
……」

順愛はちょっと考えていたが、

「で、あなたはどう思っているの」

善馨は首を傾げ、

「そうね。分からないわ。よく分からないのよ。これから、どうしたらいいの」

「自分の考え次第よ。好きなら結婚すればいいし、いやならやめればいいし」

「お父さまがしろとおっしゃるなら、しなくちゃ」

「そんなことないわ。その気がなければ、しなければいいのよ。いまどき無理に結婚させる親なんているもんですか」

「そうかしら」

と決断がつかぬように、黙って首を傾げていたが、

「ねえ、順愛。で、あなたはどう思うの」

「何を」

「私が結婚すること、李先生と」

「私が知るわけないでしょう」

「そう言わないで、教えてちょうだいな。あなたの他に相談できる人なんていないんだから。さっきお母さまに話そうと思ったんだけど、なんだか恥ずかしくて……」

「善馨に分からないものを、私が分かるわけがないじゃない。こういうことは自分の心にかかっているものよ。私には、なんとも言えないわ」

善馨はじれったそうに、

「それじゃあ、順愛はどう思う。李先生は、いい人かしら」

「いい人でしょう」

「そんなふうに言わないで」

「二日か三日、一時間ずつ字を習ったくらいで、その人の心が分かるはずがないじゃないの。自分はどう思っているのよ」

「私にも分からないから、聞いているのよ。ああ、どうしよう。どうしたらいいかしら」

こんな会話があった。この会話からも分かるように、善馨は亨植に対してどうしてよいか分からなかった。だが十七、八歳の娘の心としては、ひどい悪人か、賤しいか、おそろしく醜い人間でなければ、相手がどんな男性であろうと憎からず思うものである。おまけに亨植は世間でも多少は称賛を受けている人間でもあるし、善馨も亨植がきらいではなかった。むしろ、どちらかと言えば好きだった。そこに朝の父親の言葉を聞いて、前よりもう少し好きになった。だが当然のことながら、善馨は亨植を愛しているわけではない。そんなふうに二、三日で愛が生まれるはずがない。これからどれほどの愛が生まれるかは知らないが、少なくとも、今のところはまだ愛が生まれたわけではない。

亨植と善馨はお互いの性格を知らない。亨植が善馨を愛するのも、美しい花を愛するのと同じ愛でしかない。見るからに愛らしいから愛するのだ。きわめて外面的な愛である。目と目の愛であり、顔と顔の愛だ。互いの精神はまだ一度も、そして少しも向き合ったことはない。亨植は善馨を眺め、善馨は亨植を眺めて、心のなかで「あの人の内部はどうなっているのだろう」と考える。そして、「時間が経たなくては分からない」と考えるだろう。ところが金長老と韓牧師だけは、この二人の内部を熟知しているつもりである。若い二人がお互いを知っているほどにも二人のことを知らないくせに、自分たちは彼らのことをよく知っていると思いこみ、二人が夫婦になれば幸福になること請け合いだと言って二人を結びつける。たんに自分たちの浅はかで愚かな了見で、よさそうに見えるからと言って結びつける。それでもしこの夫婦が不幸になれば、彼らは自分たちの責任だとは思わず、二人の責任だ、八字《パルチャ》だ、神の思し召しだと言うことだろう。こんなふうにして、一日に何千組の夫婦ができるのだ。

82

長老は亨植と善馨をかわるがわる見比べていたが、牧師に向かって、

「どうやれば、よいかのう」

と聞く。まだ新式の結婚を見たことがない長老は、実際、どうやっていいか分からないのである。もちろん牧師も知るはずがない。だがこんな場合に、知らないとも言えない。そこで、

「私どもはこれから人倫の大事を話し合うのですから、まず神に祈りを捧げようではありませんか」

と言って頭をさげる。他の人たちも、全員頭をさげて手を膝に置いた。牧師は精神を集中させようとするのか、ちょっと沈黙していたが、やがて非常に心のこもった敬虔な声で祈りはじめた。最初のうちは聞こえるか聞こえないかの声だったが、しだいに大きくなった。

「知らぬことなき全知全能の神、愛多くして、我ら罪びとの群れを常に愛したもう、天にまし

ます我らの父なる神エホバよ」

と、まず神に呼びかける。

「このたび、幼く、知覚なく、罪多く、無知蒙昧で愚かな我ら罪びとの群れが、我らの父なる神が万世の以前よりお定めくだされた意のままに、神の愛する李亨植と金善馨との婚約を執り行なおうと存じます。鳩のごとき神の偉大な聖霊よ。我ら無知愚昧な罪びとの群れの心にあらせられて、すべてを司《つかさど》らせたまえ。我ら無知蒙昧な罪びとの群れは、偉大なる我らの神エホバにお目にかかる資格はございませんが、我らのために十字架で血を流されて神の宝座の右に坐られた、我らが救世主イエス・キリストの偉大な功労におすがりして、お祈りいたします。アーメン」

と祈り、しばらくじっとしている。他の人たち全員が顔をあげてから、ようやく静かに顔をあげた。牧師は二人のために心からの祈りを捧げたのである。他の人たちも皆、心から「アーメン」を唱えた。

牧師は厳粛に、

「それでは正式に、あー、話し合ってください」

と長老夫妻を見つめ、次に善馨を見る。長老はどう話したらよいか分からないように、右手でテーブルをコツコツと叩いていたが、まず夫人に話すべきだろうと考えて、いかにも両班らしいゆったりとした声で、

「私が亨植氏に婚約を請うたところ、亨植氏が承諾なさった。夫人の考えはどうじゃな」

と言って、筋道を立てて新式らしく話したことに我ながら満足して夫人を見る。夫人はさっき二

人で話し合ったことをあらためて聞かされるのはおかしかったけれど、新式というのは何でもこうなのだろうと思い、恥ずかしそうに少し身体を動かして下を向きながら、

「感謝いたします」

と言った。長老が、

「では、夫人も結構だということじゃな」

「はい」

と夫人は顔をあげて、向かい側に掛かっている絵を見る。

「これで婚約成立だな」

と長老は牧師を見る。牧師は祈禱でもするように天を仰ぎ見る眼差しで、

「はい。しかし、いまは当事者の意思も聞かなくてはなりません」

と言い、自分の方が長老より新式に詳しいことに満足しながら、

「もちろん当事者も承諾はいたしましたが、やはり本人たちの意思も聞いてみませんと」

と言って亨植を見る。「ほら。私の言っていることが正しいですよね」と言っているようだ。亨植は牧師をちらりと見てから、またうつむく。長老が、

「それでは当事者の意思も聞いてみよう」

と言って、裁判官の尋問のような態度で威儀をただし、まず先に男性である亨植に聞いてから善馨に聞くのが順当であろうと思い、

「では亨植氏も同意なさるかな」

牧師には長老の質問が少し物足りなく思われ、すぐに亭植に向かって、

「いまは当事者の意思を聞かなくては結婚できませんから、はっきりと返事をするのですぞ。善馨と結婚する意思がおありですか」

と解説する。亭植はおかしいのを懸命にこらえた。恥ずかしくて返事ができなかったが、友善のことを思い出してすぐに顔をあげ、威厳を保ちながら、

「はい」

と言った。自分の返事なのに、なんだかおかしかった。

「あとは善馨の意思ですな」

と、牧師は善馨のうつむいた横顔を見ながら、

「お前も、恥ずかしがらずに答えるのだよ」

善馨はおかしいやら恥ずかしいやらで、長老が「おまえの意思はどうじゃ」と尋ねても返事をしなかった。長老は牧師の方を向いて、黙って笑った。夫人も笑う。しかし牧師はあいかわらず厳粛に、

「それでは夫人から尋ねてください」

「これ、返事をしなさい」

「新式とはこういうものなのだ。答えなさい」

と牧師がまた解説をする。夫人はもう一度、

「これ、返事をおし」

今度は声が少し鋭かった。仕方なく善馨は蚊の鳴くような声で、

「はい」

と答えた。しかしその声は誰にも聞こえなかった。長老が、

「早く返事をせんか」

ともう一度うながしたので、もう一度「はい」と答えた。今度も長老と牧師には聞こえなかった。しかし、夫人には聞こえた。もう一人、亨植も聞いた。今度は牧師が、

「早く答えなさい！」

「もう答えました」

と夫人が代わりに言う。善馨の顔は、ほとんど膝につきそうなくらい下に垂れている。

83

「よし。これで結構です。両親の許しもあり、当事者も承諾しましたから、これで正式になったようですな」

と、牧師がようやく満足して笑う。これならりっぱに新式の結婚であろうと牧師は考えた。長老はここで正式に婚約を宣言した方がよかろうと思い、

「これで婚約成立だ」

と亨植を見て、

「できの悪い娘だが、一生を頼む」

と言い、次に善馨にも何かを言おうとして、思いとどまる。亨植は夢のように嬉しかった。まるで全身の血が頭に集まったようで、目が眩《くら》みそうだった。自分の呼吸の音が人に聞こえやしまいかと、亨植は息を押し殺した。亨植の赤くなった顔を見て、牧師と長老はまたもや笑う。善馨もなんだか嬉しかった。自分が「はい」と答えたことが嬉しく、そしておかしかった。先日アルファベットを習ったときのように、下衣《チマ》の紐で額と鼻のわきの汗を拭いた。

しばらくそうやって顔を見合わせていたが、長老が、

「ところで」

と牧師に向かって尋ねる。

「結婚式を挙げてから米国にやるかな。勉学を終えてから、式を挙げた方がよいかな」

「そうですね」

と牧師。

「何年で卒業でしょうか」

「善馨は少なくとも五年はいなくてはならんじゃろう」

そして善馨に向かって、

「五年で卒業だと言っておったな」

「はい。来年の春カレッジ〔大学〕に入学すれば」

と、善馨は今度はすぐに答えて顔をあげる。亨植と善馨の視線が一瞬交わって、すぐに離れた。まるで稲妻のように素早かった。そして稲妻のように力強かった。

「では亨植氏は、何年で卒業ですかな」

と牧師が尋ねる。

亨植は返事をためらった。自分も米国に送ってくれるという話は牧師から聞いていたが、もう決まったことのように話すのは少々気恥ずかしかった。それで、

「と言いますと」

と言った。牧師はすぐに、

「いや、今秋に米国に行けば、いつ卒業かという話です」

「今年入学すれば、四年後に卒業です」

「それで博士になるのですか」

「いいや」

と長老が、ここぞとばかりに自分の知識を披露した。

「博士になるには、その後もしばらく、いなくてはならん」

と言ったが、何年必要かは知らなかった。亨植はそれを察して腹のなかで笑った。だが、いまや金長老は自分の愛する人の父親であり、自分にとっては舅である。それで腹のなかの笑いを止めて、

「カレッジ（大学）を卒業して二年以上ポスト・グラデュエイト・コース（大学院）で勉強すればマスターという学位をもらえます。その後三年間勉強してようやく博士試験を受ける資格が与えられます」

と言った。話し終えると、いくらか恥ずかしさが消えた。

「それでは亨植氏は博士になって来るがいい。ところで、女の博士もいるのかね」

「はい。西洋にはもちろん女性もいます。日本の女性でも米国で博士になった人が一人いましたが、昨年亡くなりました」

と言って、すぐ善馨を見た。夫人は、

「まあ。女の博士がいるなんて」

と驚きながら笑う。長老も女性の博士がいるとは知らなかったので驚いたが、驚かないふりをした。そして、

「女の王様だっているのだからな」

と、自分の有識ぶりを見せつけた。牧師が、

「それでは善馨も博士になればいい。はは、珍しいですな。夫婦そろって博士とは」

と、もう博士になったかのように嬉しそうに笑う。亨植と善馨も笑った。みんな笑った。亨植も博士になれそうな気がし、善馨も博士になれそうな気がした。夫人もそんな気がして喜んだ。牧師が話を戻した。

「それでは、結婚式を挙げてから行く方がよろしいでしょう。なにしろ五年ですから……」

「それでも、勉学を終えてから挙式すべきじゃ」

と長老が言う。

「そんな、どうして」

と、夫人は娘に同情する。

「そうですとも。式を挙げなくては」

「それで勉強ができるか。勉学を終えてからにすべきじゃ」

「これも当事者に聞いてみましょう」

と、牧師がまた新式を持ち出す。

「亨植氏の考えはいかがですか」

「私には分かりません」

「それじゃあ、誰が分かるというのですか」

善馨も心のなかで笑ったが、黙っていた。牧師は少々きまりが悪くなった。結婚式を挙げるべきだという側にも、挙げるべきでないという側にも、何の理由もなかった。結婚についてもこれといった理由や自信などなかったのだから、結婚式を挙げるかどうかについても、理由や自信があろうはずがない。遊びのように結婚が決められ、遊びのように勉学を終えてから挙式することが決まった。そして一同は、すべてをもっとも合理的にやった、なにしろ神の聖霊の導きを受けたのだから、と思った。危ない話である。

84

亨植は金長老の屋敷の門を出た。水気をたっぷり含んだ夏の夜の空気が、汗ばんだ亨植の身体を水のように通り過ぎていく。それが亨植には、とても爽快で気分がよかった。きらめく空の星、家々の電灯、過ぎゆく人びとの顔、それらを軽やかに眺めながら、亨植は最高に楽しい気分で家に帰っていく。自分の運命に春が来たようだ。善馨は妻になった。心ゆくまで愛することができる自分のものになった。そして米国に行って大学に入り、学士になり、博士になることができる。愛する善馨と同じ汽車に乗って一緒に米国に行き、同じ家に住んで同じ学校で勉強できる。ああ、なんて楽しいことだろう。そして勉学を終えたら、善馨と腕を組んで同じ船と汽車に乗って帰国し、万人の羨望と称賛を受けるのだ。ああ、どんなに楽しいことか。それから、景色がよくこぎれいな家にピアノを置いて、壁にバイオリンを掛け、善馨とともに暮らすのだ。いつまでも愛しあって楽しく……ああ、なんて嬉しいんだ。亨植は子供のように喜んでいた。将来もさることながら、今こうやって考えること自体が楽しくて仕方がない。それで考える時間を引きのばそうと、わざわざ光化門《クァンファムン》の前から鍾路を通ってタプコル公園をまわり、それでもまだ家に帰るのがもったいないような気分で家に帰った。心には、目の前でうつむいている善馨の姿が刻みつけられている。その姿は見れば見るほどいっそう愛らしく美しい。

亨植は門の外でしばらくためらった。いまや自分はこんな門を出入りする人間ではない。自分がにわかに偉くて高貴な身分になったような気がした。それで、こぶしで門を一発叩き、一人で笑いながら中庭《マダン》に入った。

縁側に坐って話をしていた婆さんと友善が、亨植を見て勢いよく立ちあがる。友善が亨植の肩を力いっぱい叩き、笑いながら、

「よう、どうなった」

亭植はとぼけて、

「何のことかな」

「おっ、こいつめ」

「どうじゃったね」

と婆さんが、

「うまくいったかね」

と言って笑う。

「何のことですか」

と言って、亭植も笑う。

「さあ、一部始終を白状しろ。行って夕食を食べて、それから」

「水を飲んで」

「それから」

「話をして」

「その次は」

「帰ってきた」

「えーい、こいつめ。白状せんか」

と友善が両腕で亭植の腕をねじる。

「これでもか、これでも言わんか」

「アイグ、うん、うん。話す、話すよ」

友善が腕を放すと亨植は、

「で、何の話だったかな」

「拷問台に坐るまで、吐かんつもりか」

ともう一度、思いきりねじ上げる。

「分かった、分かった。今度はちゃんと話す」

「そうか、話すんだな」

と、腕を放さないで念を押す。

「ちょっと待てよ。灯りをつけて坐って話そう」

と、自分の部屋のランプに灯をともし、帽子とトゥルマギを脱いで部屋の奥に投げこむ。だが今朝の投げこみ方とは意味が違っている。婆さんは煙草袋と煙管《きせる》をもって亨植の部屋にやってくる。友善も煙草をくわえ、帽子で胸と足と背中をあおぎながら、亨植が話しはじめるのを待っている。

亨植は笑いながら、

「婚約したよ」

と言った。

「じゃあ、結婚式はいつだ」

「卒業のあとになるそうだ」

「卒業後だと。米国から帰って来てか」

「ああ、五年後にな」

「五年後！」

と婆さんが驚いて煙管《きせる》を口から離し、

「五年後じゃと。すっかり年を取ってからかね。あれまあ」

「五年後ならまだ若いですよ」

と亨植が婆さんを見ながら笑う。

「一番楽しい時期に見つめ合うだけかね、まったく。さっさと式をお挙げなさいまし、五年後なんて言わずに」

と、婆さんは自分に大きな関係でもあるかのように大反対だ。亨植は婆さんの言い分が正しいと思った。しかし、

「見つめ合っているうちが花ですよ」

と言って、今度は友善に、

「ところで、七月末までに発つことになったよ。この九月の学期に入学するんだ」

85

「七月末だと」

と友善は驚いて、

「そんなに急に行くのか」

と言う。

「九月に入学しないと、一年無駄になるからね」

「で、何を学ぶつもりだ」

「行かなくては分からないが、教育を研究しようと思っている。僕がこれまでやってきたのも教育だし、いま朝鮮で一番大切なのも教育だ。だから力のおよぶ限り新教育を研究して、一生を教育に捧げるつもりだ」

「教育というと」

「もちろん教育といえば小学校教育と中学校教育のことさ。いまの朝鮮は、まさにペスタロッチを待っている。朝鮮人を完全に新しい朝鮮人にするには教育しかない。いつの時代でもどこの国でもそれは変わらないが、大いそぎで古い朝鮮を捨てて、文明化した新しい朝鮮を作らねばならない僕たちのところでは、とくに万人が教育のために力をつくさなくてはならないと思うんだ。君も文筆に従事しているのだから、ぜひとも教育熱を鼓吹してくれたまえ。教育の現状はひどいものだよ」

「じゃあ、四年間、教育だけ研究するつもりか」

「四年は長く見えるけど、十分に研究しようと思えば、十年でも足りないさ」

「それは僕にも分かるが、教育分野だけを研究するのかと聞いているのだ」

「もちろん、それに関連する他の勉強もするさ。教育を中心に勉強するということだ。特に社会制度と倫理学に力を入れようと思う」

と言って、「君にはこの意味がよく分からんだろうな」と言うように友善を見る。実際のところ、友善にはよく分からなかった。しかし「だいたい、こんなところだろう」と勝手に見当をつけた。そして笑いながら、

「それじゃあ、君の奥さん……なんというか、スウィートハートはどうなんだ」

亨植は笑顔を少し赤らめて、

「僕は知らない」

「夫が知らなくて、誰が知っているんだ」

「本人が知っているさ。いまの時代は、夫といえども妻の自由は束縛できないからね」

「それじゃ、何を学ぼうが、君は口を出さないというのかい」

「もちろんさ。〈自分〉というものがあるからね。誰だって、自分がやりたいことをする権利がある。他人の〈自分〉を力で左右はできない。他人に対して、こうした方がよいのじゃないかと忠告したり教えてやるのはいいが、自分がこう考えるからおまえもこうしろと言うのは越権だ」

さすがに友善もこれには驚いた。一理あるとは思ったが、まさかそんなことができるかとも思った。だが、これ以上議論する気はなかった。亨植の思想が自分とは違うことに気づいて、ひとり頷いただけだ。亨植は、友善の驚いた顔を見て微笑む。勝利の満足感が浮かんでいる。

婆さんには二人の話はチンプンカンプンだったが、亨植がどこかに行くということだけは分かった。三人はそれぞれ世界を異《こと》にする人間である。友善と亨植はもしかしたら同じ世界の人間になるかもしれないが、婆さんは決して亨植と同じ世界の人間にはなれない。同じ部屋、同じ時間

に、違う世界に属す三人が坐っている。そしてお互いに通じる話だけをして、同じ世界に属しているると思っている。そのうちに偶然ほかの世界の話が出ると、いきなり目を丸くする。婆さんは、

「李先生はどこかに行くのかね」

とひどく驚いた様子だ。二人は笑った。

「ええ、もしかすると来月の末に」

と言ってから、亭植は婆さんが陰暦しか知らないことを思い出して、

「八月の中ごろ、米国に行きます」

「米国、あの西洋の国かい」

「ええ、西洋ですよ」

という亭植の答えに続いて、友善がカラカラと笑いながら、

「ほら、鼻がこんなに高くて、目がぺこんと引っ込んだ人間が住む国だよ」

と言う。二人は笑い、一人は驚く。

「西洋は、どのくらい遠いのかねえ」

「三万里くらいなものでしょう」

という亭植の言葉。

「海を十万里くらい行くのさ」

と友善が笑う。しかし婆さんには、三万里と十万里がどれくらい違うのか分からない。それどころか、三万里という距離も想像がつかず、口をあんぐりと開けるだけだ。

「ここから釜山の東萊《トンネ》〔温泉で有名な町。現在の釜山市東萊区〕まで、行ったり来たりを十五回するくらい遠いんだ。だから大きな鉄の船に乗って轟々《ごうごう》と音を立てて行くのさ」

という友善の言葉に婆さんは、

「火輪船に乗って行くんだね。何ヵ月かかるのかねえ」

と、煙草を吸うのも忘れている。

「三十ヵ月以上はかかるな」

と言って友善がふり返り、口をすぼめて笑う。

「なんてこった！」

と婆さんが驚くのを、亨植が、

「嘘ですよ。半月もあれば行きますよ」

と言うと、婆さんは恨めしげに友善の方をちらりと見あげて、

「何をしに、そんな遠いところに行くんじゃね。それに奥さんはどうするのさ、アイゴー」

と身体を震わせる。友善が、

「奥さんも一緒に行くのさ。これから李先生は夫人同伴で西洋に行くんだ。婆さんも行ってみないかね。轟々《ごうごう》という鉄の船に乗って、空の向こうの西洋の国に行ってみるのはどうだい」

婆さんはそんな話には耳も貸さず、

「じゃあ、いつ帰ってくるんじゃね」

「分かりません。四年か五年したら帰ります。帰ったら必ず訪ねて来ますから」

と亭植も笑う。婆さんは溜息をつきながら、

「私が四、五年先も生きているかねえ」

と、目に涙を溜める。二人は笑うのをやめて、婆さんを見つめた。

86

今度は、少し英采《ヨンチェ》の話をしよう。果たして英采は大同江《テードンガン》の蒼い波をかきわけて、龍宮の客となったのか。読者の皆さんのなかには、おそらく英采の死を悲しんで涙を流した方もおられよう。あるいは、古来いかなる読本《よみほん》でも、年を取るまで子供ができなかった人に息子が生まれぬことがなく、息子を生めば貴男子とならぬ例がなく、水に落ちれば助からぬはずがないように、英采も必ずや大同江に身を投げようとした瞬間に貴人の救うところとなり、どこかの庵で尼僧となってから亭植と再会してめでたく夫婦の契りを結び、「寿富貴多男子《スブグィダナムジャ》」〔長命・裕福・高貴・子沢山の意〕の運びになるのだろうと、小説家のけちな手並みを見越してひそかに笑った方もおられよう。

英采が身を投げて死ぬのは当然であるとして、英采の平壌行きを称賛なさった方もおられようし、身投げする理由はないと言って、英采が取った行動を残念がられる方もおられよう。読者の皆さんのお考えと私がこれから書こうとしている英采の消息が、どう一致し、どう違うかは分からぬが、その違いを比べてみるのも一興ではないか。

釜山から来る二等車はほとんどの客を南大門《ナムデムン》で降ろし、英采の乗った車室には男女合わせて五、六人しかいなかった。車室の隅に腰かけた英采は他人に顔を見られるのを厭《いと》うように、汽車が発

車すると車窓から頭を出し、涼しい風にあたりながら南山の景色を眺めた。とくに注意を引くものがあるわけではなかった。同乗の人たちと顔を合わせたくなくて、山や野原が次から次へと過ぎていくのをぼんやり見ていただけだった。悲しくもなかったし、つらくもなかった。深い眠りから覚めかけるときのように、精神がぼうっとしていた。夢のなかにでもいるようだった。

母《オミ》さんと友だち二、三人から見送られたときは、やはり悲しかった。自分の身の上へのやるせなさもあった。二十年以上生きてきたこの世を捨てて死出の旅に出るのだという思いに、胸を刺されるような痛みを覚えた。その一方で、ままならぬ憂き世など、捨ててせいせいするという気もした。それで英采の頭のなかは煮えくりかえる熱湯のようだった。しかし、一、二時間で英采の心はすっかり鎮まった。どうやって南大門停車場まで来たのか、どうやって汽車に乗ったのかさえ忘れてしまったような気がする。南大門を出たのが何十年も前のことに思われ、母《オミ》さんと友だちの顔が何十年前に見た顔のように霞《かす》んでいく。

英采の目には、夏の昼の陽ざしを受けた青い山、小麦と大麦の黄色い波、そして粟《あわ》と稗《ひえ》の青い波が見える。草の香りをのせた風が顔をかすめて苧麻《からむし》の上衣《チョゴリ》の隙間から吹きこみ、汗ばんだ肌を冷やしてくれる。これらすべてが英采に一種の快感を与えた。それで英采は夢を見ているように、見えないものを見ようともせず、また見えるものを見ないようにしようともせず、目に入るがままに見、耳に入るがままに聞いた。そして、自分がどこに行こうとしているのか、何をしに行こうとしているのかさえ忘れてしまった。

だが時おり、私は死にに行くのだという考えが浮かぶ。すると英采は、一度死んで生き返ったかのように目をしばたかせて身体を震わせる。それから家のこと、平壌のこと、亨植のことが頭をもたげる。だが、少しずつ、少しずつ、浮かんでもすぐに消えるようになり、やがてまた前のように夢見る人になっていく。

そのうちに、ふと清涼里の光景が目に浮かぶ。あの獣のような人間たちが自分の手首をつかんで引き寄せたことを思い出して、舌で唇を舐めてみる。ちょっと力を入れて吸うと塩辛い血が口に入ってくる。その血を味わうかのように口を閉じるが、やがてすべてを忘れようとするように首をふって唾を吐き出し、さっきのように山と野原を眺める。風が英采の髪をなびかせる。

汽車は開城《ケソン》トンネルを過ぎて黄海道の山岳地帯を走っている。シュッシュといいながら峠を登ってはすーっと下り、また山に沿った坂道をシュッシュと登っては何十メートルもの線路を滑るように下っていく。左右は草深い谷間で、シュッシュと登るときは草むらから焦げたような匂いが立ち昇り、下るときには待っていたとばかりに涼しい風が吹き抜けていく。線路わきの山では奇怪な形の岩石が強い陽ざしを浴びて、いまにもパチパチと音を立てそうだ。あちこちに突っ立った木は眠たげで、木の葉一枚動かさない。時おり平らな場所が開けると、川辺で牛が寝ていたり、十五センチほどに伸びた粟畑で草取りをしている子連れの農婦が、通過する汽車を見あげたりしている。だが英采はあいかわらず夢を見ているように車窓に顎をついている。

汽車が長い汽笛を鳴らしながらどこかのカーブを曲がろうとしたとき、機関車の煤煙が英采の前を流れ、そのとたん、右目に石炭の粉が飛びこんだ。すぐに英采は目をつぶり、窓の外に出していた頭を引っ込めた。そして手に持っていた絹のハンカチで目をふいた。けれども石炭の粉は出てこず、涙ばかり流れる。目がひどく痛い。

87

英采はハンカチで目を拭《ぬぐ》い、顔をしかめて「ああ、痛い」と心のなかで叫んだ。石炭の粉は、最初は上瞼の裏に入ったようだったが、しばらくこすっているうちに行方が知れなくなり、痛みだけが残った。ハンカチを目の中に入れて拭い取ろうとしたがどうしても出てこないので、腹を立てた英采は、車窓に手をおくと、そこに顔をあてて泣き伏した。ずっとまどろんでいた悲しみが急に目を覚ましたらしく、涙が湧きだした。なぜ泣いているのかも忘れ、ただ悲しくて声を抑えて泣いた。これまでぼんやりしていた精神が急にはっきりとしてくるようだった。過去のことすべてが、悲しみを帯びて鮮明に浮かんでくる。英采は目に石炭の粉が入ったのも忘れ、ただ悲しくてひたすら泣いた。今夜、私は死ぬのだ。私は大同江に身を投げる。この目もなくなるし、身体の温かみもなくなる。今日見ている山と野原と人間は、全部これで見おさめなのだ。何時間もしないうちに私は死ぬのだ。こうした思いが、針の先のように全身を突き刺す。自分はなぜ生まれてきたのか、何のために生きてきたのかと、後悔も湧く。

このとき誰かが英采を軽く揺すって、

「もしもし、顔をあげてくださいな」

と言う。英采は驚いて顔をあげ、やっとのことで片目を開けてその人を見た。日本の着物を着た若い女性がハンカチを持って、

「こちらを向いて坐ってください。目に石炭の粉が入ったのですね。私が取ってさしあげましょう」

とにっこりしたが、英采の顔に憂いの色があるのを見て驚き、じっと見つめる。英采はありがたいような恥ずかしいような気持で、女性の言うとおりにそちらを向き、

「大丈夫です」

と言ってうつむいた。女性は英采を正面から抱くようにして坐り、

「いいえ、石炭の粉が目に入ると簡単には出ませんのよ」

と、ハンカチを指の先に巻きつけ、片方の手で英采の目を撫でながら、

「こちらの目ですか。こちらの目ですか」

そう言うと英采の右目の上瞼をあげて、じっとのぞきこんでから、ハンカチでさっと拭う。その態度がとても手慣れていて沈着である。英采は黙ってされるがままになっていた。女性の疲れたような温かな息が、何かの匂いをともなって、香るように自分の鼻と口にあたるのを感じた。女性はもっとぴたりと英采に寄り添って坐ると、指で目をこじ開け、しきりに首を傾けて何度も拭い出す。腹立たしそうに、

「まったく、もう。人がいなかったら舌の先で舐めたいくらいだわ」

と言ったかと思うと、

「ほうら、出た。ご覧なさい。こんなに大きなのが入っていたのよ」

と、ハンカチについた石炭の粉を英采に見せる。しかし英采は目がチカチカして、涙で見えない。

女性は座席から立ちあがり、英采の腋に手を入れて立たせると、

「さあ、洗面所に行って、顔を洗いましょう」

と先に立つ。汽車は揺れているのにその女性はぐらりともせず、平地を行くように英采の手を引いて車室のはしの洗面所に行く。途中、車室のなかほどで、自分の席にいる洋服姿の少年から石鹸とタオルを受け取っていく。向かい側で読書をしていた洋装の人が、二人の様子をちらりと見て、また本を読みはじめる。

英采はふらつきながら女性について洗面所に行った。女性は大理石盤の真っ白な陶磁器の洗面器に水をそそぎ入れ、手で掻きまわして一度すすいでから、清潔な水をなみなみと張って石鹸箱を開けた。赤い縞の入った大きなタオルで英采の肩と襟をおおってやり、片手で英采の腰を抱くようにして自分の身体に寄りかからせると、

「さあ、石鹸でじゃぶじゃぶとお洗いなさい」

と言った。英采のつやつやした髪や花簪《はなかんざし》、白い首すじと背中を見ながら、「何をしている人かしら」と考える。肩をおおったタオルがずれれば直してやり、耳の下のほつれた毛も直してやる。人が見たら、姉が妹を手伝っていると思うだろう。実際、その女性は英采を妹のように思った。「上品な娘さんだわ。頭もよさそうだし、教育も受けているみたい」と思った。そして石炭の粉が目に入って泣いていたのを思い出して、「まだ子供ね。可愛いわ」と思った。

悲しみのなかではあったが、英采はその女性の優しさをありがたく、また嬉しく思いながら顔を洗った。背中に置かれた女性の手の感触に、月花に抱かれたことを思い出した。そしてその女

性の顔がどことなく月花と似ていると思った。だけど自分は死ぬのだ。英采は洗面を終えて身を起こした。女性がタオルを渡す。英采は顔と手をふいた。女性はタオルを受け取って英采の首すじと耳の後ろを優しくふいてやった。英采は目を開けて正面から女性を見た。英采の目は赤かった。睫《まつげ》にはまだ水がついていて、まるで涙のようだ。女性は母が娘を見るような目でにこやかに英采を見ていたが、腕で英采の腰を抱いて、

「さあ、行きましょう。行ってお昼を食べましょう」

88

二人は来たときと同じようにして、英采の席に戻ってきた。その時ようやく英采は、

「ありがとうございます」

と言った。腰をおろす前に女性はもう一度自分の席に戻り、あの少年と何か話してから、鞄から四角い紙の箱を取り出してきた。英采の向かいに坐ると、

「さあ、食べてちょうだい」

と、その箱の蓋を開ける。英采の知らないものだった。ポツポツと穴があいた二切れの餅《トック》の隙間に薄い生肉が挟んである。何ですかと尋ねるのもはばかられて、英采は黙って坐っていた。女性は英采の目をちらりと見て、心のなかで「あなた、これを知らないのね」と思いながら、英采に食べるよう勧めた。

「どこまで行かれるの」

と言いながら、自分が先に一切れつまんで、「さあ、どうぞ」と勧める。

「平壌です」

と言って英采も一切れつまみ、その女性が食べるようにして食べた。最初はどう食べるのか、分からなかったのだ。

「平壌にお住まいなの」

と言いながら、女性はもう一切れつまむ。英采は答えに窮した。私にも家があるのかしら。家があるとすれば妓生房だわ、そう思いながら顔をそむけ、

「ええ。前は平壌にいたのですけど、今はソウルです」

と、食べ終えてじっとしている。「もっと召し上がって」と言って女性がつまんでくれるので、もう一切れ受け取った。別に美味しいわけではないが、挟んだ塩肉の味が悪くないし、全体として特別な味はないけれども、どことなく風雅な味わいがあると思った。女性はもう一切れつまんでひっくり返しながら、

「で、夏休みなの」

私を女学生だと思っているのだわと思って、ひどく恥ずかしかった。この日本の女性はどうしてこんなに朝鮮語がうまいのかしらと考えていたが、あまりのうまさに、そうだ、日本に行っている朝鮮人女学生なのだと気がついた。

「いいえ、違います。私、学校には通っていません」

「それじゃ、もう卒業なさったのね。どこの学校でしたの。淑明かしら。進明かしら」

ちょっと考えてから、

「どの学校にも通っていません」

この言葉に、女性は口に餅《トック》をくわえたまま、きょとんとして英采を見ている。それじゃ、この子は何なのかしら。「妾」という考えが浮かぶ。学校に通ってないという言葉に多少軽蔑の思いが湧くが、同時に彼女がどんな女性なのか好奇心も湧く。だがどう聞いていいか分からず、ちょっと考えてから、

「それじゃ、平壌に親戚がいらっしゃるの」

英采はどう答えていいか迷った。今夜には死んでしまう身だ。こんなに親切にしてくれるこの女性に一部始終を打ち明けたい気もしたが、恥ずかしいし、どこからどう話していいか分からず、餅《トック》を持ったまま黙ってうつむいている。女性も黙って坐っている。「この人には何か秘密があるわ」と思うと、ますます好奇心を掻きたてられる。しかし、英采の困った顔を見て話題を変えた。

「私の家は黄州《ファンジュ》〔黄海道の町〕なの。東京で勉強していて、夏休みで帰省したの。あれは私の弟よ」

英采は「はい」とだけ言って、その少年を見た。座席にもたれて坐っていた少年は、目をパチパチさせながらこちらを眺めていたが、英采と目が合うと視線をそらして窓の外を見る。丸くてふっくらした顔で、大きな目に睫の長いのが目立つ。可愛い顔だこと、お姉さん似だわ、と英采は思った。二人のあいだにはまた沈黙が流れた。時おり顔を見あわせるだけだ。英采は、私にもあんな弟がいたらよかったのにと思った。そして東京に留学している彼女の身の上を羨んだ。私は死ぬのだ。私はなぜこうも薄命なのだろう。どうして私は一生を涙で送って死ぬように生まれ

ついたのだろう。汽車は行く。太陽も行く。私が死ぬ時間が近づいてくる。英采は自分の手と身体を見た。すると思わず涙がこみあげる。英采はとうとう自分の座席に額をあてて泣き出した。女学生は英采の横に来て、英采を抱き起こしながら、

「もし、なぜ泣くのです」

英采は自分の胸の下に差しこまれた女学生の手を握りしめて自分の口に押しあて、泣き伏したまま、

「ありがとうございます。私は死のうとしている身なのです。ああ、ありがとうございます」

と言って、さらにすすり泣く。

「なんですって!」

と女学生は驚いて、

「何を言うの。いったい、どういうことなのです。話してちょうだい。できる限り力になりますから。どうして死のうとするのです。さあ、泣かないで話してちょうだい。生きなくては。青春の盛りですもの、楽しく生きなくてはいけないわ。どうして死ぬのですか」

と、ハンカチで英采の涙をふく。英采は目を見開いて女学生を見る。女学生の目にも涙があふれている。こんなに活発で男の子みたいな人にも涙があるなんて不思議だわ、と思った。そして英采は、その女学生に心の底から親しみを感じた。英采の涙をふいたハンカチには英采の唇から出た血がついている。女学生は黙ってその血と英采の顔を見比べる。可哀相にという思いで、胸がいっぱいになっていく。

89

　女学生は英采の身の上話を聞いて、

「それじゃ、いまもその方を愛してらっしゃるの」

　愛しているかという言葉に、英采は胸がどきりとした。果たして自分は亨植を愛していたのだろうか……分からない。自分は亨植という人間を、自分が探さねばならぬ人、仕えねばならぬ人と思っていただけで、この七、八年間、亨植を愛しているかどうかなど考えたこともなかった。早く亨植を探し出したい、会えば自分の望みはかなう、会えたら嬉しい、そう思っていただけだ。それで英采はぼんやりと女学生を見て、

「そんなこと、考えたこともありませんわ。子供のころに離れ離れになったんですもの、顔もよく覚えてないほどでしたし」

「それじゃあ、お父さまがお前は誰それの嫁になれとおっしゃったから、これまで探してきたというわけね。特別に慕う気持ちもなかったのに」

「ええ、でも、幼いときに好きだったのは、いまも覚えています。その頃のことを思うと懐かしくなりますわ」

「それはそうでしょう。誰だって子供時代の思い出は忘れないものよ。その人だけでなくて、他の子だって覚えているでしょ」

　英采は黙って考えてから、

「ええ、たくさんの友だちを思い出しますわ。でも、あの人が一番懐かしく思い出されます。それなのに、先日実際に顔を見てみたら、考えていたのとは違うんです。なんだか、それまで懐かしかった分まで全部壊れてしまいそうでしたわ。どうしてなのでしょう。それで、その夜は家に帰ってから、恨めしくて泣いてしまいました」

よく分かったと言うように何度も頷いてから、言いにくそうに、

「じゃあ、いまでは彼に対して、とくに愛情はないのよね」

英采は、自分で自分の考えが分からないように、しばらく考えていたが、

「そうですわね。会って、嬉しいことは嬉しいのですが、なんだか待ち焦がれていたあの人ではないような気がしました。私が心のなかで思い描いていた人とは別人のようなのです。私も不思議でしたわ。それに、あの人も私をさほど歓迎しているようでもなかったし」

「分かりました」

と女学生は目をつぶる。何が分かったのかしら、と英采も目をつぶる。女学生が、

「ところで、なぜ死ぬ決心をなさったの」

「死ぬしかありませんわ。これまであの方のためにだけ生きて来たのに、一朝にして貞節を汚《けが》され」

辛そうな表情が顔に浮かび、

「もうあの方にお仕えもできないし、これから何のために生きればよいのか」

と、絶望したように深くうなだれる。

「私は、それが死ぬ理由になるとは思いません」

「それじゃ、どうしろと」

「生きるのです。死ぬことはありません」

英采は驚いて女学生を見る。女学生は力のこもった声で、

「第一に、英采さんは騙されて生きてきたのです。李亨植という愛してもいない人間のために、いたずらに貞節を守ってきたのです。お父さまが一時の戯れにおっしゃった一言のせいで、英采さんは七、八年間むなしく節を守ったのです。愛してもおらず、結婚を約束したわけでもない人のために節を守るのは、虚しいことですわ。死んだ人、この世にいない人のために節を守るのと変わりがありません。英采さんの心は美しい。節はかたい。でもそれだけのことです。その美しい心とかたい節を捧げる人は、他にいるのではありませんか。だから、いま、もし英采さんが誰かを愛しているなら、これからはその人に身と心を捧げるべきだし、もし愛する人がいないなら、他の男性のなかに愛する人を求めるべきです。そして……」

「でも、これまで心を許してきた事実はどうなるのです。古聖の教えだってあるじゃありませんか」

「いいえ、英采さんは夢を見ていたのです。幻を見ていたのです。顔もよく知らず心も知らない人間に、どうして心を許せましょう。それは誤った古い思想の束縛に過ぎません。人は自分の生命で生きるのです。夫とは自分が愛する人のことです。ですから、英采さんの過去のことは夢なのです。これから本当の生活が開けるのです」

英采はこの言葉を聞いて驚いた。烈女という考え方と違っているようだ。だけど、この人の言うことも正しいように思われる。言われてみれば、自分はこれまで一度も亨植を愛したことはなかった。自分に気に入る人間を幻として作りあげ、その人間に李亨植という名前をつけて本物の亨植だと思いこみ、その人間を探すかわりに李亨植を探した。李亨植に会い、その人間ではないことに気づいてがっかりし、ああ、これで永久に亨植には会えないのだと絶望したのである。こう考えて、英采は自分の考えの誤りに気づいた。そして、絶望しきっていたところに新たな光が差しこむような気がした。それで英采は、

「本当の生活が開けるのでしょうか」

と言って女学生を見つめた。

90

「本当の生活が開けます。これまで騙されてきたのですもの、これからは本当の生活が開けます。英采さんの前には幸福が待っています。待っている幸福を捨てて、どうして貴い命を絶つのです」

これだけ話せば英采は自殺の決意を翻しただろうと思い、

「ですから、泣くのはやめて笑うのです。ね、笑いましょうよ」

と自分が先ににっこりする。英采もそちらを向いて微笑んだが、

「幸福が待っているのでしょうか。だけど義理はどうなるのです。義理にそむいて幸福を探す

のですか。それが正しいのでしょうか」

と心を決めかねている。

「義理ですって。英采さんは死ぬことが義理だと思っているの」

「義理じゃありませんの」

「どうして義理なのかしら」

「ある人に心を許していたのに、身をその人に捧げる前に汚《けが》したのですから、死ぬのが義理ではありませんか」

待ってましたとばかりに女学生は、

「それでは、いくつかお尋ねするわ。第一に、亭植さんに心を許したのは英采さんですか。つまり英采さんが自分の考えで心を許したのですか。それともお父さまが許したのですか」

「それはもちろん、お父さまですわ」

「では、お父さまの一言で、英采さんの一生が決まったわけね」

「そうですわ。それが三従の道〔家にあっては父に従い、嫁しては夫に従い、夫亡き後は子に従えという儒教の教え〕ではありませんか」

「それよ。その三従の道というものが何千年のあいだに何千万の女を殺し、何千万の男を不幸にしたのです。その、とんでもない幾文字かがね」

英采は驚いて、

「それじゃあ、三従の道は間違っているとおっしゃるの」

「親の言葉に従うのは子の道理でしょう。夫の言葉に従うのは妻の道理でしょう。だけど親の言葉よりは子の人生、夫の言葉よりは妻の人生が大切じゃありませんか。他人の意思で自分の一生を決めることは、自分を殺すことです。それこそ人道の罪といえます。特に〈夫の死後は子に従え〉という言葉は、男の暴虐以外の何ものでもありません。女性の人格を無視する言葉です。母親は息子を教えて監督するのが当たり前です。母親が息子に服従するなんて、そんな理不尽なことがありますか」

と、女学生は顔を赤くして、すごい勢いで旧道徳を攻撃してから、

「英采さんもこれまで、こんな古い思想の奴隷になってつまらない苦しみを味わったのです。その束縛を断ちなさい。その夢から覚めなさい。自分のために生きる人間になるのです。自由を得るのです」

と語る女学生の顔には、たいそう厳粛な表情が浮かんでいる。

「じゃ、私はどうすればいいの」

英采の頭はすっかり混乱してしまった。英采は自然とその女学生の手に運命を委ねる形になった。女学生の口から出る言葉で、自分の一生が決まるような気がする。それで英采は、女学生の目と口を見つめる。女学生は、

「女性も人間です。人間には職分がたくさんあります。娘となり、妻となり、母となることも女性の職分です。宗教、科学、芸術、社会や国の仕事など、人生の職分を果たす道は数多くあります。それなのに古来わが国では妻になることだけを女性の職分とみなし、それも他人の心のま

ま、他人の言葉のまま妻になってきました。これまで女性は男性の付属品、所有物に過ぎなかったのです。英采さんは、お父さまの所有物から亨植さんの所有物になろうとしていたのです。まるで品物がこの人の手からあの人の手に移るように。

私たちも人間になるべきです。女性である前に、まず人間でなくてはなりません。英采さんがすべきことはたくさんあります。英采さんは決してお父さまと亨植さんのためだけに生まれた人間ではありません。過去千万代の先祖と、現在の十六億の人類と、未来千万代の子孫のために生まれたのです。ですから、お父さまに対する義務と亨植さんに対する義務のほかに、先祖、同胞、子孫に対する義務があるのです。それなのに英采さんがその義務を果たさずに死のうとするのは罪です」

「それでは、どうしたらいいの」

女学生は微笑んだ。

「今日から新しい生活を始めるのです」

「どうやって始めるのですか」

「すべてを新しく始めるのです。過ぎたことは全部忘れてしまって、新しくすべてを始めるのです。以前は他人の意思で生きてきたけれど、これからは……」

と女学生はちょっと話をやめて英采を見つめる。英采は顔を赤くして大きく息をしながら、女学生の目と口をすがるように見つめ、

「これからは、どうするのですか」

と聞く。

「これからは、自分の……意思で……生きていくのです」

汽車は山中を抜け出して、瑞興《ソフン》の広野を走っている。澄んだ小川が汽車の右になったり左になったりしながら流れている。二人は黙って外を眺める。

91

英采は女学生に引きずられるようにして、黄州《ファンジュ》で下車した。女学生は英采を友人だと言って家族に紹介し、自分の部屋に寝泊りさせた。その家には四十を過ぎた両親と、女学生より三、四歳上の兄と、腰のまがった祖母がいた。祖母は孫を見て、嬉しさのあまり黙って涙を流した。女学生の母親は優しそうな賢婦人だった。父親は娘のお辞儀《チョル》を受けながらべつだん嬉しそうな顔もせず、かえってそっぽを向いた。女学生はそれを見て苦笑した。兄はにこやかに妹を迎え、妹の肩を抱きながら、

「どうして帰る日を知らせなかった」

と言って、東京のことを尋ねた。兄嫁は義父母の前では黙って微笑んでいるだけだったが、女学生と二人になると、手を握ったり背中を撫でたりして喜びをあふれさせた。英采はこんな光景を見て、面白い家庭だと思った。そして、なくなってしまった自分の家庭を思い出した。

その夜は父親をのぞいて家族全員が集まり、素麺《そば》を食べながら楽しくお喋りをした。英采は女学生の横で黙って聞いていた。英采に気兼ねしたのか、兄はしばらくして出ていき、女たちだけ

が残った。女学生は祖母と母と兄嫁とをかわりばんこに見ながら、元気よく東京での一年間の話をする。祖母は笑顔で時おり頷《うなず》く。兄嫁が一番面白そうに話を聞いている。母は娘の話を聞いているやらいないやら、食べ物ばかり勧めては、話と関係ないトンチンカンな質問をしたりする。娘が、

「お母さんたら、人の話を聞かないで」

と言うと、

「聞いているよ。さあ続けて」

と言うのだが、またもや変なことを言っては若い人たちを笑わせる。英采も皆につられて笑った。

本当のところ、母親には娘の話がよく理解できないのだ。祖母にはなおさら理解できない。祖母の笑いがやんで、あくびが始まる。兄嫁と英采だけが頬杖をつきながら面白そうに聞いている。まもなく母も眠気が差したらしく、目がとろんとして涙が出る。立ちあがって枕をおろし、祖母に差しだしながら、

「姑《かあ》さんは休んでくださいな。この子たちの話ときたら、さっぱり分かりゃしない」

そう言って、自分も腕枕をして横になる。二人の年長者は眠ってしまい、三人の若者だけで遅くまでお喋りをした。三人は楽しかった。英采も兄嫁と親しくなった。その夜は三人一緒の布団で川の字になって寝た。英采は遅くまで寝つけなかったが、とうとう眠って、夢で月花を見た。

朝、目が覚めて苦笑した。死出の旅に出て昨晩死んだはずの自分がまだ生きていることを思うと、なんだかおかしかった。しかし、自分はこれからどうなるのだろうかと、不安だった。女学

生の名前は炳郁《ピョンウク》という。本人の話によると最初は炳玉《ピョンオク》という名前だったが、あんまり柔らかくて女性的すぎるので炳穆《ピョンモク》と直したところ、今度はごつごつしすぎて男性的なので、中間を取って炳郁《ピョンウク》にしたのだという。ある日、英采に、

「炳郁《ピョンウク》だと寂しいかしら。私は、昔の考えみたいに、女はただ上品で優しければよいというのはいやなの。だからといって、男のようにごつごつして窮屈なのもいや。その中間が女性にはぴったりだと思うのよ」

そう言って笑い、

「英采《ヨンチェ》、英采……きれいな名前ね。あまり女性的すぎもしないし」

と言った。だが家では炳郁《ピョンウク》と呼ばずに炳玉《ピョンオク》と呼んでいる。「炳玉《ピョンオク》や」と呼ばれても返事はする。

炳郁《ピョンウク》は英采を、才能があり、理解が早く、学問もある女性だと思った。最初のうちは自分の話すことが理解できないだろうと思って、できるだけ簡単な言葉を使って話したが、今ではほとんど同等に接している。もちろん英采は、炳郁を不思議な知識と思想を山ほどもった人間だと思っている。だから炳郁の口から出る言葉はなんでも注意深く聞いて、一生懸命に理解しようとする。それで、二、三日たつと炳郁の考え方はだいたい分かるようになり、それが自分のこれまでの考え方とは正反対であることに気がついた。そして、そちらの方がむしろ理に適っているように思った。いまでは、汽車のなかで炳郁が話したことが十分理解できるようになった。

炳郁《ピョンウク》と英采《ヨンチェ》は深く心を通わせた。顔を合わせると、時間がたつのも忘れて話に夢中になった。英采は炳郁から新しい知識と西洋式の情感を学び、炳郁は英采から昔の知識と東洋の情感を学ん

だ。炳郁は古いものはすべて嫌いだった。だが英采がよく知っている思想に接してみて、昔の思想にも味わうべきものが多くあることに気づいた。それで、あらためて『小学』や『列女伝』や漢詩漢文を学びたいと思うようになった。家にある埃だらけの『古文真宝《こぶんしんぽう》』〔中国の古い詩文を集めた本〕などを引っぱり出し、英采にあちこち教えてもらって、習ったところを暗唱した。「本当に面白いわ」と言って子供のように喜び、声に出して詠んだりした。炳郁が詩を詠む声を聞いた父親は、褒めているのか馬鹿にしているのか分からない声で、「ふむふむ」と言った。

92

炳郁《ピョンウク》は音楽を学んでいる。あるときバイオリンを弾きながら、英采に、

「家じゃあ、私が音楽を習うというので大騒ぎだったのよ。そんなものを習って役者にでもなる気かって、学費も出さないと言ったの。私が泣きながら言い張って認めさせたの。家じゃ、いまでも道楽者が出たって言っているわ。兄さんは少しましだけどね」

と言って笑った。興にまかせてバイオリンを弾いていても、外で父親の咳払いが聞こえるとすぐに弾くのをやめて、笑いながら悪戯《いたずら》っぽく身震いをして見せる。英采もバイオリンの音色が気に入った。西洋音楽はあまり聴いてなかったので、タプコル公園の楽隊の音楽も大してよいとは思っていなかったが、しだいに西洋音楽のよさが分かってくるような気がする。

炳郁は、バイオリンと漢詩と英采とのお喋りが楽しかった。とりわけ、あらたに味わう漢詩の楽しさには、バイオリンを忘れてしまうことさえあった。それでも炳郁は忙しそうに歩きまわり、

兄嫁を手伝って家の仕事をする。ある日、祖母の皺だらけの古い下衣《チマ》を着て腕まくりをし、草取り鎌を片手に、汗だくになって庭の隅と塀の下と垣の中の雑草をむしり、隣家から花をもらって植えた。土のついた手で汗を拭いたので、顔のあちこちが泥だらけだ。草取り鎌でかたい地面を掘っているところに来あわせた父親は、娘をじっと眺めてから、にっこりして、

「炳郁は、農業をしている家に嫁がせよう」

と言った。母親は、

「おやめなさいな、暑いのに。草取りなんか頼んでないよ」

と言いながら笑った。炳郁も、

「見てらっしゃい。家中、お花畑にしてやるから」

と言って笑った。だが、父も母も娘が花を植えていることに関心を示さないのを見て、炳郁は傍らに立っている英采の方を向いて言った。

「花を素敵だと思わないんですもの、音楽の勉強を喜ぶわけがないわね」

そして、

「こうなったら、なんとかして鶯《うぐいす》を一つがい捕まえてきて、お父様の部屋の前に籠を吊るしてさしあげなくちゃ。お父様だって、まさか鶯の声をいやとはおっしゃらないでしょう。どう。妙案でしょう」

と笑う。英采も、

「ええ、妙案だわ」

と笑った。

「花の美しさも、鶯の声の美しさも知らずに生きる人種は、可哀相よね」

と、同意を求めるように英采を見る。英采にはその意味がよく分かった。英采は芸術という言葉をむかし習ったが、その意味を今ようやく理解した。妓生《キーセン》も一種の芸術家だ。ただ、その芸術を賤しく使っているのだ、と思った。昔の名妓たちはみんな芸術家だ。彼らは音楽をし、舞踏をし、詩歌を作り、絵を描いた。だから彼らは今日のいわゆる芸術家なのだ。そして自分も芸術家だ。芸術家になることは私の天職ではないだろうか。そう思った。私も炳郁と一緒に音楽を学ぼうか。私がこれまで仇《かたき》だと思ってきた踊りと歌にも、こうしてみると意味があるのだ。英采は、死ぬのをやめて炳郁と一緒に楽しく生きる努力をしようと思うようになった。英采の心に喜びが生まれた。

炳郁《ピョンウク》も、英采がこんなふうに変わりつつあることに気づいている。そして喜んでいる。舞踏と声楽を勉強することを勧め、東京に行けば専門的に学べる音楽学校があること、声楽と舞踏をきちんと勉強すれば、世界的な名声を得るのも夢ではないことを話した。炳郁は英采の声に魅了された。習ったばかりの唱歌を歌ってもあんなに美しいのだから、上達したらどんなに美しいかしらと思った。

炳郁の家は黄州《ファンジュ》城の西門の外にある。きれいで閑静な場所だ。近所に家が少ないので、二人は夕焼けどきに手をつないで散歩する。散歩しながら二人の娘は夢のような将来の話をする。茂った草の下を流れる小川に両足をひたし、声を合わせて歌を歌うこともある。二人はこんな話をする。

「家じゃあ、嫁に行けって、しきりに言うの」

「どこに」

「知らないわ。もらってくれるなら、どこでもいいって言うのよ。今回は絶対に嫁にやるって、もう大騒ぎなの」

「じゃあ、どうするの」

「行きたくなったら、いつだって行くわよ」

ちょっと口ごもってから、にっこりとして、

「私、好きな人がいるの」

と顔を赤らめる。英采は微笑んで、

「どこ。東京なの」

「ええ、でも家では大反対なの。本妻の子じゃないし、それに貧しいって。あはは。だけど素晴らしい人よ。ハンサムで格好もいいし、才能もあるし、心が広くて正直だし……あら、自慢しすぎちゃった。でも、全部本当よ。きっと英采さんが見ても好きになるわ。今度見せたげる。だけど奪っちゃいやよ」

と英采を見て笑う。英采は下を向いて笑う。

こんなふうにして四、五日が過ぎた。英采は、亭植とソウルの「母《オミ》さん」に自分が生きていることを知らせなかった。いつか互いの消息の知れる日の来ることを願った。英采はこれからどう

やって生きていくのだろうか。

93

英采《ヨンチェ》にもだんだんとこの家の事情が分かってきた。長いあいだ家庭の楽しみを知らなかった英采には、両親がいて兄がいて妹がいるこの家庭は、まるで天国のように楽しくて幸せに見えたのだが、分かってくると、そこには悲しみもあれば悩みもあった。第一に、父と息子の考えの不一致である。東京で経済学を学んできた息子は、自分が中心となって資本を出し、会社を起こそうとしているのだが、父親は危ないと言って大反対をしている。また娘の東京留学についても、息子は賛成だが父親は「女が勉強して何になる。早く嫁に行け」と言って反対である。休みで帰省するたびに父親は必ず一、二回反対するが、結局は息子に負けてしまう。昨年の夏はとくに反対が激しかった。東京に行く旅費をくれないと言うので、娘は二日間泣き通し、息子と母親は父親に内緒で旅費を工面した。それで娘は父に別れの挨拶もしないで東京へ発った。

立腹した父親は、それから数日のあいだ家族と口もきかなかったが、そのうちに「今月の学費は送ったか。着物を買う金も送ってやれ」と言うようになった。今回も、父親は絶対に嫁にやらねばならんと言い、息子は卒業まで待つべきだと言って、親子で二、三回言い争った。父親は、京城の専修学校を出て裁判所の書記をしている友人の息子を気に入って、その妻が昨年亡くなったのを幸い、ぜひとも婿にしたいと考えている。しかし息子は反対である。その人物は、家が金持で十六、七歳のころから放蕩をはじめ、官職につきたい一心で専修学校に入学した。最近よくあるタイプで、とくに高い理想や大きな目的があるわけではなく、金モールと腰に吊るしたサーベルばかり鼻にかけて、ひと月に数回は妓生遊びをし、給料のほかに毎月何十円という金を家から持ち出している。高慢で、軽薄で、虚栄心の強い青年である。ところが父親は、いったいどこに惚れこんだのか、婿は彼しかいないと考えている。一方、息子はこの人間を嫌うどころか、むしろ軽蔑している。といったふうに、父と子のあいだでは万事において意見が一致することがない。

父は、息子は強情で無分別で親の言うことを聞かないと言うし、息子は、父は頑固で無知で世のなかの変化を分かってないと言う。それでいて父は、息子が誠実で友人たちから尊敬されていることを知っており、息子は、父が誠実で優しい愛情を持っていることを知っている。こんなわけで、父子のあいだでは何かにつけ対立しながらも、なんとなく一致する点がある。母親は、これといった意見はないが、いつも息子に賛成する。そのたびに父親は母親を睨みつけ、母親も父親を睨み返す。しかしこれは子供の喧嘩と同じで、すぐに終わってしまう。

次の心配は、息子夫婦のあいだに情が通《かよ》っていないことだ。英采がこの家に来てから十日以上になるが、この夫婦が会話しているのを見たことがない。通行人のようにちらりと相手の顔を見ては顔をそむけるか、出ていってしまう。それでも妻は、昼も夜も夫の衣服を洗っては火熨斗《ひのし》をかけている。ここに来てから毎晩、英采は兄嫁と炳郁と三人で同じ部屋に寝ていた。夫は舎廊《サラン》で一人で寝ている様子だった。なんだか悪いような気がして、炳郁に他の部屋に行きましょうと言うと、炳郁は笑いながら、

「心配しなくていいわ。うちの兄さんはこちらで寝ないから」

「そんな！　どうして」

「分からないわ。前はそうじゃなかったけど、日本から帰ったあと、だんだんと遠ざかったの」

それから英采の耳に口をあてて、

「だから、義姉さんは私に泣くの」

と同情の溜息をつく。英采もなんだか気の毒になった。あんなに顔も上品で心も美しい女性をどうしていやがるのかしらと思い、

「何が不足なの」

「分からないわ。不足なんかないはずだけど、愛情が湧かないみたい。兄さんに聞いてみたら、俺にも分からない、なぜか知らんが見るのがいやだって言うの。多分、義姉さんが兄さんより年上のせいじゃないかしら。本当に心配だわ」

と首をふる。英采は驚いて、

「義姉さんは年上なの」

英采も彼女を義姉さんと呼んでいる。他に適当な呼び方がないこともあるが、義姉さんと呼びたかったのだ。

「五歳年上ですって」

と笑う。

「義姉さんがお嫁に来たとき、兄さんはやっと十二歳だったのよ。義姉さんは十七歳。だから

情なんて湧きっこないわ。義姉さんが兄さんを育てたようなものよ。それなのに大きくなると逆に……」

と、あははと笑う。

「兄さんもすごく優しくて気のいい人なんだけど、愛情って、意のままにならないものみたいね」

と、二人はこの夫婦に限りなく同情する。英采は、

「じゃあ、どうすればよいの。ずっとあれじゃ、困るでしょう」

「最近の若い夫婦は、たいてい皆、ああなんですって。大問題よ。早く解決しなくちゃいけないわよね」

と、二人は顔を見合わせる。

94

父と息子の意見が合わないのは耐えられても、夫婦のあいだに愛情がないのは本当に耐えられないことだ。他人事とはいえ、たとえ十数日でも共に過ごした情のなせるわざで、英采にはこれも心配である。できることなら、この夫婦の情を通わせてやりたかった。英采には夫人も夫も二人とも優しい人に思われる。つきあいが長くなればなるほど夫人が好きになって、いまでは心から義姉さんと呼びたく思っている。むかし月花に抱いたような愛情が湧きあがる。もちろん月花のときのように、尊敬して身を託すという思いではなく、大好きで気の毒だという思いである。

それで、できるだけ夫人のそばで話し相手になり、機会を捉えては慰める。夫人もいまでは英采とすっかり親しくなって、自分の考えをいろいろ話すようになった。炳郁《ピョンウク》は優しいうちにもいくらか硬いところがあるが、英采は優しいうえに穏やかだった。それで夫人は英采と話すのがとても楽しかった。義妹よりむしろ英采の方に親しみと愛しさを感じるような気がする。英采の手を握りしめて、「アイグ、どうしたらいいの」と嘆くことさえある。

ところで、それよりもっと大きな悩みは、英采の思いである。英采はどうしたことか、夫人の夫に対してある種の情を感じるのである。最初は友だちの兄さんだからだと思ったが、その姿がしだいに強烈に浮かんできて、彼の姿がちらりとでも見えると胸がときめき、顔が赤くなる。気のせいか、彼も自分を情愛のこもった目で見ているようだ。なんとか抑えようとするのだが、思うにまかせない。布団に入っても、彼のがっしりした顔が目に浮かんで、どうしても寝つかれない。そんなときは傍らで寝ている夫人に抱きつくと、夫人も英采を抱き返してくれる。英采は夫人に対して申し訳なくて仕方がない。一刻も早くこの家を出ていかなくてはと思いつつ、その一方で、とても出ていけないとも思う。こうして英采には、もう一つの悩みが生じた。最近、英采はよくぼんやりと考えごとをしていて、「どうしたの、ぼんやりとして」という言葉ではっと我に返る。

英采はしだいに男性が恋しくなる。孤独と寂しさは前からのことだが、いまは前とは種類の違う寂しさが、もっと激しく英采の胸を締めつける。以前は広い天地に自分一人きりという寂しさだったが、いまは自分の身体が半分だという寂しさである。もう半分がないと自分の身体は完全ではないような気がする。意味もなく胸がときめき、顔が火照る。くたびれたような、酔ったような感覚もする。何かに寄りかかりたい、誰かに抱かれたいと思う。

英采は、これまでに接してきた男たちをそっと思い起こす。自分の手首を握って引きよせた人、腋から手を差し込んで抱きよせた人、無理やり頬ずりをした人、淫らな目で自分を誘惑した人、驕慢な言葉で自分を脅した人、その時には仇《かたき》のようにあれほど憎く思われた男たちまでが、なんとも言えない温かな感覚をあたえる。男の肌が自分の肌に触れたときの痺れるような感覚がよみがえる。いま私のそばに男が一人いたらどんなによいだろう。誰でもいい、手を出せと言われたら手を差しだし、抱いてやると言われたら抱かれたいような気分だ。

英采は申友善を思い出し、李亨植を思い出す。これまで数年間接してきた男たちのうち、申友善は英采の心をもっとも惹いた人間である。彼は風采がよく、気性が快活で、どことなく人を惹きつける力があった。ある晩、二人で向き合っていて友善が英采を誘ったとき、英采の心は動かないわけにはいかなかった。その場で彼の胸に顔を埋め、「私をあなたのものにして」と言いたかった。しかし、そのころの英采は自分の身体も心もすべては亨植のものだと信じていたので、歯を食いしばってこらえた。

実際、英采はこれまで他の男の姿が思い浮かんだだけでも大きな罪だと思って、肉をつねって抑えてきた。それゆえ、いままでの英采は独立した人間ではなく、ある道徳律の模型に過ぎなかったのだ。蚕が繭を作って引きこもるように、英采もわけの分からぬ貞節という家を建てて、そのなかを自分の世界だと思っていた。ところが今回の事件でその家が破壊され、英采は初めて広い世界に飛び出した。そして車中で炳郁《ピョンウク》と出会ったことで、これまで唯一の世界だと思ってきた世界が実はつまらぬ幻にすぎず、人生には自由で楽しく広い世界があることに気づいた。こうしてようやく英采は、若くて自由な人間、美しい女性になったのである。

英采《ヨンチェ》の胸には、いま初めて人の血が沸きたち、人の情が燃えはじめる。英采は、自分の心がすっかり変わってしまったと思う。まるで暗くて狭い獄中にいた人間が、陽光が輝き、風が吹き、花が咲いて鳥の鳴く世界に、初めて出てきたようだ。英采は玄琴《コムンゴ》を爪弾き、バイオリンを鳴らす。その音すべてが新しい彩《いろどり》を帯びている。そして英采の目には、喜びと悲しみのいり混じった涙が浮かぶ。

95

亨植《ヒョンシク》は夢のように楽しく過ごしている。毎日善馨《ソニョン》に英語を教え、教え終わったあとは、あれこれお喋りをする。善馨もいまでは打ち解けて、恥じらいながらも少しは冗談も言うようになった。しかし順愛《スネ》はあいかわらず笑わないし、口数も少ない。亨植は、善馨と一緒に楽しく話をしているうちに、ぼんやりと坐っている順愛に気づいてはっとし、話をやめて、すまなそうに順愛を盗み見る。順愛は亨植の目を避けようともせず、亨植が自分を見ようが見まいが前と同じところを見ている。こうなると亨植も興が冷めて黙りこみ、善馨もパラパラと本をめくる。あるとき順愛が先に外に出ていき、亨植と善馨はそっと順愛の後ろ姿を見た。順愛は少し背が丸くて、どことなく悲しそうに見える。二人は顔を見合わせて笑う。笑いながら、なぜ笑うのか自分でも分からない。

亭植は世間とすっかり絶縁したようになった。学校は辞職し、いまでは学生たちも遊びにこない。もともと多くない友人たちも最近は来ていない。何か忙しいことでもあるのか、友善まで顔を見せない。亭植は起きてから寝るまで、善馨と米国のことばかり考えている。それなのに少しも心配にならず、逆に最高に幸せである。亭植のすべての希望は善馨と米国にある。妓生房に行ったことを他人にあれこれ言われようが、金で買われて婿に行くのだと悪口を言われようが、亭植にとってはどうでもよかった。天下万人が自分を憎んで嘲っても、善馨一人が自分を愛して誉めてくれれば十分なのだ。それに自分が米国から帰ってくるその日には、万人が自分を仰ぎ見て尊敬することだろう。将来に希望のない人間は現在にもっとも価値をおくかも知れないが、将来に大きな希望を持った亭植にとって、現在は無価値である。京城学校で教師をしていたこと、そこの学生を愛していたこと、自分の生活と事業に意味があると考えていたことが馬鹿らしく思われ、過去の自分がつまらない阿房《あほう》に思われる。過去の生活は臨時の生活であって、これからが本番なのだという気がする。自分の前途には幸福だけで、どんな不幸もあるはずがない。塵芥と悩みにあふれた世間を離脱して、身体が天上のはるか高みに昇ったような気がする。道で会う多くの人たちも、いまでは自分とは別種の哀れな人間に見える。とりわけ、前は自分の友だちだと思っていた下宿の婆さんがひどく哀れに見え、にわかに年を取って皺だらけになったようである。

ところが薄幸な亭植に、また一つ心配ごとが生じた。

誰かが金長老に、亭植が品行方正でないという話をしたのだ。ある日、長老が不愉快な顔をし

て夫人に、

「人間とは信用できないものだ」

と言い、次のような会話が交わされた。

「どうしたのです」

「亭植が妓生房に通っているというのだ」

夫人は自分が妓生だったこともあって、こんな話を聞くのは苦痛であったが、いまは貴婦人なのだから苦痛に思うことはないと考え直し、ひどく驚いて、

「どういうことですの」

「人の話によると、亭植が茶房洞《タバンコル》の桂月香《ケーウォルヒャン》とかいう妓生に夢中になって、毎晩入りびたっていたというのだ。そのうちに塔洞《タプコル》の尼僧房かどこかで、誰それという人物とその女のことで喧嘩になり、殴る蹴るの大騒ぎだったそうだ。おまけに桂月香が亭植に愛想をつかして平壌に逃げると、追っていったそうだ。私がそんなはずはないと言うと、日付まではっきり分かっているし、確かな証拠もあるというのだ」

と溜息をつきながら、

「そもそもが、私が軽率だったようだ」

夫人はこの話を聞いて驚き、

「まあ誰がそんなことを」

と言う。宝物のように大事に育ててきた娘をそんな人間にやるのかと思うと、胸が痛む。しかし

亭植の容貌や話し方を見れば、そんな人間にはとても見えないので、

「誰かが亭植を中傷するために、そんなことを言っているのでしょう」

「うむ。私も最初はそう思ったのだ。ところがよく聞いてみると、どうも確かな話のようだ。第一、亭植が平壌に行ったという日が、ちょうど二日間、屋敷に来なかった日なのだ。京城学校も、いわば追い出されたようなものらしい」

「まあ、そんな」

こんな話をしているところに、ちょうど善馨が入ってきたので、会話は途切れた。しかし善馨はその話をほとんど聞いてしまった。そのあと長老夫婦は二度とその話をしなかったが、心中は言葉にできないほど心配だった。善馨もその話を聞いて、なぜか少し不快になった。亭植を見ても笑う気が起こらず、かえって憎らしい気がする。あいかわらず好きではあるが、同時に憎しみと疑いが起こる。善馨の胸には悩みが生まれた。そうとも知らぬ亭植は以前と同じく快活であるが、長老の家族は自然と口数と笑いが減り、亭植に対してある種の不快感と軽蔑と腹立たしい思いで接するようになる。しだいに亭植もこの変化に気づいた。順愛の悲しそうな目は、無言でみんなの様子を窺っている。

96

善馨が見るところ、最初から亭植は自分の相手としては資格不足だった。自分の理想の夫はこうである。まず顔の形が丸く、肌は白くて赤みが差して光沢があり、話す声が流暢で快活で、前

から見ても後ろから見てもすらりとして、手が白くて柔らかく、頭が良くて大学を卒業している……こんな人間だった。この種の人間は、原則的に、家柄が良くて裕福な家門からでなくては求めがたい。はじめは牧師か長老の息子がよいと思っていたが、牧師や長老の社会的地位はそれほど高くないことがしだいに分かってきた。それで自分の理想の夫は米国に留学中だろうと考えていた。

そんなとき、初めて亨植に会った。若い娘が初めて男性に接する喜びがないわけではなかったが、自分の相手とは夢にも考えなかった。亨植は自分より数等落ちる、別の階層に属す人間だと思っていた。第一、亨植の顔は自分の理想に合わなかった。顔が長くて頰骨が出ており、頰がへこみ気味で目が垂れていて、おまけに額には、長かった貧しさの名残である皺が三、四本よっていた。手は大きすぎて指の格好が悪いし……不細工ではないけれど、自分が思い描いていた理想の男性とは天と地ほども違う。亨植の態度にはまぎれもなく貧窮の影があり、素直に心を開けない沈鬱な気配が感じられる。そのうえ善馨には、彼の経歴と京城学校の教師という地位はみすぼらし過ぎるように思われた。だから、これまで彼のことを好きだと思ったこともないし、まして愛情を感じたこともない。もし善馨が亨植に少しでも好意を抱いたとすれば、それは同情に過ぎない。善馨の目に、たしかに亨植は可哀相に映った。何時間か英語を学んで話を聞いているうちに、亨植のもつ目に見えぬ威厳と力にいくらかは気づいたが、十七、八歳の娘にとってそれは大して重要ではなかった。それで善馨は、「亨植と順愛《スネ》が夫婦になればいい」と考えたこともあった。

ところが自分が亭植と婚約をするという話を聞いて、驚きかつ失望した。亭植みたいな人間を自分の夫にしようとする父が恨めしくもあり、不快でもあった。自分の理想が粉々になり、自分の地位がにわかに下落するように思われた。しかし善馨は、両親の言うことには逆らえないと思っている。父親の一言で自分の一生は決まると考えている。

それで善馨は、亭植のよい点だけを選りだして見ようとした。亭植の顔をあれこれと矯正してみるのである。目を少し引きあげ、頬骨を少し引っこめ、手をちょっと小さくし、長い下顎を少し短くして顔を丸くし、頬と額は適当に肉づけをして薄紅色に染めて……こうやって矯正してみると、亭植の顔が少しずつ自分の好みに合ってくる。だが時おり、引っこめたはずの頬骨がぴょこんと突き出したり、引っぱり出そうとしている頬がへこんだり、目が細くなり過ぎたり、かと思うと牛の目みたいに大きくなったりする。そうなると腹が立って、亭植の顔を足でゴシゴシと踏みにじって消し、じっと目を閉じてから、やはり安心できずにまた亭植の顔作りをはじめる。あるとき、かなり思い通りにできたので一人で眺めて喜んでいると、本物の亭植が嬉しそうな顔をして入ってきて、せっかく苦労して作った顔を台無しにしてしまった。勉強時間のあいまに、時おり亭植を見あげては、亭植の顔に自分の手で作ったお面をかぶせてみる。だがそのお面がうまくかぶさらない。亭植は愛する将来の妻のために真心をこめて教えているのに、善馨は一生懸命、亭植の顔を矯正している。順愛はその横に坐って亭植と善馨をかわるがわる見つめながら、二人は何を考えているのかしらと考える。

善馨は亭植の顔を矯正するのをやめた。この作業はとうてい成功しないことが分かったのだ。

そして、なんとか亭植の顔を好きになるように努力することにした。これまでは亭植の顔を自分の心に合うように変えようとしていたが、今度は自分の心を亭植の顔に合うよう変えようというのだ。「亭植の顔はよい」と無理やり考えてみる。「頬骨が出ていて目の下がっている方が、かえって素敵だ」とも考えてみる。「手が大きくて指が長いところが、むしろ男らしい」とも考える。するとたしかにそうだという気になることもあれば、前より醜く見えてしまうこともある。

しかし付き合いもしだいに長くなり、たくさんの話を交わしてお互いの考えが通じるようになるにつれて、善馨はだんだんと亭植を好きになってくる。亭植は唇が素敵だと思うようになり、亭植はとても優しくて性格がよい人だと思うようになる。布団に入ると必ず一度、亭植の姿を思い描いて顔の矯正をする。なかでも一番気に入っている亭植の唇をつくづくと眺めて一人で微笑み、「これだけでも、いいわ」と思う。善馨は亭植の唇を愛している。それで、亭植の顔全体が唇になってしまうこともある。

97

亭植も、自分の容貌が善馨の心を惹くとは考えていない。婚約したあと、亭植は一人で鏡に向かって自分の顔を点検し、ここは善馨が好きだろう、ここは嫌いだろうと考えながら、善馨がしたように自分の顔を矯正してみた。しかしその顔が、善馨が足でゴシゴシ踏みにじった顔だとは知らない。亭植は自分の人格と知識に自信をもっている。自分の人格の力は、善馨の心を捉えるに十分だと思っている。ところが善馨はまだ子供で、自分の話し相手になれない。善馨はまだ自分の人格を理解できる程度に達していない。これが苦痛だ。なぜ自分には、女性が惚れるような容貌と風采がなく、世間が羨むほどの財産と地位と名誉がないのかと思う。ふだんは茶化したり馬鹿にしていた容貌と財産と地位も、こんな時にはひどく羨ましい。それで自分を良家の坊ちゃんに仕立てたり、派手な美少年に仕立ててから、自分の前に善馨をおいてみる。そんなことをしてみると自分の現在の状態が見る影もなく貧弱に思われて、背中に冷汗が流れる。善馨は自分を愛しているのだろうか。むしろ憎んだり、哀れんだりしているのではないか。こう考えると、もう善馨と会うのがいやになる。僕が善馨と婚約したのは逆「玉の輿」ではないか。彼女には金があり地位があり美貌があるのに、僕には何があるというのか。こう考えると恥ずかしくなる。そのうえ「妻の実家の金で米国留学して」、と考えるといっそう恥ずかしくなり、世間がみな自分の無能を嘲っているような気がする。

朝鮮に僕ほど熱と誠のある人間はいない、人格と学識と才能で僕ほどの人間はいない、朝鮮の文明の礎石は僕の手で置くのだ、という亨植の自負心はすっかり消えてしまった。消えたわけではないが、亨植にとって大して重要なものではなくなった。善馨の愛を獲得しなくては、これが亨植の唯一の目的だ。善馨の愛を獲得できないかも知れない、これが亨植の唯一の悲しみだ。米国に留学するのも、朝鮮のためというより善馨一人の愛のためといった方が当たるようになった。愛の前ではすべての驕慢と自負心が消滅する。

とにかく亨植は善馨なしには生きられない。もし善馨が自分を拒絶したら、自分はこの世になんの望みもなくなる。もし善馨が自分を棄てるようなことがあれば、自分は刀で善馨と自分を殺すだろう。幸いなことに善馨は父親の命令に背くような娘ではないし、愛がないからといって自分を棄てるような娘でもない。だが道徳や法律の力まで借りて、善馨を自分の愛に服従させるのは、恥ずかしいことだ。だから「いや、善馨は僕を愛している」と無理に自分を納得させてみる。

それでも安心できない亨植は、善馨の愛を試してみようと思い立った。まず握手を求め、次にキスを求めよう。それであちらが応じれば愛がある証拠だし、応じなければ愛のない証拠だと考えよう。前に友善が言っていた「男らしく、意気盛んに」という言葉を思い起こして、今日こそは実行するぞと思いながら実行できない日が続いた。

最近、長老夫婦の態度がいくらか変わったようである。善馨の態度は前と同じだが、その目には何か心配ごとがあるように見える。亨植にもだいたいの察しはついたが、自分の方から話を出すのも難しく、一人で気を揉むしかなかった。とはいえ自分には少しも落ち度がないのだから、いつか、みんなの誤解が解ける日も来るだろうと思った。それでこの数日は、英語の個人授業を終えるとすぐに帰宅して本を読んだ。

ある日、亨植のところに手紙が一通届いた。黄州《ファンジュ》の金炳国《キムピョングク》の手紙だ。その手紙は、こんな内容だった。

僕ら夫婦のあいだに愛情がないことは貴兄も知っての通りだが、最近ますます深刻になった。妻に欠点があるわけでもない、僕の心が淫蕩というわけでもない。僕は最近、激烈な寂寞の悲哀を感じるようになった。この悲哀は僕の妻のよく慰めうるところではない。僕は何かを求めている。何かというより、誰かを求めている。そして、その人は異性のようだ。僕はその人を得られなければ死ぬような気がするほど寂寞である。それで、なんとかして僕の妻を愛そうとする。だが努力すればするほどいっそう遠ざかってしまう。

妹が帰ってきた。妹の相手をしていると非常に愉快だ。妹も僕の心を知っていて、いろいろと慰めてくれる。それで僕は、妻から得られぬ精神的慰めを妹から得ようとした。そして確かに得た。だが僕は新たな事実を発見した。それは「妹の愛には限度がある」ということだ。いまや僕は妹の愛だけでは満足できなくなった。僕が求めていたのは単に精神的慰めだと思っていたが、最近になってそうでないことに気がついた。すなわち僕の要求するものは、精神的とか肉体的とかいう部分的な愛ではなく、霊肉を合わせた全人格的な愛であることに気づいたのだ。

そんなとき、一人の異性が僕の前に現われた。僕はたまらなく彼女に惹かれている。いま僕は義理と愛に挟まれて、このうえない苦痛を感じている。

こんな長い手紙だった。

98

亨植は炳国《ピョングク》の手紙を読んで驚いた。留学生のなかでも炳国《ピョングク》はきわめて道徳的な人物だった。酒も飲まず、もちろん女性のそばにも近寄らなかった。とりわけ夫婦の関係については、きわめて堅固な思想を持っていた。誰かが妻に対する愛情の不在とか離婚について話すと、炳国は猛烈に反対した。一度夫婦になった以上は死ぬまで愛する義務があるという、キリスト教的な結婚観を持っていた。当時、留学生のあいだで恋愛論と離婚論が盛んなときに、炳国は有力な夫婦神聖論者だった。その炳国が、いまはこんなことを書いている。「妻を愛そうと全力をふりしぼるが、努力すればするほどいっそう遠ざかってしまう」という炳国の手紙の一節を、亨植は読みかえした。それから、「僕は何かを求めている。それは異性のようだ。これを得られなければ死ぬような気がする」という一節と、「僕が求めているのは、精神的とか肉体的とかいう部分的な愛ではなく、霊肉を合わせた全人格的な愛なのだ」という一節を読みかえすと、炳国の苦しむ様子が目に見えるようで、かぎりない同情を覚える。

だが亨植はまた、自分の置かれた状態を考える。はたして善馨は自分を愛しているか。自分は善馨から「部分的ではなく全人格的な愛」を受けているか。いくら好意的に考えようとしても、自分に対する善馨の態度は冷淡に思われる。はたしてこの婚約は愛にもとづいたものだろうか。

あの夜、善馨はたしかに「はい」と答えた。あの「はい」は、いかなる意味か。「亨植を愛しています」という意味なのか、あるいは「お父様、お母様がそうしろとおっしゃるので、ご命令どおりにいたします」という意味か。自分に対する善馨の態度は、妻に対する炳国の態度と同じなのではないか。こう考えると亨植は急に不快になる。もし善馨が、自分を真に愛する心がないまま、両親の言葉にさからえずにああ答えたとするなら、これは哀れな善馨を犠牲にすることだ。善馨は愛のない夫のもとで、やむなく辛い一生を送ることになるだろうし、亨植自身だって決して幸福にはならないだろう。他人の人生を犠牲にしてまで自分の欲望を満たすのは、人道に悖《もと》る行為だ。ここに至って、亨植は善馨の意思を聞こうと決心した。

その翌日、おりよく順愛《スネ》は頭痛で寝ており、善馨と二人きりになる機会を得た。英語の授業が

終わってから、亭植はありったけの力をふりしぼって、

「善馨さん。一つお尋ねしたいことがあります」

と言った。亭植は頭を垂れたが善馨は顔をあげ、亭植の髪の分け目をしばらく怪訝そうに見つめてから、

「なんでしょうか」

と言って、顔をちょっと赤らめる。

「私がお尋ねすることに、正直に答えてください。当然のことです。愛する者のあいだで、気兼ねする必要はないのですから」

そういう亭植の胸は早鐘を打っている。生死を分ける重大な判決が数秒後に下されるような気分だ。それほど責任重大な質問をまだ受けたことがない善馨も、亭植の言葉に怖くなる。どう返事していいか分からず、ただ「はい」とだけ答えた。婚約した日の「はい」と変わらぬ「はい」である。

これから先は、亭植も非常に話しにくかった。返事が恐ろしくもあった。しかし善馨の真の心を知らぬまま、疑いのなかで過ごすのはもっと恐ろしい。それで友善の「男らしく」という言葉を思い出して元気を奮い起こし、それでも震える声で、

「善馨さんは、私を愛していますか」

と言って、力をこめて善馨の目を見た。あまりに意外な質問に、善馨は目をみはる。そしてますます怖くなる。

実際のところ、善馨は自分が亨植を愛しているかどうかなど、考えたこともない。自分にそんなことを考える権利があるとも思っていない。自分はすでに亨植の妻だ。それなら亨植に仕えるのが自分の義務ではないか。亨植を好きになるように努力はしたが、好きになれなかった場合にはどうするかなど、夢にも考えたことがない。亨植のこの質問は善馨には青天の霹靂であった。それで、じっと亨植を見つめて、

「どうして、そんなことをお尋ねになりますの」

「尋ねなくてはならないのです。婚約する前に尋ねるべきでしたが、順序が逆になりました。だが、いまからでも尋ねなくては」

善馨は黙って坐っている。

「はっきり言ってください。そうだとか、そうでないとか……」

そんなことは尋ねる必要も答える必要もないと、善馨には思われる。すでに夫婦ではないか。尋ねてどうするのかと思う。それで笑いながら、

「そんなことを、どうしてお尋ねになるのです」

「一日も早く知る方がお互いにとってよいのです。ことが確定してしまう前に」

「えっ、確定とは何の確定ですか」

「まだ婚約だけで結婚をしたわけではありません。ですから、今ならまだ誤りを矯正する余地があります」

善馨はますます怖くなって、全身に鳥肌が立った。亨植が何を言っているのか分からない。

「それじゃ、婚約を破棄するとおっしゃるのですか」

という善馨の目には理由も分からぬ涙が溜まっている。それを見た亨植はこんな話を始めたことを後悔したが、

「ええ、そういうことです」

「なぜです」

「もし、善馨さんが僕を愛していらっしゃらなければ」

「もう婚約したのにですか」

「婚約は重要ではありません」

「それじゃ、何が重要なのです」

「愛です」

「もし、愛がないと言ったら」

「婚約は無効です」

99

善馨はしばらく考えてから、

「それじゃ、先生はどうなのです」

「もちろん、僕は善馨さんを愛しています。命よりも愛しています」

「なら、それでいいではありませんか」

「いいえ。善馨さんも私を愛してくれなくてはなりません」

「妻が夫を愛さないはずがないでしょう」

亭植はじっと善馨を見つめた。善馨はうなだれる。

「それは誰の言葉ですか」

「聖書にありますわ」

「そうですが、善馨さんはどう思っているのですか。善馨さんの本当の心は」

「私もそう思っています」

「妻になったから夫を愛するのですか、それとも愛しているから妻になるのですか」

これも善馨には初めて聞く言葉だ。それで自分でも意味がはっきりしないまま、

「同じことじゃありませんか」

「同じこと」という言葉に亭植は驚いた。これがどうして同じなのだ。この娘《こ》は、まだそんなことも考えられないのかと思った。それでひと思いに、

「一言で答えてください。僕を愛していますか」

と言う声は、いくらか哀願調を帯びている。「いいえ」と言われたら、亭植はその場で死んでしまうような気がする。かたく結ばれた善馨の唇は、亭植の生命《いのち》を預かる裁判官の唇のようだ。いまや善馨は頭がすっかり混乱して、これ以上考えることができない。亭植の悲愴な顔を見ると、ひたすら恐ろしくなるばかりだ。それで、

「はい」

とだけ言った。亭植はもう一度尋ねようとしたが、「はい」が「いいえ」になるのが怖いのでぐっと我慢し、いきなり善馨の手を握った。その手は温かくて柔らかくて、まるで亭植の手のなかで溶けてしまいそうだった。善馨はじっとしている。亭植はもう一度、力をこめて善馨の手を握りしめた。握り返してくれるよう願ったが、善馨はうつむいてじっとしている。亭植はすぐに手を放して家に帰った。なぜそんなに急いで出てきたのか、亭植にも分からない。善馨は挨拶もしないで、出ていく亭植のうしろ姿を見ていた。

善馨は机にもたれて目を閉じ、一人で考えた。亭植の言葉は、はっきりと覚えている。だが、どういう意味なのか分からない。どうして「僕を愛しているか」なんて言ったのだろう。恥ずかしくないのかしら。どうみても、こんな言葉を恥ずかしげもなく口にする亭植は真面目な男性とは思われない。あれは妓生房に行って妓生とかわした言葉ではないかしら。そう考えると、自分が亭植に侮辱されたような気がする。神を愛するとか、同胞を愛するとか、夫婦は愛し合わなくてはならないというときの愛という言葉はとても神聖に聞こえるが、男が女に対して、また女が男に対して、愛してくださいとか、私は愛していますなどと言うと、なんとなく醜くて、はしたなく思われる。善馨がこれまで家庭と教会で聞いたところによれば、他の愛はすべて神聖で清らかなのに、青年男女の愛だけはひどく不潔で罪悪のようである。

善馨は、愛という言葉と観念がもともと男女の愛から来ていることを知らない。それで愛に関する亭植の言葉は、善馨を少なからず不快にさせた。自分の夫はたいへん清潔で上品な人間でなくてはならないのに、破廉恥にもあんなことを口にする亭植は罪人のようだ、と善馨は考える。

汚らわしい妓生に対してやっていたことを私にやったに違いない、と善馨は顔を一度しかめた。そして亭植が握った手を見た。あの大きな手のなかに自分の手がすっぽりと包まれたこと、手が痛くなるくらい握りしめられたことを思い出して、善馨はついた汚れを落とそうとするように手を三、四回ふって、下衣《チマ》で拭った。

だが考えてみると、愛しているという言葉と手を握られたときの感覚は、そんなにいやではなかった。それどころか亭植が思いきり手を握りしめたとき、全身がびりびり震えるような喜びさえ感じた。それで、その手をもう一度もちあげ、微笑んでそっと口にあててみた。

善馨は考えた。はたして自分は亭植を愛しているのだろうか。「妻になったから夫を愛するのか、愛するからその夫の妻になったのか」という言葉と、「もし愛がないのなら、婚約は無効です」という言葉が思い出された。もしそうなら、父母の命令はどうなるのだろう。私に亭植に対する愛がなければ、「私には亭植に対する愛がありません。ですから、お父さまとお母さまが決めてくださったこの結婚は拒絶します」と言うことができるのだろうか。そうすることが正しいのだろうか。違う。そんなはずはない。結婚は神が司る神聖なもので、人間の勝手にはできないのだ。だから亭植の言葉は間違っている。亭植の言葉はいけない言葉だ。でも私は亭植の妻だ。人間の手では絶対にどうすることもできない、亭植の妻なのだ。

善馨は立ちあがって部屋のなかを行ったり来たりしたが、どうしても心が落ち着かず、もう一度机にもたれて祈りを上げた。

「神よ。罪多き娘の罪を許し、行くべき道をお示しください。どうか試練を与えないでください」

そして、少しためらってから、

「私の夫を心から愛させてください」

100

ある日炳郁《ピョンウク》が、横に置いたバイオリンを片手で適当に鳴らしながら、英采に習った『古文真《こぶんしん》宝《ぽう》』を読んでいると、どこかから帰ってきた炳国《ピョングク》が、手にしたパナマ帽であおぎながら炳郁の部屋の敷居に腰をおろした。

「最近はまた、漢詩に夢中だな。そろそろ音楽はやめて、漢詩の勉強でもしたらどうだ」

と言って笑う。

「いやよ。こうやって、手では音楽、口では詩よ」

とバイオリンの弦をしきりに鳴らし、子供が漢詩の勉強をするときのように身体を揺すりながら声を出して詩を読む。

炳国は、炳郁が身体を揺する様子を見て笑っていたが、

「お客さんは、どこかにお出かけか」

炳国は英采をお客さんと呼んでいる。炳郁はひょいと顔をあげて、笑いながら、

「あら、お客さんがいらしたの。どちらから」

妹が自分をからかっていると知りながらも、炳国は正直に、

「あの人のことだ」

「あら、あの人って誰」

炳郁《ピョンウク》は兄が英采のせいで悩んでいることを知っていて、こんな言い方をするのだ。炳国《ピョングク》は、

「いい加減にしろ」

と、ぷいとあちらを向いた。炳国は我慢できずに、立ちあがって出ていこうとする。炳郁は飛び出してきて兄の袖を引っぱり、

「兄さん、入って。私が悪かったわ」

「駄目だ。行く」

と腕をふりほどく。炳郁は笑いころげながら、

「あのね。話があるから、ちょっとここに坐ってちょうだいな」

その言葉に炳国はまた腰をおろした。炳郁は兄の背中にとまった蠅を手で追い払いながら、

「兄さん、なにか心配ごとがあるんじゃないの」

と言い、笑うのをやめて、兄の顔を斜めうしろから見おろす。兄は驚いたようにふり向き、妹の顔を見ながら、

「いいや、なぜだ。そんなふうに見えるか」

「ええ、なんだか心配ごとがあるみたい」

と言って、「私はその心配ごとを知っているのよ」というように軽く笑う。炳国は頭を掻いていたが、にっこり笑うと、

「どうしても養蚕会社を作らなくてはならんのに、親父が承諾しないのだ。いまも、そのことで行ってきたところだ。お前はバイオリンを弾くし、俺は金を稼がなくてはなあ」

炳郁はちょっと身をひいて、目をそらしながら皮肉っぽく言った。

「ふうん、それが心配ごとだったの。私がお金を使い過ぎるっていうのね。ならいいわ。私、自分でお金を稼いで勉強する。女だって自分の食べる分くらい稼げるわよ」

兄は哄笑する。

「悪かった、妹君。そう立腹召されるな。おまえが人をからかうから、俺もからかっただけさ」

炳郁は、ふたたび兄の傍らに来て、

「それは冗談だけど……」

と言って腰をおろし、身体を揺すりながら声を低めて、

「兄さん。私、英采を連れて東京に行くわ。いいでしょう」

「ああ、好きにしなさい」

と冷静なふりをしたが、もう胸が騒ぎはじめる。

「で、どうしてそんなことを言うのだ」

「すぐに発たせてちょうだい。家にいたくないし、それに英采を連れていったら、入学の準備もしなくちゃならないわ。だからすぐに発たせて欲しいの」

と、意味ありげな目で兄を見つめる。炳国は妹の言わんとしていることを、おおかた察した。そして妹の情をいっそうありがたく感じた。だが自分の勝手な想像かも知れないと思い直し、

「新学期まで、まだ一ヵ月もあるじゃないか。どうしてそんなに早く行くと言うのだ」

炳郁は兄の目をしばらく見ていたが、弱々しい声で、

「早く行くべきなのよ。そうじゃないこと」

「そうじゃないこと」という言葉に、炳国は胸がどきりとした。たしかにその通りだ。英采が身近に長くいればいるだけ、自分は悩むことだろう。危険だってないわけではない。自分でもそう考えないことはなかった。自分がどこかに旅行に出るか、英采をどこかにやるか、そうすべきだと分かってはいた。その一方で何かの力に引きずられるように、実行できなかった。炳国は下を向いてしばらく考えてから、

「そうだ、おまえの言うとおりだ。早く行くべきなのだ」

そう言ってふうっと溜息をつく。炳郁は兄の肩を抱いて、

「英采も兄さんを愛しているから、妹だと思ってずっと愛してあげてね。私も自分の妹だと思って、ずっと一緒にいるつもりよ。東京に行ったら、二人で同じ家に住んで自炊して勉強するの。気の毒な人間を救うのはよいことですものね。それに英采はもう少し勉強すれば立派な人材になるわ」

炳国はうつむいたまま妹の話を聞いていたが、手で膝をぽんと打って身体をしゃんと伸ばし、

「よく考えてくれた。お前に隠しごとはできん。たしかに、これまでひどく悩んだ」

そう言って少し考えてから、もう一度決心したように、

「で、いつ出発だ」

「兄さんが行けという日に行くわ」

「では、明後日《あさって》の昼の汽車で行くがいい。明日、旅費をもらっておいてやる」

このとき英采が門から飛びこんできて、炳国を見ると会釈をする。炳国も立ちあがって挨拶を返す。英采は裏山から摘んできた花菖蒲をひとかかえ炳郁に渡す。花を受け取った炳郁は何かごそごそやっていたが、やがて二つに分けた花の半分を持って、

「こっちは兄さんの机に飾ってあげるわ。こっちは私たちの分よ」

101

明後日《あさって》発つと言ったが、炳郁の母親の反対で一週間後に発つことになった。引きとめる母親の言葉はこうだった。

「一年間も会いたい会いたいと思って、やっと会えたというのに、一ヵ月もしないで行くと言うのかい。お前は私の顔を見たくないんだね。あの綿花畑に、お前に食べさせるつもりで植えた瓜と西瓜があるから、全部食べてからお行き」

この言葉には逆らえなかった。炳郁は英采に、

「どう、これが母の情よ」

と言って、目に涙を浮かべた。英采も父のことを思い出して、目を袖で押さえた。

毎日、昼どきを過ぎると、炳郁と英采は家から一キロあまり離れた日当たりのよい綿花畑に行って、瓜と西瓜をもいで畑のすみに並んで腰をおろし、夢のような将来のことをあれこれ語りな

がらおいしく食べた。炳国《ピョングク》の夫人も一緒に三人で車座になり、時間のたつのも忘れてお喋りすることもある。綿花畑は奥まったところにあるので近くを往来する人もなく、とても静かだ。ある日、炳国の夫人が、

「お父さまが、綿花によくないから瓜や西瓜はいっさい植えるなというのを、お母さまがどうしても植えるんだとおっしゃって、私と二人でこの瓜と西瓜を植えたのよ」

と話した。

炳郁《ピョンウク》は畑の畝をぶらぶらしながら、みごとに実った瓜と西瓜を見てまわり、斑《ふ》が入った瓜を一個もいできた。

「これはなぜ、こんな斑《ふ》が入っているのかしら。どうしてあるものは黒くて、あるものは白くて、あるものはこんなふうに斑入《ふい》りなのかしら。いくら探しまわっても、同じものが一つもないなんて……」

「どれも同じだったら面白くないわ。人間だってそうじゃないこと」

と英采が笑う。

「とにかく、自然って面白いものね。同じ土から、まったく別の色と形をした草と木が生えるし、花が咲くし」

と、もぎたての瓜を鼻にあてて、くんくんと匂いを嗅ぎ、

「これだって、土が変わってこうなったのよ」

「人間も最初は土で捏ねたっていうじゃないの」

と、炳国の夫人。

「そうよ、その話のとおりだわ。万物は土から生まれたんですもの。やっぱり大地は万物の母よ。万物を生んで抱いてくれるんだわ。米も水もこの瓜も、いわばお乳よ、母乳なのよ」

と、愛しそうにその瓜を撫でてから周囲を見まわし、

「どう、楽しくないこと。空は澄んでいる、陽の光は温かい、山は青い、小川はああして流れている、草たちは元気いっぱいに育っている、そして私たちはそのなかに坐っているのよ。ああ、素敵！」

と踊りながら笑う。

英采が丸い石ころを拾って、お手玉のように投げたり取ったりしながら、

「田舎育ちのせいかも知れないけど、私はやっぱりこんなふうに草や木のある田舎がいいわ。ソウルや平壌みたいな都会にいると、なんだか牢屋にいるみたいで」

「そりゃあ、そうよ。こうやって広い自然のなかにいれば、心も身体も自由で、すっかりのんびりするけど、都会にいようもんなら……ああ、あの埃《ほこり》、いやな臭いのする空気、おまけに人間たちの心までいやな臭いがするわ」

と、まるで臭いがするように、顔をしかめる。

「だけど、ここは、こんなに広くてきれいじゃないこと」

と言って、はあーはあーと深呼吸をする。たしかに空気が澄んでいる。むんむんする草の香りが、時おり人を酔わせるように流れてくる。

こうして楽しくお喋りして遊んだあとは、西瓜を一つずつ持って帰る。家にいる両親や他の家族に食べさせるためだ。

炳郁は西瓜のヘタを取って蜜を入れ、アレンモクに寝ている祖母に差しあげる。祖母は小さな頬に笑みを浮かべて、子供みたいにうまそうに食べる。炳郁は嬉しそうにそれを見ながら、時どき匙で西瓜の中身をすくってあげる。祖母はほとんど食べおえると、炳郁をじっと見つめて微笑み、

「やれやれ、大きくなったものじゃ。こんなに大きな娘《こ》が、どうして嫁に行くのをいやがるのじゃろう」

と、一歩にじり寄って炳郁の背を軽く叩き、

「今度行ってしもうたら、もう会えないような気がするのう」

と溜息をつく。そのたびに、

「何を言うの。お祖母ちゃんは九十までは心配ないわ」

と炳郁が大きな声を出すと、ようやく聞こえたようにうなずいて、

「九十ねえ」

とだけ言う。今は七十三歳だから、九十歳までまだ十七年ある。「私がそんなに生きられるかねえ」と言っているようでもあり、「そんなに生きられたらねえ」と言っているようでもある。

たまに、孫にバイオリンを弾いてくれと言う。炳郁は言われるままにバイオリンを弾きながら、そばに坐っている英采に向かって、

「聞くのはあんたの役目よ。お祖母ちゃんは目で聞いているんだから」

そう言って二人で笑うと、祖母は何のことやら分からぬまま、自分も笑う。そして炳郁が首を傾けて弦を弾くのをじっと見ながら坐っているうちに、たいていは五分もたたずに目をしばたき始める。すると二人の若い娘は顔を見合わせて微笑み、自分たちだけで楽しむのだ。

102

遠くへ行こうとしている娘のために、母親はあれこれとおいしい物をこしらえる。手ずから米を仕込んで餅《トック》を作り、鶏もつぶし、そして娘たちがおいしそうに食べるのをじっと見ながら坐っている。父親も娘のために牛のアバラ肉を一塊買い求め、炳国も城内に行ってお菓子や蜜柑やサイダーなどを買いこんでくる。そして炳郁と英采は、綿花畑からもいできた瓜と西瓜に、蜜を入れたり、砂糖をかけたり、一晩寝かせたり、井戸に入れて冷やしたりして、家族に出す。英采は自分の手で蜜をまぶした西瓜を父親にさしあげた。父親はちょっと意外そうな顔で受け取り、うまそうに匙ですくって食べながら、

「うむ、ありがとう」

と言った。またもや英采は、亡くなった父を思い出した。

あるとき、炳郁が兄に西瓜を渡しながら冗談めかして、

「これは、英采が兄さんにさしあげると言って作った特別製よ」

と言った。そばにいた英采は顔を赤らめた。

炳国の夫人は、妹が発つことを心から残念がっている。やっと仲良くなった英采と一ヵ月もたたずに別れることも悲しかった。妹たちと一緒にソウルや東京に行きたいとも思ったが、かなわぬ夢だと分かっている。もちろん羨ましいのだが、彼女には自分に与えられた「分」に満足するだけの修養があった。それで、妹たちはああいう人間だし、自分はこういう人間なのだとすぐに諦めて、さほど悩まなかった。

こんな気ぜわしい楽しさのなかで、長いと思われた一週間も夢のように過ぎてしまった。今日は出発だといって、荷物をくくったり衣服を着替えたりしはじめると、送りだす人は送りだすのがいやになり、発つ人は発つのがいやになる。アレンモクに寝ている祖母、俺は知らんぞと言わんばかりに煙草ばかりふかしている父、辛子味噌《コチュジャン》や塩漬魚《アムチ》のようなおかずを包んでいる母、黙って姑を手伝う兄嫁、トゥルマギを着てパナマ帽を後ろ頭にかぶり、大小の荷物をくくるのに忙しい炳国、快活に笑いながらあちこち歩きまわっている炳郁、そしてこれらすべてを見物するかのように佇んでいる英采、誰彼問わず、胸の底には言いようのない寂しさと悲しみがある。

炳郁と英采は、祖母、父、母の順序で別れの挨拶のお辞儀《チョル》をした。祖母はもう一度、

「これでもう、会えぬことじゃろうて」

と言って、よく見えぬ目に涙を溜め、炳国に支えられながら門まで出てきた。父親はお辞儀《チョル》を受けて「うむ」としか言わず、母親は、

「たくさん勉強しておいで。冬休みにも来るんだよ。英采も来年いらっしゃい」

そう言って、英采の上衣《チョゴリ》の背中の皺を伸ばしてくれた。

村の人に挨拶して、「行ってらっしゃい」「元気でな」という言葉をもらい、一行が村を出たのは、ちょうど午後の一時ころだった。照りつける八月の陽ざしは火が降りそそぐようである。

一行は前になったり後になったりして、尽きぬ話をしながら歩いていく。全員が一団となったり、二人一組になって十歩以上も離れたり、あるいは一人だけ先に行ってしまって、道端の草をむしりながら他の人たちが来るのを待っていたりする。母親と炳郁、炳国の夫人と英采が組みになることが多く、父親と炳国はたいがい黙って別々に歩いていく。荷物運びの若者は時おり立ちどまっては、背負子《チゲ》を担いだままで後ろから来る一行を待っていたが、そのうちに、さっさと停車場に着いてチゲを下ろした方が楽だと思ったらしく、どんどん先に行ってしまう。空の馬車や人力車がガタガタと音を立てて一行とすれ違ったり、あるいは一行を追い越していく。一行の顔は暑さで赤くなり、額からは玉のような汗が流れる。男たちは団扇であおぎ、女たちはハンカチで汗をふく。

いつまでも終わりそうになかった話もほぼ尽きて、いまは黙ったまま、太陽に向かって平らな新作路を歩いていく。道端にある番小屋から愁心歌《スシムガ》〔平安道地方の民謡〕と遊び歌《ナンボンガ》〔黄海道地方の民謡〕が眠そうに流れていたが、一行が近くを通ると静かになった。番小屋の入り口から坊主頭や宕巾《タンゴン》をかぶった頭、それに手拭いを巻いた頭や独身男《チョンガー》の大きな頭がぞろぞろと現われて、ひそひそと何か話している。一行が数十歩先まで行ったとき、はははと笑い声が聞こえた。一行は黙ったまま停車場を目指して歩いていく。

英采は、穂が出たばかりの粟畑を左右に見ながら、この一ヵ月間のことを考える。身体はそのままだったが、精神上では大変動があった。前とはまったく別の新しい人間になったと言えるほどの大変動だった。死出の旅の途中で偶然炳郁に出会ったこと、炳郁の家で七、八年ぶりに家庭の楽しさを味わったこと、これまで苦しんできた牢獄のような世界のほかに広くて自由で楽しい世界があることを発見したこと、また炳国に対して燃えるような愛を感じたことを次から次へと思い出し、最後に、これから日本の東京へ留学することを考えると、わが身の運命の思いがけぬ変わりようがあまりにも不思議で、思わず微笑んだ。

こんなことを考えているうちに一行は停車場に到着し、待合室の腰掛一つを占領して、残り時間の二十分で尽きぬ話をする。

103

炳郁と英采は汽車に乗り、窓から見送りの一行を見おろす。沙里院《サリウォン》まで行く用事があるという炳国も一緒に乗ったが、なにしろ今夜には戻るので、座席に坐ったままで外を見ようともしない。母親は窓に身体を寄せて、

「注意してお行き」

を二度も三度も言い、

「ひと月に二回は必ず手紙を書くんだよ」

を三度も四度も言った。炳国の夫人は姑のすぐ横に立って、炳郁と英采をかわるがわる見ている。暑さで赤く上気した小さくて艶のある顔が美しい。鐘が鳴り、車掌の笛が響くと、炳国の夫人は

窓辺に置かれた英采の手を自分の手でぎゅっと押さえて、

「行ったら手紙をちょうだいね」

と言う。その目には涙があり、見返す英采の目にも涙がある。憲兵たちがこの光景をじろじろと見ている。弁当売りの声が消えると、汽笛の音とともに列車が動きはじめる。母親はもう一度、

「くれぐれも注意してお行き」

を叫んで、目を一度しばたかせる。炳郁と英采は窓から顔を出してハンカチをふる。母親もハンカチをふるが、炳国の夫人は黙って見ているだけだ。父親は一度腕をふったきり、あちらを向いて行ってしまう。ガタンゴトンと音を立てて汽車がカーブを曲がり、停車場の人影が完全に見えなくなる。二人はそれでもまた二、三度ハンカチをふり、ようやく自分たちの席に腰をおろす。

しばらくは二人とも放心したように黙っている。汽車のスピードがどんどんと速くなり、涼しい風が吹きこんでくる。炳国は向かいの座席に斜めに坐って、二人を見ながら団扇を使っている。車内には宣教師らしい老いた西洋人が一人、金モールを二本つけた太った官吏が一人、そのほかには日本の着物を着た人が二、三人だけだ。彼らは皆、白い朝鮮服を着た二等客を不思議に思うらしく、視線をこちらに向けている。炳国は向かいに坐った妹に声が聞こえるように身体を前に乗り出して、

「お前のおかげで初めて二等車に乗ったよ」

と言って笑う。

「そんなに二等が羨ましければ、たまにお乗りなさいな」

と炳郁も笑う。

「俺たちみたいにぶらぶらしている人間は三等でももったいないのに、二等なんか乗れるもんか。申し訳なくて」

「それじゃ、なんで二等切符なんか買ってくれるのよ。あの貨車にでも積みこんでくれればよいのに」

と炳郁は腹を立てたように知らん顔をする。英采はおかしくて下を向く。こうやって兄妹のあいだで子供の喧嘩のような冗談を言ってから、炳国が、

「英采さんも、来年は帰国なさるのですか」

「私には分かりませんわ」

「一緒に来ましょうよ。私に一人で来させるつもりなの。姉妹だもの、一緒に来なくちゃ」

と炳郁は英采を見てから、兄を見る。英采は、

「ええ、姉《オンニ》さんが連れて来てくれるなら」

と言って笑う。炳郁は甘えるように炳国を見て、身体を揺すりながら、

「兄さん、来年、私たち二人で来るわよ」

と質問か返事かはっきりしないことを言う。炳国は、

「では妹といらっしゃい。ご実家がないということですから、我が家を実家だと思って」

「はい、ありがとうございます」

と英采が頭をさげる。

こんな話をしているうちに汽車はもう停車して、「シャリイン、シャリイン」という駅員の声が聞こえる。炳国は帽子を脱いで、

「それじゃ、元気でな」

と言って急いで汽車から降り、二人の座席の窓の下に来る。二人も窓から見おろす。何人かの客があわただしく乗降を終えると、すぐにまた車掌の笛が鳴る。汽車が動く。炳国は帽子を高く上げる。二人も手をふりながら頭をさげる。炳国は、少しずつ小さくなっていく二人の腕と頭を見つめ、二人は、帽子をふりながら少しずつ小さくなっていく炳国を見つめた。

英采はなんだか胸が締めつけられるような気がして、目眩《めまい》を感じた。英采の表情をそっと窺っていた炳郁が、英采を笑わせようとして、

「ねえ、あのとき、目に石炭の粉が入って泣いていたこと、覚えている」

と自分が先に笑う。英采も笑う。炳郁は、

「石炭の粉が入ったのが、そんなに痛かったの」

「誰がそんなんで泣くものですか。なんだか腹が立って泣いたんだわ」

と、あの日のことを考えながら目を閉じ、それから目を開けて微笑む。

「とにかくね、あのとき、あなたの泣き顔がどんなにきれいに見えたことか。私が男だったら一発で参っていたわね」

「もう、そんなことばかり言って」

と英采が手で炳郁の膝をぶつ。

「ねえ、ソウルにちょっと寄っていきましょうよ」

「まあ、いやよ。誰かに見られたら大変だわ」

「ソウルじゃ、いま、あなたは死んだと思っているのね。あの李亨植氏とかいう人も」

「多分そうよ。実際に死んだのですもの」

「誰が、あなたが。どうして」

「あの時、私は死んだのじゃないこと。姉《オンニ》さんに顔をふいてもらったとき」

「そして復活したのね」

「そう、復活だわ。姉《オンニ》さんがいなかったら、きっと死んでいたわ。もう、すっかり腐っていたところよ」

「腐るまで肉がついているものですか」

「じゃあ、どうなるの」

「魚がむしって食べてしまうわよ」

「こんなに大きいのに、魚が食べきれるかしら」

と、手で口を押さえて笑う。炳郁は、

「ね、初めて私を見たとき、どう思った」

「どうして日本の女性がこんなに朝鮮語がうまくて親切なのかしらと思ったわ」

「それから」

「それから、すごく活発な女性だと思ったわ」

「あのとき、あなたが食べたもの、あれ、何だか知っている」

「知らないわ。食べ方も分からなくて、姉《オンニ》さんが食べるのをじっと見ていたのよ」

「そうだと思ったわ。あれは西洋の食べ物でサンドウィッチという物なの。おいしかったでしょう」

「ええ」

と首をこっくりさせて、「サンドウィッチ」とはっきりした発音で言ってみる。

104

汽車が南大門《ナムデムン》に到着した。まだ暗くなりきってはいないが、あちこちに明るい電灯が点いている。電車の音、人力車の音、これらすべての音を合わせた「都会の音」と、広いプラットホームに響く下駄の音が一緒になって、いままで静かな自然のなかにいた人間の耳にはひどく騒々しく聞こえる。「都会の音」、それは「文明の音」だ。その音が騒がしければ騒がしいほど、その国は発展しているのだ。車輪の音、蒸気と電気機関車の音、ハンマーの音、こうした音すべてが合体して初めて燦爛たる文明が生まれる。じつに、現代文明は音の文明である。ソウルはまだ音が不足している。鍾路や南大門に立ってお互いの話し声が聞こえないくらいに、文明の音は騒々しくなるべきなのだ。しかし哀れなことにソウルの都に住む三十万余りの白衣の人びと〔朝鮮人のこと。むかし白衣を好む朝鮮民族をさして白衣民族と呼んだ〕は、この音の意味を知らないし、この音と関係もない。彼らはこの音を聞くべきであり、聞いて喜ぶようになるべきであり、ついにはこの音を自分の手で作り出せるようにならねばならない。プラットホームを忙しそうに行ったり来たりしているあの人びとのなかで、この忙しさの意味を知る人がどれほどいることか。なぜあれほど多くの電灯がともされ、なぜ電報器と電話器が昼夜を分かたずあんなにカチャカチャと音を立て、なぜ醜怪な汽車と電車があああして昼も夜も走っているのか……この意味を知る人間がどれほどいることか。

こんな喧騒のなかで英采は、もしや誰かが自分の顔を見はしまいかと、下を向いてじっと坐っている。炳郁は同窓生にでも会えないかと、プラットホームに降りてぶらついた。誰にも会わないので車室に戻ろうとしたところを、誰かがポンと肩を叩いて、

「炳郁さんじゃないこと」

と言う。炳郁が驚いてふり返ると、自分より二年下の同窓生だった。

「まあ、お久しぶり」

「どちらへお出かけ」

「これから東京に行くところなの」

「あら、そんな。だったら寄ってくれればいいのに、水くさいわ」

くるりと背を向けてから、

「とにかく降りてちょうだい。私の家に行きましょう」

と言う。

「だめよ、連れがいるの。ところで誰のお見送り」

「あら、炳郁さんはご存知ないの」

「何を」

「善馨さんが、善馨さんは知ってるわよね、彼女が今日、米国に発つのよ」

「善馨が、米国に」

と驚く。女学生はあちらの二等車室の前の人だかりを指して、

「あそこに乗っているわ……このたび婚約して、二人で米国に勉強しに行くんですって。いいわねえ。みんな、米国とか日本とか言っているのに、私ばかりこんなところでくすぶって、つまらないわ」

炳郁はその後輩と一緒に善馨が乗っているという車室の前まで行ったが、人が多過ぎて近づけない。善馨は白い洋服を着て帽子はかぶらず、窓の下に立って見送り客の挨拶に答えている。傍らの窓では背広を着た若い紳士が、こちらもお辞儀を繰り返しながら何やら挨拶をしている。見送り客はほぼ二組に分かれ、一方には女ばかり集まり、一方には男ばかり集まっている。男たちは全員ソウルでは文明紳士と言われている連中だ。炳郁はしばらく見ていたが、汽車が出てから善馨を訪ねようと思って、すぐ後ろの自分の車室に戻った。

英采はあいかわらず下を向いて腰かけている。さっきまで乗っていた人たちはほとんど降りて、あらたな乗客でほぼ満員である。上着を脱いで掛ける人、窓から身体を乗りだしてお別れをする人、新聞をもってもう坐っている人。しかし白い朝鮮服を着ているのは炳郁と英采の二人だけだ。炳郁は座席に坐って車内をひとまわり見渡し、英采に、

「なんで、そんなに下ばかり向いているのよ」

「なんだか、南大門という声でへんにドキドキするの。早く汽車が出ればいいのに」

と言ったときに早くも鐘を鳴らす音がして、「サヨナラ、ゴキゲンヨウ」という声が驟雨のように聞こえ、汽車が動きはじめる。どこからか、「万歳《マンセー》、李亨植君《イーヒョンシク》、万歳《マンセー》」という声が聞こえる。二人は驚いて耳を傾けた。もう一度、「李亨植君、万歳」という声が聞こえる。いま万歳を叫んだ人びとが、二人のいる窓の外をみるみる過ぎていく。苧麻《からむし》のトゥルマギにパナマ帽をかぶった連中だった。炳郁はさっき善馨の横にいた人が亨植で、亨植が善馨の夫となる人であることを察した。だが何も言わなかった。

英采は亨植という声を聞いて、ふいに胸がどきりとするのを覚えた。これまで何とか亨植のことを忘れようとしていたが、亨植が同じ列車に乗っていると思うと、わけの分からない涙が自然とこぼれる。炳郁は英采の手を握って、

「泣かないで。いったい、どうしたっていうのよ」

「分からないわ」

と涙を拭いて、無理に笑みを浮かべる。

龍山《ヨンサン》を過ぎてから炳郁は善馨に会いにいった。善馨は炳郁の手を握って、

「どちらまで」

「東京に行くところなの。ところで米国にいらっしゃるんですって」

「ええ。手紙を差しあげようと思ったのだけど、東京にいらっしゃるのか、どこにいらっしゃ

るのか、分からなくって」

「さっき南大門駅で偶然敬愛《キョンエ》さんに会って、それで、この汽車に乗っていらっしゃることを知ったの」

と、向かいの紳士に挨拶をする。紳士は挨拶を返して、腰かけるよう勧める。英采に十年あまり貞節を守らせた亨植とはいったいどんな人物かと、炳郁はできるだけ亨植を観察する。

105

英采は一人で考える。まず、亨植がどこへ行くのかが疑問だ。万歳《マンセー》を叫んでいたところを見ると、どこか遠くへ行くらしい。私は彼がこの列車に乗っていることを知っているけれど、彼は私がここにいることを知らないはずだ。すると、この七、八年のことが活動写真のように次から次へと思い出される。生まれ合わせ《パルチャ》のよい人間は過去を回想することが少ないが、悲しい過去を持った人間は、ほんの小さなきっかけがあっても過去を回想してしまうのだ。英采はこれまで何十回、いや何百回、悲しい過去を回想したことだろう。あんまり何度も回想したので、いまでは順序と脈絡がすっかり整理されて一編の小説のようになり、どこかの端をちょっと引っぱれば、糸を解《ほど》くように全体がするすると解けて来るようになった。七、八年間ひとえに亨植を慕いつづけ、ついには亨植のために命まで捨てようとしたことを思うと、亨植への思いがひとしお新鮮で懐かしい。英采は心のなかで「もう一度会いたい」と思った。そう思うと、いよいよ会いたい気持ちに襲われる。死んだと思っていた私を見たら、亨植もきっと喜ぶだろう。一目会って思いのたけを打ち明けるだけでも、どんなに胸がすっきりすることか。どうして私は、亨植を訪ねたあのとき、「私はずっとあなたをお慕いしておりました」とはっきり言えなかったのだろう。「私を愛していただけますか、どうですか」と、あちらの気持を尋ねなかったのだろう。今度会ったら、ためらわずに聞いてみよう。

英采は、すぐにでも亨植のいる車室に飛びこんでいきたくなる。胸にはまさに炎が燃えあがっている。しかし「姉《オンニ》さんに相談してみなくては」と、ぐっと我慢する。

このとき列車が水原《スウォン》駅に着いた。外は真っ暗だ。

炳郁が善馨を連れてきた。自分のとなりに坐らせて、

「英采、この方は金善馨《キムソニョン》さんといって私の同窓生よ。いま米国に行くところなの」

と言い、次に善馨に、

「この子は朴英采《パクヨンチェ》といって私の妹なの」

と紹介する。紹介を受けた二人はお互いに頭をさげる。善馨は「朴《パク》」英采がどうして「金《キム》」炳郁の妹なのかしらと不思議に思う。炳郁は英采と善馨の二人をかわるがわる眺めながら、この二人の顔と運命を比較してみる。英采は善馨と亨植との関係を知らないし、もちろん善馨も、英采が亨植のために七、八年間貞節を守ってついに命まで捨てようとした人間であることを知るはずがない。善馨はただ、亨植がかつて桂月《ケーウォル》香《ヒャン》という女と汚らわしい関係にあったという話を聞いただけなので、この朴英采がその桂月香であることなど知るよしもない。

三人の娘のあいだにはこんな話がかわされた。しっかり学んで帰ってきて、将来は力を合わせ

て朝鮮の女性界を啓発しなくてはという話、ちゃんと勉強するつもりなら米国か日本に留学しなくてはならないという話、そして英語とドイツ語をしっかり学ぶべきだという話、つづいて、炳郁と英采は音楽を勉強し、善馨はまだはっきりしないが師範学校に入学したいと語り、お互いに大きな成功を収めることを祈った。車内の乗客の視線は、楽しそうにお喋りしている三人の朝鮮女性へと集まった。

＊　＊　＊

善馨が戻ってきたので、亨植は善馨の座席に敷いた毛布の皺を伸ばしてやりながら、

「で、その妹さんというのは、どんな人ですか」

「朴英采といって、たいそうしとやかな人ですわ。炳郁さんが自分の妹だと言っているの」

亨植は息が止まり、体が震えるほど驚いた。目を大きく見開いて、

「えっ！　だ、だれですって」

と口がまわらない。善馨はわけが分からず、不思議そうに亨植の顔を見ながら、

「朴英采だそうですけど」

「朴英采、朴英采」

と、しばらく口がきけない。うしろに坐っていた友善も、がばっと立ち上がって、

「なんだと。朴英采だと」

三人はしばらく聾のようになった。友善が亨植の横に坐って、

「これはどういうことだ。では生きているのか。それとも同姓同名か」

亭植は両手で顔をおおって、

「とにかく、こんな嬉しいことはない」

と言ってはみたものの、心のなかには様々な苦痛が湧きおこる。英采を追って平壌まで行きながら、生死も確かめずに戻って翌日には婚約をし、その後は英采のことは忘れていた自分がまるで大罪人のように思われる。亭植はたしかに無情だった。あのとき亭植は当然、友善から借りた五円の金で平壌に行くべきだった。行って遺体を探し、できるかぎり厚く弔うべきだった。婚約するにしても、人情からしてせめて一年後にすべきだった。七、八年ものあいだ亭植のために貞節を守ったあげく身を捨て命を捨てた英采を、悼み、慟哭し、喪に服すのが当たり前だった。それなのに自分は何をした。

英采がこの世にないがゆえに忘れようとしていた罪悪は、英采の生存という言葉を聞いて、刀のように鋭く胸を刺す。亭植は歯を食いしばり、荒い息を吐いた。横に善馨がいることも忘れたかのようだ。

友善は立ちあがり、あちらへ行く。英采の真否を確かめようというのだ。

106

友善が立っていったあと、善馨は、

「どういうことなのですか。朴英采とは、どういう人なのです」

と尋ねる。しかし、答えがないので、

「朴英采さんが死んだという噂でもあったのですか」

それでも亨植はうなだれたままで、答えがない。善馨は亨植のうなだれた頭を見ていたが、独り言のように、

「いったい、どうなっているのかしら」

と言って黙りこんだ。

しばらくして、亨植が頭をあげた。

「僕が悪かったのです。僕が罪人なんだ」

それきり、あとが続かない。善馨はますます訝しがり、瞳がしきりに揺れる。

「とっくに話をするべきだったのに、ずっと機会がなくて……機会がないというより、僕の心が弱くて、これまで黙っていました。朴英采さんは僕の恩人の娘です。幼いときに父親と二人の兄が無実の罪で獄中で亡くなり、父親を救おうとした英采さんは人に騙されて身を売り、妓生になって……」

ここまで言ったとき、善馨は、

「えっ、妓生ですって」

と驚く。桂月香のことが稲妻のようにひらめく。

「ええ、妓生になったのです。それから七年間」

と、言いにくそうに少しためらってから、

「僕のために操を守ってきました。もちろん僕も彼女の行方を知らず、彼女も僕の行方を知りませんでした。そして、たまたま僕の居所を知って訪ねてきたのです」

と言ったきり、あとをどう話していいか分からない。善馨はさっき見た英采を思い浮かべ、それではあの人が妓生になって七年間、亭植のために貞節を守った人なのかと考える。桂月香といえば妖艶で淫乱な女だと思っていたのに、見れば英采は自分と変わらぬしとやかな娘だ。では亭植はなぜ英采を棄てたのだろうと思い、

「それから、どうなったのです」

亭植は長い溜息をついて、

「自殺するという遺書を残して、平壌へ行ったのです。それで僕もすぐにあとを追いました。しかし、居場所は分かりませんでした。だから遺書のとおり、大同江に身を投げて死んだとばかり思っていたのですが、その彼女がいま同じ列車に乗っているのです」

と、いかにも悲しそうに頭を二、三回ふった。

「じゃ、あのとき平壌に行ったのは、そのためだったのですか」

と、善馨は正面から亭植を見る。亭植はその目が自分を威嚇しているように思われ、目をそらして、

「ええ」

と答えた。それなら英采が死んだという日は、亭植と自分のまさに婚約の日ではないか。

善馨はこれまで胸中に抱いていた疑い、亭植が桂月香という妓生に溺れていたという疑いは解

けたものの、なんとも言えない新たな苦しみが胸を押しつぶすのを覚えた。自分の身が罪に落ちたようでもあり、目の前に不可解な困難と苦しみが立ち塞がったようでもある。

このとき友善が真面目な顔つきで戻ってきて、日本語で、

「タ、シ、カ、ダ、ヨ」

と言って、亨植のとなりに腰かける。

「不思議な話もあるものだ」

「で、話してみたかい」

「いいや。坐っているのがドアから見えた。さっきここに来た人と、何か話しているようだが……」

と言いかけたが、そばにいる善馨を見て、話さない方がよいと思ったらしく、話を打ち切った。

「とにかく、めでたい。あの女学生と一緒に東京に行くようだから、多分、勉強に行くのだろう」

亨植は座席にもたれて力なく目を閉じる。

＊　＊　＊

善馨が帰ると英采は

「姉《オンニ》さん、なぜかしら。私、ひどく胸が騒ぐの」

「李亨植氏という言葉を聞いたからなの」

「ええ。これまで忘れたとばかり思っていたのに、やっぱり忘れたわけじゃなかったのね。胸の奥深くに隠れていたみたいなの。それが李亭植君万歳という言葉で飛び出してきたみたい。ああ。胸が騒いで我慢できないわ」

「そりゃあ、そうよ。なんといっても七、八年間、朝から晩まで想いつづけた人だもの、そんなに簡単に忘れられるはずがないわ。もう少しすれば忘れるわよ」

「忘れるべきかしら」

「じゃあ、どうするの」

「忘れないでいたら、いけないかしら」

炳郁はじっと英采を見つめてから英采のとなりに坐り、片手で英采の腰を抱いた。

「亭植氏はもう婚約したわ。いま未来の夫人と一緒に米国に行くところよ」

「何ですって。婚約!」

と英采は炳郁の腕をつかむ。炳郁は慰めるように、

「さっきここに来た善馨という人ね、あの人が彼の婚約者なの」

「それじゃ、あのとき、もう婚約していたのね」

と、これまでのことに落胆する。自分の過去の人生が一段と悲しく恨めしくなる。自分は世の中に騙されて、どうでもいい人生を送ってきたような気がする。これまで全力をつくしてやってきたことが何の意味もないように思われて、失望と悲しみが一気にこみあげる。自分は身も心も捧げて亭植を想ってきたのに、亭植は自分のことなど塵芥《ごみ》のようにしか見ていなかったようだ。

「姉《オンニ》さん、なぜかしら。私、悔しい」
「何を言うの。将来があるじゃないの」
と炳郁は力いっぱい英采を抱きしめる。

107

亭植は、すぐにでも英采の顔を見たかった。前に見た英采の顔がどうしても浮かんでこず、なんとしても一度会わなくてはいけない気がする。死んだと思っていた英采の顔を、一度見たかった。しかし前にいる善馨を見ると、英采に会いにいく勇気はとても出ない。亭植は善馨の顔を見た。善馨はなにか失望したことでもあるように、なかば目を閉じてじっとしている。時おり亭植の方をちらりと見ては、不快そうに目を閉じたり、そっぽを向いて窓に映った自分の顔を見たりする。善馨の目と亭植の目が出合うたびに、亭植の身体はカァッと熱くなる。

同じ車室の乗客はほとんど寝てしまった。亭植も座席の背にもたれて目をつぶった。そして何も考えまいとするように身体を一度震わせ、両手を組んで腹のうえに置いた。だが亭植の心は亭植の意思に逆らって、暴風に波打つ海のようである。

英采は絶対に死んでいるべきだ。生きていたとしても自分は知らずにいるべきだ。でなければ、善馨との婚約が成立する前に会うべきだったのだ。婚約が成立して米国に向かう途中で会うなんて、まさに神の悪戯《いたずら》だ。亭植は決して英采を棄てようとしたわけではない。むしろ長いあいだ英采のことを忘れなかったし、英采と再会したときには英采に対する愛情は火のごとく燃えあがり、心のなかで英采との結婚や結婚後の楽しい生活、それに健康な子を生んで理想的に育てることまで考えた。また英采が妓生であると知ってからは、千円のために終日煩悶したこともあった。もし英采が平壌にさえ行かなかったら、死ぬという遺言さえ残さなかったら、当然、自分は英采と一生をともにしたことだろう。そうすれば恩師への義理も果たせたし、七、八年間自分のために貞節を守ってきた英采に対する義理も果たせたはずだ。

亨植は、もう一度英采と善馨を比較してみた。善馨は亨植の人生で初めて接した若い女性であり、善馨の容姿は誰が見てもうっとりするほどなので、亨植にきわめて強烈で深い印象を与えた。初めて若い女性に接した若い男性によくあるように、亨植は善馨をこの世に二人とない女性だと思った。容貌が美しいだけでなく、精神も容貌と同じように美しいだろうと思った。善馨と出会った最初の日に、亨植は女性に関するすべての美徳を善馨に付与したのだ。亨植の目に善馨はこのうえなく完璧で、このうえなく美しい女性として映った。

こんな強烈な印象を受けた日の夜、今度は英采に会った。英采の容貌も、もちろん美しかった。公平な目で見たら英采の顔は、むしろ善馨をうわまわっていたであろう。しかし善馨を天下第一と確信した亨植は、英采を第二と思わざるをえなかった。そのうえ善馨は完全な教育を受けた富《ふう》貴《き》な家の娘であるし、英采はこれまでどこで何をしていたか分からぬ女だ。こうしたことすべてが重なって、亨植にはどうしても英采を善馨と平等に見ることはできなかった。ただ、善馨は自分の手の届かぬ「月中の桂枝《けいし》」であり、英采は自分がその気になれば手折ることのできる「道端の杏花《あんず》」だった。それで亨植は第一と思った善馨を棄てて、第二と思った英采を取ろうとしたのである。ところが英采は大同江に身を投げ、そこに金長老からの話があったので、亨植はとくに躊躇することなく婚約し、また悲しむこともなく英采を忘れようとしていたのだ。

亨植は善馨に対しても英采に対しても、いまだ真の愛を抱けずにいる。そもそも亨植の愛はいまだ外面の愛であった。善馨を自分の命のごとく愛していると思いながら、亨植は善馨の性格をまったく知らなかった。善馨が冷静で理知的な人物なのか、それとも熱烈な情的人物なのか、彼女の性格がどうで嗜好はどうなのか、長所は何で短所は何なのか、また彼女と自分とはどんな点で一致し、どんな点で違っているのか、また彼女の性格と知能は将来的にはどの方向に発展しそうなのか、そういうことも知らずに、ただ盲目的に愛していた。

彼の愛はいまだ進化を経ていない原始的な愛であった。まるで子供同士が仲良くなって離れたくないというような愛であり、まだ文明を持たぬ民族が顔の美しさだけ見て愛するような愛である。一つ違うところがあるとすれば、文明のない民族の愛はそのまま肉欲を意味するが、亨植の愛は精神的分子が多いことだけだ。だから、亨植は単に精神的愛という言葉を知っているだけで、その内容を理解していなかったのだ。真の愛は互いを精神的に理解することから始まることを知らなかった。亨植の愛はじつに、自覚なき旧時代から自覚ある新時代へと移りゆく、過渡期の青年（朝鮮青年）によく見られる愛なのだ。自分の愛がこのような愛であると気づいたとき、亨植の前途には大変動が起きずには済まないだろう。

目を閉じてじっと坐っている亨植の脳裏には、この一ヵ月のあいだに起こった出来事が、顕微鏡をのぞくようにはっきりと浮かんできた。

金長老夫妻は自分と英采の関係について、なんとしても信用できぬ様子だった。あるとき英采との関係を話したが、聞き終わった金長老は笑いながら、

「男が一度や二度、そんなことは当たり前じゃ」

と言った。亨植はそれ以上説明しようとも思わなかったが、自分の人格を信用してくれないことを、かなり不快に思った。その後、亨植は長老夫婦に会うたびに腹立たしく、また恥ずかしかった。長老夫婦は、自分には善馨の夫になる資格がないと思っているようだった。初めは自分を非常に品行方正で将来性があると思っていたのが、妓生と近しくし、妓生を追って平壌まで行った話を聞いて、急に亨植を信用できない人間だと思ったらしかった。その事件一つで自分の価値を決めようというのが不快だった。亨植が見るところ、長老は亨植との婚約を破棄したいのだが、一度約束したことは体面上破約にできないし、もし亨植が信用のおけぬ人間だとしてもそれは善馨の八字《パルチャ》だと考えているようであった。

そこに米国帰りのハイカラ青年があらわれて善馨を好きになり、あちこちで運動をはじめた。ある教会の有力者が乗り出して、亨植に難癖をつけて破約に追い込もうとし、その一方で青年の財産や英語力や米国留学のことを褒めちぎって善馨と結婚させるよう画策したことを、亨植は知っていた。そのときは長老夫婦がかなりの比率で心がそちらに傾き、それ以来、善馨の態度がいよいよ冷淡になって、しきりに心配そうな表情をしていたこと、長老の夫人がどういうわけか亨

植をきらって米国帰りの青年との結婚を主張したこと、けれども長老が長老職と両班という体面をはばかって最後までこの話に反対したことも知っていた。

ほとんど十日あまり、亨植は金長老の家で憎悪の対象になっていた。そのときは亨植も憤慨にたえず、三、四日続けて長老の家に足を向けなかった。そして家にこもって怒りと恥ずかしさで一人煩悶した。ある日、亨植が「今日こそ、自分の方から婚約を断ってしまおう」と思い、着替えて出ようとしたそのとき、善馨が初めて下宿を訪ねてきた。

「どこかお悪いのですか」

と丁寧に言い、その後ろから果物籠を持った順愛が入ってきた。どうやら病気だと思って見舞いに来たらしかった。そして善馨は、

「昨日、旅券が出ました」

と喜びの表情さえ見せた。それで亨植の怒りはすっかり解けてしまい、

「いいえ、身体は何ともありません」

そのとき、善馨と順愛は亨植をじっと見つめた。もちろん善馨も自分の家で起きた問題を知っている。両親が亨植に対して悪感情を抱いていることも知っている。実際のところ、自分も亨植に対して好い感情は持っていなかった。だが両親に亨植を憎んでいる気配があり、それを察したのか亨植も三、四日姿を見せないのを見ると、亨植に対してある種の感情が生まれて、好きなような気がしてきた。それで順愛を連れて訪ねてきたのだ。そのときの善馨には亨植がとても好ましく思われた。亨植も善馨の目にそんな表情を見て、このうえなく喜んだ。

しかしこれは、水に落ちた人間を見たときに飛びこんで救おうとするのと変わらぬ、同情である。しばらくは効力があっても、長続きのしない感情である。夫婦の愛情はこれではいけない。あの人がいなければ生きてゆけない、あの人の幸福なしに自分の幸福はない、あの人と自分とは一心同体だ……こんな愛でなくてはならない。亭植に対する善馨の愛は、水に落ちた人間に対する同情のようなものだった。これほど明確にではないが、亭植もある程度までは善馨の心を察した。

しかし亭植にとって、善馨はなくてはならぬ人だった。亭植には、自分の全人生が善馨ただ一人にかかっているように思われた。たとえ善馨に「見たくないわ。あっちに行って」と言われようとも、あるいは顔に唾を吐かれ、足蹴《あしげ》にされようとも、それでも自分は善馨の下衣《チマ》の裾に取りすがらなくてはならない。金長老の家に行くのも不快だし善馨と会うのも不快だったが、愛する者を完全に失い、望みを失って悲しむよりは、むしろその不快の方がましだった。全身が火の穴に入るよりは、片腕か片足を切り落とす方がましである。

これまでの亭植はかくも辛い生活を送ってきた。ところが出発の二、三日前から、長老夫婦の態度がたいそう親切になり、善馨もますます丁寧に親しく接するようになった。人の心の移り変わりは信じられぬと疑いながらも、亭植は天に昇ったように嬉しかった。そのうえ出発の前日には、長老夫婦が自分と善馨を呼んで、二人のために心からの祈禱を上げてくれた。長老が「お前たち二人」という言葉を繰り返しながら種々の訓戒を垂れたとき、亭植は生まれて初めてのような喜びを味わった。「お前たち二人」という言葉は、自分と愛する善馨を一つの身体にするかのようだった。そのときは善馨も亨植をそっと見て、にっこりと笑った。四人はこの瞬間が永遠に続くことを祈った。

109

これからは自分の前には幸せだけがあるのだと亨植は思っていた。さっき南大門《ナムデムン》を発つとき、大勢の友人が別れを惜しむなかで、亨植はひたすら嬉しかった。熙鏡《ヒギョン》とその仲間たちが大勢の見送り客のうしろで自分をじっと見つめているのを見たときは、さすがに胸が詰まったが、しかし自分の横に立っている善馨を見るとすべての悲しみは吹き飛んでしまった。これから自分は善馨とともに八千キロ以上離れた地球の裏側に行き、四、五年間の楽しい勉学を終える。そして万人の歓呼のなか、善馨と腕を組んで南大門に帰ってくるのだ。そのとき、いま目の前にいる大勢の人びとは、今日よりもっと多くの祝賀と尊敬の心をもって自分を迎えることだろう。こう考えると、ようやくソウルが懐かしく、南大門が愛しく思われた。南大門は、幸せな自分を送迎してくれるためだけに存在しているような気がする。やがて車掌の笛が鳴り、万歳《マンセー》の声が響いたときの亨植の心は、ここに語るまでもないだろう。

新式女性とはいえ、善馨はやはり女である。功名心と虚栄心が強くて、米国に留学することを喜んでいるとはいいながら、愛する両親と従妹弟や友人たちがしだいに車窓から遠ざかるのを見ると、胸に溜まっていた涙が一気にあふれ出し、思わず座席に泣き崩れた。亨植は最初のうちは善馨の肩を優しく叩きながら、

「さあ、起きてください。涙をふいて」

と言っていたが、こんなことをしている場合ではないと思い、ちょっと躊躇してから、片腕を善馨の胸の下に差しこんで抱きおこした。亨植の腕に触れる善馨の肌は柔らかくて温かかった。善馨も亨植にされるがままに身を起こしながら、亨植の手を少し握った。そしてハンカチで涙をふきながら、

「まあ、みっともないこと。外国〔日本のこと。新聞連載時は「内地」になっていた〕の人たちに笑われるわ」

と言って笑う。涙で赤くなった目と頬がいっそう美しく見えた。外国の人たちは、やはり笑っていた。

友善は亨植のうしろの座席に腰かけ、傍らでかわされる亨植と善馨の会話を聞いて笑いながら新聞を読んでいたが、ふり向いて、

「おい、大変だ」

と言う。善馨に見とれて友善のことは忘れていた亨植は、驚いてふり向き、

「うん、どうした」

「ははは。それほど驚くことでもないのだが、今朝から慶尚南北道と全羅南北道一帯に雨が降りはじめて、錦江《クムガン》と洛東江《ナクトンガン》は三メートルあまりの増水だそうだ」

「どれ」

と友善が持っていた新聞を眺めてから、

「だとすると、列車が不通になるかもしれんな」

善馨も目をみはる。友善は、

「そうだな。雨が欲しい欲しいと思っていたら……」

と言いながら、窓の外に顔を出してあちこち見渡す。日暮れどきなのでよく分からないが、空はすっかり黒雲でおおわれ、薄ら寒い風にぽつぽつと大きな雨粒がまじって落ちてくる。他の乗客たちも新聞を見て、線路の破損を危ぶむ話をしている。だが亨植や善馨にとっては重要な問題ではなかった。線路が壊れたら、旅館に入って待てばいいのだ。

このとき炳郁が善馨に会いにきて、それから善馨が炳郁のところに行き、戻った善馨に亨植が炳郁の同行はどんな人かと尋ねて、善馨が、

「朴英采といって、たいそうしとやかな人ですわ」

と答え、最後に友善が確かめにいって「タ、シ、カ、ダ、ヨ」と報告したのである。

これまでのことを考えて、亨植はとうとう、

「朴英采さんにちょっと会ってこなくては」

「行ってらっしゃいな」

という善馨の返事には、なにか特別な意味がこめられているように聞こえた。

実際のところ善馨は不快だった。じゃあ、あれが桂月香という妓生なのね。死んだと聞いていたけど、あれは嘘だったのね。腹のなかに恐ろしい企《たくら》みを持っているくせに、外見は上品ぶっているんだわ。人の好い炳郁は、きっとあの人の企みに乗せられているのよ。亨植と私が今日発つ

110

と聞いて、この汽車にわざと乗ったに違いない。もしかして亨植がまだ英采を忘れられなくて、こっそりと英采に出発の日を知らせて、米国に行く前にもう一度会おうと企んだのではないかしら。こう考えると一種の嫉妬が湧いて、善馨は顔をそむけた。

亨植は善馨の不快そうな顔を見ながら、しばらく立っていたが、

「しかし、同じ列車に乗りあわせたのが分かっていて、知らん顔もできないし」

と、言いわけするように言って、また腰をおろし、善馨の返事を待っている。黙っていた善馨はにっこりとして、

「ですから、行ってらっしゃいな。行くと言うのを誰も止めてなんかいませんわ」

後半は言わずもがなの言葉だった。うつむいていた亨植はぱっと立ちあがると、

「では、行ってくるよ」

と言い、友善に向かって、

「英采さんにちょっと会ってくる」

「うむ、行ってこい。俺からもよろしくと言ってくれ」

と言って、ちらりと善馨を見る。この三人の関係は、今後どうなるのだろうと思う。

英采を見たあと、友善の心はすっかり落ち着きをなくしていた。とりわけ英采が死の決心を翻《ひるがえ》した動機と、日本に行くことになったわけを知りたかった。

以前の友善は英采を一人の美人として愛していた。だが英采が亨植のために貞節を守ってきたことや、清涼里事件のために死を決意したことを知ってからは、才と色と徳を兼備した理想的な女性として愛するようになった。もし亨植への友情がなかったなら、どれほど夢中になったか知れない。

気も狂わんばかりに好きだった桂月香が、亨植のために貞節を守る朴英采であると知ったときは、さすがの友善も断腸の思いであった。しかし友情を重んじ、俠気の人を自任する友善は、自分の情を無理やりに押し殺して亨植と英采のために尽力しようと考えた。もし英采が亨植の妻になるなら、友人の夫人として一生つきあおう、それだけで自分は幸せだと思った。そのあと、英采があの悲しい遺書を残して平壌に行ったのを見たときは、深い悲しみと失望を覚えた。婦女子には心を動かさぬことを理想とする友善であるが、あれ以来、一時《いっとき》たりとも英采のことを忘れたことはない。友善の日記をめくれば、就寝前に必ず英采を思う詩を一首作っているのを見てもそれは知れよう。

そんな友善であるから、死んだと思っていた英采が同じ汽車に乗っていると知って、胸をときめかすのも当然である。そのうえ、亨植が美しい善馨と素晴らしい契りを結んで楽しい勉学をしに行くのを見ていると、ますます羨ましさが募る。友善は、息子を何人も産んでとっくに三十を越えた自分の妻が、前掛けを巻いて赤ん坊のおむつを洗っている姿を思い浮かべる。あれは何も知らんやつだ。飯炊きと縫いものと、子供を産むことしか知らん。あれと結婚してから十年以上たつが、これまで部屋で仲よく話をしたこともないし、もちろん自分の志を話したこともない。

だが、寝るときだけは夫婦は同じ布団だった。まるで妻は自分のためにだけ存在しているようだった。男やもめが肉欲に堪えられずに売春宿に行くような感覚で、妻の部屋に入った。

そのうちに息子が生まれ、あなたと呼び、お前と呼んだ。十年以上もつき合いながら相手の考えていることを知りもせず、知ろうともしない人間関係は、まことに奇妙と言うべきである。だが友善は、これを免れえぬ天命と思うのみで、この関係から抜け出そうと思ったことはなかった。妻というのは大抵こんなものだ。家で食わせてやって子供を産ませ、たまに行ってやればいいのだ。そう思っている。世間に妓生という制度があるのは、まさにこのためだと考えている。亭植と会うと、この問題でよく論争になった。亭植は厳正な一夫一婦主義を主張して譲らず、友善は蓄妾や妓生遊びは男として間違った行為ではないと言う。友善にしてみれば、妾や妓生なしでは、長い人生を過ごしようがないのである。友善の一夫多妻主義と亭植の一夫一婦主義は、それぞれ昔の朝鮮道徳と西洋のキリスト教道徳から出てきたものであるが、もう一面では、間違いなく各自の置かれた立場から出てきたものである。友善がもし英采を得、英采が友善を愛するなら、友善はその日から妓生房に通うのを止めることだろう。

こんな状態にある友善は亭植が羨ましく、自分の境遇がひどく哀れに見えた。自分も愛する妻と一緒に汽車で旅行をしたり、外国遊覧をしてみたかった。妓生を連れて遊ぶのもいいが、妓生には何かしら不足があるような気がする。いくら妓生が自分に対して優しい態度を見せ、また自分がその妓生を気に入ったとしても、やはりどこか不足する点があった。その不足する点は決して小さくなく、むしろ大きかった。それはおそらく、第一に精神的に融合する楽しさがないこと、第二に愛のもっとも有力な要素である「自分のもの」という自信がないことだ。金をたっぷり払って妓生を身請けすれば「自分のもの」にはなるだろうが、それにしても精神的な融合は人力では適わぬことだ。

外面の愛は浅い。それゆえたちまち冷める。精神的愛は深い。だから長続きする。外面だけを愛する愛は動物の愛であり、精神だけを愛する愛は鬼神の愛だ。肉体と精神が合一した愛こそ、あたかも宇宙のごとく広く、海のごとく深く、春の日のごとく調和して無窮の愛となるのだ。世の人が口には出さないものの心のなかで夜も昼も求めているのは、こんな愛である。しかし、こんな愛は宝物と同じで、千人に一人、十年百年に一人も得られない愛である。それで女は春香《チュニャン》を羨み、男は李《イー》道令を羨む。自分たちが実際にはそんな愛を味わうことができないから、小説や演劇や詩で見て、喜び、笑い、泣くのである。朝鮮では天地開闢以来、ただ春香と李道令の愛があるのみだ。誰もが春香になろうとし、李道令になろうとしたが、近寄ることすらできなかった。朝鮮の凶悪な結婚制度はこの数百年のあいだに、人の胸のなかにある天から授かった愛の種を完全に枯らしてしまったのだ。友善もその犠牲者の一人である。

こんな友善が、幸せな亨植と善馨を目の前にし、また、恋しかった英采が同じ列車に乗って同じ機関車に引かれていることを思うのだから、悩むのも当然である。まして英采はすでに妓生ではなく、亨植の妻でもなく、単なる一人の娘だ。そう思うと、友善の胸にはわけの分からぬ感情が稲妻のように湧きおこる。そこで友善は亨植のあとを追って隣室のドアの外に立ち、風に当たりながらそっと様子を窺う。亨植は英采の横に坐って何かを話しており、炳郁も時おり話に口を挟んでいる。三人の顔はひどく真面目である。友善は入るか入るまいか迷ったが、亭植が戻ってくるのを待つことにして、手をうしろに組んで寄りかかり、ガッタンゴットンという車輪の音を聞きながら物思いに沈む。

111

善馨を送っていった炳郁が戻ってくると、英采は炳郁の手を握って、

「どうだった」

と、自分でも意味のよく分からない質問をした。炳郁は、

「何てことないわ。亭植氏という人が立派な服を着て澄まして坐っていたわ。うちの兄さんのことを知っているって。東京で一緒だったそうよ」

英采は思わず溜息をつく。

「どうしたの、亭植氏が恋しいの。諦めきれないのね」

「いいえ、そういうわけじゃないのだけれど」

「じゃ、どうして溜息なんてつくのよ」

「私にも、どうしてか分からないの」

と、英采は炳郁の膝を叩いて笑う。

「でも、まったく平気ってわけじゃないでしょう」

と炳郁も笑う。英采はしばらく考えてから炳郁の手をぎゅっと握って、

「その通りだわ」

と含羞《はにか》むように笑いながら、

「何だか面白くないの」

そう言って顔を赤らめる。十年近くも妓生でいた娘が、どうしてこんなに深窓の令嬢みたいなのかしらと、炳郁は内心感嘆した。そして英采の今の気持を知りたくなって、

「面白くないって、どう面白くないの」

「知らないわ」

「そう駄々をこねないで、ちゃんとお答えなさい。そしたら、おいしいものをご馳走したげるから」

と言って、二人で笑う。英采が、

「李亨植さんが、ひどく無情な人に思われるの。いくら何でも私が自殺しに行ったんですもの、少しは探してくれてもいいのに、いつの間にか婚約して……」

と言ってから、炳郁の膝に自分の額をこすりつけて、

「まあ、姉《オンニ》さん。私ったら何を言いだすのやら」

炳郁は英采の頭と首と背中を撫でてやりながら、子供に言い聞かせるように、

「言ってもいいわよ。さ、それから」

「あの人、私がここにいることを、多分知っているわよね」

「知っているでしょう。いまごろは、善馨があなたのことを話したでしょうから。知ったらど

うだっていうの」

「どうって。そりゃあ、死んだはずの人間が生きていたら、きっと驚くでしょうね」

「せいぜい驚けばいいわ。さぞ胸をどきどきさせてることでしょうよ。まったく薄情な人ね」

「もし、あちらから私に会いに来たら、どうしましょう。会ってお話しすべきかしら」

「もちろんよ。仇同士《かたき》じゃあるまいし」

「仇じゃないけど、何だか……」

「何だか悔しいってわけ」

二人はしばらく無言で顔を見合わせていた。突然、英采が、

「姉さん《オンニ》。姉さんが私を助けてくれたのが、いけないんだわ。私はあのとき死ぬべきだったのよ。あのとき死んでいれば、今ごろはもうすっかり腐っていたでしょうに。骨があっちに一本、こっちに一本と散らばっている頃だったのに。あのとき、死ぬべきだったんだわ」

と、後悔するように頭をふる。炳郁は、英采の顔色がいきなり変わったのを見て驚き、英采の両腕をつかんで、

「どうしたの、英采。なんでそんなことを言うの。これから私と一緒に留学して、きちんと音楽を学んで、二人でアメリカやヨーロッパを回りながら思いきり見物して、そして帰国したら新しい音楽を打ち立てて、楽しい人生を送るんでしょう。なのに、どうしてそんなことを言うの」

と、英采の身体をつかんで揺する。ぼんやりと炳郁の目を見つめていた英采の目から、ぽろぽろと涙がこぼれた。

「いいえ、私は生きるべき人間ではないの。死ぬべき人間なのよ。これまでの人生をつくづく考えてみると、どうしても、生きるために生まれてきたとは思えないの。父と二人の兄は獄中で死ぬし、七、八年の苦労はすべて水の泡に……」

とすすり泣く。

「どうしたというの、英采。全部きれいさっぱり忘れて、喜んでいたじゃないの。なぜ急にそんなことを言い出すの。あなたがそんなことを言い出したら、私はどうすればいいの。さあ、泣かないで」

「どうしても、この世で生きたいと思えないの」

「なぜなの。じゃ、あなたはまだ、李亨植氏を忘れられないのね。あなた、あのとき、本当は李亨植氏を愛したわけではないって、そう言ったじゃないの」

「それだけじゃないわ。この世の中が私の仇《かたき》なのよ。両親を奪い、兄弟を奪い、幼い私をさんざん痛めつけて……そして……そしてついには貞操を……私の貞操を奪って……。だというのに、一生想ってきた人は私のことなんか気にも留めていない。無理やりに私を追い出そうとしている世の中に、しがみついていることなんてないわ。世の中が私を憎むんだったら、私だって世の中を憎んでやる。世の中が私を嫌うんだったら、私だって世を棄てて逃げ出してやる。天に昇るのよ」

という涙まじりの言葉に、炳郁も思わず涙をこぼした。

「だからこそよ。これだけ世の中から奪われたんだもの、ちょっとは返してもらうべきなのよ。

奪われっぱなしで終わるつもりなの。二十年間も苦労したんだもの、きちんと支払ってもらうべきだわ」

「支払いなんて、とんでもないわ。一日多く生きれば、その分また奪われるだけよ」

「いいえ、これからは取り返すのよ。まだ青春の真っ只中ですもの、失望するには早すぎるわ。力いっぱい生きられるだけ生きて、取り返せるだけ取り返すのよ。仕事で取り返し、幸福で取り返し……取り返す分を放ったまま死ぬなんて、駄目」

「幸福、幸福。私にも幸福が来るのかしら。この世が私に幸福をよこすのかしら」

と、炳郁の涙の流れる目を見つめる。

112

炳郁はハンカチで英采の涙をふいてやりながら、

「ほら、他のお客さんが変に思うじゃない。泣かないで。世の中が幸福をくれないなんてことが、あるもんですか。くれなきゃ、よこせって言うのよ。それでもよこさなきゃ、無理やりに奪い取るのよ。奪ってもよこさないようなら、せめて仕返しするのよ。それに、考えてもご覧なさい。あなたみたいに悲しい目に遭っている人が、この世であなただけだと思うの。とくにこの国は、そんな可哀相な人が山ほどいるはずよ。だったら私たちは、このいけない社会制度を変えて、せめて子孫だけでも幸せに暮らせるようにしてやらなくちゃ。私たちがやらなくて誰がやるっていうの。それなのに、あなたが自分の苦労に負けて死んでしまったら、それは子孫に対する責任の放棄よ。だからね、できるだけ長生きして、できるだけいっぱい働きましょうよ。さあ。泣いていないで、苺《いちご》でも食べましょう」

そう言って立ちあがり、籐で編んだ白い籠をおろす。

「私に何かできるかしら」

「できるわよ、できないはずがないわ。神さまが立派な働き手を作るつもりで、あなたに若いときの苦労をさせたのよ。ね、私たち、二人じゃない。李亨植みたいな人は忘れて、助け合って生きましょう。さ、食べましょう」

と真っ赤に熟した苺《いちご》を出して、自分が先に一つ食べる。口に入れて噛むと、白い歯が血の色をした汁で染まる。これは昨日の朝、炳国の夫人と三人であの綿花畑に行って、送別会がわりに西瓜を食べながら採ったものだ。二人の目に、黄州《ファンジュ》の炳郁の家が一瞬浮かんで消えた。

泣いても仕方がないと思って、英采も泣きやんだ。炳郁の言葉には情があり理があって、喜んで説得されたくなるような力がある。胸が張り裂けそうに痛くても、炳郁の言葉を一言聞けば、すっと解消してしまう。英采は、炳郁が男のように活発でいながら、心には熱くて繊細な情があり、また自分を慰めるときは心から自分の身になり心になってくれることをよく知っている。もし英采が自殺するために水辺に立つか刀を持ったとしても、炳郁の一声でたちまち「姉《オンニ》さん！」と叫んで駆けよったであろう。英采には、炳郁は姉というより母親と言った方がふさわしく思われた。

とはいえ、二十年の人生が凝り固まった英采の悲しみが、炳郁の言葉だけで完全に消えるわけがない。だが、この場でこれ以上の意地を張るのは親切な炳郁に対して申し訳ない気がして、英采も苺を食べる。赤い苺が二人の娘のきれいな唇に入って白い歯を赤く染める。車窓には雨が打ちつけ、涙のような滴がぽろぽろと転げ落ちては、他の滴と合体して流れて落ちる。列車の揺れと一緒に揺れる電灯のまわりには、蜉蝣《かげろう》の仲間たちが群れをなして集まっている。二人の娘の唇と指の先が苺の汁でほんのりと赤く染まったとき、亨植が「英采さん」と言いながら二人の前に立った。

少し前にこの車室に入ってきた亨植は、すぐに英采のそばに行こうとしたが、英采が泣いているようなので、英采の席から三つ四つ離れた空席に坐って、こっそりと二人の話を聞いていた。車輪の音で詳しい話は聞こえないが、ぽつりぽつりと聞こえてくる言葉をつなぎ合わせると、だいたいの意味は見当がついた。そして、英采に対するすまなさと自分に対する恥ずかしさに堪えきれず、英采に心から謝ろうと思った。

英采と炳郁は驚いて立ちあがる。二人は同時に下を向き、英采はくるりと背を向けた。亨植も下を向いた。炳郁だけが顔をあげて亨植に、

「お掛けください」

と言う。亨植は腰をおろす。

「あなたもお掛けなさいな」

という炳郁の言葉に、英采も腰をおろしたが、あいかわらず背はこちらに向けたままだ。亨植は、まるで何か恐ろしいものでも前にしたように鳥肌が立った。英采の後ろ姿が自分を圧倒し、威嚇

していうような気がする。大同江に落ちて死んだ英采の魂が自分の前に現われて、自分を苦しめているのではないかと思った。いまにも英采がくるりとふり向いて恐ろしい顔で自分を睨みつけ、口にあふれる熱い血を自分に向かって噴きつけながら、「この無情な男め、永遠に呪われよ」と言って飛びかかってくるような気がする。なぜあのとき、平壌でもっと捜索をしなかったのか。なぜあのとき、友善から五円の金を借りてすぐ平壌に行かなかったのか。いま英采がこちらを向いたらどうしよう。来なければよかった。そんなことも考える。このとき、

「さあ、苺をどうぞ」

と、炳郁が苺の入れ物を差し出しながら、

「ちょっと、英采」

と、足で英采の足を踏みつけた。英采は静かにふり向いたが、亨植の方は見ない。

「英采さん。許してください。どう申し上げていいか分かりません。私は先生に対しても、英采さんに対しても、大罪人です。何と叱責されても……」

「とんでもありません。軽はずみにお訪ねして、つまらぬご心配をおかけいたしました。それに死ぬこともできないくせに死ぬなどと言って、どれほどご心労をおかけしたことか」

と言って下を向く。

炳郁は心のなかで、「これではいけない」と思った。

113

亭植はこれ以上英采には何も言えないので、炳郁に向かって、

「ところで、いったい、どういうことなのですか。前から英采さんをご存知だったのですか」

炳郁は亭植を見て微笑んだ。その笑みは亭植になんともいえぬ恥ずかしさを与えた。自分を嘲《あざ》笑《わら》っているように思われた。

「いいえ、休暇で家に帰る途中、汽車のなかで出会ったのです」

亭植は目を丸くして英采を一度眺め、ふたたび炳郁に向かって、

「それでは英采さんが平壌に行く途中で」

「はい」

と言って口をつぐむ。亭植はもっと知りたかった。英采がどうして死ぬ決心を翻《ひるがえ》したのか、どうして東京に行くことになったのかを、詳しく知りたかった。そこで、

「で、どうなったのです」

炳郁は首を傾げ、英采のそむけた顔をじっと見ていたが、

「それで、なぜ死ぬの、楽しい人生を一日でも長く生きたいと誰もが思っているのに、どうして死に急ぐのかと、そう申しました。そして、これまでのあなたは世の人から嘲られ、いじめられ……」

と、ちょっと躊躇するように亭植を見てから、また微笑んで、

「ずっと思い慕ってきた人からも棄てられたけれど」

この言葉が終わるより先に、亨植はまるで胸を針で刺されたような気がした。炳郁は亨植の顔色が変わったのを見て言葉を切り、

「あなたの人生はこれまでは涙と恨みの人生だったけれど、これからあなたの前には、広くて楽しい将来があるじゃないの、そう言って無理やり汽車から引きずりおろしました」

「本当にありがとうございます。お嬢さんのおかげで私もいくらか罪が軽くなりました。私は英采さんが亡くなったものとばかり思っていました（このとき炳郁と英采は内心フンと思う）。すぐに平壌警察署に電報を打って、次の汽車で平壌に行きました（ここで亨植は弁明の機会ができたことを喜ぶ）。ところが警察では、停車場に出て捜したけれども分からなかったと言うのです。それで心当たりの家に行って尋ねたり、朴先生の墓所にも……」

ここまで話したところで、中途で帰ってきたことを思い出し、口をつぐんでうなだれる。あのとき共同墓地まで行って、大同江のほとりでせめて一、二時間でもいいから遺体を探しておけばよかったと思う。じっと聞いていた炳郁は、

「ええ、そりゃあ、そうなさったはずですわ。遺体を探すために、さぞご苦労をなさったことでしょう」

亨植は、「恐ろしく意地の悪い女だ」と思った。亨植の背中には冷汗が流れる。

英采も亨植の話を全部聞いた。そして亨植を恨んでいた心がいくらか和らいだ。亨植が自分のあとを追ってすぐに平壌に行き、自分の遺体を懸命に探してくれたことへの感謝は、しかし、自

分の死からひと月もたたずに善馨と婚約して米国に行くのだという考えに押し消されてしまう。英采の目には亭植という一人の人間が、優しい人間にも、また薄情な良人にも見える。だけども う万事は終わったのだから、いまになって恨んでも始まらないし、腹いせをしたって仕方ない。むしろ笑顔を見せて、亭植の心だけでも喜ばせてやった方がよいだろうという気がする。そうやって少し機嫌は直ったものの、笑顔を見せてやって亭植を完全に安心させる気にはなれず、

「本当に恐縮でございます。黄州からすぐにもお手紙を差しあげようと思ったのですが、いつ死ぬとも知れぬ身が、しばし生きていることをお知らせしたって仕方がない。死んだと信じておられた方が、むしろお心を煩わせなくて済むだろうと思って、出すのをやめました。いま考えると、お知らせしなくて本当にようございました」

と言ってから、さすがに英采も言い過ぎたという気がして微笑む。

「どうして、葉書一枚でもよいから送ってくれなかったのですか」

と亭植は憤慨の口調で、

「どれほど心配したか知れません」

亭植は英采の言葉を聞いて、本気で英采を恨んでいた。もし英采が葉書を一枚書いていたら、当然、自分はただちに英采を訪ねてその手を握っていたという気がする。炳郁と英采は、亭植の憤慨する顔を見る。英采は亭植に対して申し訳ない気がして、

「でも、私が生きていることをお知らせすれば、かえって先生に余計な心配をおかけすると思ったのです。万一、私が先生の身に累を及ぼし、名誉を傷つけることになれば、かえって（躊躇

してから)、先生への道理が立ちません。それで、しいて黙っておりました」

と、またもや英采の目から涙が流れる。

英采の話を聞いていた亨植は、こぼれ落ちる涙を見て顔をそむける。どこまでも自分のためを考えてくれる英采の心情が、いっそうありがたく思われた。死のうとしたのも自分のためなら、生きていることを知らせなかったのも自分のためだったことを思うと、英采に対する自分の態度があまりに無情であることに後悔の念が湧く。

涙を流す英采を前にしながら、あちらの車室にいる善馨のことを思って、亨植の心はひどく乱れる。三人のあいだには、しばらく言葉が途切れた。汽車はどこかの鉄橋を渡っているらしく、轟音を出している。窓にあたる雨脚と流れる水の音は、大雨がまだ続いていることを告げている。洪水は起きるのだろうか。

114

亨植は、ふつふつと沸き立つような頭を抱えて、英采の車室を出てきた。待ちかまえていた友善が亨植の肩を叩き、

「英采さんが泣いていたな」

亨植は友善の手を握って、

「ああ、どうしたらいいのだろう」

「どうしたっていうんだ。英采さんに何か言われたようだな……よお、色男!」

「違うよ。冗談じゃないんだ。本当に、どうしたらいいんだ」

「おいおい、何を心配しているんだ。釜山に行って船に乗り、下関に行って汽車に乗り、横浜に行って船に乗り、サンフランシスコに行って降りればいいのさ。心配することなんか、ないじゃないか」

亨植は恨めしそうに友善の顔を見ながら何か考えていたが、

「僕は米国に行くのをやめる」

「えっ」

これには友善も驚いて、

「なんだと」

「米国に行くのをやめる。それが正しいことだ。うん、そうする」

と言いながら、友善の手を放して車室に入ろうとする。友善は手をつかんで亨植を引っぱり、

「気でも狂ったのか。ちょっと来い」

亨植はぼんやりと立っている。

「君はいま精神が混乱しているのだ。米国に行くのをやめるとは、どういうことだ」

「だって、あちらは僕のために命まで棄てようとしたのに、僕のこのざまはどうだ。僕はこのことを善馨さんに話して、婚約を破棄する。それが正しいんだ」

「じゃあ、英采と結婚するってわけか」

「ああそうだ。それが正しい」

「英采は君と結婚すると言ったのか」

「そうは言ってない」

「もし英采が君と結婚するのはいやだと言ったら、どうする気だ」

亭植はしばらく考えてから、

「そしたら一生結婚なんかしない……寺に行って僧にでもなる」

友善はとうとう笑い出した。

「君はいまノボセているんだ。まったく君は子供だぜ。世間知らずだ。いいか、夢にもそんなことは考えるな。さっさと米国に行くんだ」

「それじゃ、あの人を棄てるのか」

「棄てるわけじゃない。こうなってしまったからには、そんなことを考えたって仕方ないのだ。それに英采さんも東京に留学することになったのだし。お互いにしっかりと勉強して、将来は兄妹だと思って付き合うんだな。そんな愚にもつかぬ戯言《たわごと》はやめたまえ」

そう言って、亭植の背中をポンと叩く。赤い腕章をつけた車掌が通り過ぎながら、二人の方をちらりと見る。

席に戻った亭植は座席の背にもたれて静かに目を閉じた。善馨は眠っているのか、それとも考えごとでもしているのか、座席にもたれて身じろぎもしない。

亭植の胸には一つの新しい疑問が生じる。

いったい自分は誰を愛しているのか。善馨だろうか、英采だろうか。英采を前にすれば英采を愛しているような気がするし、善馨を前にすれば善馨を愛しているような気がする。さっき南大門で汽車に乗るまでは、自分は身も心もすべて善馨に捧げていると思っていたのに、英采に会ったら善馨は二番手になって、英采が自分の愛の対象のように思われる。それなのに、いま前に坐っている善馨を見れば、「この人こそ僕の妻だ、僕の愛する妻だ」という思いが湧く。自分は善馨と英采、二人とも愛しているのだろうか。ならば同時に二人の人間を愛することができるのだろうか。これまで聞いた話や自分が考えてきたことからすれば、真の愛は一度に二人以上に向かうことなどありえないはずだったのに、いまの僕の心はどうなっているんだ。なんとしても、いかなる規準を立てても、僕は善馨と英采二人のうち一人を選ばねばならない。

長い思考の末、亨植は次のような結論に達した。

善馨に対する自分の愛は決して根の深い愛ではない。自分は、善馨の顔が美しいこと、容姿がしとやかなこと、学校で優等なこと、富裕な両班の娘であること以外には、善馨に関して何も知らない。僕はまだ——婚約したいまも、善馨の性格をよく知らない。もちろん善馨も僕の性格をよく知らない。お互いの理解なしに真の愛が成立しうるだろうか。僕の霊魂は果たして善馨を求め、善馨の霊魂は果たして僕を求めているだろうか。会ったときに霊魂と霊魂が一つになり、心と心が一つになったことがあるだろうか。要するに、僕と善馨のあいだには、果たして、刀でも断てず火でも燃やすことのできぬ愛があるのだろうか。

こう考えると亨植は失望を禁じえない。自分は善馨にそのすべてを求めたけれども、善馨は決して自分に霊魂も見せず、心も与えてくれなかった。もしかしたら善馨には、自分に与えるような霊魂と心がないのかも知れない。ただ単に、両親の命令と世間の道徳に抑えつけられて、仕方なく自分に従っているのかも知れない。もちろん、あのとき善馨は自分の口で「はい」と答えた。しかしあの返事は、果たして自覚を伴った返事だろうか。

それならば、善馨に対する自分の愛は、そこらの男たちが美しい妓生の色香に酔って抱く愛と変わるところがあるのだろうか。自分の愛は果たして、文明の洗礼を受けた全人格的な愛と言えるのか。

115

これまで亨植は、決して遊びで善馨を愛したこともないし、肉欲で愛したこともなかった。彼は、自分の同胞が愛を遊びや戯弄《いたずら》とみなす態度について、大きな不満を持っている。自分の一時的な情欲を満足させるために異性を愛することを、大きな罪悪だと見なしている。彼は、愛というものが人類のすべての精神作用のなかで、もっとも重大でもっとも神聖なものの一つであると信じている。だから善馨に対する自分の愛は、自分にとってはきわめて意味深く神聖なものだし、自分の同胞にとっては精神的な大革命だと考えている。亨植の愛に対する態度は宗教的で、真摯で敬虔なものであった。愛を人生の全体とまでは考えないにしても、愛に対する態度によって、人生に対する態度をゆうに決定しうると信じていた。ところがいま考えてみると、善馨に対する自分の愛はあまりに幼稚だった。あまりに根拠が薄弱で内容が貧弱だった。

亨植は今夜そのことに気づいた。そして悲しかった。自分がこれまで人生のすべてを注ぎこんでやってきた事業が虚しいものであったことに、ある日突然気づいたような失望を味わった。同時に、自分の精神の発達程度がまだきわめて幼稚であることにも気づかされた。自分はまだまだ人生を悟るときでもないし、愛を云々するときでもないことに気づいた。今日まで多くの学生に文明を教え、人生を教えていたことがひどく僭越《せんえつ》であったことにも気づいた。自分はまだ子供だ。大人がいない社会にちょうど居合わせたから大人のふりをしていたのだ、と気づいて恥ずかしくなる。

亨植の考えは次から次へと続く——。

僕は、朝鮮の進むべき道を明確に知っていると思っていた。朝鮮人が抱くべき理想と教育者がもつべき理想を、確実に把握したと思っていた。しかしこれも畢竟《ひっきょう》、子供の考えに過ぎない。僕はまだ朝鮮の過去を知らず、現在を知らない。朝鮮の過去を知ろうとすれば、まず歴史を見る目を養い、朝鮮の歴史を詳しく研究する必要がある。朝鮮の現在を知ろうとすれば、まず現在の文明を理解し、世界の大勢を見きわめ、社会と文明を理解するだけの眼識を養ったのちに、朝鮮の現状を緻密に研究せねばならない。朝鮮の進むべき方向を知るのは、その過去と現在を十分に理解したあとのことだ。そうだ、これまで僕が考えてきたことや、主張してきたことは、すべて幼い子供の行為だ。

なによりも僕は人生を知らない。僕には人生の知識などない。僕はまだ自分を知らない。たとえ自分とは何であるかを根本的に知らないにしても、少なくとも現在の僕が世の中と向き合うさいの人生観はなくてはならない。正しいことを正しいと言い、良いことを良いと言える何らかの規準がなくてはならない。だが、それがあるだろうか。僕は果たして自覚した人間なのか。

　こう考えると亨植は、自分の愚かさと無学を目の前につきつけられる思いがする。

　僕は、善馨を幼くて自覚のない子供だと思っていた。しかし、こうしてみると善馨も僕も二人とも子供だ。祖先の時代から伝わってきた思想の系統はすべて失われ、混沌とした外国思想のなかでまだ自分たちに適した考え方を選ぶことができず、どうしてよいか分からずに彷徨する兄と妹——生活の規準も立たず、民族の理想も打ち立てられない世界で、導く者もなく投げだされた兄と妹——これが自分と善馨の姿のように思われた。

　亨植がふたたび目を開けて善馨を見ると、眠ってしまったのか、善馨は口をなかば開けたまま胸を上下させている。亨植はたまらなくなって、膝のうえに力なく置かれた善馨の手を取って、唇に押しあてた。亨植には、善馨が自分の妻というより、手を取りあって道を行く、両親を失った妹のように思われた。

　そうなのだ。だから僕たちは学びにいくのだ。君も僕もみんな子供だから、遠く遠く文明の国へと学びにいくのだ。亨植は、隣の車室にいる英采と炳郁のことを考えた。「可哀相な娘たち！」と思った。

　こう考えると三人の娘が一様にいとおしくなる。亨植の想像はいちだんと翼を広げて李《イー》熙鏡《ヒギョン》とその仲間たちを思い、京城学校の全学生を思い、またソウルの街角で見かけた顔も名も知らぬ男女学生たちと無数の幼い子供たちを思う。彼らがみな自分と同じように、将来進むべき道を声を上げて求めているように思われ、彼ら全員に対して、自分の弟と妹のような愛情を感じる。亨植は心のなかで腕を大きく広げて、その幼い妹弟たちを腕のなかに抱きしめる。

自分と善馨、そして炳郁と英采、そのほか誰かは知らぬが学ぼうとしている何十名、何百名が朝鮮に戻ってくれれば、朝鮮は一日か二日で突然新しい朝鮮になるように亨植には思われる。そして先ほどの悲しみを忘れて、一人にっこりと微笑んで眠りについた。

116

しかし、善馨の胸はそれほど安らかではなかった。亨植が英采を訪ねて不在のあいだ、一段と心が乱れた。英采がこの列車に乗っているという話を聞いてひどく悩んでいる亨植の姿を見ると、やはり亨植は自分よりも英采に惹かれているらしい。亨植が言うように、英采が死んだと思って自分と婚約したとしても、亨植の胸の底には英采の記憶が深く刻み込まれていて、自分の入る余地はないように思われる。英采がいないからやむを得ず自分を愛そうとしたが、いま英采が生きていることを知って、またもや英采に対する愛が湧き起こっているらしい。自分は亨植のために一時的に英采の代わりをしてやったようだ。こう考えると、ますます不快である。

「そうよ。英采がいないから私を愛したのだわ」と、善馨は顔をしかめる。「それじゃ、私は李亨植の慰みものになったのかしら」と、しばらく身体を揺する。「そうよ。きっと亨植は米国留学に行きたくて私と婚約したのよ」と、ぱっと立ちあがる。「ああ、私は人の妾になったのね」と、こぶしを握りしめる。亨植を正直な人間だと信じていたことも悔やまれる。「私を愛していますか」と聞かれたとき、「いいえ。私はあなたを少しも愛しておりません」と言ってくるりと背を向けなかったことが悔しく、亭植が手を取ったときにおとなしく手を取られていたことが悔しく、すべてが悔しい。善馨はまた坐って、「ああ、私はあんな人について米国に行くんだわ」と、今にも泣き出しそうに鼻をぐすぐす言わせる。

亭植が心のなかで自分と英采を比較することを考えてみる。英采は本当に美しい。そして賢くて優しそうな顔をしている。善馨も鏡を見たり人に褒められたりして、自分の顔が美しくて容姿がしとやかなことを知っている。とくに澄んだ瞳が多くの人の称賛の的であることを知っている。それで善馨は自分と同年輩の女性を見るたびに、その顔を観察して、心のなかで自分の顔と比較する癖があった。先ほども英采に会って、すぐに自分の顔と比較してみた。そのとき善馨は、英采をとても美しいと思った。「こんな人と仲良くなりたいわ」と思った。しかし、聞けば彼女は茶房洞《タバンコル》の妓生ではないか。亭植が自分の顔と汚らわしい妓生の顔を比較するなんて、考えただけでも失礼な話だ。いくら英采の顔が美しくたって所詮は妓生の顔だし、たとえ私の顔が英采の顔に劣ったとしても両班家門の娘の顔である。比較なんかできるはずがない。

亭植がはっきりしないところを見ると、ちゃんとした女学生である自分より、愛嬌をふりまいて悪賢い英采を美しいと思っているらしい。英采がなによ、茶房洞の妓生じゃないの、そう思ってみる。

亭植が桂月香という妓生と仲良くなり平壌まで追いかけていったという話を聞いたとき、亭植に少し疑いを抱いた。のちに亭植が「私を愛していますか」と破廉恥な質問をして手を握ったときは、「やっぱり妓生房に通った人だわ」と思った。いまや善馨は、亭植をますます汚らわしく思う。悪感情が最高潮に達したこの瞬間、亨植はすべての汚らわしさと悪を持ち合わせた人間に見える。

「ああ、どうしましょう！」と、善馨は腹立たしげに頭を左右にふる。目の前にある亨植の空席に亨植の幻を描いて、「私を騙したわね」と二度も三度も睨みつける。すると、またもや心にかっと炎が上がり、身体を震わせる。

善馨はまだ人を憎んだことがなかった。八字《パルチャ》のよい善馨は、憎もうと思っても憎む相手がいなかったのだ。自分に会う人は誰もが自分を可愛がって褒めてくれた。学校で何度か先生を憎らしいと思ったことはあったが、「ああ憎い」と顔をしかめるほど誰かを憎む機会はなかった。亨植は善馨がはじめて憎む人間である。

亨植の顔が目に浮かぶ。その顔はなぜか、ぬけぬけとして卑しく見える。善馨はその顔を見まいと、目を二度、三度、閉じたり開けたりしながら、汗ばんだ髪を手で掻きむしった。

亨植は何をしているの。英采と面白い話でもしているのかしら。にっこりと笑う英采の顔が目に浮かぶ。白くてふっくらした顔が邪悪に見える。「美しいもんですか、あんな顔！」と、一度、足を踏み鳴らす。その邪悪な英采が、首を傾げて亨植を誘惑するのが見える。亨植は薄い唇をだらしなく開けて、ふんふんと薄気味悪い笑みを浮かべている。

「ああ。見たくもない！」と、善馨は手を広げて額にあてる。「どうして帰ってこないの」と思いながら席を移る。「そんなに話がたくさんあるのかしら」。我慢できなくなり、一度立ちあがってまた腰をおろす。亨植が戻ったら、たっぷりお返しをしてやりたい。「汚らわしい人間同士で遊んでなさい」と、唾を吐きつけて逃げてやりたい。「ああ。なんという八字《パルチャ》かしら」と、やたらに身体を揺する。もう一度「どうしたらいいの」と言って泣き崩れる。

善馨も女だ。嫉妬と涙をこうして覚えた。

117

亨植が英采のところに行ってから、二時間も三時間もたったような気がする。ひどく長居をしているようだ。時間が長びくにつれて善馨の心はいよいよ乱れた。

これまで善馨は、とくに亨植から愛されたいと思ったことはなかった。亨植が自分のことをとても愛してくれるので、自分もできるだけ亨植を愛さなくてはという思いはあった。妻は夫を愛すべしと習ったし、両親も自分に李亨植の妻になれと言ったのだから、なにはともあれ自分は亨植を愛さなくては、と思っていた。しかし亨植が自分に要求するような愛……手を握り、腰を抱き、唇を合わせようとする愛ではなかった。だからもし別の女性が亨植を抱いたら自分はどう思うかなど、考えたこともなかった。

それで善馨には、自分がいま考えていることの正体が分からない。彼女も焼餅とか嫉妬という言葉は知っている。だが焼餅や嫉妬は大きな罪悪であって、イエスを信仰し、きちんとした教育も受けている、自分のような上品な令嬢とは縁がないものだと思っている。

造物主は誰に対しても、人として学ばねばならぬことをすべて教える。教えるにさいしては学校で学ぶときのように本や言葉によるのでなく、つねに実習で教える。造物主は話すことができず、実行しか知らないからだろう。善馨はこれから人生の学課で中等に入るところだ。愛を学び、嫉妬を学び、憤怒、憎悪、悲しみを学ぶ課程が始まる。人間が死ぬ日までつづく課程だから、善馨の卒業はまだまだ先の話だ。この点では英采や亨植は善馨よりずっと上級生である。炳郁の場合は、人間が造物主を真似たり剽窃《ひょうせつ》したりして創った文学や芸術なるものから、人生について多くを学んでいる。

人間はこの課程を学びながら大人になっていく。天真爛漫な子供の可愛らしさが消えて知恵と力がつき、物ごとに固執するようになり、意思を持ち、嘘もうまくつけば正しいこともきちんと言える、いわゆる大人というものになっていく。精神の内容がしだいに豊富で複雑になっていく。要するに、人間になるのだ。

前にも言ったように、善馨はつい先日天から落ちてきたばかりの、天真爛漫な子供である。彼女は今日はじめて、人間としての経験をした。愛の炎と嫉妬の波によって、苦くもあり甘くもある人生を、はじめて味わった。これは精神的な天然痘なのだ。昔の格言で「天然痘は白骨も一度はかかる」と言うように、人間は必ず一度はこの洗礼を受ける。受けずに済めば幸いだと思うだろうが、それでは人間に生まれた意味がない。よくも悪くも逃れられない運命なのだ。

種痘をすれば天然痘から逃れられる。完全に逃れられるわけではないが、程度が軽くてすむ。だから近年ではみんなが種痘をし、それで痘痕面《あばたづら》があまり見られなくなった。

精神にも痘痕面《あばたづら》があるからには、精神にも天然痘があるのだろう。愛、嫉妬、失望、落胆、悲しみ、施し、悪企み、凶悪、淫乱、幸福、喜び、成功などの人生の万象は、すべて一種の精神的な天然痘である。利口な親たちは愛する子供が苦しむのを見るにたえず、何とか子供が一生この天然痘にかからぬよう努力するが、それは人の力では無理である。愚昧《ぐまい》な人びとが天然痘には鬼神が宿ると信じるのは迷信だが、この精神的な天然痘にこそまさに鬼神が宿っていて、親たちも知らぬまに、愛する子供たちの精神に忍びこむのだ。人生の恐ろしい面や汚い面を子供たちの目に触れぬようにするのは、空気中に種々の毒菌があるからといって、子供を部屋に閉じ込めておくのと同じである。毒菌の多い外気に慣れない子供の内臓は、毒菌が入りこめばすぐに熱を発し、下痢を起こして死んでしまう。だが、ふだんから外の空気に慣れさせて雑菌に対する抵抗力を養っておけば、よほどの毒菌が内臓に入っても怖くはない。種痘をした人間に天然痘への抵抗力があるのと同じである。

善馨はこれまで部屋に閉じこもっていた。彼女は空気中に毒菌があることも知らなかった。彼女は種痘もしなかった。そこにいま、嫉妬という毒菌が入った。愛という毒菌が入った。彼女は、どうしたらいいか分からない。彼女がもし宗教や文学によって人生について学び、愛や嫉妬とはどんなものかを知っていたら、こんな場合にどうすればいいかも分かったことだろう。善馨は初めてこんな恐ろしい病気にかかったのだ。

善馨はしばらく泣いてから、はっと顔をあげた。そして今までの自分の心理を省みて、驚いて鳥肌を立てた。善馨の目は大きく見開かれた。「いったい、私はどうしたというの」と、しばらく息が止まる。初めて経験する心の痛みが、まるで夜の闇のような恐怖を与える。「これは、何なの」。ぞくりとした寒気が二、三回全身をつらぬく。それから、ぼんやりと車室を見まわしながら、「それにしても長いわね」と呟く。

118

善馨はおそろしい恐怖に襲われた。内臓全体がじりじりと焼け焦げ、鼻からは真っ黒な炎がめらめらと上がっているようだ。はぁはぁという自分の息づかいは、まるで傍らに大きな魔物がいて、冷たい息をふぅふぅと吹きかけているような気がする。自分の身体がふわりと宙に浮きあがり、聖書を習ったときに想像した、暗闇に閉ざされた地獄にぐんぐんと引き込まれていく。善馨は思わず身震いをして、車室のあちこちで眠っている人たちを見渡す。その人たちもみんな恐ろしい魔物になってしまったようだ。彼らがいまにもかっと目を剝いて、自分に向かって押し寄せてくるような気がする。

「ああ、怖い!」と善馨は両手で顔をおおった。顔をおおうと、また英采と亨植の姿が見える。二人が抱きあって頬ずりをし、嘲るような顔で自分を見ている。自分がそばに立って二人に向かって唾を吐くと、英采と亨植がいきなり恐ろしい魔物になり、吼えながら自分に嚙みついてくる。善馨は「ああ、お母さま!」と叫んで、ばったり倒れた。えたいの知れぬ恐怖で、善馨はぶるぶると震える。善馨はすぐに神様のことを思い出して祈ろうとした。しかし「神様、神様」と言うだけで、次の言葉が出てこない。それで何度か神様を呼んでから、無我夢中で「この罪びとの罪を許したまえ」と唱えた。それだけでもかなり恐怖が消えて、息が楽になった。そこで善馨は横にキリストが降り立ったと想像して、静かに目を閉じていた。

このとき亨植が友善と一緒に戻り、善馨の手に唇を押し当てたのである。善馨は決して眠っていたのではなかった。亨植が戻ったのを知りながら、わざと目を開けなかった。そして亨植の唇が自分の手に触れたときは、その手で亨植の顔を平手打ちしてやりたいほど憎らしかった。これが妓生との作法なのだと思った。

それから善馨も眠りについた。明るい電灯は悩める二人の顔を一晩中照らしていた。大きな目をかっと見開いた真っ黒な機関車は、漆黒の夜と降りそそぐ雨のなかを、乗り降りする人もないまま、山角を曲がり、トンネルを通り、さまざまな夢を見ている人びとを乗せて南へと向かっていった。

二人が眠りから覚めたのは、汽車が三浪津《サムナンジン》駅に到着しようとするころだった。時計の短針はもう五時を指していたが、空は曇り、まだ停車場の電灯が光っている。

車掌が帽子を脇にはさんで丁寧に頭を下げ、

「線路が二ヵ所破損したため、四時間後でないと発車できません」

と言う。

寝ていたところを起こされた人びとは目をこすりながら、「なんだ、なんだ」と不満そうな声を出していたが、みんな荷物をまとめて降りる。ある人は窓から外を見て、

「あの水を見なさい。水を」

と、嬉しいのか悲しいのか分からないような感嘆の声をあげる。雨合羽を着た駅夫たちは、我れ関せずという顔つきで、無言のまま列車の脇を行ったり来たりしている。停車場は大事件でも起

きたようにやたら騒がしい。亨植は、

「私たちも降りましょう。四時間も車内にいるわけにいかないでしょう」

と善馨を見る。亨植の口を見た善馨は、昨夜あれを自分の手に押し当てたことを思い出して、内心おかしがりながら、

「降りましょう!」

と言って、先に立ちあがる。亨植は鞄と毛布などをひとまとめに持って先に降り、善馨は亨植が読んでいた本と自分のハンドバッグを持って亨植のあとから降りた。改札口の近くまで行ったとき、炳郁が駆けてきた。誰に向かってともなく、

「降りるのですか」

と言ってから、朝の挨拶を忘れたことに気づいて笑う。

「ええ、四時間も待っていられませんからね。旅館に入って少し休みます。洪水でも見物して」

「じゃ、私たちも降りますわ。ちょっと待っててちょうだいね」

と言って、あちらに駆けていく。亨植と善馨の視線もそちらに向かった。英采がこちら側の車窓から外を眺めているのが見える。だが二人には気づいていないようだ。亨植は「どうしよう」と思い、善馨は「いやな女」と思った。炳郁が駆けていって、

「ねえ、私たちも降りましょう。あの人たちも降りるんですって」

とふり返るのを見て、英采もようやく亨植と善馨に気がついた。そしてすぐに首を引っ込めた。

炳郁が先に立ち、英采は炳郁の背中で身を隠そうとするようにおずおずと亨植のそばに来た。

炳郁がさっと身を引いたので、英采と亭植は正面から顔を合わせてしまった。英采は亭植に軽く頭をさげ、次に善馨に向かって微笑みながら丁寧に挨拶した。善馨もにこやかに挨拶を返した。そして二人は、同時に顔を赤らめた。

四人は一列になって改札口を出た。暇な乗客たちは四人のいでたちを面白そうに見ながら、笑ったり囁いたりしている。まるで亭植が三人の妹を連れていくようだ。待合室で旅館の使用人に荷物を預けて案内されていく途中、四人は停車場の角に立って、赤い水がうねって流れる洛東江《ナクトンガン》を見る。

119

「まあ。あの水を見て！」

と炳郁が有刺鉄線に腹を押しつけ、腰をかがめて声をあげる。他の三人も心のなかで「ものすごい水だ」と思ったが、声には出さない。

「あれを見て。あそこの家が、どれも半分水に浸かっているわ」

と、馬山線〔三浪津と馬山をつなぐ鉄道〕に分岐する線路のわきにある藁葺きの家々を指さす。はたして、ものすごい水である。左右の山を残してあとはすべてが赤黒い泥水だ。川の真ん中でうねりながら渦を巻いて流れる水の音が聞こえるようである。その水が左右に並んだ山角を穿《うが》つので、いまにも山裾が崩れ落ちてきそうだ。

道が狭いために抜け出ることができずに波立っている淀みという淀みが、寄せ溜められて陣を張り、先を行く水が流れていくのを待っている。行き場のない水は人間の住む村まで入りこんで人びとを追い出し、部屋といわず、台所といわず、押入れといわず、あらゆる場所を占領してしまった。家を奪われた人びとは、子供を背負い、老人の手を引いて、少しでも高い場所を求めて山を這い登っていく。人びとがあんなに大切にしていた家財道具、誰かにやるどころか、ちょっと触らせてくれと言われても目を血走らせて「駄目だ！」と言うほど大事にしていた家財道具、それを赤い水はあっちに一つこっちに一つと浮かべながら、波に乗せて川の中央に投げ出し、ぐるぐると回転させながらはるか遠い海へと送り出す。

夏中苦労して育てた穀物も、赤い波にさんざんに揉まれている。ひよわな腰が砕けるものもあるだろう。柔らかな根が切れるものもあるだろう。まもなく黄色い実を結んで、秋の夜の靄のなかで重い頭を垂れようとしていた稲の穂も、この水で駄目になってしまったことだろう。地上は完全に赤い水の支配下に入ってしまった。

雨はやんだが、空にはいつ水となって降りそそぐとも知れぬ黒雲が、とぐろを巻いて流れている。ものすごい勢いで東に向かったかと思うと、何を思ったのか、また西を指してどっと流れていく。こらえ切れなくなったように、時おり大きな雨粒がざあっとこぼれ落ちる。

高い禿山《はげやま》には、突然出現した滝と小川がぶらさがり、まるで黒いキャンバスのあちこちに手当たりしだいに白い線を引いたようだ。その川たちが禿山の肉を削り、骨をえぐって流れ落ちる音が、恐ろしい勢いで流れていく川の水音と一つになって、まるで雄大な合奏を聴いているようである。

大地は喉が渇いていたところに水をたっぷりと飲みこんで、地芯《ちしん》まで水が浸みこんだかのようだ。天の上も地の下も、すべてが水の世界である。この水の世界に立って人びとは「どうなるのだろう」と天を仰ぐばかりだ。炳郁はふたたび、

「こんなに水がいっぱい出て、凶年になるのではないかしら」

と亨植を見る。どんどんと高い場所によじ登る人びとを見ていた亨植は、炳郁の方を向いて、

「そうですね。いますぐ雨がやめばともかく、これからまた一日でも降れば、今年の作柄は大変なことになるでしょう」

この話を聞きながら、三人の娘は一斉に亨植の口許を見つめる。彼らの心は個人の次元を超えた心配と恐れでいっぱいだ。「洪水」「凶年」という言葉と、水の音と、とぐろを巻く雲と、そして家を失って高い場所によじ登る人間の姿は、彼らに個人という考えを忘れさせ、共通の思い、すなわち人間として誰もが抱く思いを抱かせた。善馨も、

「いま雨がやめば、今日中にこの水は全部引くのかしら」

と、亨植を見る。

「多分、明日の朝まではかかるでしょう」

「上流に雨が降っていなければすぐに引くでしょうけど、上流に雨が降ったら……」

と英采が、数年前、平壌には雨が降っていないのに大同江が氾濫したことを思い出す。

「平壌の町まで水に浸かることがあるの」

と善馨が英采を見ながら尋ねた。

「もちろんですとも。城内は浸かることはないけど、外城はよく浸かります。外城の新市街を船に乗って行き来しましたわ」

と言って、善馨の目をちらりと見る。善馨はすぐに目をそらした。話を聞いていた炳郁は微笑んで、心のなかで「あなたたち、ちゃんと話をしたわね」と呟いた。炳郁が笑うのを見た英采は炳郁に一歩近づいて、他の人に見えぬよう、そっと炳郁の手を握る。炳郁は英采の手を握り返してやった。

四人はしばらく無言のまま、好き勝手なところをぼんやりと見ていた。四人は共通の思いを捨てて、それぞれの自分に戻った。そうなると、ここで見物していても面白くなかった。しばらくそこで佇んでから、申し合わせたように四人はゆっくりと向きを変えて、そこから十歩もしないところにある旅館に向かった。女中たちとバントーが「イラッシャー」と叫び、四人を二階北端のハチジョーマ〔八畳間〕に案内する。行きながら見ると、どの部屋も客でいっぱいで、みんな雑談をしている。旅館は洪水のおかげで大繁盛である。

四人が座布団を敷いて坐るやいなや、驟雨がざあっと旅館のトタン屋根を打つ。

「まあ、家を失《な》くした人たちはどうするのかしら」

と、三人の娘は一斉に顔をしかめる。すごい土砂降りだ。部屋のなかは静まりかえる。

120

家を失った群れは、山の麓に立ったままで雨に打たれ、全身から水が滴《したた》るまでになった。幼い赤子を抱いた女たちは、腰をかがめて腕と身体で子供を守った。だが、いきなり激しく降りだした雨脚に息が詰まって、泣きだす子もいた。すると母親は、頭から垂れる雨滴《うてき》と涙を一緒に流しながら、身体を揺らすのだった。

どうでもなれ、とばかりにしゃがみこんで、雨の向こうの遠い山をぼんやり眺める老婆がいる。ぼうぼう頭の独身男《チョンガー》を連れ、雨宿りの場所を探しながら駆けていく初老の男もいる。

夏の草取りで顔が陽に焼けた若い男女たちは、なすすべもなく立ちつくして、自分たちが苦労して耕した水田のある場所を眺めている。赤い波は少し残っていた水田まで次第におおいつくそうとしている。

ゴロゴロという雷鳴が山川を揺り動かすたびに、前の山から簾《すだれ》のような雨が喚声をあげて押し寄せ、呼吸するように吹いてくる東南の風にひしゃげられながら、後方の山へと駆け抜けていく。そのたびに泥水が、草むらのあいだから砂を押し出しながらざあっと流れてくる。またもや雷が鳴ると、またひとしきり前の山から激しい雨が押し寄せる。雨のなかで、百名以上の人びとはなすすべもなく立ちつくしている。最初のうちは怖いとか悲しいとか思ったが、時間が経つにつれて何も考えられなくなった。太い雨脚がこれでもかといわんばかりに顔を打つたびに、すすり泣きながら身体を縮《すく》めるだけだ。

人びとの肌は冷えきっている。唇は青ざめて身体がぶるぶると震える。目の前に並んでいる家からは朝飯を炊く煙が出ている。その煙も煙突の外に出るやいなや、激しい雨脚に力を奪われて逃げ返るように見える。

雨はいつやむとも知れない。空が全部溶けて雨になってしまいそうな勢いで降りそそいでいる。雨のなか、丘の麓に背負子《チゲ》を柱代わりに立てて古筵《むしろ》を一枚かぶせ、その下で前掛下衣《ヘンジュチマ》を着た皺だらけの老婆が、歯を食いしばって苦しむ若い女を抱いている。草汁で汚れた袴《パジ》を穿《は》いて髷《まげ》を結った若い男が、風に飛ばされようとする筵を立ったままで押さえている。こちらの端が煽られればこちら、あちらの端が煽られればあちらを押さえている。

老婆に抱かれた若い女は、苦しさに耐えきれぬように身をよじり、時おりアイグ、アイグと声をあげる。そのたびに老婆はいっそう力をこめて女を抱きしめてやり、若い男は頭を傾けて中をのぞきこむ。山から流れてくる水が土を押しながし、老婆の身体を島に見立てて左右を流れくだっていく。老婆と若い女の下衣《チマ》の裾が、土に埋まったり露われたりしている。

やがて雷鳴が西方へと去って雨が少しずつやみ、暗い天地が少し明るんだ。山々がすべて前の姿に戻るころには、四方から流れ落ちる水音だけがざあざあと響いている。

このとき若い男が筵をのけて、腰をかがめて若い女の顔をのぞきこみ、

「どうだ」

と尋ねた。しかし女は身をよじるだけで、返事がない。老婆が女の手をさすりながら、

「見とくれ。身体が氷みたいに冷えとる。どうしたらよかんべ」

と、癇癪を起こしたように叫んで涙を流す。

「どうすべぇ」

と若者も顔をしかめる。女はまたもや身をよじって、

「アイグ、腸《はらわた》がちぎれそうだ」

と言うなり泣きだしてしまう。全身泥まみれだ。

「お前、どこかの家に行って話してみておくれ。いくらなんたって、人情ってもんがあろう。そうじゃないかい」

「どの家に行くってんだ。誰が病人を入れてくれるもんかい」

このとき、向こうから朝食を食べ終えたばかりの亨植の一行が現われて、こちらに歩いてきた。身体から水を滴らせている人びとは、地面にしゃがみこんだまま、一行が通るのを無言で見ている。他の乗客たちも二人三人と煙草をくわえて洪水見物に出てくる。激しい雨で土が洗い落とされた道は平坦で、あちこちに小川ができて流れているだけだ。先頭を歩いていた炳郁が病人の前で立ちどまり、

「具合が悪いのですか」

と言う。若い男はちらりと炳郁を見て、恥ずかしそうに下を向いた。亨植と善馨と英采も、その前で足をとめる。泥まみれの女はまたもや身をよじり、アイグと叫ぶ。その拍子にのけぞった老婆は、手についた土を腕と腰でごしごしとこすりながら、

「臨月の妊婦でごぜえます。だっちゅうのに明け方からこうして腹が痛むと……」

あとは言葉が続かない。

「お宅はどちらですか」

と亨植が尋ねると、

「あそこで水に浸かっとりますわ。親の仇《かたき》みたいなあの水に……ああ、お助け下せえまし！」

女がもう一度「アイグ！」と叫ぶ。息も絶え絶えである。炳郁は女の手に触ってみて、

「亭植さん、どこか部屋を一つ借りてくださいな。病人を寝かせましょう。産気づいているようです」

と言う。英采と善馨は顔をしかめる。なかでも善馨は、怖いものでも見たように身体を震わせて一歩あとずさりをした。亭植は家のある方へと駆けていく。一同は亭植が駆けていくのを見ながら立っている。

121

炳郁は上衣《チョゴリ》の袖と下衣《チマ》をたくし上げてしゃがみこみ、女の手を揉みながら、

「ほら、英采。まず揉みましょう」

英采も炳郁のように上衣《チョゴリ》の袖と下衣《チマ》をたくし上げて老婆のうしろに行き、

「さあ、お年寄りはちょっと立ってくださいね」

と自分が代わりに病人を抱こうとする。

「とんでもございません。体中こんなに泥だらけですじゃ。きれいな下衣《チマ》に泥がつきますだ」

と、なかなか聞き入れない。仕方なく英采はわきにしゃがんで、女のほつれた髪を直してやった。善馨もしゃがんで足と腿《もも》を揉んでいる。見物客たちがぐるりと取り囲む。三人の娘の白い手には黄色い土がつく。

まもなく亨植が汗だくになって駆けもどり、

「さあ、あちらに行きましょう。部屋に火を入れるよう言っておきましたから」

老婆は涙を流しながら、

「どこのどなた様かは存じませんが、ありがとうごぜえます。アイゴ、このご恩は一生忘れませんだ」

と言うと、若者に向かって、

「ほれ、嫁を背負って行くんじゃ」

と病人を抱き起こす。若者は黙ったまま亨植の一行をちらりと見て、病人を背負って立ちあがる。病人は自分を背負った人の首を両腕で抱きしめて、肩に顔をこすりつける。亨植が先頭に立ち、泥だらけの老婆が片手で病人の背中を押し、三人の娘はあとにつづく。見物人たちは、しばらく何か小声で話しながらついて来たが、やがて一人二人といなくなってしまった。

客主《ケクチュ》〔朝鮮式旅館〕に運びこんで着替えさせて寝かせ、亨植が医者を呼びに行っているあいだ三人の娘が全身を揉んだ。老婆は病人の枕元に坐ってただ泣いていたが、そのうちに胸が痛むと言って横になる。一日中雨に打たれて冷えたために、持病の胸の病が再発したのだ。英采と善馨は妊婦を引き受け、炳郁は老婆を引き受けて看病する。老婆はしばらく気を失っていたが、少し意識を取り戻すと、

「こんな有難いことはごぜえません。白骨難忘《ペッコルナンマン》〔骨になっても忘れない〕ですだ。なにとぞ寿富《スブ》貴多男子《クィダナムジャ》〔長命・裕福・高貴・子沢山〕なさいませ。娘息子をいっぱい産んで、金持になって、極

楽に行かれますように」

と言う。三人の娘は下を向いて笑った。

英采と善馨は汗を流しながら妊婦の手足を揉み、腹をさすってやる。たまに英采の手と善馨の手がぶつかる。そのたびに二人の娘はちらりと目を合わせる。英采が善馨に、

「私、台所に行ってお湯を沸かしてきますから」

と言って立ちあがる。善馨が、

「いいえ、私が沸かします」

と言うのを英采が善馨の手をとって無理に坐らせ、

「揉んでいてくださいな。私が沸かしてきますから」

と言って、立って出ていく。善馨は英采が出ていくのをじっと見ている。そして、黙って目を閉じる。善馨は自分でもわけが分からない。炳郁は、英采と善馨が口をきくのを見て、そっと微笑む。

英采がお湯を沸かしてもどり、善馨と一緒に妊婦の手足をふいているときに、亨植が漢方医を連れてきた。診察のあいだ、まわりを取り囲んだ一同は、医者の口許と目ばかり見つめている。これまで無言で部屋の外に坐っていた若者も頭を突っこんで、診察をじっと見ている。

「心配ありませんな」

そう言って医者は、薬を渡すために若者を連れて帰っていった。いまは妊婦と老婆もかなり正気を取りもどし、時おりは苦しそうだが、いくらか顔色が穏やかになった。老婆は何度も繰り返

して、「こんなにありがたいことはごぜえません。なにとぞ寿富貴多男子なさいますように」と祈りを上げる。

老婆は自分の身の上を語った。

若くして寡婦になった老婆は、息子一人を連れてあらゆる苦労をなめた。しかし息子はしだいに成長して嫁も迎え、他人の土地とはいえ農業を営んで暮らし向きも楽になり、小さいながらも自分の手で家を建て、畑も一枚買うことができた。嫁が妊娠したので、これで孫さえ抱ければ他人を羨むことなど一つもないと思っていたところ、昨日の洪水で耕したものはすっかり水に沈み、今日の明け方には家まで水に沈んでしまった。ここまで話して、老婆はすすり泣きながら、

「家さえ流れないでいてくれりゃあ……」

と言った。六十年間苦労して手に入れた家が流れてしまったら、老婆は死ぬまでふたたび自分の家というものを見ずに終わることだろう。孫を抱いて自分の家のアレンモクで死ぬのが老婆のただ一つの願いである。売ったところでせいぜい十円にもならぬ家だが、この家族にとっては宮殿よりも大切なものなのだ。老婆の目には、石垣を巡らしたあの小さな家が見える。川の波がその家を壊すかもしれないと考えるたびに、まるで自分の身体の肉がむしり取られるような思いがした。それで、

「ちっと楽ができるかと思えば、このざまですじゃ。前世で一体どんな罪を犯したのやら。こうして息子にまで災いを及ぼして……」

と嘆く。

「そんなふうに考えてはいけませんわ。いまに、もっと楽に暮らせるようになりますよ。神様がいらっしゃるじゃありませんか」

と英采が慰めた。そして、昨夜自分が炳郁から慰められたことを思い出して、内心おかしくなった。

「アイグ、いまじゃあ、あの世で楽に暮らせることしか……」

と言いかけて言葉を切り、ひょいと顔をあげて嫁を見ながら、

「これ、腹の痛いのはちっとは治ったかい。この方たちがいなさらんかったら、きっと死んでいたよ」

とまたもや寿富貴多男子を唱える。

122

炳郁は警察署に入って署長に面会を申し込んだ。署長は不思議そうに炳郁を見て、

「何の用かね」

「ほかでもありませんが」

と、炳郁は話しはじめる。水害に遭ったあの人たちのなかには病人もいれば妊婦もおり、乳飲み子を抱えた母親もいるのに、朝飯も食べられず、雨にうたれて震えている光景はあまりに気の毒である。とくに母親に食べる物がなくて乳が出ず、幼い子供が泣いている様子は見るに堪えない。ちょうど釜山行きの列車が、雨のため午後まで停車中なので、音楽会を開いてその収入で罹災者

たちに温かい汁飯《クッパ》でもご馳走したい。炳郁はこのように述べて、許可と援助を求めた。署長はしだいに驚きの表情を浮かべる。

「では、音楽のできる人がいるのかね」

「上手ではありませんが、私が音楽学校に通っています。それから同行の女性が二人ほどおりますので、女学校で習った唱歌でも歌います」

署長はこの言葉にすこぶる感服し、

「いや、当局でも救済方法を検討中だったのだが、なにしろ突然のことで」

と少し考えてから、

「まことに感謝する。もちろん許可しよう」

そう言ってぱっと立ちあがると、帽子をかぶって出てくる。

署長は停車場に行き、駅長と交渉して待合室を会場に使うことにし、かたや巡査を派遣して各旅館と街なかに広報させた。旅の途中で四、五時間も待たされて退屈しきっていた乗客は、一斉に待合室に集まった。なかには白い朝鮮服を着た三等客もちらほらと混じっていた。あるだけの腰掛を全部出して、近くの旅館からも集めてくると、狭い待合室はいっぱいになった。改札口の横に大きなテーブルを置いて舞台にした。慈善音楽会という言葉は聞いたがどんな人間が出るのか知らない群集は、興味津々で舞台を見つめている。やがて署長が舞台の脇に現われて一同を見渡し、

「このようにお集まりいただいたのは、ほかでもありません。皆さん、あの山の麓をご覧くだ

さい。あそこには水害で家を失った哀れな同胞が、食事もできずに雨に濡れて彷徨《さまよ》っております。ところが先ほど美しいお嬢さんが警察署に来て、あの気の毒な同胞たちに温かい食事を一食でも摂《と》らせるために、音楽会を開かせてくれと言うのです。私どもはそのお嬢さんの音楽の腕前は知りません。しかしお嬢さんの美しい真心は、血あり涙ある紳士淑女の皆さんを十分感動させるであろうと確信しております」

そう言って署長は、涙で言葉をつまらせた。一同の顔には、びりびりとするような感動が通り過ぎる。あちこちで女性が鼻をかむ音がする。署長は続いて、

「皆さん。私たちはお嬢さんの真心に答えなくてはなりません。では、そのお嬢さんを紹介いたします」

と言って、向こうの隅に並んでいた三人の娘を呼ぶ。バイオリンを持った炳郁を先頭に、三人の娘は一同に向かって丁寧にお辞儀をする。待合室が割れんばかりの拍手に包まれる。感激のあまり大声で叫ぶ人もいる。

炳郁は三人を代表して、

「私たちは、演奏を目的にしているのではございません。ただ、皆様方に同情をお願いしたいのです。行李《こうり》に楽譜が入ってないので、暗譜で弾きますから、間違いも多いかと存じます」

と言い、首を傾けてバイオリンの弦を鳴らしてから、「アイーダ」の悲曲を弾きはじめた。一同は静かになる。途切れそうで途切れない四本の弦の悲しい音色だけが、多くの人びとの胸に響きわたる。その曲調はこの状況にとてもふさわしい曲調だった。それでなくとも悲しみに心を押し

ひしがれていた一同は、今にも泣きだしそうになった。炳郁の手がバイオリンの弓を追って、早く、またゆっくりと上下するたびに、一同の息づかいもそれに合わせて切れたり繫《つな》がったりするようだった。その悲しい曲調を聞く妙味は、私が長たらしく説明するより、千古の詩人が江州司馬で歌った「琵琶行」〔白楽天が江西省司馬に左遷されたさいに作った漢詩〕を想像していただくのが手っ取り早い。哀れにも麗しく、かぼそい音色が、永久に途切れぬように鳴り響いたかと思うと、炳郁はバイオリンを抱いて頭をさげた。さっきよりも盛んな拍手が沸き、アンコールの声が起きる。炳郁の顔は桃の花のように上気していた。

次は、英采が炳郁に習った賛美歌「過ぎしことを思えば恥ずかし」の独唱だった。炳郁のバイオリンに合わせて、英采は情感たっぷりに歌う。

十年以上も鍛えた声だけあって自由自在である。バイオリンの高尚な曲調には耳慣れない人びとも、英采の美しい声には陶然とした。「流れる二筋の涙、落つるところなし」と歌ったときには、一同の目に涙が浮かんだ。

次に、いましがた英采が漢文で作って亨植が翻訳した歌を、三人が合唱した。それは家を失って雨に濡れた哀れな人びとを歌ったもので、聞いている人たちに一段と深い感動を与えた。その歌は次のようである。

123

幼子が　むずかります

乳をくれと　むずかります
絞っても乳が　出ないのに
何を飲ませて　生かしましょう

春も夏も　苦労して
作った物を　赤い波が
情けもなく　容赦もなく
たった一晩で　持っていきます

雨が降り　風が吹き
日さえ　暮れようとしています
年老いた父母に　幼い妻子
家もないのに　どこで寝ましょう

温かな　ご飯を一椀
汁に混ぜて　さしあげましょう
温かな　ご飯を一椀
汁に混ぜて　さしあげましょう

歌の素朴さと曲調の優しさは、ついに一同に涙を流させてしまった。真心がこもった厳粛な拍手に、三人の娘は丁寧なお辞儀をして退場した。拍手がやむのを待って、ふたたび署長が立ちあがり、

「皆さんの目には感激の涙があります。本職はあえて皆さんを代表し、三人のお嬢さんたちに感謝の意を表します」

と、三人に向かって頭をさげる。三人は返礼をする。一同は拍手をする。

こうして一時間にも満たない短い音楽会が終わった。多くの人から、その場で八十円あまりの金が寄せられた。署長はその金を炳郁に渡して、

「どう使おうが結構です。お考えのとおりにしてください」

と言う。これは炳郁に敬意を表するためである。炳郁は辞退して、

「それは署長さんにお引き受け願います」

と答えた。署長は、その金を炳郁から受け取るかのようにもう一度頭をさげ、一同に向かって、できるだけよい方法を取って、この金で水害の被災者を救済しますと述べた。一同は三人の娘の名前を聞き出そうとしたが、彼女らはうつむくだけで名乗らなかった。

こうしている間も家を失った人びとは、相変わらずなすすべもなく地べたに坐りこんでいた。次第に空腹を感じて身体が震えはじめたが、彼らには何の方策もなかった。彼らはただ何とかなるのを願うしかなかった。

実際、彼らには何の力もない。自然の暴力に対しては何人も抵抗できないとはいえ、彼らはあまりにも無力である。一生のあいだ、骨が曲がるほど苦労して積みあげた生活の根拠が、一夜の雨ですべて洗い流されてしまうほどに、彼らは無力なのだ。彼らの生活の根拠は、砂を積みあげたようなものである。これから雨がやんで水が引けば、彼らは散らばった砂を再び掻き集めて、新しい生活の根拠を築くだろう。細くて弱々しい足で地面を掘って巣を作る蟻のように。一夜の雨ですべてを失って震えている彼らは、ある意味では憐れむべきだが、ある意味ではあまりに弱くて愚かである。

彼らの顔を見ると知恵の片鱗も感じられない。誰もが愚かで無感覚に見える。彼らは取るに足らない農業知識だけを頼りに、ひたすら地面を掘る。神様が何年間かそっとしておいてくれればちっぽけな米俵も少しは貯まるだろうが、一度洪水が起きれば何もかも洗い流されてしまう。だから彼らは永久に現在より富むことはなく、貧しくなっていく一方だ。そして身体はしだいに弱くなり、頭はしだいに愚かになる。このまま放っておけば、最後には北海道の「アイヌ」と変わらぬ種族になってしまうだろう。

彼らに力を与えなくてはならない。知識を与えなくてはならない。そして、生活の根拠を固めてやらねばならない。

「科学！　科学！」

旅館に戻って腰をおろした亨植は、一人で大きな声を出した。三人の娘は亨植を見た。

「朝鮮人に、何よりもまず科学を与えなくてはなりません。知識を与えなくてはなりません」

と、こぶしを握りしめて立ちあがり、部屋のなかを歩きまわった。

「皆さんは、今日のあの光景を見て、どう思いましたか」

この言葉に、三人の娘はどう答えていいか分からなかった。しばらくしてから炳郁が、

「気の毒だと思いましたわ」

と言い、にこりとして、

「そうじゃ、ありませんこと」

と聞く。今日一緒に活動しているうちに、ずっと親しくなっていた。

「そうです、哀れです——では、その原因はどこにあるのでしょうか」

「もちろん、文明がないことにあるのでしょう——生活していく力がないことにあるのでしょう」

「それでは、どうしたら彼らを……彼らというより我らですが……彼らを救えるのですか」

と、亨植は炳郁を見た。英采と善馨は、亨植と炳郁の顔をかわるがわる見ている。炳郁は自信ありげに、

「力を与えなくてはなりません！　文明を与えなくてはなりません！」

「そのためには」

「教えなくては！　導かなくては！」

「どうやってですか」

「教育で、実行で」

英采と善馨はこの問答の意味がよく理解できない。もちろん自分たちは理解していると思っているが、亭植と炳郁が理解しているほど切実に、深く、しっかりとは理解できていない。しかし、ついさっき見た事実が彼らに生きた教訓を与えた。それは学校でも学ぶことはできず、りっぱな演説からも学ぶことができないものだった。

124

一同は緊張した。まして英采は、こんな大問題を論ずるのをまだ聞いたことがなかった。「どうすれば彼らを救えるか」は、実に大問題だった。こんな大問題を論ずる亭植と炳郁が、非常に大きな人物のように見えた。英采は詩人の杜甫や蘇東坡の世を憂うる詩句を思い出し、また五年前に月花と一緒に聞いた涓成《ペーソン》学校の校長の演説を思い出した。その時はまだ幼くてはっきり理解できなかったが、「皆さんの祖先は決して皆さんのように出来が悪くはありませんでした」と言ったとき、なるほど、いま毎日会っている人たちは出来が悪い人たちだわ、と考えたことを思い出す。英采は、校長と亭植の言葉に共通する点があるように思った。そして、もう一度亭植の方を見た。亭植は、

「そうです。教育で、実行で、彼らを教えなくてはなりません。導かなくてはなりません。しかし、それは誰がするのでしょうか」

と言って、口をつぐむ。三人の娘の身体に、緊張で鳥肌が立つ。亭植はもう一度、力強く、

「それは、誰がするのでしょうか」

と言って、三人の娘を順々に見る。三人はこれまで経験したことのない、言いあらわせぬほどの感動を覚えた。そして一斉に鳥肌を立てた。亨植はもう一度、

「それは、誰がするのでしょうか」

と言った。

「私たちがやるのです！」

という、申し合わせたかのような答えが三人の口から飛び出した。四人の目の前で炎が燃え上がるような気がした。まるで大地震で大地が震撼するような感じだった。

亨植はしばらく頭を垂れてから、

「そうです。僕たちがやるのです。僕たちが学びにいく意味は、ここにあるのです。僕たちがいま汽車に乗っていくお金や、学ぶ学費は、誰がくれるのでしょうか。朝鮮がくれるのです。何のために。行って力を得てこい、知識を得てこい、文明を得てこいと言って、そして、新しい文明の上にしっかりした生活の基盤を築いてくれと言って……そのためにくれるのです」

と、チョッキのポケットから財布を出して、青い切符をふりかざす。

「この切符には、あそこで震えているあの人たち、さっきのあの若者の汗も何滴か入っています――もう二度とこんなに哀れな目に遭わないようにしてくれと言って」

と、亨植はあらたな決心をするように、一度身体と頭を揺する。三人の娘たちも、彼と一緒に身体を揺すった。

このとき四人の胸のなかを、まったく同一の「私のなすべきこと」が稲妻のようによぎってい

く。「あなた」と「私」の差がなくなり、完全に一つの身体、一つの心になったような気がした。

善馨は、先ほど英采が「私がお湯を沸かしてきますから」と言って自分の手首を握って坐らせたときから、次第に英采に親しみを感じはじめ、英采が作った歌を三人で合唱したときには英采の手を握りたいほど好きになり、三人で一斉に「私たちです」と答えたとき、英采をますます好きになった。また、亨植が炳郁と問答をしたとき、一種神聖で厳粛な雰囲気が彼の顔に表われているのを見て、これまでの彼に対する自分の考え方が申し訳なく思われた。いつまでも亨植と英采をともに愛したいと思った。それで、あらためて亨植と英采の顔を見た。

亨植はうつむいていた顔をあげて、

「僕たちが年を取って死ぬときには、必ずや、素晴らしくなった朝鮮を見ることができるようにしましょう。僕たちは、怠け者で無力だった祖先を恨んでいるのですから、子孫からは感謝される祖先になりましょう」

と言って微笑み、

「ところで、僕たちが将来進む道を、この場で話し合おうではありませんか」

と、三人を見た。三人もようやく厳粛だった表情を和らげてにっこりする。

「亨植さんからお先にどうぞ」

と炳郁が勧めたとき、部屋の外から、

「入ってもいいかな」

という友善の声が聞こえる。亨植はすぐに立ち上がって戸を開け、友善と握手して、

「いまごろまで、いったい何をしていたのだ」

友善は三人の娘に会釈をして亨植の横に坐り、

「社から、三浪津近辺の洪水を見てこいという電報が来たんだ」

と、一度顎を撫でる。英采は下を向いた。

「ところで、僕たちがここにいると、どうして分かったんだい」

「停車場で全部聞いた」

と、女性たちにお辞儀をして、

「まことに感謝します。いま停車場は称賛の渦ですよ。いや、実に爽快です」

と、停車場で聞いた話をひととおりしてから、亨植に向かって、

「今日のことは新聞に書かせてもらうよ。いいだろ」

亨植は答えずに炳郁を見て、

「もちろん構いませんよね」

と尋ねる。

「まあ、そんなものを出しても仕方ないのに」

「そんなことはありません。私のような者でも大きな感動を受けたのですから。本当に、話を聞いただけでも涙が出そうでした」

実際に友善は、乗客から停車場でその話を聞いて非常に感動した。元来豪放快活な友善が涙を流すほど感動したのは、英采が死出の旅に出たときと今回だけだった。友善は停車場から来る途

中、炳郁一行に会ったら絶対に言おうと思ったことがあった。それで、女中が運んできたお茶を飲みながら、

「いま、何か話していたのかい」

と、話す機会を得ようとする。

125

「うん、将来、何によって朝鮮人を救済するか、めいめいが目標を話そうとしていたところだ」

「ほう、それなら俺も聞こうじゃないか」

娘たちは彼のカンナ帽と話し方がおかしくて、吹き出しそうになるのをこらえている。英采だけはどうしてよいか分からず顔をちょっと赤らめたが、友善は英采を見ながら知らないふりをする。

「誰の番かな」

「どうやら僕の番らしい」

「うむ、では話したまえ」

と目を閉じ、頭を垂れて、聞く準備をする。炳郁は英采の脇腹をつついた。善馨も笑いをこらえるために、そっとあちらを向いた。

「僕は教育家になろうと思います。専門としては生物学を研究するつもりです」

しかし聞いている者のなかに、生物学の意味を知っている者はいなかった。こう言っている亨

植も、もちろん生物学の意味を真に理解しているわけではなかった。ただ自然科学を重要視する思想があり、生物学がもっとも自分の性分に合うような気がして、そう決めたのだ。生物学が何であるかも知らないくせに新文明を建設すると称する彼らの身の上も哀れなら、彼らを信ずる時代も哀れである。

亨植は炳郁に向かって、

「もちろん音楽でしょうね」

「ええ、私は音楽です」

「で、英采さんは」

英采は黙って炳郁を見た。炳郁は、早く言いなさいよ、と目で合図した。

「私も音楽です」

「善馨さんは」という言葉が口から出ず、亨植は黙っている。皆は笑った。善馨は顔を赤らめた。

「善馨さんは何ですの。もちろん教育でしょう」

と炳郁が笑う。みんなが笑い、亨植も下を向いた。善馨は、炳郁が言下に「ええ。私は音楽です」と活発に答えたのが羨ましかった。それで、

「私は数学を勉強します」

と、ありったけの力を出して言った。学校で数学がよくできると先生から褒められたことを思い出したのだ。他の人たちも数学が大切なことは知っているが、数学と人生にどんな関係があるか

は知らない。

「次は君の番だ」

「俺は筆でもふるうさ」

しばらく言葉が途切れた。それぞれが自分の将来を描いてみる。そして、その将来の帰着点はどれも同じだった。

友善が下を向いてぼんやりと何か考えているのを見た亭植が、

「どうした、今日はいやに澄ましているじゃないか」

と言って笑う。友善は顔をあげて、

「いつか君に言われたことがある。人生は遊びじゃない。俺は人生を遊戯だと思っている。もっとマジメに考えろとな」

「そうか、そんなことがあったかな」

「たしかに君が正しい。これまで俺は人生を遊びだと思ってきた。俺が酒を飲みすぎることとか、いい加減に遊びまくることなんかは、人生を遊びとみなしてきた証拠だ。俺はむしろ君がマジメ過ぎるのを、心が狭いと言ってからかってきた。だが、やはり俺の考え方が間違っていた」

ここまで聞いて亭植も、今日は友善の言葉が冗談ではないことに気づき、真剣な表情をして友善の顔を見る。三人の娘も真面目な顔で聞いている。はたして友善の顔には、どことなく決意の表情が見える。友善は話を続けた。

「今日、やっと気がついたのだ。今日、停車場での音楽会の話を聞いてようやく気がついた。

俺は、汽車から山の麓に立っている人びとを見て気の毒だとは思ったが、あの薄汚い姿が面白くて、思わず笑ってしまった。俺は、どうしたら彼らを救えるかなど考えもしなかったし、彼らのために涙も流さなかった。そして汽車から降りたらさっそく見物に行こう、行って漢詩でも一首作ろうと、泣くどころか笑いながら降りた。あの話を聞いたとき、俺は胸が痛くなった。それも若い女性が……」

と感激したらしく最後まで話せない。聞いていた人たちも黙りこむ。友善は話を続ける。

「俺も今日このとき、この地の人間になった。誠意をもって力の限り筆をふるい、少しでも社会に貢献したいと思う。これから一時間たらずで君と別れたら、おそらく次に会うのは四、五年先だろう。遠くに行っても、俺が以前の申友善ではないことを知っていてくれたまえ。僕は、君と別れる前にこのことを話すことができて、本当に嬉しいよ」

と手を伸ばして亨植の手を握る。亨植も友善の手をがっちりと握って振りながら、

「じつに喜ばしい言葉だ。もちろん君はいつだって間違ってなんかいなかったが、そんなふうに新しい決心をしてくれたことが、限りなく嬉しいよ」

友善は少しためらってから、

「英采さん、以前の無礼な振舞いを許してください。私もこれからは新しい人間になります。どうか、しっかり勉強して偉くなってください」

こう言って、長い溜息をつく。英采の目から涙がこぼれ落ちる。善馨はいまようやく、亨植に聞いた英采の話がすべて真実であることを悟った。それで英采の手をそっと握って、心のなかで

「英采さん、私が悪かったわ」と言った。英采も善馨の手を握りかえし、さらに涙をこぼした。亨植も泣いた。炳郁も泣いた。ついには全員が泣いた。

雨あがりの澄んだ風が、窓の外のしだれ柳の枝をかすめて部屋のなかに吹きこみ、五人の火照った顔を冷ましてくれる。静かだ。

126

亨植《ヒョンシク》と善馨《ソニョン》は、現在、米国のシカゴ大学の四年生。ずっと健康で過ごし、この九月の卒業後は、戦後のヨーロッパをまわって帰国する予定である。金長老夫婦は、愛する娘の帰国を毎日待ちわびており、すでに帰国後にやることとや食べさせる物をあれこれ考えている。

炳郁《ピョンウク》は音楽学校を卒業したあと、自力で費用を稼いでドイツのベルリンに二年間留学し、今年の冬、亨植一行に合流してシベリア鉄道で一緒に帰国する予定である。英采《ヨンチェ》もこの春に東京の上野音楽学校ピアノ科と声楽科を優等で卒業して、いまはまだ東京に滞在中だが、九月頃にはソウルに帰ってくる。とりわけ喜ばしいのは、炳郁がベルリン音楽界で一種異彩を放って名声を得ているという話が、最近届いたあるベルリンの雑誌に有力な批評家の批評とともに載っていたこと、そして英采が東京の大きな音楽会でピアノと独唱と朝鮮舞踊で大喝采を浴びたというニュースが、英采の写真入りで東京の各新聞に掲載されたことだ。聞くところによれば、亨植と善馨も毎年優良な成績を取っていたという。三浪津《サムナンジン》の停車場の待合室で慈善音楽会を開いた三人の娘が、立派なレディとなって京城《キョンソン》の真ん中に華やかに姿をあらわす日は、遠くないようである。

申友善《シンウソン》はあれから花柳界にはいっさい足を踏み入れず、鋭意専心、修養に力を注ぐかたわら著述に努力し、いまや文名は全国に鳴り響いている。そのうえ最近発行した『朝鮮の将来』は刊行後二週間もしないで四版に達した。その思想はますます深く広く、筆致はいよいよ鋭くなりつつある。ひとつ心配なのは酒が過ぎることだが、古来、東洋の文章家で酒を飲まぬ人間はいないから、さほど非難するわけにもいかないだろう。いまではあのカンナ帽はやめて白雪のようなパナマ帽をかぶり、鼻の下には見事なカイゼル髭まで蓄えている。

黄州の金炳国《キムピョングク》は十万株以上の大桑園を作った。昨年は春霜で小さくない損害を蒙ったが、今年は桑業が非常にうまく行っているという話だから、幸いである。炳国の祖母は、残念ながら愛する孫娘を見ることなく、昨年の夏に他界した。炳国の夫人もいまは息子一人と娘一人を産み、以前と違って夫婦の琴瑟も相和しているらしい。

亨植が下宿していた婆さんの家には、医学専門学校の学生たちがいる。蛆虫入りの味噌汁と煙管《きせる》はむかしと変わらず有名であるが、だんだんと身体が弱り、いまでは薬水〔薬効がある清水〕を汲みにも行けない。しかし人に会うたびにいつも亨植の話をしている。

英采の「母さん《オモニ》」は家を売り払って平壌の田舎にひっこみ、養子を取って農業を営みながら、真面目なキリスト教徒として安らかに天国への道を修めている。英采が死なずに東京に行ったという話を友善から聞いて、嬉し泣きに泣いたというのは友善の話だ。その後、英采はひと月に一度ずつ手紙を書き、「母さん《オモニ》」も、自分が心からキリストを信じているという話や、英采もキリストを信心しなさいという勧めや、卒業してきたら必ず自分の家に来なさいという言葉を手紙のたびに書いて、衣装代を送ったり、たまに唐辛子《コチュジャン》や塩漬魚《アムチ》などを送っている。

一つ哀れなのは、亭植の平壌行きのさい七星門《チルソンムン》に同行した桂香《ケーヒャン》が、ある金持の放蕩息子の妾になって梅毒をうつされ、おまけに夫から追い出されて、ひどく寂しく辛い生活を送っていることである。亭植が帰国してこの話を聞いたら、さぞ悲しむことだろう。美しかったあの顔は恐ろしく憔悴し、いまやふりむいてくれる人もいなくなった。

読者の皆さんは覚えておいでだろうか。亭植が愛していたあの李熙鏡《イーヒギョン》君は、惜しい才能をもって夭逝し、顔の真っ黒な金宗烈《キムチョンニョル》君は北間島《ブッカンド》のあたりに行ったそうで、その後の消息は知れない。また褒学監はのちに校主と衝突していまは黄海道の金鉱にいるというが、まだ分別がつかないという話だ。哀れなことだ。

もう一つ、話すことがある。七星門外で亭植が石仏だと考えたあの老人はいまだ健在で、十日あまり前から縁側に坐って身体を揺らしている。変わったことはあの宕巾《タンゴン》が前よりもっと古くなったことだけだ。

最後に話すべきことは、亭植一行が釜山で船に乗ったあと、朝鮮全体が大いに変わったということだ。教育においても、経済においても、文学・言論においても、あらゆる文明思想の普及においても、すべての面で長足の進歩をとげた。とりわけ祝うべきは商工業の発達であって、京城を筆頭に各大都市に石炭の煙が流れ、ハンマーの音が聞こえぬ場所はない。近年極度に衰えていた朝鮮の商業も、しだいに振興していくであろう。

ああ、我らが地は日ましに美しくなっていく。我らの弱よわしかった腕には日ましに力がつき、我らの暗かった精神には日ましに光が差していく。我らはついには他の人たちのように光り輝くであろう。そうなればなるほど、我らにはさらなる力が必要であり、さらなる大人物——大学者、大教育家、大実業家、大芸術家、大発明家、大宗教家が現われねばならない。もっと数多く現われねばならない。折しも今年の秋には、四方から帰ってくる留学生とともに、亨植、炳郁、英采、善馨のような立派な人物を迎えることになる。じつに喜ばしいことだ。毎年、各専門学校からは健やかな働き手があふれ出し、毎年、普通学校の校門には元気で可愛らしい坊ちゃん嬢ちゃんたちが入っていく。これが喜ばずにいられようか。

暗い世の中がいつまでも暗いはずはないし、無情なはずがない。我らは我らの力で世の中を明るくし、情を有らしめ、楽しくし、豊かにし、堅固にしていくのだ。楽しい笑いと万歳《マンセー》の歓声のなかで、過去の世界の喪を弔《ちょう》する「無情」を終えよう。

（完）

解説

波田野節子

本書は、朝鮮近代の作家李光洙《イーグァンス》（一八九二〜一九五〇？）が書いた、朝鮮近代文学最初の長編小説『無情』の全訳である。

中国近代小説の嚆矢とされる魯迅の『狂人日記』が何度も日本語に訳されているのにひきかえ、『無情』の日本への紹介は、長編というハンディはあるにしても、不十分きわまりなかった。植民地時代に一度『朝鮮思想通信』という日本語新聞で、日本語の堪能な朝鮮人によって訳されたことがあるが、実質的には今回が初めての翻訳である。文学的な価値から見ても、作品が書かれた時代背景や文学史的な重要度から見ても、当然紹介すべき作品である『無情』を今回ようやく翻訳刊行することができて、朝鮮文学研究者として肩の荷をおろしたような思いである。

李光洙は、一八九二年に平安北道の貧しい農村で生まれた。李朝建国から五百年目、朝鮮が日本に武力で脅されて開国してから十六年目の年である。李光洙が十二歳のとき日露戦争がおこり、翌一九〇五年、朝鮮は第二次日韓協約（保護条約）によって外交権を奪われた。同じ年、両親を失って半放浪生活を送っていた李光洙は、東学教徒に拾われたことが機縁となって日本に留学する。彼が明治学院普通部を卒業して故郷の学校の教師となった一九一〇年の夏、朝鮮はついに日本に併合された。

その五年後にふたたび東京に留学した李光洙は、早稲田大学哲学科に在籍しながら朝鮮の旧思想を攻撃する啓蒙論説文を発表して、若手の論客として脚光を浴びるようになった。そのころ、朝鮮総督府の機関誌で、朝鮮で唯一の朝鮮語新聞だった『毎日申報』から、新年小説の依頼を受けて書かれたのが、この『無情』である。『無情』は、一九一七年一月一日から六月十四日まで『毎日申報』に連載され、読者の熱狂的な人気を博した。そのとき李光洙は二十五歳だった。『無情』を書いたころを、彼は次のように回想している。

「当時は韓国が日本に併合されて間もないころで、言論出版の自由は露ほども許されていませんでした。それで朝鮮人は併合直前に一時盛んであった政論さえも出来ず、堅く口は噤み筆は深く深く蔵《おさ》められて、死のような沈黙は、永遠に〳〵続くのかと思われました。」（一九二九年『朝鮮思想通信』「訳者へ一言」より。原文日本語。ただし一部現代表記に変えてある。）

朝鮮を併合した日本は武断統治とよばれる軍事力むき出しの支配を行ない、憲兵警察による日常的な監視体制をしいていた。当時の現代小説である『無情』には、よく読むとあちこちに日本人の監視の目が描かれている。

たとえば派出所の存在。亨植の下宿の近くには校洞《キョドン》派出所、金長老の屋敷の近くには安洞《アンドン》派出所など、京城の町には四辻ごとに派出所があった。その前を通るたびに、亨植の視線はかならず派出所をとらえている。

また人びとが移動する場所には、どこでも監視の目が光っていた。妓生房の女といっしょに夜汽車で「ヘイジョー」駅に到着した亨植が改札口を出るときは、「監視に立っていた巡査がちらりと二人の後ろ姿を見」(五十五節)るし、英采と炳郁が涙ながらに家族と別れの挨拶を交わす黄州駅では、「憲兵たちがこの光景をじろじろと見ている」(百三節)。そして釜山に向かう車中で、善馨と別れると言い出した亨植を友善が説得しているデッキでは、「赤い腕章をつけた車掌が通り過ぎながら、二人の方をちらりと見」(百十四節)て過ぎるという具合である。三浪津《サムナンジン》の駅で慈善音楽会を開こうと思った炳郁がまず行くべき場所は警察署長のところであった。警察署長も駅長も警官も日本人であり、人を集めようとすれば、もちろん許可が必要である。彼らが話している言葉も日本語であるが、『無情』では日本語と朝鮮語の壁は注意深く取り払われている。このように『無情』には、当時の人びとの日常に浸透していた日本の監視と支配が、さりげなく、しかしそれだけに実感をともなって描かれているのである。

一方で『無情』は、そんな時代に営まれていた当時の人びとの生活相もあざやかに描き出している。『無情』の時代は、西洋かぶれの金持が伝統家屋にガラス戸をはめ込み、カーペットを敷いてテーブルと椅子を置きはじめた時代だった。女学生のファッションが流行して妓生も女学生の髪型を真似る一方で、長衣で顔を隠した婦人が童女に灯籠を持たせて夜道を歩いている時代、生活様式でも価値観でも、あらゆる面で大変動が起きている時代である。

夜、亨植の下宿や一般家庭ではまだ灯籠やランプの薄暗い光で生活しているのに、金長老の屋敷では明るい電気が輝き、日本人街である南山の麓の泥峴《チンゴゲ》の煌々とした光は、鍾路《チョンノ》の亨植の下宿からも見えるほどである。そのほかにも、活気あふれる鍾路の夜店や、独特な雰囲気を漂わす清渓川《チョンゲチョン》辺の茶屋町の情景など、写実主義を標榜して小説を「時代の絵画」と呼んだ李光洙だけあって、『無情』は一九一〇年代の朝鮮をみごとに写し出している。

『無情』の主人公李亨植は、この大変動時代の申し子のような青年だ。平安道の寒村から出てきて平壌で文明と遭遇したときの彼は断髪もしていない孤児だったが、その後、東京に留学までする。古い世界と新しい世界を身をもって行き来した亨植は、新しい世界の文明を取り入れなくては古い世界は滅亡するという危機感をいだいている。

このような亨植の経歴は李光洙と重なっており、亨植の危機感もそのまま李光洙のものだった。『無情』は、李光洙がそのころ論説で行なっていたのと同じく、同胞たちの意識を覚醒させるために書いた啓蒙小説なのである。

『無情』の前半には、一九一六年六月二十七日（英采の遺書によって日付が特定される）から五日のあいだに起きる事件が描かれている。しかし挿入された英采の過去の物語の印象が強いために、この時間構成は読者には分かりづらい。時間の流れを整理すると、以下のようになる。一日目に、亨植は善馨と会ったあとで英采と再会し、二日目には、学生の同盟退学事件と清凉里事件がおきる。三日目、英采の遺書を読んで彼女を追って平壌に向かった亨植は、四日目に、英采の遺体捜索を打ち切って夜汽車で戻る。そして五日目、学生の嘲笑事件がおこって亨植は学校をやめ、善馨と婚約するのである。これらの事件は、英采の身の上話や亨植の回想など、過去と絡み合いながら進展する。

李光洙は、新聞社から新年の連載小説を依頼されたとき、書きためてあった英采に関する原稿に手を入れて『無情』を書いたと回想している。おそらく李光洙は、亨植の現在の五日間を組み立てて、そこに英采の過去の物語を回想という形で織り込んだのであろう。「新小説」(古小説から近代小説への過渡的な形態)が主流だった一九一〇年代の朝鮮文学では、物語は時間の推移とともに進展するのが普通であり、現在の時間と回想による過去の時間が交差する『無情』の時間構成は、まったく新しい試みであった。李光洙がこの試みによって描こうとしたのは、人間の意識のリアルな動きである。朝鮮で最初の近代長編『無情』は、東京で哲学、文学理論、心理学、精神分析を学んでいた作者が、当時先端の知識を駆使して人間の意識と欲望の現実を描こうと試みた、野心的な実験小説だったのである。

『無情』で描かれる登場人物の心理は、ときにその人物自身にも意識されていない深層心理である。一例を見てみよう。身の上話の途中、東学くずれの悪漢から逃れたところで、英采は長い溜息をつく。

——英采は、婆さんが心を込めて切ってくれる梨を一切れ受け取って食べながら、これまでのことを思い出して長い溜息をついた。これまで話したことも大変な苦労であったし、涙

なしで語れぬ話であった。しかし、これからする話は、それよりずっと悲しいのだ。（十二節）

溜息をつきながら英采は、監獄での父との悲惨な再会と妓生になったいきさつ、そしてその後おきたことを回想する。心のなかでの長い回想は、しかし時間的にはきわめて短い。

——こう考えて英采はふうと溜息をつき、涙をふいて亨植と婆さんを見た。亨植は優しそうな目で英采の顔を見ながら話の続きを待っており、婆さんは英采の背中をさすりながら鼻をかんでいる。

「で、その悪漢の手から逃れたあとは、どうなったのですか」（十五節）

溜息をたった一つつくあいだに、英采は数年分の回想をしたのである。その前で亨植は、英采はきっと今年の春あたり女学校を卒業したに違いないという、期待に満ちた「優しそうな目」をしながら、その報告を待っている。それにしても、先ほど下宿の婆さんから英采は「どう見ても妓生」だという言葉を聞いた亨植が、なぜ、こんな現実性を欠いた期待をいだくのだろうか。この期待はじつは、英采が女学生でなく妓生である場合には彼女を拒絶するつもりだという、潜在的な意思表示である。したがって、まさにその事実を告白しようとしている英采にとっては、じつに意地の悪い期待なのだ。

もちろん英采は亨植の心のなかなど知るはずがない。しかし彼女は、亨植の視線に自分を拒絶するものを感じたのだろう。ここでふと妓生になったいきさつを回想し、他人がこんな事情を理解してくれるはずがないと絶望して、彼女は下宿を飛び出してしまう。英采は無意識のうちに、亨植の潜在意識に反応したのだ。のちに英采が炳郁に、「あの人も私をさほど歓迎しているようでもなかったし」と述べるのは、このときに受けた印象から来ている。

だが英采を「優しそうな目」で見ている亨植の自覚された意識は、ひたすら善意にあふれているだけだ。したがって、彼の意識を共有している読者も、その潜在的な拒否には気づかない。そして、亨植の心の不自然な動き方に居心地の悪さを感じているのである。

では亨植はなぜ英采の告白を忌避するのか。それは、彼女の告白を聞いてしまえば、義理上、彼女を妻として迎えざるをえないからだ。亨植が英采の存在を邪魔に感じるのは、彼女との再会の前に会ってしまった善馨のためである。父母もなく富もない一介の英語教師である亨植は、善馨の個人教師に抜擢されたことで、ひそかな野心を抱いてしまったのだ。

たかが個人教師を頼まれたくらいで、と現代の読者は驚くかもしれない。だが当時の朝鮮は、ついこのあいだまで女性たちが一生家の奥に閉じこもって暮らし、若い男が親戚以外の女性と口をきくことなどない時代だった。金長老の家の奥に通されながら亨植は、「以前なら外来客が中門より先に入れるはずがなかったが、これだけ見ても昔の習慣は大いに改まったのだ」と考えている。そんな時代に、机一つをあいだにおいて、息と息とが触れ合うような距離で若い女性に英語を教えるように父親から頼まれたことは、それだけで何らかの意味をもつ出来事だった。金長老の家に向かう亭植の胸には、「不思議な炎」が燃えあがる。

この炎は英采の出現によって追いやられるが、消えることなく亭植の心の奥に沈潜し、彼の行動に影響をあたえつづける。抑圧された願望が干渉して引き起こす不自然な行動を、作者は何度も亭植に取らせている。たとえば、英采の身の上話を聞きながら亭植は英采の純潔をひどく心配し、その無事を知って安堵するが、英采の悲しみを無視した過度な心配と大げさな安堵はこれみよがしで空々しい。つづいて亭植が想像する英采との結婚生活は、まるで西洋の無声映画のようで現実離れしている。これらは心理学でいう「反動形成」の現象であろう。彼女との結婚を望まず、結婚の前提である純潔が失われていることを期待していることの疚《やま》しさが、それと反対の態度を強調して見せつけるという形で現われたのである。

また、英采が下宿を飛び出したときに亭植がすぐにあとを追わなかったのは、彼の潜在意識がそれを妨害したからだ。そのあと亭植は、英采がじつは自分をたぶらかしにきた悪女でいまごろは自分をあざ笑っているに違いないという、とんでもない想像をする。これはいわゆる「投射」という現象だと思われる。英采から逃れたいというあるまじき願望をいだいている深層の意識が、悪意をいだいているのは自分でなく英采の方だと、罪を相手方に転嫁して自らを守っているのだ。

このほかにも、千円がないことを口実にいつまでも英采を探しに行かなかったり、強姦されたら英采は自殺するかもしれないと心配していたにもかかわらず、清凉里事件のあとは英采を妓生房に置いてきたり、保護依頼の電報を打つとき英采の人的特徴を書くのを忘れてしまうなどの失策がつづくが、それらは亭植の表層の意識においてはちょっとした失敗とみなされるか、あるいはまったく認識されない。したがって彼の意識を共有する読者にも気づかれないままである。

こうした不自然な行動がクライマックスに達するのが、亭植にとっての非日常空間、平壌である。日常の空間と時間から解き放たれたとき、人間はときに意外な姿を露呈する。英采を追って平壌に行った亭植がそうだった。英采が警察署に保護されていないことを知って彼女の死を確信した亭植は、まず空腹を覚える。そして、同行の妓生房の女に誘われるまま妓生房に行って楽しく朝飯を食べ、美しい童妓といっしょに英采を探しにいく。恩師の墓の前に立ったときの亭植の心は異様である。

——しかし亭植はこの墓を見て、さほど悲しみはしなかった。亭植は、なにかを見て悲しむには心があまりに楽しかった。死者を思って悲しむより、生きている者を見て楽しむべきだと思った。亭植は、墓の下の哀れな恩人が腐って残した骨を思って悲しむより、その腐肉を養分にして育った墓のうえの花を見て楽しもうと思った。(六十四節)

亭植の心の奥にあったものが、とうとう表層まであふれ出したのだ。それは、恩師の墓に咲いた花からも美的快楽を享受し、死を悼むよりも生の喜びを追求しようとするエゴイスティックな自我であり、富を得て才能を開花させ、自分の人生の可能性を最大限に広げたいという欲望だった。さすがに亭植も自分の心の動きが普通でないことに気づいたが、しかし彼は、自分のこんな姿をありのままに受け入れる。

——これはいったいどうしたことだ。恩師の墓の前で無理にでも涙を流そうと思ったのに、ちっとも悲しくないのだ。人間がこうも突然変わるものだろうか、そう思って亨植はにっこりとした。(同上)

恩師の腐肉を養分にするというイメージは、このころ李光洙が書いた「子女中心論」という論説の、「必要ならば祖先の墓をこぼち、父母の血肉もわれわれの糧食とせねばならぬ」という一節と重なる。朝鮮民族の発展のために、親たちは自分を犠牲にしても、子女が生存競争に勝ちぬく力を与えなくてはならない、そのために子女に教育を与えねばならないと、李光洙は主張した。彼の主張は、このままでは民族が生存競争に劣敗して淘汰されるという危機感に根ざしている。生存競争は生物おのおのが生きようとする欲望から生ずるものであるから、競争に打ち勝つ原動力は欲望である。欲望の大きい者が勝利する。だから子女に与えるべき教育の本質は「欲望の教育」である、と李光洙は叫んだのだった。

『無情』には、亨植や咸校長や炳郁のほか、作者自身の直接話法による啓蒙的な言説がちりばめられている。だが言葉による啓蒙だけではなく、『無情』には読者の欲望を潜在的に鼓吹する試みも籠められていたのである。

人間は社会生活を送るために、本能としての欲望を道徳や慣習によって規制して生きている。夜汽車のなかで興奮状態に陥った亨植が、日常空間であるソウルに近づくにつれて日常の思考をとりもどし、英采の捜索を打ち切ったことを後悔する姿は、それを現わしている。だが、彼の後悔は世間の非難を恐れての後悔であって、英采に対するすまなさではない。亨植が自分の真の姿を直視するのは、英采の自殺を知った下宿の婆さんに「あんなに無情にするから」と非難されたときである。

——心の奥では、善馨がいるのにどうして英采が飛び出してくるんだ。英采なんか、妓生か誰かの妾になっていればよいとさえ考えた。(七十五節)

自分の深層にひそんでいた欲望と英采に対する無情を、ようやく亨植は自覚したのだ。だが、亨植がそれを率直に認めたのはこの時だけで、彼はこの自覚をたちまち意識の底に沈めて、前と同じように生きていく。亨植だけが特別なのではない。人間とはこのようにして生きていく存在なのだと、作者は考えていたようである。そして、人間のそんな姿をあるがままに描いたからこそ、『無情』は近代小説となりえたのである。

『無情』の後半には、啓蒙の意図が色濃く現われる。車中で再会した英采と、すでに婚約した善馨とのあいだで葛藤する亨植に、李光洙は一つの秩序を創りあげさせる。個人の欲望が民族発展の原動力となり、個人たちの葛藤は民族のために働くことで解消される、そんな秩序である。三浪津駅の待合室で開かれた慈善音楽会のあと、亨植が日本旅館の八畳間でふるう熱弁は、若者たちの葛藤を感情の次元で融和させ、彼らは熱狂的にこの秩序に組み込まれて、米国へ東京へと旅立っていく。啓蒙小説『無情』の目的が、読者たちをこの秩序のなかに巻き込むことであったことは言うまでもない。

四年後、留学先で知識を身につけて才能を開花させた彼らがつぎつぎと朝鮮にもどり、朝鮮には素晴らしい未来が訪れる、という予言とともに『無情』は幕を閉じる。読者たちに朝鮮の明るい未来を提示することで、李光洙は暗く沈滞していた朝鮮の人びとを力づけたのだ。二年後、地下水脈のようにくぐもっていた人びとの民族への思いは三・一運動で噴出することになる。

李光洙が構築した、誰もが民族の発展という至上の目的に向かって進みつづけるという壮大な秩序には、現在から見ればいくつかの問題点が指摘されるだろう。

まず、個を単位とする近代的人間関係と相容れない民族至上主義を優先させることで、李光洙は近代性から一歩しりぞいてしまった。亨植と善馨のあいだに生まれかけて近代的な自我葛藤を生み出していた新しい恋愛は、二人が幼い兄と妹として序列づけられることで中途半端に終わるし、亨植という個の欲望は、留学して学んだ知識をこの秩序のために使うということで曖昧化されてしまう。李光洙において近代性は不完全な形で終わったと言える。

第二に、慈善音楽会の聴衆が二等車の乗客であったことが示すように、この秩序の構成員は有産・有識階級であって、待合室の外にいる農民や白衣を着た三等車の乗客は、救われるべき存在としか位置づけられていない。民族の中枢を有産・有識階級とみなす彼の民族観は、このあとも変わらなかった。植民地末期に彼が「民族保全」のために対日協力を行なってまで救おうとした

「民族」とは知識人階級である。

最後に、帝国主義の時代に自民族が生存競争で生きのびるためのこの秩序は、劣敗して淘汰される他民族の存在を前提としている。「このまま放っておけば、最後には北海道の「アイヌ」と変わらぬ種族になってしまうだろう」（百二十三節）という亨植の冷淡な感慨が、それを表わしている。だが帝国主義の時代である当時は、こうした考え方が世界の常識だったのである。こうした考え方が否定されるのは、戦後、人権思想が普及するようになってからだ。『無情』に現われた李光洙の思想は、私たちの過去を映し出す鏡のように、明治から昭和にかけてきわめて一般的だった日本思潮を映し出しているのであり、その考え方は現在も私たちの周囲に残っている。

三・一運動後も、李光洙は紆余曲折をへながら民族の指導者の道をめざしたが、植民地末期には親日行為（対日協力）を行ない、解放後に民族反逆者として裁判にかけられるという数奇な運命を歩んだ。そして最後は、朝鮮戦争のさなか北朝鮮に連行されて行方不明になり、長いあいだ消息が明らかでなかった。米国に在住する息子が北朝鮮を訪問し、李光洙は一九五〇年十月二十五日に江界で死亡したという説明を受けたのは、一九九一年のことである。

本書は東京外国語大学図書館所蔵の六版本（一九二五年発行）を底本としている。李光洙の文章は比較的平易であるとはいえ、正書法が定まっていない時代の文章であり、誤植も多いために苦労した。明らかな誤植は訂正し、読みやすくするために段落を一部変更した。翻訳しながら感じたのは、李光洙が当時みごとな日本語の文章家であったことを思えば当然とはいえ、文体や語彙に当時の日本語からの影響が相当見られることである。

翻訳にあたっては、早稲田大学客員教授沈元燮氏と昨年まで訳者の同僚だった朴杞濬氏から助言をいただいた。

また平凡社の担当編集者関正則氏には、二年半にわたる翻訳期間中、つねに精神的なご助力をいただいた。

皆さんにこの場を借りてお礼を申し上げる次第である。

二〇〇五年秋

平凡社ライブラリー版　訳者あとがき

二〇〇五年に李光洙《イーグァンス》の『無情』を翻訳刊行してから十五年がたった。その後、筆者は李光洙研究を続けて『無情』の表記と文体についての論文をいくつか発表し、二〇一五年には李光洙の評伝『李光洙――韓国近代文学の祖と「親日」の烙印』（中公新書）を刊行した。そこで、この場所をお借りして、研究で得た表記に関する知見と、評伝を書く過程で知った李光洙の死亡時期の問題、この二点について述べたいと思う。

韓国の文学史で『無情』が近代小説の嚆矢とされる理由は、内容の近代性だけでなく、ハングルで表記されていることにもよる。周知のように、十五世紀に朝鮮王朝の世宗《セジョン》大王により創製されたハングルは、漢文に固執する両班《ヤンバン》階級に排斥されて庶民と女性の表記に留まった。ところが十九世紀末の開化期になると、漢文の地位は国漢文に取って代わられた。国漢文とは、私たち日本人が書いている漢字仮名交じり文と同じで、漢字とハングルを混用して名詞の部分だけを漢字にする表記方式である。国漢文は、韓国語の表記が漢字からハングルへと移行する途中であらわれた過渡的な形態といえる。北朝鮮では日本統治が終わるとすぐに漢字が廃止され、大韓民国でも二十一世紀に入るとハングルだけで表記するようになった。

開化期には知識人のための国漢文新聞と、庶民のためのハングル新聞があった。韓国併合後、唯一の韓国語新聞になった『毎日申報』は、政治や外信は国漢文、三面記事はハングルというように一つの紙面で二つの表記を使い分け、『金色夜叉』や『巌窟王』などの翻案小説をハングルで連載して庶民の人気を博した。だが知識人が読むのは雑誌に掲載される国漢文小説だった。表記を異にする二つの階層は、読むものも異なっていたのである。

早稲田大学の学生だった李光洙は当然のことながら国漢文で小説を書いた。彼に小説を依頼した『毎日申報』は、「教育ある青年」のための国漢文小説『無情』の連載が始まると予告したが、連載が始まってみるとそれはハングル小説だった。庶民の購読者が離れることを恐れた新聞社の担当者が、直前になって漢字をハングル表記に変えたと推測される。

この変更は思わぬ結果をもたらした。李光洙の小説ということで知識人が読み、ハングル小説であるために庶民が読んで、双方から好評を得たのである。『無情』は二つの階層が同時に読んだ最初の小説となった。その背景にあったのは李光洙が中学時代から続けていた文体の修練である。彼の文章はすでに漢字をハングルに変えられても問題なく読めるレベルに達していたのだ。『無情』の七十二節までを国漢文で書いて新聞社に送った李光洙は、それがハングルで掲載されたのを見て、その後は最初からハングルで書いた。筆者は七十三節の下宿の老婆の上半身の描写を訳しているとき、文章が力強くて近代的になっていることに驚いた記憶がある。この部分を書きながら李光洙は、漢字なしで正確に意味を伝えるために格闘していた。『無情』は、表記と文体においても韓国で最初の近代小説だったのである。

次に、李光洙の死亡時期についてである。朝鮮戦争のさなか北朝鮮に連行された李光洙の行方は長いあいだ不明だったが、一九九一年にご子息の李栄根《イーヨングン》氏（当時ジョンズ・ホプキンス大学教授）が北朝鮮に招かれて墓参し、一九五〇年十月二十五日に江界で死亡したという説明を受けた。筆者はこのことを新聞報道で知り、二〇〇五年版の「解説」にそう書いた。

ところが二〇一三年春、ボルチモアの李栄根氏のお宅を訪ねる機会を得たので、この報道について確認したところ、驚いたことに氏は記事のことを完全に忘れておられた。父親の墓と言われてお参りまでしながら、その説明を信じていなかったのである。氏は多くの情報に翻弄されて疲れているように見えた。結局、筆者は李光洙の没年を「一九五〇年？」と記すことにした。父親がいつどこで死んだのかを突きとめられないまま、李栄根氏は昨年九月に他界した。氏のご冥福を心からお祈りする。

李光洙は、植民地時代末期に「親日行為」（対日協力）をしたことで誹謗されたが、二十一世紀に入ると学界では彼を研究対象として扱う姿勢が定着し、最近はあらたな全集の刊行も始まっている。しかし二〇一六年に韓国文人協会が「春園文学賞」（春園は李光洙の号）を創設しようとし、世論の反発に驚いてただちに取り消したことからもわかるように、「親日作家」のイメージはいまだ根強い。最近、韓国では近現代作家の文学館があちこちにつくられているが、春園文学館が建つ日は遠いようだ。その日が一日も早く来ることを願ってやまない。

二〇二〇年四月

参考文献

波田野節子「『無情』の表記と文体について」『朝鮮学報』第二三六輯、二〇一五年
――『李光洙――韓国近代文学の祖と「親日」の烙印』中公新書、二〇一五年
――「『無情』から「嘉実」へ――上海体験を越えて」『朝鮮学報』第二四九・二五〇輯合併号、二〇一九年
――「李光洙のハングル創作と三・一運動」『歴史評論』第八二七号、二〇一九年

[著者]
이광수
李光洙（イー・グァンス 1892-1950？）
号・春園。平安北道定州の貧家に生まれ、11歳で孤児になる。宗教団体東学の留学生として来日し、明治学院普通学部在学中に創作を始めた。卒業後故郷で教師となり、早稲田大学に再留学して1917年に『無情』を発表。1919年、2・8独立宣言を起草して上海に亡命し、大韓民国臨時政府樹立に参加するも2年後に帰国。民族の実力養成をめざして修養同友会を結成する一方、多くの長編を発表して文壇の第一人者となった。だが同友会事件で弾圧を受けたあと、「内鮮一体」の支持を表明して朝鮮総督府に協力し、香山光郎と創氏改名して日本語で多くの著作をなした。日本が敗戦し大韓民国が樹立されると反民族行為処罰法により収監されるが不起訴となり、1950年に朝鮮戦争の渦中で北朝鮮に連行されたあとの消息は不明である。

[訳者]
波田野節子（はたの・せつこ）
新潟市生まれ。新潟県立大学名誉教授。韓国近現代文学専攻。著書に『李光洙——韓国近代文学の祖と「親日」の烙印』（中公新書）、『韓国近代作家たちの日本留学』（白帝社）、『日本という異郷——李光洙の2言語創作』（韓国語、ソミョン出版）、『中・上級者のためのハングル長文読解講座』（NHK出版）など。訳書に『金東仁作品集』（平凡社）、『金色の鯉の夢——オ・ジョンヒ小説集』（段々社）、キム・ジュンヒョク『楽器たちの図書館』（共訳、クオン）など。